Quelques mots sur la traductrice

Julia est la traductrice de *Taken to Voraxia* et la fondatrice de FIT Found In Translation.

Née en région parisienne, elle est amoureuse des livres et des belles histoires depuis son plus jeune âge. Elle décide d'en faire son métier et elle étudie la littérature française avant de devenir enseignante.

Passionnée par les voyages, Julia lit aussi bien en français qu'en anglais et se plaît à noircir des carnets dans lesquels elle conte ses évasions.

En 2019, elle quitte la France pour partir enseigner à l'étranger. C'est lors de son séjour sur le continent américain qu'elle se met à traduire quelques nouvelles et qu'elle décide d'entrer en contact avec des autrices talentueuses.

De retour en France, elle propose ses services à Elizabeth Stephens et se lance dans de nouvelles aventures !

Pour toute demande de traduction, veuillez contacter FIT Translation à l'adresse blackwomanreading2@gmail.com.

Table des matières

Glossaire

Le Voraxian est une langue fictive, je vous encourage donc à prononcer les termes ci-dessous comme vous le désirez ! Cependant, si vous souhaitez vous référer à des suggestions de prononciation plus précises, sachez qu'en rédigeant ce roman, j'ai pensé la prononciation du « x » voraxian comme celle du « x » sud africain dans le langage isixhosa, avec le clic de la langue qui claque sur le côté du palais. Pour ceux qui n'arriveraient pas à produire ce son (et j'en fais partie!), le « x » en début de mot se prononce « tz ». Ainsi, « xhoran », peut se prononcer ['oh-rahn] (avec le clic) ou [tzo-rahn] (sans le clic). Vous trouverez ci-après d'autres indications ainsi que la définition des mots clés de la culture voraxiane.

Bo'Raku (boh – rah – kooh)
Empereur de la planète Drakesh appelée Cxrian. Il s'agissait autrefois d'un empire autonome et indépendant, mais suite à l'invasion manquée de Nobu, la planète Cxrian a été rattachée à la fédération voraxiane.

Cxrian (ss - ree - ahn)
Cxrian est surnommée la planète rouge, en référence à la couleur qu'elle a, vue de l'espace, et à la couleur de la peau de ses habitants : les Drakesh.

Drakesh (draah – kesh)
Habitants de Cxrian autrefois indépendants qui se sont retrouvés intégrés à la fédération voraxiane après l'invasion manquée de Nobu.

Hexa (hex – ah)
Oui.

Kiki (kee – kee)
Nom humain.

Kor (kohr)
Ville de commerce et d'échanges gouvernée par les Niahhorus, considérés comme des pirates de l'espace. Leur chef n'est autre que Rhorkanterannu, un pirate redoutable. Cette ville est située dans la zone grise entre les quadrants 4 et 5.

Krisxox (chris – zawcks)
Chef des forces militaires de Voraxia.

Miari (mee – are – ree)
Nom humain.

Nobu (noh – boo)
C'est la plus grande planète de Voraxia. Elle se caractérise par un climat glacial et des hivers particulièrement rudes. Elle est dirigée par Va'Raku.

Nox (noh – cks)
Non.

Qath (kahth)
Ville constituée comme une oasis située dans Voraxia. Elle est entourée de déserts arides et elle contient une faune et une flore extrêmement hostiles. Elle est connue pour être le lieu d'entraînement des meilleurs guerriers de Voraxia, menés par Krisxox.

Raku (rah – kooh)
Premier dirigeant de la fédération voraxiane et des sept planètes qu'elle comprend. Il règne et vit sur Voraxia, la planète la plus importante de la fédération.

Rakukanna (rah – kooh – kah – nah)
Épouse du Raku, elle peut, comme lui, promulguer des lois.

Svera (ss – ver – uh)
Nom humain.

Va'Raku (va – rah – kooh)
Gouverneur de la planète voraxiane Nobu.

Va'Rakukanna (va – rah – kooh – kah – nah)
Épouse de Va'Raku.

Verax (vair – axe)
Expliquer (demande d'explications)

Voraxia (voh – racks – ee – uh)
Chef lieu de la fédération voraxiane, cette planète accueille la base de Raku. Elle est connue pour ses bois de werro et son sol forestier sableux.

Xhivey ('iv – ay) ou (tziv – ay)
Bon, bien.

Xok ('oc) ou (tzoc)
Mot grossier employé couramment.

Xora ('o – ruh) ou (tzo – ruh)
Pénis, bite, queue...

Aux mots. Sans vous, nous serions perdus.
À ma mère, qui m'a parfois aidée à leur donner du sens.

1

Miari

– Miari, murmure Svera qui se trouve tout près de moi. Ils arrivent.

Je déglutis, sans grand effet. Ma langue a toujours l'âpreté du papier et ma gorge est sèche.

– Je sais, je réponds.

L'énorme quantité de sable déplacée par l'atterrissage de l'immense vaisseau drakesh irrite ma joue, attaque mes paupières fermées, et s'infiltre à travers les trous de mes vêtements en lambeaux pour lacérer ma chair nue. Je mords ma lèvre inférieure si fort que je ne tarde pas à sentir le goût métallique du sang dans ma bouche. La paume humide de Svera glisse dans la mienne. Nous prions toutes les deux pour Kiki. Nous prions pour qu'elle ne soit pas à nouveau sélectionnée pour la Chasse. *Malheureusement, elle est trop jolie pour ne pas être choisie.* Ce n'est pas juste. *Rien de tout cela n'est juste.*

– Mais pourquoi sont-ils ici ? je demande tout bas, des relents de haine dans la voix.

Bien entendu, je connais déjà la réponse à cette question. *Ils viennent parce que ça les amuse. Ils viennent parce qu'ils en ont les moyens et parce qu'on ne peut rien faire pour les arrêter.*

– Ce sont les termes du contrat signé par Mathilda et le conseil d'Antikythera.

La réponse de Svera, exaspérante de justesse, me fait soupirer.

– Nous, on n'a rien demandé, je murmure encore plus bas, désespérée. Nous n'avons pas demandé à venir sur cette maudite planète... et nous sommes quand même torturées !

Svera, les yeux emplis de crainte, me fait signe d'arrêter de parler mais je continue. Je me fiche bien des regards désapprobateurs ou de la haine que je pourrais attiser, surtout pas venant de ces sauvages. Bien que je fasse tout pour la cacher, ma peau couleur corail irisée scintille sous la lumière crue. Elle constitue un souvenir inoubliable de la première Chasse des extraterrestres, il y a des lunes de cela.

Je suis la première métisse : mi-humaine, mi-drakesh, née de cette impitoyable Chasse. Le premier bébé à moitié drakesh à faire périr sa mère lors de l'accouchement. L'un des six nourrissons à avoir scellé le destin de leur génitrice, bien que quatre des bébés aient aussi péri par la même occasion. Aujourd'hui, le souvenir bien visible de cette triste origine n'a plus que deux représentants : Darro et moi.

Furtivement, je sonde la foule, cherchant du regard sa peau rouge ou sa queue brillante. Il a beau être le plus grand de tous, il est même plus grand que moi, je n'arrive pas à le voir. De toute façon, cela n'aurait rien changé. Il n'y a aucune solidarité entre nous.

J'ai beau continuer à chercher, je ne vois que des êtres humains. Comme moi, ils se tiennent debout les uns contre les autres, amassés, retenant leur respiration. Nous fixons tous des yeux le pont-levis du vaisseau qui s'abaisse lentement tandis que les moteurs du Deuterium s'éteignent progressivement.

– Ce n'est pas parce que le conseil d'Antikythera se souvient de la vie à bord du satellite Antikythera avant son crash qu'il doit automatiquement prendre des décisions à notre place. Nous ne les avons pas élus. Et le fait qu'ils aient accepté la Chasse en sachant que les membres de leur famille allaient y échapper est juste dégueulasse.

– Leur famille n'est pas épargnée. Il n'y a que la petite-fille de Mathilda qui n'y a pas droit.

Lame, elle, ne sera pas chassée ; mais c'est bien la seule. Au fond, je le sais, mais ça ne m'empêche pas d'être furieuse.

– Ce ne serait pas juste de la forcer à y participer.

– Mais ce n'est juste pour personne !

– Honnêtement, leur famille a déjà assez souffert.

– Nous avons tous assez souffert. Et maintenant ils ont la belle vie alors que des filles comme Kiki souffrent à cause d'eux depuis des dizaines d'années.

Le désespoir m'emplit, pourtant, je n'ai jamais encore été sélectionnée pour la Chasse.

Pas encore, mais ça arrivera assez tôt. Dans une rotation, Svera et moi serons aux côtés de Kiki, agenouillées nues sur le sable, attendant le cœur lourd que ces extraterrestres monstrueux nous choisissent, nous poursuivent, et nous ravagent de mille et une façons.

Svera et moi, nous pouvons garder espoir dans notre malheur. Il y a des chances pour que je ne sois pas choisie. J'ai l'air un peu étrange à cause de mon métissage. Quant à Svera, elle pourrait aussi être laissée de côté parce qu'elle n'a pas la carnation aussi foncée que celle des plus belles femmes de notre colonie. Son père avait la peau pâle, comme les gens qui ont la maladie du soleil. Malheureusement pour elle, Kiki est choisie à chaque fois, et elle le sera toujours, jusqu'à ce qu'elle en meure. Je soupire.

– Et tout ça pour quoi ? Juste pour qu'ils nous protègent en échange avec leur Barrière Drolax...

– La planète est dangereuse. Tu as vu les monstres nocturnes qui grouillent près de la Barrière. Nous ne sommes que des êtres humains, nous ne faisons pas le poids. Sans la Barrière Drolax nous ne serions pas en sécurité.

– En sécurité ? Qui est en sécurité ? Kiki est-elle en sécurité ? Ma mère était-elle en sécurité ?

Je ne l'ai jamais connue et pourtant, elle me manque tant !

Svera me lance un de ces regards dont elle a le secret. Ses yeux, un enchevêtrement de lignes marron et vertes qui soulignent leur éclat, semblent maintenant éteints.

– Mathilda et le conseil d'Antikythera font ce qu'ils pensent être juste, déclare-t-elle.

– Nous ne les avons pas élus, je répète avec entêtement avant d'ajouter, plus bas : C'est toi qui devrais prendre ces décisions. Tu es intelligente et tout le monde t'aime. Tu devrais être aux commandes et si tu l'étais, je sais que tu mettrais un terme à tout ça.

Svera secoue la tête, mais avant qu'elle ait pu répondre, nous sursautons tous : le pont-levis vient de s'affaisser sur le sable brun de notre colonie. Le bruit de sa chute résonne comme une condamnation.

Les mille trois cents êtres humains rassemblés là et les cent-soixante-douze femmes agenouillées se tiennent tous immobiles et silencieux. Ce silence pesant alourdit d'autant plus l'atmosphère austère qui règne en ces lieux.

Svera pose ma main sur son cœur, ses nombreux colliers s'entrechoquent. Ses doigts pâles tatoués, portent les marques de ceux qui prient le triple Dieu de l'ancienne Terre, ils se posent sur une étoile à six branches et une croix accrochés à un collier de perles. C'est sa croix-nagoom, comme elle le dit avec tendresse, et le voile sur sa tête est un hijab.

Des cils blond foncé, de la même couleur que ses cheveux sous son hijab ornent ses yeux clairs. Elle commence à murmurer des prières et alors que je la regarde, je n'espère qu'une chose : qu'elle a raison, que le triple Dieu est bien réel et qu'il entend ses prières.

Je ne peux m'empêcher de me crisper imperceptiblement lorsque le premier Drakesh sort des entrailles obscures du vaisseau et s'engage sur la rampe. De là où nous nous trouvons, il n'est qu'un point rouge sur fond orangé. Plus bas, le sable est brun, au-dessus, le ciel est sans nuages, d'un blanc laiteux.

– Ils sont là, je chuchote.

Svera se rapproche de moi. Au même moment, deux extraterrestres font leur apparition. Ce sont tous les deux des hommes, ou des mâles, plutôt. Ils portent des armes de haute technologie. Il émane de leurs boucliers, presque invisibles, des reflets bleus iridescents au niveau des contours. *Ils doivent être faits en holax...* Je n'en suis pas fière, mais en grande fan d'ingénierie, je ne peux m'empêcher d'être impressionnée.

Les deux extraterrestres se placent de part et d'autre de la rampe afin de laisser la place à d'autres Drakeshs mâles. Ceux-là, au nombre de douze, n'ont pas d'armes. Chacun d'entre eux porte un tissu foncé à la taille, attaché avec une lourde ceinture. Leurs énormes bottes aux bords épais paraissent bien trop chaudes pour notre planète et son sable brûlant mais ils n'ont pas l'air de s'en soucier. Ils avancent, d'un même mouvement, d'une même cadence, comme un seul homme. Au lieu de s'arrêter à l'endroit où ils commencent d'habitude à renifler l'odeur de nos femmes, ils poursuivent leur chemin.

– Que font-ils ? je demande.

– Je ne sais pas, répond Svera en ouvrant grand les yeux et en grimaçant. Où est-il ? Tu le vois, Miari ? Tu vois celui qu'ils appellent « Bo'Raku » ?

La seule mention de ce nom me fait transpirer d'angoisse, le rythme de ma respiration s'accélère.

– Non. Pas encore. Peut-être... Peut-être qu'il ne viendra pas cette fois-ci ?

Quand on parle du loup, on en voit la queue. C'est le moment que choisit celui que nous ne nommons qu'avec crainte pour sortir du vaisseau. Un juron m'échappe. Svera, déçue, s'appuie un peu plus sur moi.

– Oh mon Dieu, murmure-t-elle, il n'est pas tout seul...

Elle a raison. Cette fois, le monstre qui a brutalisé Kiki est accompagné de deux autres mâles. Leur apparence me cloue sur place. Avant ce jour, les seuls extraterrestres que j'avais pu croiser étaient les Drakeshs et ils ont les cheveux blancs ainsi qu'une peau rouge identique à la mienne. Mais le mâle tout au bout, à gauche, a la peau bleu indigo comme un coucher de soleil, alors que celui du milieu est d'un bleu plus clair. Ils ont tous les deux les cheveux noirs et ils sont plus grands que Bo'Raku.

Celui qui se trouve au milieu balaie la foule du regard, ses yeux immenses sont monochromes. Il porte la même tenue et les mêmes bottes que les autres, toutefois, même si l'expression de son visage ne laisse pas de place au doute, quelque chose dans sa mine attire et retient mon attention.

C'est peut-être parce que son physique est le plus impressionnant. C'est le mâle le plus imposant que j'aie jamais vu. Sa queue fend vigoureusement les airs derrière lui et je suis tous ses mouvements. C'est leur maître, c'est sûr. Effrayée, je frissonne malgré la canicule. J'ai peur, mais pas que de lui, je crains aussi l'étrange émoi qui agite soudain mon cœur.

– C'est pas bon signe, hein ? demande Svera.

Je secoue la tête, et au moment de répondre, je ne trouve plus les mots. Svera expire, comme si elle était soulagée.

– Ah, enfin ! Voilà Mathilda, je me demandais où elle était.

Celle qui se trouve à la tête du conseil d'Antikythera et de notre colonie se détache de la foule. C'est une vieille femme à la chevelure grisonnante et à la peau noire dont l'aspect rappelle le cuir. Elle dépasse la clôture, puis les rangées de femmes agenouillées, avant de s'approcher de Bo'Raku. Toutefois, quand il se tourne de trois quart, lui indiquant ainsi qui elle doit saluer en premier, elle s'avance vers l'extraterrestre du milieu.

– Bienvenue, dit-elle en s'inclinant devant le mâle bleu aux sourcils proéminents qui considère tout ce qui l'entoure d'un air hautain.

Elle s'incline si bas que ses longues manches vertes effleurent le sol. Les feuilles vertes ne poussent que sur le versant ouest, sur la portion inhabitée de la planète. S'aventurer en ces lieux est un acte suicidaire, je sais donc que cette robe a dû coûter une fortune, ou quelques vies humaines…

– C'est pour nous un honneur de vous accueillir dans notre colonie Bo'Raku, vous… et vos invités.

J'ai la chair de poule en entendant ces mots, mes bras raides me font souffrir. *Comment ose-t-elle leur dire ça ? À ces monstres qui ont blessé Kiki et ne tarderont pas à recommencer !*

La réponse de l'extraterrestre nommé Bo'Raku est une suite de sifflements et de cliquetis. Je secoue doucement Svera.

– Qu'est-ce qu'ils disent ?

La mère de Svera a acheté un vieil holovision Drakesh au conseil d'Antikythera et a étudié leur langue avec. Elle nous a conté que comme elle pouvait communiquer avec le mâle qui l'avait choisie, son expérience de la Chasse n'a pas été une torture… Elle n'a apparemment pas vécu mille tourments et une fois la Chasse finie, elle s'en est sortie sans cicatrices.

Svera apprend la langue Drakesh avec et elle pense que cela pourrait l'aider elle aussi dans une rotation. Je ne suis pas sûre que ça lui soit d'un grand secours, mais c'est mieux que rien ; en plus, maintenant, elle fait partie des deux seules personnes capables de comprendre leur langue, en dehors des membres du conseil d'Antikythèra, qui ont tous reçu une sorte d'appareil de traduction qui leur permet de communiquer avec les extraterrestres.

Svera fronce les sourcils et se concentre pour mieux lire sur les lèvres du Drakesh tout en répétant doucement ses paroles.

– Il la salue et il invite aussi deux…euh… désolée, je n'ai pas compris ce qu'il vient de dire. Il dit qu'on devrait les accueillir dans le plus grand luxe. Ils viennent de… Voraxia ? Ça te dit quelque chose ?

– Non.

Je secoue la tête, fixant toujours l'extraterrestre bleu-gris. Je ne peux me débarrasser de l'impression que quelque chose cloche. Il est agité et nerveux, il ne cesse de regarder de haut les rangées de femmes agenouillées comme s'il ne pouvait pas supporter de les voir.

Soudain, il se penche et murmure quelques mots à l'oreille de Bo'Raku, qui s'immobilise. Ils se disputent silencieusement et c'est l'extraterrestre bleu qui l'emporte. Bo'Raku baisse la tête et s'adresse à nouveau à Mathilda.

– Il dit que cette année, ses deux honorables invités vont choisir en premier et que…

La voix de Svera se brise sous le coup de l'émotion et ses yeux s'agrandissent comme des soucoupes, puis elle reprend :

– Il dit que si les femmes leur plaisent, il y a une possibilité pour qu'ils repartent avec les femelles reproductrices sur Voraxia.

Les gens autour de nous se retournent d'un bloc. Ils ne parlent pas mais ce n'est pas nécessaire. Je peux lire l'émotion sur leur visage, c'est la même que la mienne.

– Aller sur une autre planète ?

Cette seule pensée me donne le vertige. Personne n'a jamais quitté cette planète. Personne n'a jamais quitté cette colonie. Jamais.

– Svera, tu as bien dit « quitter cette planète » ? Aller sur leur planète ?

Drant, juste devant nous, murmure à l'oreille de son petit frère. Svera acquiesce.

– Oui, sur une autre planète, sur... Voraxia, je ne suis pas sûre que ce soit le nom, mais c'est ce qu'il avait l'air de dire. Seules les femmes que les chasseurs choisiront partiront.

– Mais pourquoi ? Aller sur une autre planète pour faire quoi ?

La voix de Rae nous parvient de derrière. Son front ridé se plisse sous l'effet de l'inquiétude. Son fils, Mika, se tient debout près d'elle. Il a l'air détruit. Sa femme fait partie des femmes agenouillées cette année, et elle est enceinte.

– Peut-être qu'ils veulent les épouser... suggère Svera.

Je soupire. Je sais que Svera veut nous redonner espoir, mais je n'y crois pas. Emmener les femmes sur une autre planète pour les épouser ? Dans le meilleur des cas ! Et ce n'est même pas réjouissant. Épouser l'un de ces... monstres ? Je détourne les yeux, mais pas assez vite pour ne pas voir Rae tomber à la renverse, retenue par son fils.

– Vous pouvez choisir celles qui vous plaisent, Raku.

La voix de Mathilda, légère et mélodieuse, résonne dans le silence. Quelques instants plus tard, l'extraterrestre bleu-vert s'avance, ses intentions sont claires. Il va droit vers Kiki.

Ce n'est pas possible. *Arg, bien sûr que c'est possible !*

– Barukh ata adonai eloheinu, melekh ha'olam, que béni soit ton nom, que ton règne vienne, que ta volonté soit faite, aoud bil Allahi min el shetani el rajim...

Svera entame la litanie du triple Dieu mais je ne l'écoute pas. Je ne peux pas. Je me contente de rester près d'elle sans bouger, bouche bée. Je suis horrifiée, *blessée.*

Je savais que Kiki serait choisie. Je l'ai toujours su, mais une part de moi avait quand même espéré que cela n'arriverait pas. Cette impression de déjà vu est insoutenable.

Contrairement à Svera, je n'attends rien du triple Dieu, mais là, tout de suite, j'implore quiconque écouterait mes prières et aurait le pouvoir de m'aider. Les étoiles, les astéroïdes, l'univers, le sable brûlant sous mes pieds nus, les soleils heurtant mes épaules, les rations toujours trop peu nombreuses, l'espoir, l'esprit de la survie... Tout. *Je vous en prie, sauvez Kiki, je vous supplie. Pas elle, non. Trouvez un moyen de l'aider.*

Je pivote pour voir Kiki. Sa belle peau brune est si foncée qu'elle paraît presque noire. Elle brille et illumine l'endroit où elle est agenouillée, si près du danger.

Ses cheveux forment un nuage qui obscurcit ses épaules. *Je me souviens très bien de quoi ils avaient l'air quand elle est revenue de la dernière Chasse : ils étaient trempés de sang.*

Je sursaute quand celui que Mathilda a appelé Raku pose un genou à terre face à Kiki. Il se tend vers elle, les yeux clos et les narines en avant.

– Est-ce qu'il est en train de la sentir ? Demande Svera, incrédule.

J'ouvre la bouche, ne sachant quoi répondre. *Oui, c'est bien ce qu'il fait.*

Tout à coup, je suis envahie par une sensation d'étourdissement. Est-ce que j'ai trop longtemps retenu ma respiration ? Non. C'est bien trop intense. J'avale une bouffée d'air. J'essaie à nouveau de me concentrer sur Kiki et le monstre agenouillé à ses côtés, mais je ne peux pas, tout tourne autour de moi et les couleurs se mêlent les unes aux autres…

– Miari, tu me fais mal...

Je baisse les yeux et je vois que ma main serre assez fort le bras de Svera pour laisser des marques. J'essaie de la relâcher mais je perds l'équilibre. Peu à peu, ce léger inconfort se mue en vertige et en crampes d'estomac.

– Oh merci, Allah. Merci, Jehovah, souffle Svera à côté de moi. Il ne va pas la choisir. Tu as vu, Miari ?

Non, je n'ai rien vu. Pour le moment, je ne peux voir qu'un paysage embué par les larmes qui emplissent mes yeux.

– Ça va ?

Je m'affaisse sur Svera et elle tente de supporter le poids de mon corps, bien plus grand que le sien. Mes narines se dilatent. Je ne peux plus respirer correctement. *Comment fait-on déjà... Une inspiration, deux expiration ? Ou deux expirations et une inspiration ? Ou une de chaque ? Oh, non...*

– Non, ça ne va pas. Je... Je pense que je vais vomir ou je ne sais pas...

Je ne peux pas décrire exactement ce que je ressens. Je ne me sens pas malade, je n'ai pas mal, ou alors c'est une douleur qui ne ressemble à aucune autre.

Une vague de douleur diffuse s'agite dans mon ventre. *Qu'est-ce que c'est ? Combien de temps ça va durer ?* Comme si le seul fait de poser ces questions alimentait cette nouvelle vague, une chaleur intense s'empare de tous mes membres. *Sang de lune... Qu'est-ce qui m'arrive ?*

– C'est bon Miari, il ne l'a pas choisie. Il...

Elle étouffe un cri de surprise.

– Oh mon Dieu, reprend-elle, on dirait qu'il vient par ici.

– Peste d'étoiles...

Mes paupières s'ouvrent et se referment frénétiquement, c'est à ce moment-là que ça se produit. La vague descend ; de l'estomac, elle va se loger plus bas, au centre de ma féminité. Je me sens de plus en plus humide. Des gouttes s'ourlent au bout de mes grandes lèvres, tombent et coulent lentement de long de mes jambes...

Des frissons de désir et de manque prennent possession de ma personne. Je ne me suis jamais sentie aussi bien et aussi mal à la fois. J'ai chaud, c'est comme si je brûlais de l'intérieur.

– Aide-moi...

Je commence à m'affaisser au moment où cet amas de sensations nouvelles s'intensifie. La terre s'ouvre sous mes pieds.

– Miari !

Svera m'appelle une fois de plus avant que je ne m'effondre sur elle.

– Miari !

– Ça va... ai-je le temps de murmurer, mais c'est un mensonge.

Je presse mes jambes l'une contre l'autre avant de poser une main sur mon entre jambes, dans un effort vain pour atténuer le terrible manque dont je souffre. Malheureusement, le pantalon marron que je porte est d'une matière râpeuse et comme je n'ai pas les moyens de m'acheter des sous-vêtements, la pression du tissu contre mes chairs sensibles est bien plus douloureuse qu'agréable.

Je gémis et la réponse que j'obtiens n'est pas celle que j'attendais. Autour de moi, le monde gronde. Le rugissement est profondément mâle, il résonne dans l'espace vide, forçant les êtres humains présents à s'enfuir comme un troupeau de bêtes effrayées.

Svera me crie des mots que je ne peux entendre. Mes paupières battent d'elles-mêmes et mon regard est attiré comme par un aimant. Des corps s'éloignent, des mains se joignent pour fuir, pas un regard ne m'est accordé.

Tout à coup, je le vois : Raku. Il est si proche, juste de l'autre côté de la clôture. Ses yeux sondent la foule comme des lasers. Un autre rugissement guttural et désespéré s'échappe de ses lèvres peu avant que ses mains ne se referment sur les poteaux de la clôture en bois. D'un mouvement leste, il arrache les pieux de la terre tassée et les jette de côté dans un fouillis de bois, de métal et de fils barbelés.

Il est accueilli par des cris, et ceux qui n'étaient pas encore partis s'éloignent aussi vite qu'ils le peuvent, désireux de mettre le plus d'espace possible entre eux et le barbare extraterrestre. Alors que Mathilda et le conseil d'Antikythera tentent de rétablir le calme sans s'approcher, une autre vague de plaisir – souffrance m'assaillit.

Quelqu'un - ça ne peut être que Svera - réussit à placer ses mains sur ma taille et tente de me traîner mais elle est bien plus petite que moi et je sens qu'elle tremble sous mon poids.

Une voix masculine, un baryton, aboie un ordre à quelques mètres de là. Couvrant le bruit de la fuite et des conversations apeurées, Svera crie :

– Il vous demande de dégager !

Les gens ne se le font pas dire deux fois. Toutefois, pendant que Svera me tire d'un côté, je suis attirée de l'autre côté par une force invisible, incapable de faire moi-même un mouvement. Je suis clouée à l'endroit où je me trouve comme un arbre enraciné. Svera m'appelle mais les mouvements de la foule nous séparent. Elle disparaît comme un grain de sable emporté par le vent, ne laissant que l'écho de mon nom dans son sillage.

Je m'effondre. Je ne peux plus compter que sur moi-même maintenant ; mais je ne suis pas *seule*. *J'entends les battements de ses cœurs. Il a plus d'un cœur. Je peux sentir sa peau et j'entends sa respiration. Des sensations étrangères emplissent l'air. Serait-ce le bruit de l'eau sur les pierres lisses ? Le soulagement d'une brise fraîche ?*

Je lève les yeux et trouve immédiatement ceux de Raku. Lugubres et solitaires, ils sont tout noirs, sans les blancs ni les iris, et je n'y lis que de la fureur.

Le plus surprenant est que je reconnais ces yeux, comme s'ils sortaient tout droit d'une vie passée dans laquelle j'avais joué un rôle. *Où étais-tu ?* C'est la seule chose qui me vient à l'esprit alors qu'une nouvelle vague de souffrance me force à me lever.

2
Raku

Je ne voulais pas me joindre à cette expédition inutile mais je devais comprendre pourquoi nous envoyions tant d'énergie et de force militaire à cette lune des abords de Cxrian. Une lune si petite et si insignifiante qu'on ne lui avait pas encore donné de nom.

En outre, quelque chose clochait. Par tous les soleils, qu'est-ce qui pouvait bien avoir poussé Bo'Raku et son Bo'Raku avant lui à voyager tous les ans avec un contingent de l'élite Drakesh sur cette lune sauvage et hostile ? Une mission d'exploration est bien en-deçà du statut de Bo'Raku.

Quand j'ai interrogé Bo'Raku, il a prétendu que c'était pour le plaisir, puis, voyant que je ne le croyais pas, il a affirmé que c'était pour le bénéfice physique de la Chasse. Quand je suis revenu à la charge, peu convaincu, il a admis qu'il s'amusait à chasser les créatures qui vivaient sur cette lune en suivant les anciennes coutumes Drakeshs.

Il n'a pas mentionné qu'il agissait ainsi avec des êtres sensibles et intelligents. Il n'a pas dit un mot des femmes. Des femmes à la beauté saisissante, comme celle agenouillée devant moi en ce moment sur le sable brun. Son beau visage retient mon attention.

Je vois en elle des traces de sang Drakesh : sa peau rouge immaculée, ses yeux bridés, sa taille élancée et sa queue fine, sa balançant sans but au gré du vent.

Mais je dois avouer qu'en dehors de ces caractéristiques, son aspect m'est totalement étranger. Depuis ses doux cheveux bruns, d'une couleur et d'une texture que je n'ai jamais croisées ; jusqu'à ses yeux multicolores et ses sourcils plats, sans crêtes, en passant par son menton arrondi. *C'est un être hybride.* Cette pensée me traverse l'esprit, provoquant d'autres questions.

Comment est-ce possible ? Depuis combien de temps les Drakeshs se reproduisent-ils avec ces extraterrestres sans que nous en ayons été informés, ni moi, ni le Raku qui m'a précédé ? De quelle espèce sont ces créatures qui pratiquent l'ancienne tradition Drakesh de la Chasse ?

Et surtout, feux de l'univers, comment se fait-il que mon Xanaxana réclame l'une d'entre elles avec la puissance d'une étoile en supernova ?

J'expire, mettant de côté pour le moment la découverte de ces trahisons et de ces mensonges. Entre les battements de mon cœur et la confusion de mon esprit, je suis submergé. *Elle est mon âme sœur Xiveri. Celle que je n'ai jamais cherchée parce que j'ai pensé, comme beaucoup, que je n'aurai jamais la chance de la trouver.*

J'ai passé neuf rotations sans espoir de jamais rencontrer mon âme sœur Xiveri. Je pensais me marier, quand je le jugerai nécessaire, avec une femelle noble juste pour m'assurer une descendance. Il est assez commun qu'un Raku ne trouve pas sa Rakukanna et qu'ainsi deux âmes sœurs ne se lient jamais. La galaxie est immensément vaste et il faudrait plusieurs vies pour explorer toutes les planètes de mon quadrant.

Mais elle est là, face au soleil, plissant les yeux vers moi, l'odeur des baies de jujji et du ranxcera suinte de sa peau. Elle est là, toute proche. Assez proche pour être touchée. Je pourrais la prendre, me repaître d'elle infiniment...

Sa bouche s'ouvre légèrement et j'aperçois des replis roses. Mon xanaxana gronde bruyamment dans ma poitrine et mon xora durci glisse hors des cuirs que je porte. Accouplement. Reproduction. Ces pensées m'assaillent avec la force d'un coup de massue.

Des vagues de désir parcourent mon corps tout entier et je ne peux que serrer les dents et contenir les tremblements de ma main. Il me faut pourtant la toucher, je dois m'assurer que mes yeux ne me trompent pas, que je n'hallucine pas et que je suis bien face à mon âme sœur Xiveri.

Précautionneusement, comme si je m'apprêtais à toucher la surface d'une bulle de savon, je m'abaisse pour caresser ses cheveux.

Xok, qu'ils sont doux. Ils sont encore plus doux qu'ils n'en ont l'air. Ils forment toute une symphonie de couleurs, dire qu'ils sont bruns n'est pas leur rendre justice. Nous ne possédons rien de cette teinte sur Voraxia. Et sa peau... Elle sent comme les épices produites par les petits arbres Tevra qui poussent près de ma maison Drakanne. Avant que je parte m'entraîner, c'était l'endroit que j'aimais le plus.

Cette femme... Il n'y a aucun doute dans mon esprit : elle a été créée pour moi, et pour moi seul. Elle est mon trésor, un joyau digne d'un Raku. Alors, pourquoi ai-je le pressentiment que quelque chose ne va pas ?

Déstabilisé par ses sourcils plats, sans crêtes, je ne peux lire ses émotions sur son visage. Toutefois, rien de tout cela ne compte vraiment parce que quand je ferme les yeux pour humer l'air, je peux sentir l'odeur de son désir, de son excitation. C'est une odeur de miel, de fruit, d'orge, une odeur profondément sucrée, qui ne résonne qu'en moi, et qui est si intense maintenant, que ces seuls effluves menacent de me rendre fou de désir.

Je considère le reste de son corps, ne souhaitant qu'une chose : la retourner et lui demander, une fois qu'elle sera à quatre pattes, d'écarter les cuisses afin que je puisse, d'un coup de rein, la faire mienne à jamais. Et c'est mon droit. Je serre les dents. La sueur perle entre mes omoplates et se répand sur mes plaques dures et le long de ma colonne vertébrale. Mon contrôle sur moi-même ne tient qu'à un fil et c'est avec une maîtrise dont je ne me croyais pas capable que je parviens à garder mon calme.

Je cesse délicatement de passer mes doigts sur ses cheveux, et doucement, avec un soin extrême, je touche sa joue. *Je n'ai jamais effleuré quelque chose d'aussi doux. C'est comme l'intérieur d'un pétale de fleur.* Mes pensées sont si confuses que mon esprit, à ce moment, n'est qu'un chaos, cependant, autour de moi, c'est le silence. Je ne comprends rien, et je comprends tout. Les secrets de l'univers semblent se dévoiler pour moi seul et je suis submergé.

– C'est un honneur pour moi que d'être en ta présence, lui dis-je d'un ton bourru en mettant un genou à terre.

Son menton tremble et elle fuit ma caresse.

– Qu'est-ce que vous me voulez ? demande-t-elle.

Serait-ce un test ? Le Xanaxana s'est réveillé en nous. Les choses devraient être évidentes. Je réponds tout de même, lentement.

– Je veux t'emmener à Illyria, la capitale de Voraxia, où tu seras la Rakukanna de notre peuple. Tu y vivras à mes côtés, toi, mon âme sœur Xiveri.

Je tends la main vers elle et à nouveau, elle s'éloigne. Je fronce les sourcils et touche, de la paume, les cuirs tendus qui couvrent mon mâle désir. Avec mon autre main, j'effleure ses hanches, puis je m'attarde sur le petit dôme formé par son sexe. Nous gémissons à l'unisson.

Les vêtements qu'elle porte semblent bien trop rêches contre sa peau douce comme la soie, mais je ne peux cesser, de mes doigts, de presser ce tissu contre elle quand je la caresse. Le plus léger mouvement de retrait provoque une terrible brûlure sur ma paume déjà parfumée par son odeur. Jamais odeur : de femme, de fleur, de quelque chose que ce soit, n'a eu cet effet sur moi. Je fonds. J'ai besoin de la voir nue, de la toucher, de la goûter.

Je m'approche pour faire toutes ces choses, mais elle repousse mon bras. Elle m'a poussé si fort, que déséquilibrée, elle est retombée. Lorsqu'elle tente de bouger ses jambes, sûrement pour fuir à nouveau, j'attrape ses chevilles et la fais glisser sur le sol chaud pour la ramener près de moi.

– Svera ! crie-t-elle. Que dit-il ? Que veut-il ?

Il y a un problème. Elle ne peut pas me comprendre. Elle ne porte pas de traducteur. C'est insensé ! Si ces créatures participent à la Chasse avec les Drakeshs, elles devraient être équipées de traducteurs ! Comment peuvent-ils communiquer sinon ?

Une extraterrestre femelle portant un étrange tissu sur les cheveux fend la foule et vient vers nous.

– Laissez-la partir ! m'ordonne-t-elle.

À moi, son Raku. Je vois rouge. Si j'avais été un mâle d'un rang inférieur je l'aurais tuée sur place pour son insolence. Mais je suis un Raku et je me contiens assez pour lui répondre, les dents serrées :

– Tu *oses* me donner des ordres ?

– Non, je disais juste... je.. Vous ne devriez pas être ici, bégaie-t-elle.

– Donne-moi ton nom avant que je te fasse fouetter.

Elle couine et la femelle que je retiens fermement me frappe le bras. Décontenancé, je baisse les yeux et plonge mon regard dans le sien. J'y vois du feu, mais aussi de la peur. Mon âme sœur Xiveri me craint. *Il y a un problème, un énorme problème.*

– Ne lui faites pas de mal. Svera, c'est bon, ne te mets pas en danger. Laisse-le faire ce qu'il veut faire, on ne peut pas l'arrêter...

Je prends le bras de ma femelle, celui qu'elle a utilisé pour me frapper.

– Faire ce qu'il veut faire ? je répète. Tu sais ce que je veux faire. Je vais nous unir en suivant les traditions Xiveris. Tu es mienne, et je suis tien.

La femelle qui tremble de peur et se tient à bonne distance fait une traduction grossière de mes propos à mon âme sœur Xiveri. Quand l'interprète a fini de parler, ma femelle pousse une exclamation de stupeur.

– Quoi ? Qu'est-ce que ça veut dire ? Qu'est-ce qu'il va me faire ?

Ses yeux s'humidifient et même si elle n'a pas de crête pour trahir ses émotions, je peux ressentir sa peur et son angoisse... son profond sentiment d'impuissance. C'est comme si, par un détournement pervers du Xanaxana, rencontrer son âme sœur Xiveri n'était pas l'expérience la plus importante de sa vie mais une torture sans nom.

Ma respiration s'accélère et je prends la parole, couvrant de ma voix les murmures de l'interprète.

– Apporte-lui un traducteur immédiatement !

L'interprète secoue la tête et ses mains pâles se tordent, trahissant son inquiétude et sa peur.

– Un traducteur ? Seuls les membres du conseil d'Antikythera en ont.

Je fronce les sourcils. Ce conseil ne me dit rien. *Il existe donc un conseil avec un pouvoir administratif qui ne me rend pas des comptes ? Savent-ils seulement que je suis leur Raku ? Que leur a donc dit Bo'Raku ?*

Mettant tout ceci de côté pour le moment, je reprends :

– Dis-moi pourquoi toi tu parles le Voraxian.

– Je l'ai appris.

Ses réponses sont toutes prononcées avec un accent que j'ai du mal à placer, je ne l'ai jamais entendu avant. Cet accent est, pour dire vrai, charmant, et j'aurais pu l'apprécier si les mots qu'il accompagnait ne m'avaient pas donné envie de lui arracher la langue et de lui casser toutes les dents.

Sous moi, ma Rakukanna se tortille, essayant de se libérer de mon emprise. Je serre son poignet encore plus fort, la colère me parcourant l'échine, et je me rapproche encore plus d'elle. Je suis assez près pour sentir la chaleur brûlante de son petit corps.

– Dis-moi pourquoi ma propre âme sœur Xiveri essaie de me fuir, dis-je en plongeant mon regard dans celui de mon âme sœur.

L'interprète murmure alors des mots si terribles qu'ils me hanteront à jamais, cela, j'en suis sûr.

– Âme sœur...Xiveri … C'est quoi ça ?

Mes deux cœurs ne battent plus de concert. Je ne peux l'ignorer et je ne peux m'en distancer. Je ne peux rien faire.

– De vrais partenaires, je murmure d'une voix creuse, des êtres réunis par l'univers, Xana, et son compagnon, Xaneru. Lui, il est l'âme et le Xanaxana est le pouvoir d'accouplement qu'ils créent, qui lie deux Xiveris en un seul.

– Qu'est-ce qu'il dit Svera ? demande mon âme sœur Xiveri à sa compagne.

– Je ne sais pas, répond cette dernière en secouant la tête.

Elle se tourne vers moi et ajoute en voraxian :

– Je ne peux pas traduire parce que je ne sais pas de quoi vous parlez. Qu'est-ce que c'est que Zi-vair-ee ? Qu'est-ce qu'un Za-na ? Ou un Za-nay-roo ? Ça n'existe pas dans notre langue, alors, est-ce que vous pouvez...

Elle se met à faire de grands gestes nous désignant, mon âme sœur Xiveri et moi.

– Vous pouvez vous éloigner d'elle s'il vous plaît ? reprend-elle. Elle n'est pas consentante et elle ne fait pas partie des femmes sélectionnées pour la Chasse cette rotation, elle n'est pas assez âgée.

Pas consentante ? Pas sélectionnée ? Pas assez âgée ? Je suis bouleversé. Un Raku ne doit rien ignorer de sa fédération et pourtant me voici, là, face à un peuple, une nation entière, qui ne connaît rien de nos coutumes, de nos usages ou de notre biologie, putain de xok ! Et moi, je ne sais rien des leurs. Comment est-ce possible ?

Bo'Raku...

Je siffle et m'éloigne de mon âme sœur. Maintenant debout, je me sens immense face à la petite forme de son corps. Passant mes doigts dans mes cheveux, j'essaie de contrôler les vagues de l'appel du Xanaxana qui parcourent mon corps. Cette prise de conscience est douloureuse, c'est le moins qu'on puisse dire. *Elle ne comprend pas le pouvoir du xanaxana ou ce qu'il représente pour nous.*

Elle essaie de se couvrir avec les morceaux épars de tissu marron et, dans un effort désespéré, elle s'éloigne de moi comme si elle n'avait vraiment aucune connaissance de mon âme, de ce qui nous lie.

Ma respiration s'accélère. C'est en haletant de fureur que je tourne autour de la petite interprète. Elle galope vers les siens, qui ne font rien d'autre que de s'arc-bouter contre elle en la projetant en avant. Elle est seule, sans rien d'autre que ses petits poings et une enveloppe brune informe recouvrant ses cheveux et sa silhouette pour se défendre contre ma colère.

J'ai envie de déverser toute ma rage sur elle, mais les Voraxians ne font pas de mal aux femmes. Elles donnent la vie, elles sont précieuses, et sans elles, il n'y aurait pas de Xanaxana. Pas de petits. Pas de futur.

– Dis-moi ce que tu entends par « pas assez âgée ».

– Elle n'a pas encore sept rotations. Nous avons signé un accord avec Bo'Raku disant que seules les femmes qui ont entre sept et quinze rotations seraient sélectionnées pour la Chasse. Elle n'en a que six.

L'interprète tape du pied en parlant et ne cesse d'échanger des regards avec mon âme sœur. J'aurais pu en conclure qu'elle me nargue ou veut me tromper, mais, par la nuit, je reconnais ce dont il est question, même si elle n'a pas de crêtes sur le front. Son regard, comme celui de mon âme sœur, témoigne de sa peur.

– Ordonne à mon âme sœur Xiveri d'activer son moteur de vie.

– Son moteur de vie ?

Mon sang ne fait qu'un tour. Le nom de Bo'Raku emplit mes pensées. Il a des êtres sensibles et intelligents sous sa juridiction et il ne leur a même pas fourni des choses aussi basiques que des moteurs de vie !

Mon regard va du visage de mon âme sœur à sa tenue. Ses haillons sont si fins et en si mauvais état que je peux voir sa peau au niveau des genoux et des coudes. *Ses membres sont si fins, osseux...*

Elle est bien trop mince. Par les ouvertures de sa tunique, je peux voir les os de sa poitrine. Ils sont délicats et proéminents. Je pourrais facilement briser chacun de ces os entre deux doigts.

Bo'Raku...

Alors que je m'imagine en train de le décapiter, je rugis :

– Quelle est la lignée de cette femelle ?

– Sa... lignée ?

– De quelle famille vient-elle ?

– Elle... Elle est orpheline... Elle n'a pas de famille.

– Quoi ?

Cette femelle, celle qui va devenir mon âme sœur Xiveri, celle qui est amenée à être la Rakukanna de Voraxia, n'a pas de lignée ? Pas de famille ? Personne pour la représenter ?

– Qui est son père ?

L'interprète détourne les yeux.

– Ils... Ils ne nous... Les extraterrestres, euh... Les Drakeshs ne nous donnent par leur nom avant l'accouplement. Nous ne connaissons que Bo'Raku...

Je ne comprends pas. Je me sens stupide. Je suis Raku, commandant de toute la Fédération Voraxiane, de ses armées et de son peuple, et c'est une femme chétive tremblante de peur qui m'apporte des informations essentielles sur l'un des territoires sur lequel je règne.

– Vous ne vous êtes pas présenté non plus, fait-elle remarquer d'un ton accusateur, un éclair de colère perçant la peur qui emplit son regard.

Je me relève entièrement, la menaçant de ma haute stature.

– Comment oses-tu me parler ainsi? Si je n'avais pas tant besoin de ta langue, je l'aurais arrachée de ta bouche.

– Stop !

Mon âme sœur Xiveri se relève elle aussi et se place entre l'interprète et moi. Elle me craint. Elle me hait. Elle ignore qui je suis même si elle est mienne et que je suis sien, le seul et unique mâle à lui appartenir.

– Ne lui faites pas de mal, dit ma femelle en plongeant son regard dans mon âme.

Mon Xanaxana s'élève, tendu vers elle, imprimant en moi le manque de ce qu'elle détient sans le savoir.

– S'il vous plaît, reprend-elle, ne lui faites pas de mal. Je vous donnerai ce que vous voulez.

J'inspire et considère les vêtements troués qui révèlent sa peau. Ma peau. Je regarde les nœuds dans ses cheveux. Mes nœuds. La Ranxcera naît, grandit en elle et s'écoule d'elle. Elle m'appartient. Une odeur d'orge et de sirop s'échappe d'elle, signe de son désir. Il est aussi mien. La toucher, la prendre, me fondre en elle et rugir comme un animal, c'est ce que je ferai, car elle est mienne.

Mes doigts s'agitent. Sans cesser de regarder mon âme sœur, je m'adresse à l'interprète.

– Un accouplement avec une personne de moins de sept rotations est un sacrilège chez les humains ?

– Oui, répond rapidement l'interprète avec fermeté.

Je ne sais pas comment ces créatures vieillissent - je ne sais rien d'elles pour dire le vrai- mais les femelles Drakeshs et Voraxianes peuvent s'accoupler dès qu'elles ont cinq rotations. Il est immoral de proposer un accouplement avant.

Les mâles plus âgés qui séduisent des femelles qui ont moins de cinq rotations sont soumis aux plus atroces tortures. On leur fouette les testicules. J'en sais quelque chose puisque j'ai moi-même sanctionné de cette façon l'un de mes guerriers qui avait été surpris à séduire la jeune fille de l'un des chefs de guerre du troisième quadrant qui avait attaqué Cree, une planète Voraxiane extérieure. Il a fallu la moitié d'un solaire pour lui administrer cette sanction. Deux de mes plus féroces guerriers ont assisté au châtiment et ont dû partir vomir.

Je suis Raku, hexa, mais même mon titre ne peut me sauver, il me faudra donc attendre.

Si je sais une chose, c'est que toutes les blessures que j'ai obtenues sur le champ de bataille et toutes les cicatrices, résultats des affrontements avec des guerriers ennemis, ne m'ont pas préparé à cette torture.

Je me souviens du jour où mon maître d'armes m'a cassé la jambe parce que je ne l'avais pas correctement positionnée en adoptant la posture de combat. Il ne m'a fait aucun cadeau par la suite et pendant les heures qui ont suivi, pendant que ma blessure guérissait, j'ai dû combattre sans répit. Ce n'était rien comparé à la souffrance de l'attente qui m'attend.

Là, il ne s'agit pas de ma jambe mais de mon corps entier qui est brisé en mille morceaux par des mains plus puissantes que les miennes et il me faudrait lutter contre ce sentiment d'agonie pendant... Toute. Une. Rotation ?

Le grondement qui résonne dans ma gorge se transforme en rugissement. Le chagrin m'envahit et je me tourne vers l'interprète qui se recroqueville dans l'ombre de mon âme sœur Xiveri.

– Si elle n'a pas de lignée, quel est son titre ?

– Son titre ?

– Qui est-elle ? Quel est son rôle ici ?

– Son... L'interprète secoue la tête, perdue. Euh...elle invente des choses... elle est inventrice.

– Ce n'est pas ce qu'elle est, ce ne sont que ses fonctions. Je veux savoir comment on l'appelle.

– Son nom ? Elle s'appelle Miari.

Je recule. Miari. Ce n'est pas un titre. C'est un nom. Sur Voraxia, seuls les jeunes ou les esclaves portent un nom, et l'esclavage est interdit... *Bo'Raku*...

Je me râcle la gorge avant de m'adresser directement à Miari.

– Rakukanna, je reviendrai pour toi dans une rotation.

Le fil invisible qui me lie à elle se tend et se casse quand je fais un pas en arrière. Mon corps se brise de l'intérieur. La chaleur de leurs soleils est un feu sur mes épaules, le sable mord ma peau comme des lames. Je ne peux pas faire ça. Pendant un moment, à ma grande honte, j'envisage d'ignorer les coutumes de ces extraterrestres et de la prendre quand même, ou de l'emmener et de l'enfermer jusqu'à la rotation suivante...

Je fais un pas de plus en arrière, mais avant que je ne puisse la laisser tout à fait, mon Xanaxana m'attire dans l'irrésistible nuage qu'elle produit.

Mon xora réagit. J'inspire longuement l'odeur de rancxcera, de sucre, d'orge, de sel, de sueur et de racines de l'arbre tevra.

Elle sursaute mais je l'attrape tout de même par les épaules et je me penche assez bas pour lui murmurer à l'oreille.

– Ne t'inquiète pas, je ne t'abandonne pas.

Je lèche, enfiévré, le bord de son oreille avant de m'écarter brusquement et de repartir sans un regard pour celle que mon corps désire ardemment.

D'un pas décidé, je me dirige vers la cheffe de ces créatures. Je m'empare de son bras trop fort. Je ne cherche pas à lui faire du mal mais je tremble encore et je ne peux pas faire autrement. Je suis entièrement sous l'emprise du Xanaxana et de cette petite femelle sans nom et sans héritage.

Je sais déjà ce que mes conseillers xub'Rakus me diraient - *Elle n'est pas digne de vous* - et peut-être que j'irais même dans leur sens ; mais nous aurions tous tort parce que le Xanaxana, lui, a toujours raison.

– Je reviendrai la chercher dans une rotation. Pas plus. Pas moins.

Je me prépare à partir mais une douleur s'empare de ma mâchoire. Toute. Une. Rotation. La rotation de ma planète natale est lente. Trop lente. Une rotation, c'est bien trop long. Tant de choses peuvent changer. Tant de choses peuvent se produire. La panique s'insère dans tous mes os.

J'expire difficilement, cherchant à garder la maîtrise des crêtes placées au niveau de mes sourcils afin qu'une coloration rose ne vienne pas trahir mes émotions, puis j'ajoute :

– En mon absence, aucun mâle, aucune femelle ne devra toucher la femelle appelée Miari.

La seule pensée qu'elle pourrait être déshonorée, ou pire, qu'elle pourrait se donner volontairement à un autre mâle heurte mes plaques et colore mes crêtes du rouge vif de la jalousie.

– Mais... Mais bien sûr...

La femme baisse la tête. Je poursuis avec une voix bien bien plus aiguë que d'ordinaire. Je n'ai jamais parlé ainsi. Je ne suis pas moi-même. Il vaut mieux que nous soyons séparés tant que nous ne pourrons être ensemble, cette attente me rend déjà fou.

– Vous ferez en sorte qu'elle soit nourrie régulièrement, habillée comme il se doit et bien logée. Je veux qu'elle soit en sécurité, protégée et en bonne santé quand je reviendrai. Elle deviendra la Rakukanna de votre peuple, notre Rakukanna à tous. Elle régnera sur Voraxia à mes côtés et sera la mère de mes enfants, la Xana de mon Xaneru. Quand je serai de retour, dans une rotation exactement, aux premières lueurs de l'aube, elle m'attendra, prête et désireuse de repartir avec moi sur Voraxia, où elle passera le restant de ses jours. Si pour une raison ou une autre, les choses ne se passent pas comme prévu, vous mourrez.

La femme déglutit, ses yeux se couvrent d'un voile. Elle protège son visage de son bras, un membre fin que je pourrais arracher seulement avec des mots.

– Sa protection passe avant tout. Elle vaut plus que tous ceux qui se trouvent ici. Me suis-je bien fait comprendre ?

La surface brillante du dôme qui protège leur planète attire mon attention. Ce dôme est un outil de défense, mais il peut être brisé. L'idée qu'elle puisse vivre ici toute une rotation, à la merci du danger, protégée seulement par ce simple dôme et ces êtres faibles est un véritable cauchemar.

– Est-ce bien clair , femme ?

– Oui, oui. Hexa, répond-elle dans ma langue en s'inclinant.

– Xhivey. En échange, je vous fournirai tout ce dont vous avez besoin pour améliorer vos conditions de vie sur cette planète. J'enverrai des cargos de biens, de nourriture, d'outils et d'équipements. Et si je suis satisfait à mon retour, j'équiperai votre colonie d'un dôme Drolax deux fois plus grand que celui-ci et de technoplaneurs qui vous permettront de vous déplacer sans problème sur votre planète. Nous reconstruirons votre colonie selon les normes voraxianes et je vous assure que votre peuple n'aura plus jamais faim, plus jamais soif et n'aura plus jamais peur. Aussi longtemps que vous vivrez.

– C'est entendu. Merci beau... beaucoup Raku.

Elle essaie de faire à nouveau la révérence mais d'une main, j'agrippe son petit cou et je la force à lever la tête vers moi. Je regarde ses yeux marron foncé et je peux y voir mon reflet. *J'ai l'air monstrueux. Est-ce ainsi que me voit ma Rakukanna ?*

– Si ce que je vois à mon retour ne me convient pas, on ne retrouvera pas même vos os quand j'en aurai fini avec vous. Est-ce que vous me comprenez ?

Les yeux de la femme s'arrondissent d'une façon bien humaine, mes yeux et ceux de tous les Voraxians ne pourraient pas s'agrandir ainsi. Elle bégaie à plusieurs reprises puis répond finalement :

– Oui. Hexa.

– Xhivey, lui dis-je avant de la relâcher.

Bo'Raku et Va'Raku continuent de surveiller les extraterrestres, comme s'ils s'attendaient à ce qu'ils se révoltent. Mes mains tremblent, j'ai envie de tuer quelqu'un ou de détruire quelque chose. Je n'ai jamais souffert de l'immensité de ma fédération comme j'en souffre maintenant. Pourquoi me permettre de découvrir mon trésor le plus cher et m'empêcher de m'en saisir ?

– Nous partons. Pas d'accouplement, grondai-je.

– Pas d'accouplement ?

Bo'Raku ne parvient pas à cacher sa surprise et sa contrariété. Je me tourne vers lui et le coup de poing que je lui assène le propulse sur le sol dix pas plus loin. Il se lève lentement, et pendant qu'il le fait, je me tiens au-dessus de lui. Il montre les dents, mais il n'ose pas quitter mon regard.

– Après tout ce que tu as pu faire ici, tu prouves encore que tu n'as aucun honneur. Quand je me serai calmé, tu me diras tout de cette colonie et de tes actions, Bo'Raku. Les créatures qui vivent ici sont intelligentes, elles appartiennent à notre fédération mais elles nous craignent. Tu m'expliqueras pourquoi.

Bo'Raku se frotte la poitrine. La marque de mon poing est toujours visible sur ses plaques. Il ne jette qu'un regard vers les rangs de femelles agenouillées qui sont venues se grouper derrière la clôture. *Elles ont peur et pourtant elles prennent part à la Chasse ?* Il y a quelque chose qui m'échappe, et cela doit cesser.

– Tu parles d'eux comme s'il s'agissait d'êtres d'importance Raku, alors qu'ils n'ont ni sang voraxian, ni sang Drakesh. Ce sont presque des animaux.

Les Drakeshs et leur haute opinion d'eux-mêmes et de la pureté de leur sang... Je me chargerai de faire disparaître ces idées.

Je place mes genoux sur la poitrine de Bo'Raku. Il essaie de parer le premier coup que je lui assène et il y parvient presque mais il reçoit de plein fouet tous les autres. Sous mes coups, son visage, *mon visage*, car il m'appartient et sa vie aussi, n'est plus qu'un amas de chairs sanguinolentes. Toutefois, je lui permets de conserver sa misérable existence, par respect pour nos lois, destinées à préserver la vie. Lois qu'il a pourtant contournées en ne faisant pas de ces êtres des citoyens Voraxians de plein droit.

Je me penche et lui dit doucement, couvrant le souffle ténu qui s'échappe de ses poumons.

– L'une d'eux, de ces animaux comme tu dis, te donnera des ordres Bo'Raku, et te surpassera en grade. Si tu conserves ton grade. Dépêche-toi de me suivre si tu veux conserver des chances de vivre et un peu d'honneur. Sache que personne ne participera à la Chasse aujourd'hui ; quant à toi, tu n'y prendras plus jamais part.

Je le relâche et aboie des ordres à ses hommes afin qu'ils nettoient et réparent ce que j'ai cassé dans ma rage. Va'Raku se range à mes côtés et nous remontons silencieusement dans le vaisseau. Ce n'est qu'une fois à l'intérieur que j'ose me retourner pour chercher mon âme sœur du regard.

D'abord, je ne la vois pas au milieu de la foule des extraterrestres attroupés. Puis, je l'aperçois enfin. Elle aide les femmes qui étaient agenouillées près de la clôture que j'ai détruite. L'interprète est à ses côtés.

Je sens que Va'Raku, aussi immobile que moi, suit mon regard et je ne suis pas surpris de le surprendre à fixer ces êtres colorés jusqu'à ce que nous ne puissions plus les voir des volets d'observation. Ils sont tous, chacun d'entre eux, beaux à leur façon ; et Bo'Raku a fait de leur existence un secret.

Alors que le vaisseau progresse à la vitesse de la lumière, je mets de côté l'image de Miari, de sa cheffe, de son interprète, de sa lune, des mensonges de Bo'Raku et du jugement qu'il faudrait lui réserver.

Je préfère, pour le moment, appeler Va'Raku et les meilleurs guerriers de Bo'Raku, afin qu'ils me rejoignent dans une salle d'entraînement. Quelques instants plus tard, ils m'encerclent tous. Ils ne portent que les cuirs de cérémonie dont nous étions revêtus lorsque nous nous trouvions sur la petite planète. Je passe le quart solaire suivant à les ravager.

Une rotation plus tard…

3

Miari

– Tu penses qu'il est déjà arrivé ?

Je jette un coup d'oeil à Kiki, qui ramasse des pierres noires qui égalent en couleur celles qui se trouvent sur la lune qui vient juste de s'éteindre.

Elle jette une grosse pierre derrière elle et essuie la sueur qui coule de son front du revers de la main. Il y a deux rotations, Kiki a cessé de parler. Elle a tout simplement décidé qu'elle ne parlerait plus. Je ne devrais donc pas m'attendre à une réponse de sa part. Pas à voix haute en tout cas.

Elle tire un petit bloc de papier et une craie de sa poche.

– Premières lueurs de l'aube.

C'est ce que je lis quand elle me montre ce qu'elle a écrit.

– Il nous reste un peu de temps alors.

Elle acquiesce silencieusement. Nous continuons à creuser.

Le soleil darde fortement ses rayons sur nous. Nous avons fini de pousser sur le côté toutes les pierres. Derrière, se dessine l'entrée d'une cave. C'est avec une certaine appréhension que je me glisse dedans, et ce sentiment s'intensifie quand Kiki commence à remettre les pierres à leur place initiale. *Je vais être enterrée vivante.*

C'est notre plan. Il nous a fallu la moitié d'une rotation pour mettre au point ce plan, mais maintenant, j'ai l'impression que ce n'est pas une si bonne idée.

Grâce à un hologénérateur que j'ai bricolé, Svera a pris ma place après le troisième repas, ce qui nous a laissé le temps, à Kiki et à moi, de nous échapper par les égouts, hors de la colonie et de la protection du Dôme Drolax. Mathilda doit déjà avoir demandé à Svera de se préparer pour la sélection...

Kiki et moi avons dépassé les limites de notre colonie. Grâce à Kiki, qui, en tant que chasseuse et pisteuse, connaissait une partie de la région, nous avons trouvé les endroits où poussent les arbres touffus et où le sable devient de la mousse.

Malheureusement, plus loin, la mousse est remplacée par des pierres, qui laissent ensuite la place à d'autres pierres. Nous nous trouvons maintenant sur un territoire inconnu, la portion inhabitée de notre planète. Personne ne s'aventure dans cette région désertée. Nous avons dû nous-mêmes mettre fin à notre voyage car les falaises sont beaucoup trop écharpées.

Nous avons découvert une petite clairière bordée de grottes et nous avons choisi de nous enterrer à l'intérieur de l'une d'entre elles. Nous espérons que la distraction portera ses fruits. Nous espérons que mon hologénérateur fonctionnera. Nous espérons que Svera ne sera pas blessée. Nous espérons qu'il ne viendra pas me chercher et que s'il vient me chercher, il ne sera pas capable de nous trouver. Nous espérons que lorsqu'il partira, frustré et en colère, il ne s'en prendra pas à la colonie.

Honnêtement, c'est un plan de merde. Je suis une inventrice et il m'a fallu toute une rotation pour pondre cette idiotie ?

– Quoi ?

Kiki me montre son calepin. Elle n'a presque plus de pages et il lui faudra plus de l'équivalent d'un solaire de paie pour s'en racheter un. *Si on arrive à s'en tirer vivantes, je lui en achèterai un. Je lui donnerai ce qu'elle veut.*

– Rien.

Le temps passe. Je ne sais pas exactement combien de temps. Un demi-solaire ? Plus ? À un moment donné, un bruit me fait sursauter. Un instant, je suis persuadée d'avoir vu l'éclat d'un vaisseau spatial atterrissant sur la planète. Est-il arrivé ? S'il est là, ce n'est pas grave. Il est loin d'ici. Il ne peut pas me trouver. *Oh, sang de lune, oui, il le peut.*

Je frissonne au moment où Kiki grogne. Sous la lumière d'une torche solaire, je la regarde fouiller dans son sac. Il est enveloppé dans du plastique et c'est la seule chose que nous avons pu emporter qui a échappé à la puanteur et aux déchets des égouts.

Les mains sales, j'accepte la gourde d'eau que Kiki m'offre et lorsqu'elle me propose un morceau de pain blond sec et un fruit dur comme du cuir, je les prends aussi. Elle découpe un morceau de chaque pour elle-même, puis nous nous asseyons l'une en face de l'autre contre les murs de pierre noire de cette caverne. Nous mâchons un moment en silence.

– Tu penses que les femmes sélectionnées ont déjà été regroupées ? je demande en avalant une bouchée de nourriture sèche et fade qui manque rester coincée dans ma gorge.

Elle réfléchit quelques secondes puis elle acquiesce. Je grimace.

– J'espère que quand il s'apercevra que Svera a pris ma place il annulera la Chasse.

Les lèvres pulpeuses de Kiki ne forment qu'une ligne dure. Elle prend son calepin, griffonne rapidement quelques mots et me les montre : « Ils n'ont qu'à se baiser eux-mêmes pour changer ».

Je glousse, et je me fends même d'un sourire sous le regard sérieux de Kiki. Il fut un temps où elle aurait ri elle aussi. Avant. Quand elle parlait encore. Quand elle riait encore. Quand elle s'asseyait sur les premières marches menant à la cabane de sa mère et qu'elle acceptait de tresser les cheveux des enfants en chantant. Elle avait une voix magnifique. Elle *a toujours* une voix magnifique, même si, j'avoue que *je ne sais pas si cette Kiki rayonnante existe toujours...*

Nous sommes plongées dans un silence si profond que je n'entends que trois sons distincts : les battements de mon cœur. Boum boum, boum boum, boum boum. La respiration douce de Kiki. Hmm, hmm, hmm. Et l'eau condensée qui tombe du plafond de la cave à intervalles irréguliers : ploc, ploc, ploc...

– J'ai juste...

Je m'interromps soudain. Une chaleur lancinante prend naissance dans mon ventre. Je me sens faible. Je ressens... tout avec une acuité incroyable. Il est là.

J'ai essayé de décrire à Svera et à Kiki cette sensation... cette terrible et délicieuse brûlure de mes entrailles, mais elles ne comprennent pas, surtout Kiki.

Cette tension foudroyante couplée à une montée de chaleur et...de désir perfide... est une expérience incroyable. Cela dépasse de loin toutes les émotions que j'ai pu ressentir par le passé. C'est comme si on m'avait donné un coup de poing dans les tripes, comme si on m'avait hurlé au visage des mots qui auraient traversé le conduit de mes oreilles pour brûler ensuite lentement entre mes tempes. Des mots nous mettant au défi, lui, comme moi, de nier ce qui nous unit, tout en sachant que ce défi ne pouvait être relevé.

Je me suis sentie liée à lui depuis la première fois que j'ai ressenti cette chaleur. Irrémédiablement.

Les légères palpitations dans mon ventre me parcourent, ne demandent qu'à s'intensifier et à se faire la voix d'un désir plus puissant. Je m'en souviens comme s'il s'agissait d'un rêve mais je n'ai pas oublié la puissance de ce désir aigu. *La force du manque* et ce besoin logé entre mes cuisses.

Ce plan de merde n'a aucune chance de marcher.

Kiki n'était pas présente, elle n'a pas vu, elle ne pouvait pas... Elle ne sait pas ce que c'est que de ressentir ce que j'éprouve en ce moment. Elle les hait tous et elle a ses raisons, c'est une haine que je pensais partager mais... je ne sais pas si c'est vraiment le cas.

Qu'est-ce que cela signifie ? *Il vient me chercher.*

Kiki me lance un regard interrogatif et me donne un coup dans les côtes avec le bord de son bloc-notes. Elle tapote sur le mot qu'elle a écrit plus tôt avec une extrémité de sa craie. « Quoi ? »

– Je...

Je secoue la tête, j'hésite un instant entre mentir et dire la vérité, puis je finis par déclarer :

– Je pense que ça ne va pas fonctionner.

Kiki fronce les sourcils. Ses épaules se resserrent près de ses oreilles et lorsqu'elle me montre ce qu'elle a violemment gribouillé, je lis : « Il faudra me passer sur le corps avant qu'ils ne te mettent dans l'un de leurs maudits harnais. »

Je frissonne. Ses mots me ramènent à la raison et me rappellent douloureusement ce qui va se produire si nous échouons...

Le harnais. Quand nous avons trouvé Kiki après la Chasse, elle était allongée dans une petite flaque de son sang et elle était enveloppée dans les cordes qu'il avait utilisées pour l'attacher. *Sale bâtard.* Elle n'a jamais expliqué comment le harnais fonctionnait, et je n'ai pas demandé. Je ne veux pas savoir. J'ai seulement compris que c'était douloureux.

Kiki serre la mâchoire et se penche vers moi. Elle souligne les mots « me passer sur le corps » à deux reprises.

J'hésite, puis j'acquiesce.

– Je ne veux pas non plus du harnais mais je ne vais pas te laisser mettre ta vie en danger pour moi. Je préférerais aller dans le harnais que de vous savoir en danger, Svera ou toi.

Le regard brillant de Kiki s'enflamme, même dans le peu de lumière qu'il y a entre nous. Elle grogne et plante à nouveau sa craie sur la page. *Me passer sur le corps.* Dans mon esprit, les mots résonnent et accompagnent les quelques bruits de la grotte: *Me passer sur le corps. Hmm, hmm. Ploc, ploc. Boum boum, boum boum, sssss....*

Je penche la tête à droite. *Sssss.* Le son est étrange et lointain. Il ne vient pas de l'entrée de la grotte, bloquée par les pierres, mais du gouffre derrière nous.

Kiki et moi, nous nous regardons silencieusement. *Boum boum, boum boum, boum boum.* Elle cesse quelques instants de respirer. *Ploc, ploc, ploc, ploc.* J'arrête aussi de respirer. *Sssss....*

– Cette grotte est vide... n'est-ce pas Kiki ?

Kiki ne répond pas. Sa craie et son petit calepin ne bougent pas dans sa main maintenant immobile, même si les muscles tous tendus de son bras sont bien visibles.

Mes paumes deviennent de plus en plus moites. J'inspire. L'odeur que je dégage est tout simplement repoussante. Je sens les excréments, la pisse, les ordures, le sable, la transpiration et la peur. *Sssssss.* Le son est amplifié.

Nous fixons maintenant toutes les deux le lieu d'où semble provenir le bruit. Malheureusement, la torche solaire n'éclaire qu'à un mètre de distance. Au-delà, l'intérieur de la grotte est plongé dans l'obscurité totale. Il nous faut de la lumière. *Sssss.*

Je me mets en mouvement et saisis rapidement le sac à dos, jetant son contenu sans ménagement sur la pierre dure entre mes jambes. En fouillant dans nos maigres réserves, je prends la torche solaire, la secoue jusqu'à ce qu'elle émette un rayon orange brillant et dirige la lumière vers les profondeurs de la grotte.

Boum boum, boum boum, boum boum. D'abord je ne vois rien : il n'y a que les parois nues de la grotte, les gouttes d'eau qui tombent lentement du haut sur des rochers épars... et tout à coup, un éclair lumineux.

Kiki retient une exclamation de surprise et se couvre la bouche. Je ne bouge pas d'un cil. J'essaie de ne pas transpirer, de ne pas penser, j'essaie d'étouffer le bruit des battements de mon cœur. *Boumboumboumboumboumboum. Ssssssss.*

Paf. Dans la lueur circulaire orange de ma torche, un pied se pose. Ou une main. Une patte. Une sorte de membre appartenant à une créature que je n'ai jamais vue auparavant - une créature dont je n'ai jamais entendu parler.

Ce membre ou cette patte est recouverte de couteaux aux bords dentelés. Dans la lumière artificielle, ils brillent comme du verre. Des griffes, ce sont des griffes, d'immenses griffes.

La bête à qui ces griffes appartiennent fait lentement un autre pas vers nous, laissant la lumière de ma torche parcourir l'ensemble de son énorme et abominable corps. Je peux maintenant voir sept bras épais et musclés, deux bouches bordées de rasoirs pointant dans toutes les directions, et un petit front couvert d'yeux verts fouineurs qui répondent à mon regard.

– Kiki... je commence avec l'intonation d'une question.

Comme pour me répondre, le monstre au bout du tunnel lance un autre *ssssss* et d'un seul coup, ses sept bras munis de griffes commencent à s'activer. Il se traîne en avant et réduit la distance qui nous sépare.

Vive comme l'éclair, Kiki me saisit par le bras et me pousse vers l'entrée couverte de rochers. Bien qu'elle soit plus petite que moi, elle est plus forte que moi.

Je trébuche et tombe ; les grosses pierres s'éparpillent autour de moi. Les coupures que j'ai eues aux mains en pelletant des pierres pour entrer dans cette grotte se rouvrent, mais je m'en moque. Nous devons sortir d'ici.

Je commence désespérément à ôter les pierres pour les jeter à côté, défaisant tout le travail du dernier quart de solaire. Au bout de quelques instants, l'absence de Kiki me pousse à jeter un coup d'œil par-dessus mon épaule. Ce que je vois me cloue sur place : Kiki affronte la créature.

– Non, Kiki, pas le Grabar !

Je la connais mieux que si je l'avais faite maintenant et c'est sans surprise que je la vois sortir trois morceaux de métal d'une poche près de sa cuisse. Elle les fixe ensemble pour former l'arme que j'ai fabriquée pour elle il y a une rotation, à partir de fibres Gra'en tirées du sol, et du coffre en acier du parasol des parents de Svera.

Le Gra'en lui permet d'électrocuter et de couper en même temps, mais je ne le lui aurais jamais donné si j'avais pensé qu'elle essaierait de l'utiliser contre une créature comme celle-ci - un monstre avec une envergure de la longueur de deux extraterrestres , deux bouches de la taille de la tête de Kiki dardant des dents qui pointent dans des directions opposées, et en prime, une multitude d'yeux luisants et perçants.

– Kiki, il y a un amplificateur !

Elle n'a pas le temps de répondre à mon cri. La chose est sur nous maintenant et Kiki court en avant pour la contrer. Je dois nous sortir de là.

Je parviens à enlever deux lourdes pierres de l'entrée et la lumière du soleil se déverse dans la grotte. Je pousse les autres pierres, je donne des coups de pied et je les lance au loin. J'attrape l'un des plus petits rochers et l'envoie aussi fort que je peux en direction de la créature, mais elle le repousse sans cesser de regarder Kiki.

Kiki se rue sur le monstre comme si elle avait perdu la tête et la pointe du Grabar touche l'un des yeux de la bête. De minces rivières de liquide gris se déversent entre ses deux bouches.

– Ssssss !

Le hurlement du monstre est assez puissant pour faire tomber quelques pierres supplémentaires. Au prix de bien des efforts, j'arrive à pousser un énorme rocher qui bloquait une bonne partie de l'entrée. Maintenant, il y a juste assez d'espace pour qu'un corps puisse se faufiler et sortir. Un corps humain.

– Kiki, viens !

Je me retourne et je regarde avec horreur la bête frapper la poitrine de mon amie. C'est rapide. Trop rapide pour que je puisse intervenir. Je suis sur le point de m'évanouir lorsqu'il s'en prend à nouveau à elle, mais elle se penche si vite en arrière que ni la bête, ni moi, ne pouvons anticiper la suite : l'instant suivant, elle brandit son Grabar et frappe la créature en plein visage.

Le monstre rugit à nouveau en reculant, puis s'élance, cette fois avec deux bras. Kiki saute par-dessus la première patte, mais la seconde parvient à lui entailler la cuisse.

– Aaaaaah !

Entendre la voix de Kiki me pétrifie. Je ne l'ai pas entendue depuis deux rotations, depuis le jour où Kiki la guerrière est née et où Kiki la reine de beauté est morte.

Elle esquive les coups sans perdre son arme et je le vois alors : elle a un plan. De sa position, elle est presque entre ses cuisses. Près de ses yeux. Elle les poignarde à nouveau, et le liquide gris se répand partout.

La créature hurle. Je descends des rochers et me précipite vers mon amplificateur, qui se trouve sur le sol. C'est la seule arme que j'ai apportée avec moi. Il a deux poignées et juste assez d'énergie pour une impulsion.

– Kiki, je vais utiliser l'amplificateur, pousse-toi!

Sourde à mes demandes, elle ne s'éloigne pas. Elle continue de poignarder et le monstre continue de frapper. Elle l'aveugle mais elle se fatigue. Heureusement, la créature commence à reculer dans le tunnel.

– Kiki !

Elle se rapproche de la créature comme si elle ne m'avait pas entendue, elle la chasse. Je suis momentanément emplie d'espoir : peut-être parviendra-t-elle à ses fins ? Mais cet espoir est balayé l'instant suivant.

En glissant sur l'une des flaques épaisses et brillantes de son sang, Kiki perd pied, et le monstre, voyant là une opportunité de gagner, lui assène un coup sur le ventre avec l'un de ses bras dentelés.

Kiki vacille sur place. À l'intérieur, mon corps se répand en cris silencieux mais je retiens ma respiration. Le temps est suspendu et quand la bête avance à nouveau, elle se déplace plus vite que je ne l'en aurais crue capable.

Le Grabar de Kiki charge, la pointe de la lance poignarde la créature à travers l'une de ses mâchoires. Il hurle et trébuche quelques mètres en arrière avant de se relever avec une nouvelle vigueur.

Je profite de ce moment pour m'élancer vers l'avant et attraper Kiki par le bras. Je la pousse à travers les rochers que j'ai dégagés. Elle disparaît par l'ouverture et je me précipite pour la suivre. Je tombe lourdement sur le sol de la clairière.

Je n'ai pas le temps de reprendre mon souffle qu'un énorme bras gris se glisse dans l'ouverture après nous. Pour le moment, il est coincé - *mais pour combien de temps ?*

Je désarme l'amplificateur et j'éloigne mon doigt de la gâchette.

– On peut lui échapper, on n'a qu'à courir. Viens, Kiki, on peut retourner à la colonie. Hein ? On peut... On... Kiki ?

J'attrape son bras mais elle ne bouge pas, elle se contente de rester agenouillée et de me regarder. Non, elle ne me regarde pas, elle regarde derrière moi. Je suis son regard vers le chemin escarpé que nous avons emprunté pour venir ici, et mon plan de revenir à la colonie part en fumée quand je vois un autre monstre se frayer un chemin entre les rochers noirs pour foncer vers nous.

Et il y en a deux autres derrière lui.

Sssss, sssssss, ssssssss, sssssss, sssssss, ssssssss. J'essuie mes mains moites sur ma tunique tachée de merde et je saisis mon amplificateur fait maison par les poignées, si fort que je suis sûre que mes articulations vont percer ma peau.

Il y en a seulement assez pour une impulsion. Une impulsion. Une. Et il y a trois monstres. Sang de lune.

La créature la plus proche est à moins de vingt pas de nous et ses griffes impriment des rainures dans toutes les pierres qu'elles touchent. Elles doivent être incroyablement denses. Et dire que l'une de ces choses a pénétré l'estomac de Kiki. Je n'ai pas le temps de me retourner pour voir comment elle va. Ça n'a pas vraiment d'importance. Nous n'en avons plus pour longtemps, ni l'une, ni l'autre...

Ces monstres ont des pattes arrière trapues, de la taille d'un tronc, qui les rendent lents, mais les bras compensent largement ce manque. Le premier arrive dans la clairière et rugit. Contre toute attente, en ce moment, c'est l'extraterrestre gris-bleu qui occupe mes pensées. Je me rappelle la façon dont il me regardait. Le poids de sa paume sur ma joue. Les coups qu'il a portés sur le visage de Bo'Raku après leur dispute.

Je ne sais pas ce qu'ils se sont dit mais j'ai eu l'impression qu'il me défendait. J'ai l'impression qu'il me défendrait s'il était là. Mais il n'est pas là. Nous avons voulu à tout prix nous éloigner de lui. Et maintenant nous allons toutes les deux mourir. Au fond, je me demande si sa présence aurait fait une différence. Face à moi, une centaine de griffes écrivent ma mort dans les sillons qu'elles ont creusés dans la pierre.

Je calcule nos chances de survie : elles s'amenuisent à chaque seconde qui passe. Je jette un coup d'oeil à Kiki. Je cherche désespérément à me rappeler pourquoi nous sommes venues ici et pourquoi nous pensions que ça en valait la peine...

Son regard vide ne me dit rien qui vaille. Elle ne fait que bouger d'avant en arrière là où elle est agenouillée, les mains sur son ventre. La vue du sang qui s'écoule entre ses doigts m'emplit de terreur.

– Kiki, ça va ? C'est... On peut s'en sortir. Je pense que si j'arrive à les mettre tous en ligne, je pourrais les exterminer avec un seul coup... il faut juste que tu …

Elle cligne des yeux, ses longs cils ornent son regard.

– Kiki...

Sans prévenir, Kiki prend une inspiration et se dresse sur ses pieds. Ce mouvement excite les monstres, ils avancent encore plus vite maintenant, naviguant facilement entre les rochers. Ils approchent avec une légèreté incroyable vu leur énorme et horrible silhouette.

Elle m'arrache l'amplificateur des mains. Je cherche à la retenir mais elle me pousse et quand je lève les yeux vers elle, je suis clouée sur place par son regard. Son regard me dit qu'elle est prête à mourir. Qu'elle n'attend que ça.

– Kiki...

Je lève la main, pour l'arrêter, pour tenter de lui faire entendre raison.

– C'est moi qui l'ai construit et tu sais bien que mes inventions ne fonctionnent pas toujours. C'est un miracle que le Grabar ne se soit pas effondré comme du papier d'aluminium. Mais même s'il fonctionne, ils vont tous nous laminer. Tu es blessée. Laisse-moi le faire...

Elle ne m'écoute pas, son pouce presse sur la gâchette. Il y a un délai de trois secondes. J'ai trois secondes pour la sauver.

– Kiki !

Je me précipite mais elle me donne un coup de pied dans les côtes qui me coupe le souffle. Des étoiles dansent devant mes yeux.

Trois... Mon dos heurte une pierre tranchante et je pousse un cri. Les monstres se rapprochent, ils nous attaquent de tous les côtés.

Deux... J'entends le son lointain d'un planeur qui approche...

Un... Je suis projetée sur la pierre quand l'ampli explose dans les mains de Kiki, lâchant une cascade de vent puant la merde et des vagues d'énergie.

4
Raku

Lorsque je me pose sur la petite lune, la lune humaine ; le monde est encore sombre. Bo'Raku, Va'Raku et moi descendons du vaisseau comme nous l'avions fait une rotation plus tôt.

L'infâme Bo'Raku a survécu à son procès. Il a bien été condamné pour avoir menti à son Raku sur la nature des êtres de cette lune et pour leur avoir refusé des provisions de base, mais parce que c'est son Bo'Raku avant lui qui a initié le contact avec cette lune - un mâle déjà en exil pour des atrocités commises sur Nobu – sa vie a été épargnée.

Nous avons fait preuve de clémence. Peut-être que ses actions n'étaient vraiment pas destinées à nuire. Peut-être n'était-il qu'un simple guerrier suivant les décrets établis lors des rotations précédentes.

Ou peut-être qu'il savait très bien ce qu'il faisait.

L'épreuve du combat a été aussi sanglante qu'insatisfaisante. J'ai bien eu l'honneur de porter le coup final à sa poitrine, de lui infliger une blessure qui lui a fait perdre ses plaques de protection. Mon coup lui laissera une cicatrice, c'est aussi sûr que le pouvoir de Cxrian sur cette lune ; mais j'avais envie de faire plus. De faire pire. J'aurais voulu le voir mal nourri, vêtu des haillons usés du peuple de ma Rakukanna, dépouillé de tous ses droits, portant son nom d'esclave, comme eux.

Toutefois, je me tiens maintenant à ses côtés, et je me contiens. Je ne peux pas le tuer car je suis Raku. Je suis impartial. Je suis juste. J'écoute les recommandations de mes conseillers, et je sais quel danger il y aurait à me laisser guider par mon Xanaxana plutôt que par ma raison. Je ne peux donc pas le mettre en pièces, *comme Xoran l'aurait fait.* En effet, je ne suis plus Xoran.

Ainsi, Bo'Raku se joint à moi pour aider à clarifier les accords passés entre les Drakeshs et les Humains. Il vient également, dans un dernier acte de soumission, pour s'assurer lui-même que la propriété de cette colonie lunaire revienne bien aux Humains.

Va'Raku, lui, nous accompagne pour des raisons que je ne comprends pas entièrement. Nobu fait face à sa plus sévère chute de glace et son devoir devrait le placer là-bas. D'autres xub'Rakus se sont portés volontaires pour le remplacer dans cette mission, mais il a insisté. Il voulait venir.

Nous descendons maintenant sur le sable, mon xub'Raku est en retrait, loin derrière nous. De même ; mes pensées et mon raisonnement sont aussi loin de mon esprit. Je suis tout entier happé par le Xanaxana.

J'inspire profondément. Ma peau brûle et picote, comme l'eau qui se jette sur les rivages mortels de Mithru et ses plages de cristallite nacrée. La cristallite est la seule chose qui reste une fois que l'eau acide et brûlante s'est retirée. Elle brûle chaque solaire, et je brûle moi aussi, comme je l'ai fait pendant la dernière rotation.

L'air a la même odeur qu'à l'époque. Le paysage est plat et désolé, couvert de sable chaud et brun, un peu comme une décharge, mais ça ne m'empêche pas de *la* sentir. Je sens des fibres familières tissées à travers le reste comme une tache qui a été et qui persiste, malgré l'absence de la source.

La cheffe, une femelle à qui l'on a attribué le surnom d'esclave Mathilda, se précipite sur le sable vers moi, un petit groupe la suit dans son sillage.

Derrière ce prétendu Conseil d'Antikythera, de jeunes et jolies femelles humaines se sont rassemblées en deux rangées devant la clôture de piquets bon marché. Elles attendent d'être chassées et prises par des guerriers comme le veut leur rituel. Derrière la clôture, des Humains mâles et femelles se tiennent rassemblés et observent le spectacle avec un air que je ne peux interpréter.

J'expire. Aujourd'hui, la torture de mon Xanaxana prend fin et je vais m'unir à ma femelle, la faire mienne, qu'elle comprenne ou non la signification du mot Rakukanna.

Il n'y a pas de nuages dans le ciel pour empêcher le soleil de brûler cette terre stérile, alors tout est plus lumineux qu'il ne devrait l'être. Presque aussi brillant que la rivière xamxin qui coule derrière ma maison, mais pas aussi magnifique. Sous le ciel dur et blanc, tout est terne, putride et oublié. Tout, sauf elle.

Mon regard perçant fixe les femmes qui approchent, s'attardant plus précisément sur l'une d'entre elles. Mon corps s'immobilise. Mon xora se raidit douloureusement et mon sac, en dessous, se serre contre mon corps. Il est pesant comme des pierres. Je n'ai pas libéré ma semence de toute la dernière rotation. J'ai besoin de la femelle que l'univers a fait mienne pour compléter le Xanaxana. Cet instinct sacré n'accepterait rien de moins. Et la voici. Ma Rakukanna. Ma Miari.

La créature nommée Mathilda tente de me parler, mais je lève la main, exigeant son silence tandis que je m'avance, attiré par ma précieuse humaine comme une planète inférieure est attirée par une étoile.

Elle s'agenouille devant les femelles, complètement nue, et je me mets à saliver. Ma langue striée se gonfle, rendant la déglutition difficile. Je contemple sans voix cette magnifique étendue de chair vermillon.

De douces boucles auburn tombent sur une taille étroite et effleurent les monticules lisses et arrondis de sa poitrine dès que la brise les touche. Elle est si belle. Elle est parfaite, et pourtant, alors que je m'approche, je sens l'étrange affaiblissement de mon Xanaxana.

Il y a un problème.

La femme agenouillée a l'odeur de ma Rakukanna, mais aussi de quelqu'un d'autre. Je m'enflamme, emporté par la jalousie, avant de constater que cette autre odeur est elle aussi féminine. Le parfum qu'elle porte est féminin. Je me retrouve à la fois rassuré et vexé. Ce n'est pas son amant. C'est quelque chose d'autre.

L'intensité du Xanaxana aurait-elle diminué avec le temps ? Ai-je raté le moment de la prendre et de la faire mienne ? Je pourrais exploser de rage à cette idée, mais je la repousse et reconnais que l'avoir ici devant moi, soumise comme elle l'est, est suffisant. Elle sera bientôt à moi et elle connaîtra sa place à mes côtés, dans mon harnais de reproduction, et sur son trône.

– Rakukanna, dis-je.

Elle lève la tête, suivant mon approche, jusqu'à ce que je me tienne directement devant elle. Je mets un genou à terre et saisis son cou comme un mâle saisit sa femelle dans un signe de respect Xiveri. J'attends la montée de chaleur que j'ai ressentie la dernière fois que je l'ai touchée.

Il y a une rotation, tous mes sens s'étaient enflammés à ce seul contact mais maintenant, il ne reste que de la glace, du froid. *Il y a un problème.* Mon désir retombe, il n'y a pas plus de chaleur en moi que dans un cadavre. Mon xora se ramollit. Le Xanaxana se retire. Je ne suis qu'une plaie ouverte. Il m'a tout donné et il m'a tout repris. Il m'a menti.

– Tu n'es pas ma Rakukanna.

Je ne parviens à produire que des sons étouffés, des mots que je déteste et que je redoute à la fois. Combien de temps croyait-elle pouvoir me tromper, elle, ce petit serpent qui s'est faufilé dans la peau de ma Rakukanna ?

Elle a beau avoir la même peau carmin, les mêmes boucles serrées et la même bouche pleine qui m'attirent, son parfum et ses yeux ne sont pas ceux de ma Rakukanna. Il n'y a pas de Xanaxana entre nous. Pas de désir d'accouplement. Rien du tout.

Est-ce que le Xanaxana m'a abandonné ? Me punit-il pour ne pas avoir pris plus tôt mon âme soeur Xiveri ? Nox... Je ne pense pas.

Je peux encore le sentir, tourbillonnant dans ma poitrine comme un souffle dont je ne peux me saisir. Par contre, je sens qu'il m'éloigne de la fausse Rakukanna devant moi... il m'attire ailleurs, vers la face cachée de la planète. Qu'est-ce que cela signifie ? Elle n'est pas là... mais elle est proche...

Je m'empare du bras de la femelle et la secoue brutalement.

— Qui es-tu ?

Je hurle, je suis à deux doigts de me laisser complètement emporter par la fureur.

Je peux entendre les fragiles battements de cœur du sosie à travers sa poitrine, elle n'a qu'un cœur, un cœur fragile. D'une voix tremblante, elle murmure :

— Je suis ici comme vous l'avez demandé. Je suis Miari...

— Non. Ce n'est pas ta voix, et ce n'est pas ton odeur non plus. Ma Rakukanna ne comprend pas la langue voraxiane.

— J'ai... acheté un traducteur.

— Je n'ai pas demandé à ce qu'on vous envoie des traducteurs. Dis-moi la vérité immédiatement. Qui es-tu ?

— Vous me faites mal, murmure-t-elle et je baisse les yeux sur ma main, qui agrippe son poignet. Ils tremblent tous deux avec une violence à peine contenue.

Elle porte la peau de ma Rakukanna, et même sa voix, à travers mon traducteur, est étrangement similaire. Cela fait trop longtemps et je ne me souviens pas. Les graines du doute commencent à germer dans mon esprit. C'est peut-être ma Rakukanna. Peut-être que je m'en souviens mal.

Personne n'aurait pu usurper son identité ainsi. Une magie comme celle-là n'est sûrement pas possible.

Je secoue la tête de droite à gauche avec violence pour me débarrasser de ces pensées.

– Nox, je hurle. Je la connais.

Chaque fibre de mon Xaneru la connaît. Chaque once de mon âme pourrait la reconnaître. Je sais que ce n'est pas elle. Et si celle qui essaie de se faire passer pour elle a fait du mal à mon âme soeur Xiveri, peu importe qu'elle soit une femme. Elle mourra pour ses crimes. Lentement. Son agonie n'aura pas de fin.

– C'est moi ! répète-t-elle de sa petite voix traîtresse.

– Non, ce n'est pas toi. Maintenant, dis-moi que tu ne lui as pas fait de mal.

Il me vient à l'esprit un instant que mon indéniable attirance pour ma Rakukanna aurait pu la mettre en danger. Il y a des femelles sur ma planète qui se seraient volontiers débarrassées d'elle et qui, par quelque magie, auraient tenté de me faire croire qu'elles étaient ma Rakukanna.

La douleur me transperce comme une lance à travers un zyth sauvage. Mon esprit est momentanément envahi d'horribles hallucinations, des scénarios dans lesquels mes actions ont mis ma propre Rakukanna en danger. C'est alors que la petite chose devant moi répond :

– Nox, bien sûr que non.

J'expire. Je ne devrais pas lui faire confiance, mais j'ai besoin de la croire, j'ai besoin de savoir que mon âmc sœur n'est pas en danger. L'autre option est bien trop effrayante, je ne peux même envisager cette douleur.

– Alors qui es-tu, toi qui n'as pas fait de mal à Miari, mais qui as volé son visage ?

– Je... Je suis... Je suis...

– Par l'assèchement des fontaines ! Raku, annonce la voix basse et profonde de Va'Raku. Il manque une autre femme. Une que je ne sens pas. Elle portait l'odeur de votre

Rakukanna sur elle lors de la dernière chasse, mais elle n'est plus là. Je pense qu'elles ont désobéi à leur cheffe et qu'elles sont parties.

Je n'ai pas besoin de demander à Va'Raku comment il le sait, car je ne peux me concentrer que sur une chose : le moyen de retrouver mon âme sœur. Sans y réfléchir à deux fois, je rugis :

— Il n'y aura pas de Chasse aujourd'hui ! Il faut retrouver ma Rakukanna. Cherchez partout !

J'aboie des ordres à mes guerriers, qui se tiennent à quelques pas de là. Ils chargent vers le campement humain et immédiatement, les personnes rassemblées se dispersent en poussant des cris et des hurlements dont je ne me soucie pas.

Une fois encore, je reviens sur cette maudite planète sans pouvoir satisfaire mon xanaxana. Je n'arrive pas à briser ce cycle infernal. Nox ! J'aurai ma Rakukanna cette fois-ci. Je ne partirai pas sans elle.

— Vous ne trouverez ni Miari ni Kiki, dit la fausse Rakukanna, en se rapprochant de moi quand je me lève.

— Qu'est-ce que tu sais ?

— Je ne vous dirai rien !

Je la soulève, elle se retrouve debout et cherche en vain à m'échapper. Je la secoue une fois, avec force, et le sosie ravale un cri de douleur.

Va'Raku s'avance vers nous et saisit les épaules de la jeune femme d'une manière qui me donne envie de lui arracher la tête. Je dois me raisonner. *Ce n'est pas ma Rakukanna... elle n'est pas ma Rakukanna.*

— Raku, fait Va'Raku avec une grimace.

Du regard, il me désigne le bras de la traîtresse. Il forme un angle inhabituel, surprenant. Je n'en reviens pas mais j'ai cassé son bras. Je n'avais pas l'intention de le casser, mais ces petites créatures humaines sont si fragiles qu'il a suffi de quelques instants de colère. Ces créatures sont trop fragiles pour ne pas être protégées. Et moi, je l'ai laissée ici. J'ai laissé mon âme sœur fragile ici sans ma protection. Ma Rakukanna pourrait être n'importe où. Au fond d'un puits, brisée et blessée, maltraitée par son peuple à cause de la préférence que j'ai pour elle.

– Xok.

Je relâche son bras et la petite créature frissonne. Elle est courageuse, je dois le reconnaître. Elle ne crie pas, malgré son apparente douleur. Elle essaie seulement de refermer sa main mais elle échoue. Ses doigts s'ouvrent alors et un petit dispositif métallique, pas plus gros qu'une des griffes de mon plus petit doigt, glisse sur sa paume.

Je m'empare de l'objet au moment où il va tomber sur le sol. La fausse Rakukanna retient une exclamation de frayeur. Sous mes yeux ébahis, le rouge de sa peau se met à briller et ses cheveux commencent à s'aplatir contre sa tête. Petit à petit, ils prennent l'apparence d'un foulard brun. Graduellement, le corps de la fausse Rakukanna commence à rétrécir.

La queue fine et séduisante qui s'agitait derrière elle devient transparente par endroits et me rappelle les écrans des anciens panneaux de visualisation qu'on peut encore trouver à bord de vaisseaux très anciens, susceptibles de se court-circuiter.

Je prends l'objet et l'écrase entièrement, le laissant se désintégrer sur le sable. La fausse rakukanna se dévoile alors : le vernis cachant sa véritable forme se retire et révèle une femme humaine. Une femme humaine que je reconnais.

– L'interprète… je gronde sourdement.

Elle plaque son bras blessé contre sa poitrine et tente de revenir en arrière. Va'Raku est là pour lui bloquer le chemin. Les lèvres tremblantes, elle me regarde.

– Elle ne partira jamais avec vous. Elle n'ira jamais dans votre harnais de reproduction !

Sa main libre trouve la chaîne qui pend à son cou, chaque maillon porte un symbole différent. Elle ferme les yeux et semble murmurer une sorte d'incantation.

Je ne crois pas à la magie, donc je ne m'attends pas à être touché d'une quelconque façon mais je fais erreur : je suis émerveillé malgré moi. Le spectacle de sa foi est magnifique.

Mon Xanaxana gronde brusquement dans ma poitrine et, instinctivement, je regarde vers l'ouest, vers l'horizon, où se dessine la silhouette brumeuse de basses montagnes aux teintes rudes et sombres.

Une faible vibration provient de ma poitrine. Lorsque je lève les yeux, je croise le regard de Va'Raku. À ma grande surprise, mes soupçons initiaux se révèlent vrais : sa poitrine vibre aussi.

– Dis-moi qu'elle n'a pas quitté la protection du dôme... je déclare à l'attention de l'interprète.

La jeune femme geint et prononce des mots qu'il n'est pas possible de convertir en Voraxian.

– Say niheur, ah laaah, yah vey, dit-elle.

Je me tends soudain car mes oreilles, pointées vers l'avant, ont perçu quelque chose... le bruit de la pierre qui heurte du métal. C'est trop loin, trop distant. Mon intuition me dit qu'il faut que j'aille voir de quoi il retourne.

– Va'Raku, prépare un planeur. Bo'Raku, emmène cette traîtresse au vaisseau. Elle restera sous ta responsabilité.

Alors que Va'Raku s'éloigne en courant, la fausse Rakukanna se met à hurler.

– Non !

Je lis dans ses yeux la profonde terreur qu'elle éprouve à l'égard de Bo'Raku. Elle tente de fuir de toutes ses forces. Bo'Raku quant à lui s'avance rapidement, pendant un instant, le noir et l'indigo traversent ses crêtes. Elles indiquent la soif de sang et la luxure. Une combinaison que je trouve profondément troublante.

Il tend la main vers la femelle humaine, mais je l'arrête avant qu'il ait pu la toucher.

– Ga'Roth, je crie.

Un soldat sort du vaisseau et se sépare de ses camarades.

– Emmène cette Humaine à bord du vaisseau.

Où elle pourrait être écartelée par des mâles trop excités ou maladroits…

– Je serais heureux de m'occuper d'elle… intervient Bo'Raku avec une voix où perce une noirceur sans bornes.

Je ne dois rien à cette femme, au contraire, mais en regardant Bo'Raku, je dois dire que je préférerais me couper les jambes au niveau des genoux que de le laisser partir avec cette femme.

– J'attends vos ordres mon Raku, affirme Ga'Roth qui n'a pas cessé de me fixer et qui n'a pas eu un regard pour la femme.

Je suis immensément satisfait. Son attitude l'honore et met en relief la petitesse de Bo'Raku. Alors que je m'apprête à prendre la parole ; la réponse idéale me vient à l'esprit :

– Amène-la à Krisxox.

Bien qu'il soit Drakesh, une race qui hait les autres, Krisxox a toujours été mon guerrier le plus fiable, le plus féroce et le plus sauvage. Plus important encore, il m'est farouchement loyal, par-dessus tout. Le fait qu'il fasse partie de cette expédition aujourd'hui n'est qu'un hasard.

– Dis-lui que la femelle est sous sa responsabilité et qu'il doit s'en occuper, j'ajoute.

– Je peux m'acquitter de cette tâche, insiste Bo'Raku.

Je fais un pas de plus vers lui, lui bloquant toute vue de la femelle humaine.

– Tu en as déjà assez fait.

À l'approche du planeur, une vague d'air chaud nous enveloppe. Je remets la traîtresse à Ga'Roth. Juste avant de monter dans le planeur et de décoller, la femelle humaine m'attrape le bras. Elle croise mon regard avec des yeux verts et bruns troublants.

– Merci, dit-elle, alors que le paysage qui l'entoure s'éloigne de plus en plus.

Nous passons au-dessus de la misérable colonie et de la barrière Drolax. D'interminables mers de sable finissent par être remplacées par de petits arbres poussant dans la mousse pâle. Peu à peu, ce semblant de végétation s'efface aussi, devenant de la roche, aussi dure et noire que l'ébène, sans sa chaleur.

Le bruit tonitruant d'une explosion nous accueille alors que notre planeur s'élance sur le flanc de la montagne et à sa suite, un hurlement : *KIKI* !

Mon Xanaxana fait rage en moi et je saute le plus vite possible hors du planeur. Va'Raku nous pousse à aller plus vite et quand je jette un coup d'œil sur lui, son visage est enveloppé de dangereuses combinaisons de rouge et de rose. D'ordinaire, c'est un mâle stoïque, je n'ai jamais vu ses crêtes briller auparavant, et je me demande ce qu'il pense quand il regarde les miennes, car je suis sûr qu'elles brillent aussi, reflétant ma peur, ma rage et ma lente agonie.

Il n'est pas convenable pour un Raku de montrer avec tant d'emphase ce qu'il ressent. Et normalement, Va'Raku a encore plus de contrôle que moi sur ses émotions. Mais en ce moment, rien de tout cela n'a d'importance. *Rien* n'a d'importance, sauf la scène que nous découvrons lorsque nous franchissons la crête du pic sombre qui ne nous permettait pas de voir ce qui se produisait à quelques pas de là. Sur un petit plateau rocheux où le sol de pierre noire est plus plat, mes pensées se dissolvent en poussière et balayent la coquille creuse de mes os.

J'ai rêvé de ce moment pendant une rotation, et j'ai imaginé toutes les retrouvailles possibles. Pourtant, je ne m'attendais pas à celle-ci. Ma Rakukanna se tient debout, le corps fermement planté devant une autre femelle humaine.

Deux khruis morts et trois vivants se rapprochent d'elle. Elle tient une lance dans ses mains - même pas dans la position défensive correcte, et pourtant elle la tient comme si elle avait l'intention d'utiliser un morceau de métal aussi fragile pour résister seule aux khruis.

Le rugissement que je pousse alors peut être entendu dans tout le cosmos. Je détourne mon regard de ma Rakukanna quelques secondes, le temps de vider les magasins à munitions de deux armes sur ces monstres. Je tire une épée ionique, deux dagues de jade noir ainsi qu'un pistolet ionique de mon sac et j'envoie une balle ionique sur la bête la plus proche de ma Rakukanna. Va'Raku, lui, a déjà amorcé la descente d'une main quelque peu tremblante, qui déstabilise notre approche.

C'est un pilote hors pair, le meilleur qui ait jamais travaillé sous mes ordres, d'habitude, ses vols sont irréprochables. Toutefois, je comprends la source de son agitation. Derrière ma Rakukanna, l'autre femelle - celle qui portait autrefois le parfum de ma Rakukanna - est allongée sur le dos, un liquide rouge s'écoule de ses cheveux et forme une petite flaque sous sa tête.

Cette femelle humaine est son âme sœur Xiveri. Cette pensée me traverse l'esprit et je ne prends qu'une fraction de battement de l'un de mes cœurs pour compatir avec mon xub'Raku, qui a été pendant si longtemps l'un de mes plus solides alliés. Je ne saurais pas comment survivre à la douleur de voir ma Rakukanna immobile sur le sol... et je n'ai pas l'intention d'apprendre à le faire.

La créature que j'ai touchée avec ma balle ionique se retourne et rugit vers moi. Des touffes de fourrure charbonneuse se détachent de sa chair blanche et du sang gris gélatineux se répand sur le sol sous ses pieds lourds. J'ai blessé la créature, mais une balle ionique n'est pas et ne sera pas suffisante pour la tuer. La bête a une peau bien trop épaisse et ses imposantes griffes constituent toujours un danger de taille. Je vais devoir me rapprocher. Beaucoup plus près.

– Éloigne-toi ! je m'entends rugir.

Je sais qu'elle ne peut pas comprendre ce que je dis mais je ne peux m'empêcher de lui parler. Malheureusement, elle est déterminée et elle reste plantée là, dans le petit espace qui sépare son amie humaine du khrui.

Je grimpe sur le bord du planeur et pousse un cri de guerre auquel Va'Raku fait écho. Les propulseurs s'inclinent vers la gauche et Va'Raku fait basculer le planeur à un angle de quarante-cinq degrés, ce qui me donne l'avantage dont j'ai besoin pour sauter et atterrir directement sur le dos du khrui.

Son corps dur et recouvert de fourrure amortit ma chute et dans les secondes qu'il me faut pour retrouver mon équilibre, une griffe massive me fend le dos. Je ne trahis pas ma douleur et me redresse pour chevaucher son corps massif. Je suis pris dans ses membres et j'enfonce ma première lame dans sa chair, juste à l'endroit où l'un de ses nombreux bras est relié à son corps.

Ses os durs se tordent sous ma poigne tandis que j'entaille la bête, laissant les autres griffes me couper pendant que je travaille. De nouvelles blessures brûlent mon torse, mais je ne m'en soucie pas. Quand le khrui se jette en avant, vers ma Rakukanna qui tient toujours sa lance grossière, je le poignarde, le coupe et le déchire avec plus d'ardeur encore.

J'arrache un bras, laissant des chairs et des tendons de côté. Le khrui hurle alors que je plonge mon poing, lame en premier, dans le trou sanglant où se trouve son membre fantôme. Je finis par trouver son cœur...

Une ombre passe au-dessus et j'entends Va'Raku grogner alors qu'il s'attaque à un autre khrui. Un cri glaçant traverse la clairière. Mon regard s'aiguise et ma dague plonge sans pitié tandis que je me fraye un chemin à travers l'épaisse coquille huileuse du cœur pour finalement atteindre son centre en fusion. Avec une dernière poussée de ma lame, la bête s'effondre sur le côté.

Je saute quand il s'affaisse et je me tourne pour donner le dos à ma Rakukanna et au khrui que je viens de tuer. Une bête massive rugit en se jetant hors d'une grotte, dont l'issue a été mal scellée par des rochers. Il me vient vaguement à l'esprit que les khruis n'auraient pas empilé les rochers de cette façon, mais je ne veux pas imaginer cette possibilité ou me demander pourquoi ces femelles humaines se seraient enfermées dans *un nid de khruis*. Elles ne peuvent pas être assez stupides pour se conduire ainsi. Ou... *Ont-elles été aussi naïves ?*

Je charge. Se dressant sur ses pattes arrières, la créature, sournoise, descend plus vite que je ne l'en aurais crue capable. Nous nous battons pendant ce qui semble être une éternité jusqu'à ce que je finisse par prendre le dessus et, alors que je la tue, j'entends la bataille derrière moi prendre fin.

Je retire ma courte épée couverte de sang du corps sans vie du khrui. La petite carrière est maintenant silencieuse, à l'exception de ma respiration lourde, de celle de Va'Raku et des mots étrangers chuchotés frénétiquement par ma Rakukanna.

– Oh... Peste d'étoiles ! Kiki ! Kiki !

Elle s'agenouille sur une pierre dure. Le corps de l'humaine de Va'Raku, recouvert d'un tissu, est posé sur le large rocher devant elle. Du sang rouge coule avec fluidité de la touffe de cheveux de la femme et d'une profonde blessure sur son estomac. L'odeur est étouffante. Ce sang porte en lui quelque chose d'ancien et de sombre.

Va'Raku se précipite vers la femelle blessée. Sa peine m'émeut grandement mais je dois penser d'abord à ma propre Rakukanna. Je jette le cœur de khrui sur le sol. Les exterminer n'aurait pas dû être si facile, mais même maintenant, couvert de sang - le mien en grande partie - je pourrais en déchiqueter une douzaine d'autres. Pour elle. Arrivé à ses côtés, j'attrape son épaule et je fais pivoter son petit corps vers moi.

Elle est maintenant dans mes bras. Je la pose sur une pierre plate et, nerveusement, j'examine son corps à la recherche de blessures.

– Es-tu blessée ?

J'ai du mal à m'exprimer. Je viens de remettre ma dague au fourreau, mais il me semble qu'elle est dans ma gorge, et la douleur accompagne chacun de mes mots.

Sa peau déjà rouge est couverte de sang rouge vif, toutefois, je ne trouve aucune blessure. Il n'y a que du sang, du sang et de la saleté. À travers les relents d'immondices et de sang qui émanent d'elle, je sens son odeur et je m'y accroche. Ou, pour dire le vrai, si près d'elle, je suis happé par son essence. Son parfum m'envahit. Du ranxcera. Du jujji. De l'orge. Tout est comme dans mon souvenir. Aussi fort que la dernière fois. C'est un merveilleux tourment, une magie à laquelle j'avais juré de ne jamais croire.

– Es-tu blessée ?

Je répète ma question car elle n'a toujours pas répondu. J'attrape ses poignets pour attirer son attention, mais elle continue à regarder par-dessus son épaule. Elle se contente d'humecter et de presser l'une contre l'autre les doux bords moelleux de sa bouche. Ils sont mouillés, luisants. Elle ne fait pas attention à moi, mais moi, je ne peux détacher mon regard d'elle.

– Ne... ne lui faites pas de mal, s'il vous plaît. Aidez-la, sauvez-la, je vous en prie.

Elle saisit mes avant-bras avec ses petites mains à cinq doigts.

Si je m'écoutais, je laisserais déferler ma rage. Je la jetterais à terre et je la punirais sans plus attendre. Elle m'a fui, elle s'est couverte de crasse, elle s'est cachée, elle a essayé de me tromper avec un sort d'occultation et elle s'est volontairement mise en danger pour essayer de combattre des khruis avec un bâton ! A quoi pensait-elle ? Je prends son visage entre mes mains.

Elle secoue la tête et me regarde avec ses grands yeux mouillés.

– Sauvez-la, s'il vous plaît...

Elle tient toujours dans ses mains le bâton fragile qui n'aurait jamais pu lui assurer la victoire. Je le lui prends facilement. Elle n'essaie pas de m'arrêter. Elle se contente de mordre le repli inférieur et pulpeux de sa bouche, puis elle lève les deux mains et les pose au centre de ma poitrine.

Cette unique caresse, qu'elle fait volontairement, est l'antidote à ma fureur.

– Elle sera sauvée, lui dis-je doucement, la voix basse alors que je couvre ses mains avec les miennes. Et ensuite elle sera jugée, car vous m'avez toutes les deux trahi. Je suis ton Raku. *Je suis ton âme sœur Xiveri.*

Doucement, je touche son visage, je regarde ses yeux différents, étranges, s'élargir et sa bouche s'ouvrir...

– Raku !

Le cri de Va'Raku me tire de mon extase. Je me tourne vers lui et vers la femme qu'il tient actuellement dans ses bras. Le temps est notre ennemi. Nous en avons si peu.

– Fais descendre le planeur. Il y a du merillien pour ta Va'Rakukanna à bord du vaisseau.

Le blanc de la surprise inonde momentanément son front avant que la couleur ne s'éteigne. Je commence à me relever mais ma Rakukanna me saisit les poignets.

– Je ferai tout ce que vous voulez, me dit-elle, le regard tourné vers l'autre femelle humaine. Aidez-la s'il vous plaît...

Tout ce que je veux. Je ne peux que repousser honteusement les idées que ces mots font germer dans mon esprit, elle ne se doute pas de ce qu'elle vient de réveiller en moi. Je la prends dans mes bras et je la berce contre ma poitrine, la tenant aussi près que possible de mes deux cœurs.

Son souffle caresse mon visage et le murmure de mon Xanaxana fait à nouveau émerger la nécessité d'assouvir son besoin. J'ai besoin de sentir son plaisir et de répondre à son désir.

Mais avant tout, j'ai besoin qu'elle ait envie de tout cela.

D'une voix assurée, je murmure :

– Nous discuterons de mes besoins dans le vaisseau.

5

Miari

– Non mais c'est pas possible... Tu lui as cassé le bras ! Ne t'approche pas de moi !

Je m'épuise à frapper sa poitrine de mes deux poings tandis qu'il me pousse dans le minuscule tube de verre au centre d'une pièce étrange. Les parois du tube se soulèvent autour de nous. Tout à coup des trombes d'eau explosent au-dessus et au-dessous de moi...

L'eau est *chaude*. Je n'ai jamais utilisé d'eau chaude auparavant et je n'ai jamais eu accès qu'à des points d'eau peu profonds. D'habitude, je dois m'éponger avec des chiffons humides et sales. La surprise me fait oublier ma colère un moment. Le temps de laisser l'eau gicler sur ma peau, emportant avec elle le sang et la saleté qui disparaissent en spirale à travers les lattes du sol blanc sous mes pieds

Il est entré dans le tube et il se douche à mes côtés. Mes pieds rouges se trouvent à quelques centimètres de ses pieds bleus. Des pieds rouges contre des pieds bleus. Il a six orteils, alors que je n'en ai que cinq. Je lève le yeux, j'essaye désespérément d'éviter de regarder la chose qui pend entre ses cuisses musclées et de me concentrer sur ma toilette, ou ma colère.

– Tu n'aurais pas dû.. tu n'aurais jamais dû faire ça... je murmure.

Il ne répond pas, il se contente d'émettre un grondement sourd. Bien sûr, ça n'aurait rien changé s'il avait répondu puisque je ne comprends pas ce qu'il dit. Tout ce que j'entends, ce sont des clics et des sifflements, d'étranges grognements gutturaux qui témoignent tous de sa colère. Il est en colère contre moi.

Je ne sais pas ce qui va m'arriver, mais pour l'instant je me méfie de la douceur avec laquelle il frotte de petits cailloux colorés sur mon corps. D'abord gris clair, ces pierres prennent des teintes surprenantes lorsqu'elles entrent en contact avec ma peau - rose pâle, vert clair et bleu. Leur odeur m'est complètement étrangère. C'est une senteur légère qui rappelle celle des plantes, elle a la douceur des fleurs.

– Je...

Je tente de le repousser, mais il écarte mes mains avec une facilité déconcertante et continuer à me frotter. Soudain, il me fait tourner et je n'ai que le temps de poser les deux mains sur les parois du tube pour garder l'équilibre. Je sens sa chaleur derrière moi, tout près de ma croupe. Je peux sentir... je peux *le* sentir contre le bas de mon dos et je grimace à chaque fois. Ma respiration devient plus laborieuse. Je ne peux plus parler, même quand j'essaie de le faire.

Ses mains rugueuses se posent sur mes épaules et les pétrissent fermement d'une manière qui me fait frissonner jusqu'aux orteils. Un plaisir chaud se diffuse en moi. Ma bouche est ouverte mais malgré cela, je respire difficilement.

Ses paumes descendent. Ses six doigts font de merveilleux mouvements circulaires. *C'est bon.* Trop bon. C'est si bon que ça en devient douloureux.

Je ne peux m'empêcher de gémir quand l'une de ses grandes mains saisit ma queue à la base. Le plaisir m'envahit et mon corps tout entier vacille. Je bascule en avant, incapable de me contrôler.

Il se fige et je regarde par-dessus mon épaule à temps pour voir ses paupières s'ouvrir et se refermer frénétiquement - comme les miennes - sur ses yeux noirs et froids. Les crêtes de son visage passent du bleu-gris de sa peau à une couleur lavande. Qu'est-ce que cela signifie ? Je ne sais pas et je ne veux pas le savoir. Je veux juste qu'il s'arrête. Mais plus que tout, je veux qu'il continue.

Ma queue vacille et frappe sa jambe, s'enroulant autour de son mollet sans que je le lui demande. Je n'ai jamais eu beaucoup de contrôle sur elle, et même si j'ai toujours fait de mon mieux pour la cacher, en ce moment, je sens toute la puissance qu'elle contient. Elle semble plus puissante que mes autres membres. Elle l'attire à moi.

– Mhmmph...

Il gémit et tombe en avant sur sa main. Ce géant se relève et pose l'une de se mains à six doigts sur le tube juste à côté de ma propre paume. Les doigts de son autre main trouvent mon coccyx, puis la queue qui en sort, et commencent à masser lentement de haut en bas.

Ma respiration s'accélère et son gémissement s'intensifie. Sa joue vient contre ma joue et sa poitrine vient contre mon dos. La carapace épaisse et dure qui recouvre sa peau, semblable à une armure, est râpeuse contre ma chair beaucoup plus douce. Mais même cette gêne ne suffit pas pour que je lui dise d'arrêter, ou que je le repousse.

Je vais exploser. Un courant électrique effrayant parcourt mon corps lorsque sa main crispée sur la paroi du tube se libère et attrape mon sein droit. Son pouce - ou le sixième doigt, le plus court, de sa paume gauche - passe sur mon téton droit et je crie de façon inintelligible.

Il s'échappe de sa gorge un grondement sombre et profondément mâle. Je sens son... son membre bouger avec une impatience qui égale la mienne. Mes lèvres inférieures se pressent en pulsations régulières et lorsque sa main sur ma poitrine commence à descendre plus bas, s'arrêtant dangereusement sous mon nombril, je fais quelque chose que je n'aurais jamais pensé faire.

Je le supplie.

– S'il te plaît...

Je supplie mon tourmenteur alors qu'il me tourmente de mille et une façons. Toutes les terminaisons nerveuses de ma queue s'affolent. Je ne contrôle pas la frénésie qui s'est emparée de ma respiration lourde et, pire que tout cela, j'ondule de façon provocatrice pour qu'il continue à me toucher avant que je n'implose. Ou c'est peut-être, pour que je puisse exploser...

L'eau ruisselle sur nous et suit le chemin que prend sa main : depuis mon nombril, en passant par mes hanches pour se poser sur la peau nue entre mes jambes. Svera, Kiki et les autres femmes humaines ont toutes des touffes de poils à cet endroit, mais pas moi, et je me déteste pour cela mais je ne peux m'empêcher de me demander si cette brute, dont l'espèce n'a rien fait d'autre que de nous brutaliser, mes amies et moi, ne me trouve pas étrange à cause de ce défaut.

Ses doigts glissent sur mon monticule épais et humide, se faufilant adroitement entre les plis. Dans le même temps, la caresse autour de ma queue s'intensifie. Je me plie en avant, m'affaissant contre son bras. J'ai besoin... c'est si proche... le monde disparaît. Rien d'autre n'a d'importance.

– Clito.

Ma demande, qui n'était qu'un murmure, m'attire une réponse dans sa langue, incompréhensible. Je n'ai pas la patience d'essayer de le comprendre. Je fais descendre ma main le long de mon corps, j'attrape sa main et je pousse deux de ses doigts jusqu'au faisceau de nerfs situé au sommet de mes lèvres inférieures.

Comprenant ce que je veux, il écarte ma main et déplace la sienne afin de poser le talon de sa main et non ses griffes sur ma chair douce et sensible. Il frotte mon clito dans un mouvement circulaire tandis que sa main sur ma queue serre comme un nœud coulant... et c'est suffisant.

Je crie et j'étouffe à la fois. Mes entrailles se serrent et se relâchent. Mon esprit s'enfonce dans l'oubli. Je m'accroche à lui alors qu'il me comble et me détruit. Il me reconstruit. Il me fait sortir de terre... ou de cette ignorance de tels plaisirs dans laquelle j'étais plongée. Je n'ai jamais ressenti ça.

Il chuchote tout bas dans mon oreille tandis que sa paume continue à s'agiter contre mon clito et que son autre main s'enroule autour de ma queue. Je ne savais pas que le sexe pouvait être aussi merveilleux. Et dire que nous n'avons même pas encore fait l'amour. *Pas encore* ?

– Sang de lune...

Propulsée au septième ciel, je suis moite et haletante. Quand je redescends enfin de cette sphère de pure euphorie, je suis trop faible pour bouger. Je ne me suis jamais sentie aussi bien. Tout n'est que plaisir, volupté et perfection.

Il me tourne et me prend dans ses bras après avoir fermé l'arrivée d'eau. Ma nuque est délicatement posée dans sa grande main, qui la berce doucement. Il me dit quelque chose mais je ne reconnais qu'un seul mot - *Xiveri* - car depuis la dernière fois, il est gravé dans ma mémoire.

– *Xiveri*...

J'ai murmuré ce mot sans savoir pourquoi. Tout ce que je sais, c'est que ce seul mot fait apparaître un kaléidoscope de couleurs sur son front, avant de se stabiliser dans un bleu profond et dramatique.

– Hexa, souffle-t-il.

Son haleine sent l'ombre, l'eau douce et le sang. Il s'est battu pour moi aujourd'hui. Et quand nous avons quitté la colonie, il n'a fait de mal à personne. Même si j'ai rompu ma promesse.

– Xiveri...

Il s'arrête pour prendre une grande inspiration.

– Xiveri Miari, reprend-il.

Entendre mon nom dans son timbre riche sonne comme un péché. Je n'arrive pas à reprendre mon souffle.

L'eau s'arrête et de l'air s'engouffre dans le tube de tous les côtés. Je me recroqueville dans la sécurité de sa poitrine. Quand le séchage est terminé, je vois la courbe d'un côté de sa bouche prendre la forme d'un sourire. Ce sourire me cloue sur place. Il me cloue sur place parce que l'extraterrestre qui m'a menée sur les routes du plaisir est beau. C'est un bel homme. Non. C'est un monstre. Disons que c'est un beau monstre...

En sortant de la pièce aux panneaux blancs, nous entrons dans une autre. Des lumières tamisées révèlent des murs blancs entourant un lit bas. Il me place en son centre et je serre les cuisses l'une contre l'autre. La fièvre de mon plaisir m'abandonne peu à peu parce que je réalise que le tour de la queue était une habile diversion. Il m'a bien distraite, il veut quelque chose d'autre. Et pendant une seconde, je me sens tout à fait prête à lui donner ce qu'il veut.

Toute à mes pensées, je suis soudain tétanisée par la vue de son corps entièrement nu. Son sexe dressé, surtout, attire mon regard. J'attrape le drap et j'essaie de l'enrouler autour de moi, mais mes bras tremblent et au moment où je l'ai autour de ma taille, il en attrape un coin et l'arrache.

Je crie quand il glisse un genou sur le lit, puis l'autre, et tombe sur moi. Sa chaleur me frappe comme une vague. Sa puissance est sans limites. Je gémis et je le sens bouger, je le sens se cambrer sur moi, je sens la rigidité de sa virilité se presser contre mes plis mouillés, ma fente douloureusement gourmande.

– Oh, peste d'étoiles, non...

Je ne suis pas prête pour ça. Mon corps l'est peut-être, mais mes pensées sont en ébullition.

– Je veux juste... je veux juste voir mes amies... s'il te plaît...

Il maintient mon front vers le bas et j'essaie de me libérer de sa prise. Je peux sentir sa frustration alors qu'il me gronde des mots que je ne peux pas comprendre. Il doit savoir que je suis également frustrée.

Le désir qui commence à s'installer dans mon ventre menace d'emporter avec lui toute ma raison. Je parviens tout de même à murmurer un « stop » à demi étranglé et j'en suis la première surprise.

Il se retire et même si son visage est toujours aussi inexpressif, ses crêtes clignotent en blanc, puis en rose avant de se fixer à nouveau sur le violet.

Il me dit quelque chose et comme je ne réponds pas, il secoue la tête. Je reste immobile alors qu'il se redresse. Je suis figée, à l'exception de la montée et de la descente rapide de ma poitrine. Il y jette un coup d'œil, mais seulement une seconde, avant d'attraper ma cheville et de me tirer d'un coup sec à travers la palette vers lui.

Je pousse un cri et utilise mes mains pour me protéger le visage, mais le coup que je m'attends à recevoir n'arrive jamais. J'ouvre prudemment les yeux pour le trouver au-dessus de moi, avec des crêtes de couleur lin. Il prend mes mains et les presse sous les siennes contre le matelas, de part et d'autre de ma tête, et se contente de me fixer, en fronçant les sourcils, tandis que j'observe son profil en gros plan.

Je suis surprise de constater que ses yeux, bien que noirs, sont d'une complexité surprenante. Quelque chose y tourbillonne, un noir changeant comme la lente combustion d'une flamme ou la douce danse de la fumée. Ils brillent comme l'éternité. Comme une promesse, comme une pluie de douceur. Je sais que tout cela est trompeur. Ces êtres ne peuvent bien être profonds et complexes, mais ce ne sont que des menteurs, des violeurs et des sauvages, et lui... C'est leur roi !

C'est un *monstre*, un *monstre*, je ne dois pas oublier que c'est un *monstre*. Un *monstre*...

Je détourne le regard et ferme les yeux. Je refuse de me laisser distraire par son visage ou l'odeur de sa peau.

Relâchant mes poignets, il s'empare de mon visage et presse ma joue gauche contre la literie. Je sens qu'il fait quelque chose de son autre main mais je ne sais pas quoi ; est-ce qu'il se prépare à entrer en moi ? J'attrape ses mains, pour essayer de le retenir, sans succès.

Une seconde plus tard, un liquide froid coule sur mon oreille, s'infiltrant dans le canal. Qu'est-ce que c'est ? Je glapis mais il ignore mes cris et tourne ma tête dans l'autre sens pour répéter le processus.

Ce qu'il m'a administré n'a pas d'odeur. Ce n'est pas douloureux mais c'est surprenant. Le liquide est visqueux comme s'il s'agissait d'une chose vivante. Il se fraye un chemin lentement vers mon cerveau et quand il le trouve : pop !

Je tourne frénétiquement la tête. Toutes mes pensées se bousculent, et lorsque la pression soudaine et intense dans ma boîte crânienne se dissipe, je suis allongée sur le dos et il est penché sur moi, totalement inexpressif. *Pourquoi n'est-il pas encore entré en moi ?* La petite voix au fond de mon esprit est à la fois reconnaissante et déçue.

– Je viens de t'implanter un traducteur. Dis-moi si tu comprends ce que je dis.

– Peste d'étoiles ! Comment ? Avec le jus ?

Nous n'avons rien d'aussi sophistiqué dans notre colonie. Je n'ai même jamais entendu parler d'une telle technologie. Le coin de sa bouche s'agite comme s'il voulait sourire mais qu'il ne savait pas comment faire.

– Avec le jus, oui...

Il brandit une fiole jaune. Elle contient un liquide noir qui semble se *tortiller*. Super. Donc c'*est* bien vivant.

Je frissonne, pas d'angoisse mais de dégoût. Puis je me ravise, j'ai des problèmes plus importants. Bien plus importants. Cet extraterrestre est énorme. Il fait bien une tête de plus que moi - non, deux. Ses muscles brillent comme des pierres lisses lorsqu'ils se déplacent sous sa peau douce à certains endroits et dure comme le bois ou le cuir à d'autres endroits. Ses longues jambes occupent presque toute la place sur le reste du lit et, bien que ses hanches soient minces, elles s'évasent plus haut en épaules deux fois plus larges que les miennes.

– Qu'est-ce que tu attends ? je m'écrie.

J'essaie de ne pas paraître intimidée mais ma voix, bien qu'elle soit forte, est un peu hésitante. Elle brise le silence comme un fouet sans le troubler en aucune façon.

Ses paupières latérales s'ouvrent lentement. Quand il se lèche les lèvres, je vois sa langue - sa langue *striée*. Mes lèvres inférieures, perfides, se mettent à trembler. J'essaie de refermer mes cuisses, mais je ne peux pas avec lui à genoux entre elles.

Comme en réponse à la tentative de mon corps de sauver le peu de décence qu'il me reste, il déclare :

– J'attends que tu m'acceptes.

Je commence à m'agiter. C'est la première fois que nous nous parlons, pourtant, il s'est déjà passé tant de choses entre nous que j'ai l'impression de reprendre une discussion en cours. Je ne sais pas quoi dire, car son ton donne l'impression que c'est inévitable.

– Ça ne... *ça n'arrivera pas* ! dis-je bêtement.

Il montre les dents et je remarque que celles du fond ont l'air pleines.

– Pourquoi ? Le Xanaxana t'a choisie pour que tu t'accouples avec moi, et moi, pour que je te protège. Je suis le seul mâle à être fait pour toi et tu nous déshonores tous les deux en refusant l'accouplement. Plus tu résisteras, plus ce sera douloureux pour nous deux. Nous avons déjà attendu longtemps, bien trop longtemps. Cette dernière rotation a été un supplice. Tu n'as pas ressenti cette douleur ? Ce manque qui envahit l'esprit et consume le corps ? Ce besoin de t'unir à ton âme sœur Xiveri ?

Il me fixe du regard, comme s'il s'attendait à ce que je dise quelque chose. Toutefois, je n'ai rien à dire. Je ne peux pas le contredire : je l'ai senti. Chaque nuit, dans l'obscurité de ma chambre, je me suis réveillée couverte de sueurs froides, tourmentée par le feu qui me dévorait et par la soif. Je rêvais de ses doigts sur mon visage, des mots étrangers qu'il m'avait chuchotés...

Mais je ne m'en suis pas réjouie, loin de là. Ce désir avait le goût amer de la trahison. C'est aussi ce que j'ai ressenti. Ma trahison envers Kiki, Svera et tous les humains. La trahison de mon corps envers moi-même. Et maintenant, alors qu'il s'abaisse sur moi, alignant nos hanches, sondant mon entrée inférieure avec l'extrémité de son sexe fortement veiné, énorme et strié, je ne le repousse pas. Je m'abandonne à cette terrible, irrésistible trahison.

Je suis si mouillée et si excitée que c'en est douloureux. Il tombe en avant sur ses coudes et je ne ressens plus que du besoin et de la honte.

– Regarde-moi, dit-il.

Je n'en fais rien et je fixe le mur comme si ma vie en dépendait.

– Regarde-moi, répète-t-il.

Par toutes les étoiles de l'univers, je peux dire que cet homme que ce mystérieux Xanaxana a choisi pour moi, est, sans aucun doute le plus effrayant. Sa voix seule me fait sursauter et je ferme les yeux. Je peux sentir la colère rouler sur lui comme une tempête de sable à l'horizon.

– Je suis à toi et tu es à moi. Je t'aurai au cours de ce solaire. Bien qu'il n'y ait pas eu de cérémonie de Chasse sur ta colonie, je t'ai quand même chassée et trouvée. J'ai combattu pour toi et je suis revenu avec toi. Je n'ai pas utilisé de harnais de reproduction parce que ton amie a dit que tu n'en voudrais pas. Mais maintenant que nous sommes ici, que j'ai attendu et accompli les rituels de ta tribu, je n'accepterai pas de refus.

Pas de Chasse ? Pas de harnais ? Les rituels de ma tribu ? Je veux lui en demander plus, mais il avance, son sexe dépasse le premier de mes plis, trouvant là une chaleur qui me fait paniquer.

Je m'éloigne brusquement de lui en rampant à reculons sur le lit.

– Alors qu'est-ce que tu attends ?

Mon cri l'immobilise. Le coussinet rugueux de sa main se pose sur ma hanche, ma taille, mon sein, ma poitrine et ma mâchoire. Il incline mon menton vers le haut et il y a quelque chose de doux et de désespéré dans son contact. Lorsqu'il tuait les khruis, et qu'il tenait leurs cœurs dans ses poings, baignant dans son propre sang , la poitrine, les jambes et le visage couverts d'entailles, il n'avait pas l'air aussi frustré ou épuisé qu'en ce moment.

– Je n'ai jamais pris une femme contre son gré, répond-il, et on dirait que ça lui fait très mal de l'admettre.

– Quoi ?

J'ai bien entendu sa réponse, mais je ne peux retenir cette exclamation de surprise.

– Tu me demandes pourquoi je ne fais rien. Voici ma réponse.

– Mais la première fois que tu m'as vue, tu voulais...

– Hexa, je le voulais et je le veux toujours. Le Xanaxana exige que je te prenne. Sur Voraxia, les deux âmes sœurs Xiveris ressentent la même attraction. Il est clair que dans ce cas, pour une raison quelconque, la mienne est... plus forte. C'est peut-être parce que tu es humaine.

Ses griffes effleurent mon cuir chevelu et parcourent mes cheveux humides. Au même moment, surprise, je constate que sa queue s'enroule avec la mienne. Comme dans le tube de lavage, ma queue agit de son propre chef et elle est désireuse d'entourer la sienne. Je déglutis lentement. *Personne ne m'a jamais considérée comme « humaine » avant lui.*

Il sourit et son sourire est touchant, mais pas assez pour me faire fondre.

– Je sais que tu le ressens aussi. Peut-être beaucoup moins que moi, mais le Xanaxana ne t'a pas oubliée. Il est là, en toi. Je veux savoir pourquoi tu le refuses et surtout, ce qu'il faudra faire pour que ton esprit se soumette au Xanaxana comme ton corps l'a déjà fait.

Gémissant un peu, j'essaie de rapprocher mes jambes, mais elles se referment autour de ses hanches. Ses yeux brillent de mille feux lorsque la peau lisse de l'intérieur de mes cuisses entre en contact avec les plaques de ses flancs. Ses hanches se déplacent vers l'avant et je sens l'extrémité de son sexe entrer en moi, là où aucun mâle, ou quoi que ce soit d'autre, n'est jamais entré. Le choc me fait avaler un cri, et Raku se retire. Il s'agrippe à mon épaule.

Je tiens ses bras et nous restons ainsi, liés par notre étreinte. Au bout de quelques minutes, je parviens à lui poser la question qui me taraude:

– Tu... tu veux mon consentement ?

– Consentement, répète-t-il après moi.

Sa respiration est plus lente et lui demande un effort visible. Il attend la traduction puis il secoue la tête.

– Je veux plus qu'un accord tacite. Je veux que tu me désires, je veux que tu veuilles participer au Xanaxana.

Tout à coup, je me sens rougir.

– Mais je ne peux pas... enfin... je ne vais pas simuler...

Il rugit furieusement et recule d'un coup sec. Il est d'abord sur les genoux, puis sur les pieds. Nos queues se détachent l'une de l'autre. Lorsqu'il se lève et se met à arpenter la petite pièce, il parvient à paraître encore plus imposant contre les murs gris, plats et couverts de lambris. Je sais que s'il levait les bras en l'air, ils effleureraient le haut plafond.

J'expire longuement. Des pensées nouvelles me viennent à l'esprit. Jusqu'à présent, je n'ai pensé qu'à survivre, survivre, survivre, éviter les pièges, m'enfuir.

Résultat des courses : j'ai failli ne pas survivre, j'ai été piégée et je n'ai pas réussir à fuir. Il me faut un nouveau plan. Un plan moins merdique. Un plan qui ne nécessite rien d'autre que la volonté de mon esprit à suivre les élans de mon corps.

J'échappe à la Chasse et au harnais. Il m'a sauvé la vie, il a sauvé la vie de Kiki, il s'est montré patient et, moi, jusqu'à présent, je n'ai fait que me méfier et lui offrir déception sur déception. Pourtant, il attend toujours ma permission ! Je comprends soudain que pour la première fois dans mon étrange vie d'orpheline et de miséreuse, j'ai du pouvoir. Pas beaucoup, mais peut-être assez.

– Tu n'as pas...

– Ok...

Nous avons pris la parole au même moment.

Il s'arrête au bout milieu de sa phrase, les crêtes de son arcade sourcilière se couvrent de blanc cette fois.

– Répète ce mot, demande-t-il.

Le blanc devient plus brillant, strié d'une couleur lavande éclatante.

– J'ai dit « Ok ».

Il fronce les sourcils et je sursaute quand la couleur disparaît. Il recommence à arpenter la pièce. Sa queue vole si vite dans l'air qu'on dirait un coup de fouet contre du cuir. Tant de force, tant de contrôle...

Il s'arrête brusquement, ses narines se dilatent et lorsqu'il jette un coup d'œil à ma féminité nue et lisse, je rougis et plie les genoux.

– Tu dis que tu es d'accord et pourtant tu te caches encore de moi, gronde-t-il.

– J'accepte, dis-je en tremblant, mais à quelques conditions.

Il cesse alors de faire les cent pas et s'approche du bord du lit. Ses tibias frôlent le bord bas du matelas. Il se tourne vers moi, les bras croisés sur sa poitrine et le sexe tendu. J'entends soudain le nouveau grondement de sa poitrine. Ses épaules se sont légèrement écartées de ses oreilles et si je le connaissais mieux, je dirais qu'il est... soulagé.

– Énonce tes conditions.

Conditions. Conditions ?

– Je... je veux voir mes amies. Je veux m'assurer qu'elles vont bien et si elles ne vont pas bien, je veux que vous les aidiez.

– Ce sera fait, affirme-t-il rapidement. Est-ce tout ?

Quoi d'autre ? Je ne pensais même pas obtenir ça, étant donné qu'il ne parle d'elles que comme des *traîtresses* depuis que nous sommes montés à bord du vaisseau.

– Je veux que tu ramènes Kiki et Svera à la colonie et je veux que tu t'excuses auprès de Svera pour lui avoir cassé le bras.

– Nox, dit-il sans rien ajouter de plus.

– Quoi ? Ce sont mes conditions...

– Énonce d'autres conditions, grince-t-il, la mâchoire crispée. Celles qui portent les noms d'esclaves « Kiki » et « Svera » sont des criminelles. Elles ont enlevé ma Rakukanna.

– Je me suis enlevée moi-même ! Elles n'ont rien à voir avec ça...

– Elles ont participé et pour cela, elles devront être punies.

– Non ! Non ! Si tu fais du mal à l'une d'entre elles, tu ne m'auras jamais. Je me battrai jusqu'au bout.

Je frappe du poing sur le matelas. Raku le regarde, puis lève les yeux pour observer mon visage, ses crêtes plates sont maintenant incolores.

Finalement, il semble prendre une décision. Sa queue s'agite et je sens la mienne s'agiter en réponse. Il y jette un coup d'œil et se lèche les lèvres. Je me fige alors qu'une nouvelle poussée de chaleur s'abat sur mes lèvres inférieures, m'empêchant de serrer complètement mes cuisses. Je tiens mes jambes un peu plus ouvertes et un jet d'air sort de Raku en même temps que de la crème coule dans mes plis.

Raku grogne, les yeux allant de ma chatte à mon visage.

– Elles ne seront pas blessées. Mais elles iront à Voraxia où elles recevront une punition à la hauteur de leurs crimes. Je peux t'assurer qu'aucune d'entre elles ne sera blessée ou humiliée.

Je sens qu'il me cache quelque chose, qu'il ne dit pas tout, mais comme je ne suis pas sûre d'obtenir mieux, je préfère accepter. Elles ne seront ni blessées ni humiliées... C'est bien ce que je veux.

– D'accord, dis-je en tremblant, tant qu'elles ne sont pas blessées, ça me va.

– Elles ne le seront pas. Les Voraxians ne font pas de mal aux femmes.

Mon cœur s'arrête de battre quelques secondes, je m'apprête à répliquer, mais avant que je puisse parler, il ajoute :

– Je vais aussi poser quelques conditions. Tu n'essaieras plus jamais de me fuir. Tu accepteras ta place à mes côtés, tu seras mon âme soeur Xiveri. Tu accepteras ton rôle de Rakukanna pour le peuple Voraxian et quand notre accouplement produira un héritier, tu élèveras notre enfant à Voraxia.

Comètes... de... merde. Au bout de quelques secondes, je retrouve la parole.

– Je... je ne pourrai pas rentrer à la maison ?

Ses crêtes pulsent, puis s'enflamment d'un rouge dangereux.

– Ta maison est à mes côtés. Tu n'as pas à m'aimer, ou à aimer ça. Mais tu produiras mon héritier et tu le feras de ton plein gré. En échange, non seulement je prolongerai le pacte que j'ai conclu avec le Conseil de ton ancienne colonie pour l'approvisionner à chaque rotation, mais je ferai aussi reconstruire les habitations qui s'y trouvent. Si notre accouplement me donne satisfaction, je maintiendrai également l'offre selon laquelle toute femelle humaine participant à la Chasse sera ramenée à Voraxia avec celui qui l'a chassée, *avec son consentement*. Et ils peuvent choisir de revenir sur votre lune à n'importe quelle moment, librement. Les bébés nés de ces accouplements resteront avec les mères, quel que soit l'endroit où ces mères choisissent de vivre.

J'ai la tête qui tourne. C'est beaucoup de choses à assimiler et pourtant, étrangement, ce que je retiens de tout cela c'est cette histoire de pacte. *Est-ce qu'il a fait un pacte avec Mathilda ?* Cela expliquerait le fait que le Conseil d'Antikythera ait eu subitement les moyens de faire construire de splendides maisons pour ses membres, mais cela n'explique pas pourquoi nos rations étaient aussi maigres que lors des rotations précédentes. Peut-être qu'il ment. *À moins que ce ne soit Mathilda qui mente…*

– Dis-moi si tu acceptes ces conditions maintenant.

Je sens qu'il est tendu. Il veut à tout prix parvenir à un accord. Et moi aussi peut-être, parce qu'au fond je sais que c'est ce dont la colonie a besoin. La colonie a besoin de nourriture et il lui faudrait de nouveaux équipements, mais plus que tout, la colonie a besoin d'espoir. La possibilité de quitter cette petite planète offre au moins ça : de l'espoir. L'espoir de découvrir de nouvelles perspectives, de choisir son destin.

J'acquiesce avant d'ajouter :

– Je n'ai plus qu'une autre condition.

Il produit un son guttural derrière lequel j'aurais pu jurer avoir détecté de légères notes d'amusement.

– Bien sûr… répond-il.

– Les femmes qui ne veulent pas prendre part à la Chasse peuvent-elles quand même quitter la colonie ?

– ...Ne veulent pas participer à la Chasse ? Dois-je...

Il prend une grande inspiration et reprend.

– Dois-je comprendre que dans le passé certaines femmes ont participé à des Chasses alors qu'elles n'en avaient pas envie ?

Je ricane.

– Oui. Aucune femme n'a envie de participer à la Chasse...

Ses bras tombent mollement de part et d'autre de son corps. Un blanc éclatant illumine à nouveau son visage, puis du jaune, du gris, et enfin... du néant.

– Dis-moi si la Chasse est une tradition humaine.

Je suis envahie, étranglée même par une vague de chaleur et de rage. Je frappe à nouveau le matelas du poing sous son regard impassible.

– Bien sûr que non ! Ce n'est pas une tradition humaine. Pourquoi crois-tu que je me suis enfuie ? C'est dégradant, c'est.. c'est ignoble !

– Je pensais...

Sa voix s'éteint. Pour la première fois depuis qu'il est là, il a du mal à soutenir mon regard. Il finit par détourner les yeux.

– J'ai pensé que tu voulais m'éviter, *moi*, pas la Chasse.

– Toi ? Pourquoi je...

Il pense que je le déteste, *lui*, pas les extraterrestres dans leur ensemble, juste lui. Mes tétons durcissent et je les couvre d'un bras. Cette seule pensée me donne la chair de poule.

– Non, je ne cherchais pas à te fuir. Je ne voulais pas participer à la Chasse.

Son regard retrouve le mien et me réchauffe de l'intérieur.

– C'est une pratique courante entre hommes et femmes consentants sur certaines planètes de la fédération voraxiane, comme Cxrian et Nobu ; mais pas sur Voraxia elle-même, notre planète principale, celle où se trouve ma maison, celle où nous allons. Je ne voulais pas non plus participer à cette Chasse. Je le faisais pour toi.

Quoi ? Il le faisait pour moi ? Nous nous sondons du regard comme si nous n'avions plus besoin de mots, ou d'un seul.

– Bo'Raku... je murmure.

Raku grogne et sa voix sonne comme une sentence de mort quand il parle.

– Il paiera pour ce qu'il a fait, mais pour l'instant, je peux t'assurer qu'il n'y aura plus jamais de Chasse si ton peuple ne le désire pas.

Je prends une inspiration et je retiens mon expiration, j'ose... j'ose à peine croire.

– Alors... je pense que c'est bon, toutes les conditions sont remplies.

– Tu penses que c'est bon ou c'est bon ?

Un sourire commence à poindre au coin de mes lèvres.

– Oui. C'est bon. Je consens. Je serai ton... ton âme sœur Xiveri, tu arrêteras la Chasse et tu aideras mon peuple.

– Xhivey.

Il inspire si profondément que sa poitrine se dilate et semble remplir toute la pièce. Sa présence du moins, occupe toute la pièce. Il fait un pas vers moi et je m'éloigne. J'espère le retarder car je commence à prendre la mesure de tout ce que je viens d'accepter.

– Mais je... tu n'as jamais dit si tu t'excuserais auprès de Svera.

– Nox, je ne l'ai pas dit et je ne le ferai pas.

– Tu lui as cassé le bras !

– Je l'ai fait par inadvertance. Je suis Raku. Je ne m'excuse auprès de personne, sauf, peut-être, auprès de toi.

Mes doigts s'enfoncent dans le matelas.

– D'accord. Mais il y a juste une autre chose...

– De quoi s'agit-il ? Parle sans tarder.

Ses doigts se crispent. Il n'y a plus à tergiverser.

– Ce n'est pas vraiment une condition, c'est juste que tu... Tu as dit...qu'il fallait que tu sois satisfait. Tu aideras mon peuple seulement si tu es satisfait, mais je... je ne me suis jamais accouplée avant. Je ne sais pas comment satisfaire un mâle... de cette façon.

Je suis capable de construire une machine à dupliquer quoi que ce soit à partir d'un ancien générateur d'hologrammes et de quelques articles ménagers : un grille-pain, un écran, des fils de cuivre provenant d'un diffuseur de cheveux et une grenade ionique volée et hors service - mais je ne peux même pas imaginer ce qu'il faudrait faire pour générer de la satisfaction à Raku. Et maintenant, le sort de la colonie en dépend.

Le grondement dans sa poitrine s'intensifie, ce grognement subtil gagne en volume, avant qu'il ne dise finalement :

– Regarde-moi dans les yeux.

Jamais sa voix n'avait été aussi douce auparavant. J'hésite, mais je fais ce qu'il dit. Son visage trahit un calme qui le fait passer pour un tout autre homme. Des univers s'entrechoquent dans ses yeux. Ses lèvres sont bleues et pleines. Je touche les miennes et à la seconde où j'effleure ma lèvre inférieure, son sexe s'agite.

Il l'attrape et, peste d'étoiles, le regarder se toucher ainsi m'émoustille comme jamais je ne l'aurais cru possible. Je me concentre sur son visage, terrifiée à l'idée de regarder ailleurs alors qu'il saisit fermement cette longueur dure comme le métal, comme s'il voulait la soumettre à sa volonté.

– Si tu es consentante et si tu me désires, ma Rakukanna, dit-il d'une voix rauque et profonde, je serai pleinement satisfait.

Je sens une chaleur m'envahir, et c'est une sensation agréable. C'est la première fois que je ressens une telle sensation. Je me remets sur les genoux avec une confiance qui me surprend. Cela doit le surprendre aussi, car son pied gauche recule d'un poil et il pivote, comme s'il se préparait à se battre.

Je viens de surprendre le mâle qui a déchiré des bêtes plus grosses que les maisons de ma colonie, il y a de quoi sourire.

– Alors c'est d'accord.

J'expire en tendant la main. Il fixe mes doigts, la tête inclinée vers la gauche.

– Est-ce le signe humain pour un pacte ?

– Je suppose, oui. Y a-t-il un autre signe voraxian pour un pacte que tu préfères ? Je demand, incertaine.

– Nous avons un pacte de sang, mais je ne veux pas percer ta peau. Elle est si délicate…

– Elle n'est pas si délicate. Je ne suis pas une fleur.

– Tu en es une, la plus belle des fleurs.

Son regard est brûlant et sans pupilles pour me guider, je ne sais pas où regarder. Je commence à replier mes doigts, mais il s'approche et glisse sa paume contre la mienne, engloutissant ma main dans une peau rugueuse et une chaleur vibrante.

– Scellons donc notre accord avec le pacte humain, dit-il, même si c'est inutile. Je ne trahirai jamais ta confiance. Jamais.

– Mais tu ne me connais même pas…

Il expire et tout mon corps s'emplit d'une chaleur qu'il doit sentir car les vibrations de sa poitrine s'amplifient. Elles sont assourdissantes.

– Je te connais, et tu me connais aussi ; mais si ça peut te faire plaisir, alors nous ferons le pacte humain.

– Ça… ça s'appelle une poignée de main.

La sueur perle sur mon front, mais j'avance le menton et j'essaie de paraître forte. J'essaie aussi de me défaire de sa prise, mais il ne me lâche pas. Son visage s'assombrit. Ses yeux sont féroces et désireux.

– Il faut... Il faut d'abord s'occuper de mes amies...

Il grogne, hésite, puis acquiesce, mais ne me lâche pas. Au lieu de cela, il se penche en avant et me traîne jusqu'au bord du lit avant de me soulever et de me porter jusqu'au mur du fond d'où il retire des vêtements - une tunique pour moi, un pantalon pour lui.

– Va d'abord t'occuper de tes amies humaines, dit-il en posant la tunique sur mon corps et en me soulevant dans ses bras. Ensuite, tu t'occuperas de ton Raku.

J'acquiesce, incapable de soutenir son regard d'aussi près, pas avec mes lèvres inférieures pressées contre lui, alors que je mouille de ma substance intime jusqu'à la taille de son pantalon.

– Hexa, dis-je, parce que je l'ai déjà entendu lui, Svera et même Mathilda, prononcer ce mot étranger.

Il frissonne en inspirant, et soudain, nous avançons rapidement dans de longs couloirs gris.

6
Raku

– Kiki ?

Ses doigts s'étirent et touchent le verre de la vitre d'observation. Derrière, la traîtresse gît suspendue dans une cuve merillienne et son âme soeur Xiveri se tient au-dessus d'elle.

– Hexa, dis-je.

Je ne connais pas la question mais je ne souhaite qu'une chose : apporter à ma rakukanna la réponse qu'elle désire entendre. Elle me regarde et de nouveaux plis apparaissent maintenant sur une grande partie de son visage. Sa bouche se ferme. Mon pouls est irrégulier, comme si je devais m'inquiéter pour la femelle humaine qui m'a trahi.

C'est illogique et je me débarrasse de cette impression. Je préfère me concentrer sur ma Rakukanna.

– Est-ce qu'elle va bien ? Qu'est-ce que c'est que cette chose violette ? C'est... c'est vivant ? C'est de la matière technologique ou biologique ? On dirait que ça rampe sur elle.

La distorsion de sa voix me dit qu'elle ne trouve pas agréable de voir la traîtresse dans le bassin de guérison plein de merilliens. Je pensais que cela lui aurait fait plaisir, et je suis à nouveau déconcerté.

– C'est du merillien, je précise. C'est biologique. Vous ne le récoltez pas sur votre lune ? Il pousse dans les fleurs des morelles noires de vos montagnes. C'est extrêmement précieux.

Comme lors de la dernière rotation, toutes mes pensées se tournent à nouveau vers un autre traître ; cette fois-ci, il s'agit de l'un des miens. Bo'Raku. Je vais m'occuper de lui. Aussi durement que possible.

– Je... non. Je n'ai jamais vu ça avant. Personne dans la colonie n'en a jamais vu, et même si nous en avions vu, nous n'aurions pas su comment le récolter ou l'utiliser. Est-ce que ça... ça la guérit ?

– Hexa. Les graines merilliennes donnent vie aux micro-organismes. Ce sont des créatures charognardes, qui se nourrissent de cellules endommagées qu'elles remplacent par des cellules complètes dans leurs excréments. Toute blessure qu'elle a eue ou cicatrice qu'elle a eue sera nettoyée et réparée. Il aurait peut-être été plus rapide de la guérir avec des traitements au laser, mais vu l'étendue de ses blessures, la décision de Va'Raku est plus sage. Il est sans nul doute honoré d'avoir trouvé le moyen de la sauver et de payer pour cette dépense.

– Pourquoi ?

Je me demande si elle est consciente que ses doigts se sont emmêlés dans mes cheveux et qu'ils tirent dessus d'une manière qui n'est pas douloureuse, mais plutôt hypnotique. Il me faut un moment pour répondre.

– Parce qu'elle est sa Va'Rakukanna. Comme tu es ma Rakukanna. Mon Xanaxana respire pour toi et la progéniture que je vais engendrer dans ton ventre.

Une de mes mains la libère et vient couvrir son ventre nu, sous sa poitrine. Elle ouvre la bouche mais ne parle pas. Au lieu de cela, elle se mord la lèvre et regarde le verre droit devant elle, tandis que son ventre se serre sous ma main. Je ne peux lire son expression et comprendre ce qu'elle ressent.

– Est-ce qu'il va rester là à la regarder ?

Je sens qu'elle tourne autour du pot, une autre pensée l'agite, mais elle ne dit rien pour le moment.

Je jette un coup d'oeil à la cuve merillienne, à la traîtresse suspendue à l'intérieur et à mon second, qui se tient contre le mur du fond. Ses bras, qui sont d'une teinte plus claire et légèrement plus rouge que les miens, sont croisés derrière son dos. Il bombe son torse encore couvert de sang.

Il ne lève pas les yeux de la femelle qui flotte dans le merillien, il ne bouge pas. Il ne cligne pas des yeux. Il ne semble pas respirer. Comme toujours, il est discipliné, calme sous la pression, dans l'attente comme lors des batailles. Ce sont les qualités qui ont conduit mon Raku avant moi à le choisir comme Va'Raku. Quand j'ai dû à mon tour choisir un second, il était tout indiqué.

– Hexa, il restera jusqu'à ce qu'elle aille mieux, il ne partira pas.

Tout comme je l'aurais fait pour elle si elle s'était trouvée dans cette cuve. Ce n'est que par la grâce de Xana qu'elle n'est pas étendue juste à côté de la traîtresse. Je me raidis à cette idée et la serre plus fort contre moi.

Ma petite femelle humaine frissonne. Est-ce à cause de mon étreinte ? Je ne peux pas en être sûr. Elle fronce les sourcils et je fais de même en réponse.

– Kiki n'aimera pas ça, déclare-t-elle.

Je grimace à la mention de ce nom d'esclave, utilisé avec tant de désinvolture et de grossièreté.

– Il ne pourrait en être autrement. Elle est Va'Rakukanna. Après leur union, elle sera vénérée sur Nobu comme Xhea, à ses côtés. C'est son devoir de veiller sur elle. C'est son honneur.

Ma main sur ses fesses en caressent la courbe, et mes griffes effleurent la chair sensible. Elle aspire un souffle qui raidit mon xora. Il devient encore plus dur que les screas qui bordent la vallée de la falaise noire. Ces rochers sont si denses que même les plus petits d'entre eux, d'une beauté trompeuse, font couler le sang.

Je l'abaisse le long de mon abdomen de sorte que sa cuisse puisse effleurer mon xora à travers le tissu fin que j'utilise pour le cacher. Mes bras tremblent alors qu'une puissante sensation me parcourt. Accouplement. Accouplement. Accouplement. Je ne pense qu'à une chose, rien n'est plus fort que l'appel du Xanaxana.

– Veux-tu entrer ? je demande d'une voix bourrue en la repositionnant dans mes bras, loin de mon xora. Elle ne se réveillera pas avant quelques solaires, peut-être plus selon l'étendue de ses blessures.

Elle semble réfléchir, mais quand elle secoue la tête et prononce un « Nox » à peine audible. Je soupire de soulagement.

Je suis prêt à me précipiter dans le couloir et à retourner dans notre chambre, mais quelque chose dans son expression me retient.

– N'aie pas peur, ma Xiveri. Le Xaneru agit puissamment en elle, tout ira bien.

– C'est quoi le Xaneru ?

La petite voix avec laquelle elle prononce cette question fait naître un froid inhabituel à l'arrière de mes bras.

– L'âme, je réponds en tapotant sur sa poitrine sans plaque. C'est ce qui alimente le Xanaxana. Sans lui, il n'y a pas de vie.

Je pointe le doigt vers le haut et elle jette un coup d'œil vers le plafond, comme si elle pouvait voir le Xaneru, là, maintenant, flottant parmi les panneaux. Ma bouche se courbe.

– Xaneru est le compagnon de Xana, qui dirige le cosmos. Ensemble, ils forment le Xanaxana qui nous gouverne maintenant et nous lie en tant qu'âmes soeurs Xiveris.

Elle essaie de baisser les yeux, mais je glisse mon doigt , à l'extrémité duquel se trouve une griffe, sous son menton. Je prends bien garde à ne pas heurter sa peau beaucoup plus douce. Si douce. Douce sur toute sa surface. Je respire profondément. Les fleurs de Ranxcera poussent sur les vignes qui jaillissent de la rivière xamxin près de chez moi. J'ai envie de l'emmener là-bas. Pour lui montrer que je sais quel lieu lui conviendrait parfaitement, même si elle ne le connaît pas encore.

– Tu es Rakukanna maintenant, j'ajoute. Tu ne baisses pas les yeux et tu ne montres pas ta faiblesse. Tu lèves la tête et tu affrontes le regard de tous ceux que tu croises. Même moi.

Sa tête se baisse momentanément avant de se relever. Son regard rencontre le mien sans se détourner et je sens une étrange fierté battre dans ma poitrine.

– Ok.

C'est le premier ordre que je lui donne auquel elle obéit. Mon pied tremble. *Je veux lui donner plus. Lui donner tout. Et prendre tout d'elle, en retour.*

– Maintenant, retournons dans la chambre.

– Nox, je veux voir Svera. Où l'as-tu emmenée ?

Par la nuit et tous les soleils couchants…

– Je ne peux plus attendre.

Ma Rakukanna fronce à nouveau les sourcils et les plis moelleux de sa bouche pleine se muent en ligne fine. Elle porte dans ses yeux la chaleur d'une guerrière, même si les coups de sa petite main contre ma poitrine plaquée sont sans effet.

– Tu as dit que je pourrais voir mes « amies » d'abord. Mes amies. C'est du pluriel. Si tu ne m'emmènes pas maintenant voir Svera : pas de désir, pas de consentement. Tu devras m'attacher dans ton harnais de reproduction. Ce sera le seul moyen de t'accoupler avec moi.

J'ai attendu tant de solaires et de lunaires pour mettre fin à ce tourment que sa réponse fait de moi un enfant, un enfant virulent, impatient.

– Tu oses menacer ton Raku ?

Elle commence à se tortiller et à se débattre pour se libérer de mon étreinte. Ses genoux se dérobent et je la relâche enfin. Elle siffle et fait quelques pas légers, comme pour acclimater ses pieds à la température du sol. Est-ce trop froid pour elle ? Trop dur ? Je n'aurais pas dû la laisser tomber. Elle devrait être contre moi, chair contre chair, pour toujours.

Son regard suit la longueur de mon corps pour finalement se poser sur l'épaisse couche d'humidité qui scintille contre mon abdomen. La vue de son regard fait se soulever mon xora, la tête gonflée se courbant vers mon abdomen. Et puis elle fait quelque chose qui me choque plus qu'une attaque éclair. Sa main se tend vers moi et là, directement au-dessus de la fine barrière de mes vêtements, elle empoigne mon xora.

J'imagine que si j'avais porté le tissu de cérémonie à revêtir avant l'accouplement, elle l'aurait touché directement. Elle aurait simplement retiré les plis du tissu et elle aurait pris mon xora dans sa main, avec une facilité déconcertante.

Ici et maintenant, son geste est suffisant pour que le Xanaxana ravage ma poitrine et batte dans mes deux cœurs avec la force du chaos. Ce n'est pas ce que font les femelles Voraxianes ou Drakeshs. Ces femelles savent que leur place est dans le harnais de reproduction. Mais cette petite provocatrice ne sait rien... et avec sa main sur mon xora, je m'en fiche.

Je m'approche d'elle mais elle s'éloigne. Pour l'heure, elle ne m'offre que sa main et la caresse qui me fait perdre la tête. Elle serre la longueur de mon sexe, sa petite main ne peut pas en faire tout le tour. Mais elle le tient fermement, tout comme elle soutient mon regard.

– Svera d'abord, le Xanaxana ensuite.

C'est un pacte. Elle ne me désire pas comme je la désire mais elle sait ce que je veux. Je n'ai fait aucun effort pour cacher mes besoins, poussé par le Xanaxana, toutefois, je ne m'attendais pas à ce qu'elle s'en serve contre moi. La dynamique de pouvoir entre nous s'équilibre. Je me sens à nu et paralysé comme je ne l'ai jamais été. Pas même lors des négociations avec les implacables seigneurs de guerre Niahhorrus. Et pourtant...

J'attrape son poignet et elle sursaute. Elle rejette ses épaules en arrière et se positionne pour résister à un assaut. Elle ne comprend toujours pas que je ne lui ferai pas de mal. Jamais.

Ignorant sa frayeur, je fais lentement descendre sa main, puis je la fais remonter jusqu'à la tête engorgée de mon xora. À ma grande honte, il m'est extrêmement difficile de ne pas laisser échapper ma semence ici et maintenant. Mon sac est plein et lourd, il palpite avec ses propres battements de cœur. La luxure se répand dans mon corps et pendant un moment, ma vue devient noire. Un long sifflement s'échappe de ma poitrine.

Aucune femme de mon espèce ne prendrait l'initiative de ce contact, et aucune femme de mon rang ne me permettrait de manœuvrer sa main sur mon sexe comme je le fais maintenant avec la main de cette petite hybride. Je devrais l'offusquer. Je la pousse à me toucher comme je touchais mon propre xora quand j'étais bien jeune, avant que ma troisième pierre ne tombe.

Mais elle ne recule pas et elle ne semble pas réticente. Nox. C'est elle qui a initié le contact et c'est elle qui continue à saisir mon xora avec une fermeté qui suggère qu'elle n'est pas repoussée par cet acte comme le serait une autre femme.

À cause de cela, mon xora palpite maintenant. C'est un plaisir douloureux que je n'ai ressenti qu'une seule fois auparavant : il y a une rotation, quand je la tenais dans mes bras et que je ne pouvais pas étouffer l'appel du Xanaxana qui nous traversait tous les deux.

Elle ne sait peut-être pas ce qu'est le Xanaxana, ou Xiveri, ou mon xora, mais elle apprendra à les connaîtra tous. Pour l'instant, elle ne connaît que le pacte. Et moi je ne connais que le besoin.

– Je vais te conduire à la traîtresse. Tu verras qu'elle est en sécurité et protégée et quand nous retournerons dans notre chambre, tu me donneras ton consentement, tu me montreras ton désir et tu toucheras mon xora comme tu le fais maintenant.

Je me sens vaguement honteux lorsqu'un pli apparaît entre ses yeux sombres, couleur d'ombre. Elle doit savoir combien cette demande est avilissante pour un mâle Xiveri envers sa compagne, mais son besoin de protéger ses amis l'emporte.

Après une pause, elle acquiesce.

– Ok.

– Xhivey.

Ma main se détache de son poignet, mais ses doigts ne lâchent pas mon xora et la force du sang qui y circule suffit à me faire vaciller.

Elle serre mon xora et j'aboie un juron dans une langue ancienne. Elle me relâche et mes yeux s'ouvrent à temps pour voir paraître une expression étrange sur son visage.

Sa bouche est retroussée aux coins en signe de plaisir - du moins, c'est une expression de plaisir pour les Voraxians. Est-ce qu'elle le fait maintenant pour moi ? Je veux lui demander ces choses, mais elle cache subitement sa bouche derrière sa main et se détourne.

– Passe devant.

– Xhivey.

Je prends sa main et résiste à l'envie de la porter une fois de plus. Être si proche et en même temps si loin d'elle devient douloureux. Mon xora se serre et je le contrains une nouvelle fois à se soumettre alors que nous arrivons à la porte de Krisxox.

Je frappe mon poing sur sa surface lisse une fois, deux fois, puis une troisième fois et elle s'ouvre. Je pousse ma Rakukanna à l'intérieur avec impatience.

Elle hésite, puis avance, son épaule frôlant ma poitrine alors qu'elle s'arrête brusquement juste à l'intérieur des quartiers de Krisxox. Je suis son regard jusqu'aux palettes de sommeil et jusqu'à Krisxox, qui y est étendu nu.

– Qu'avez-vous fait de Svera ?

Elle a parlé d'une voix profonde, sombre et pleine de défi.

– Calme-toi, Rakukanna, lui dis-je, Voici Krisxox. C'est un général de mon armée, le responsable de la stratégie de combat ainsi que de la formation des xcléranx. C'est un guerrier exceptionnel et il a été chargé de garder ton amie sous contrôle, à l'écart des autres mâles qui voudraient la prendre contre son gré ou l'approcher pour déterminer si elle est leur âme soeur Xiveri.

Ma Rakukanna est complètement tendue. La fureur qui émane d'elle ne connaît pas de limites. Pour une fois, je n'ai pas besoin de crêtes pour interpréter ses sentiments.

– Mais... et lui ? Il est... en érection !

Elle désigne le xora qui dépasse des hanches de Krisxox et je ressens un déplaisir momentané à la voir le regarder ainsi. Je me calme car je sais que c'est seulement pour défendre son amie qu'elle agit ainsi. Elle ne veut pas de Krisxox. Et Krisxox, qui suit les pratiques discriminatoires Drakeshs, est dégoûté par les femelles humaines.

– Krisxox ne s'accouple qu'avec des femelles Voraxianes et Drakeshs et comme tu as pu le constater, deux d'entre elles ont récemment quitté ses quartiers.

Voyager avec ses femelles est une concession que je n'ai accordée qu'à Krisxox. C'est une habitude honteuse, mais Krisxox est un mâle qui ne se soucie guère de concepts comme l'honneur. Le devoir passe avant tout pour lui. La loyauté, ensuite. Et après cela, il n'y a rien d'autre. Ma Rakukanna se retourne vers moi, les yeux brillants.

– Oui, mais pourquoi est-il toujours aussi dur ?

Je tourne la tête pour inspecter rapidement le xora saillant du guerrier. Il est en effet aussi ferme qu'elle le prétend.

– Ça arrive. Les mâles voraxians dont les trois pierres sont descendues ont souvent besoin de jouir plusieurs fois par solaire.

– Plusieurs fois... chuchote-t-elle.

Son regard se pose sur mon xora bombé qui se met à bouger comme si elle le lui ordonnait.

– Est-ce que... Euh...nous n'avons jamais dit combien de fois nous allions le faire.... dans nos conditions. Combien de fois veux-tu que je m'accouple avec toi ?

Ses propos font apparaître une légèreté sur les crêtes du front de Krisxox. Il est sans doute dégoûté par mon hybride ou peut-être par ses mots ou les deux. Le murmure d'une voix sourde s'élevant depuis la chambre de Krisxox m'empêche de taillader le guerrier drakesh avec mes griffes - ou de répondre à la question de ma Rakukanna.

– Miari ? C'est toi ?

Je me crispe lorsque ma Rakukanna se tourne vers le son de son nom d'esclave, et je maudis silencieusement Krisxox, qui l'a entendu. S'il s'agissait de n'importe quel autre mâle, je lui aurais arraché les oreilles.

– Svera ?

Ma Rakukanna s'avance plus loin dans la pièce. Elle la traverse, évitant gracieusement les quelques objets qui s'y trouvent - ou les graines répandues sur le sol - et ses petits poings tapent contre sur la porte.

– Svera, c'est moi ! Ouvre.

La porte s'ouvre et se ferme en glissant. Ma Rakukanna disparaît. Ignorant le regard de Krisxox, je traverse la pièce et tend mes oreilles vers l'avant pour pouvoir entendre plus facilement la discussion des femelles.

– Tu vas bien ? demande ma Rakukanna.

La traîtresse répond avec douceur et je reconnais instantanément dans son ton que cette femelle humaine ne possède pas un feu égal à celui de mon âme sœur. Ma Rakukanna s'assure rapidement que les blessures de la traîtresse ont été soignées : son poignet cassé a facilement été réparé. C'est la première chose dont s'est occupé Krisxox. J'ai confié la femelle à ses soins et bien qu'il déteste les autres espèces, cela aurait été un affront envers moi que de la laisser blessée.

La traîtresse poursuit un peu plus fort en disant quelque chose d'étrange.

— Mon voile s'est déchiré quand un des mâles du vaisseau m'a attaquée. Krisxox l'a empêché de me faire du mal mais il n'a pas voulu me donner un drap ou une autre pièce de tissu pour me couvrir.

Ma Rakukanna prononce une injure qui ressemble à « *puhtein* ». Je me demande ce qu'elle entend par là lorsque ma Rakukanna sort la tête de la pièce humide. En me voyant si proche, elle cligne rapidement des yeux, puis cache sa surprise.

— Pourquoi ne lui a-t-il pas donné un drap ? me demande-t-elle.

— La couverture de sa couchette ?

Elle acquiesce.

— Il n'a pas de traducteur. Il ne le lui aurait pas donné sans comprendre pourquoi elle en avait besoin.

Ma petite femelle humaine s'énerve.

— Eh bien, elle a besoin d'un tissu pour attacher ses cheveux.

— Ça peut s'arranger, je réponds lentement.

Ma Rakukanna me lance un regard furieux et cette fois, je sais qu'elle pense que j'en demande trop. Je pense la même chose. Mais les faiblesses de ma Rakukanna sont aussi faciles à exploiter que les miennes. Elle ferait n'importe quoi pour ses traîtresses. N'importe quoi. Et plus mon xora grandit, plus il est difficile d'éprouver de la honte à vouloir à tout prix contenter mon besoin.

Peut-être qu'une fois mon premier rut terminé, je me souviendrai à nouveau de la signification de concepts tels que l'honneur et la dignité ; mais pour le moment, ces mots me sont aussi étrangers que son propre *puhtein* et tous les autres mots humains que mon traducteur ne parvient pas à traduire correctement.

– Qu'est-ce que tu veux ? chuchote-t-elle.

Curieux, j'incline la tête.

– Qu'as-tu d'autre à offrir ?

Ses traits tombent avant de se durcir. Ses coussinets buccaux disparaissent à nouveau dans sa bouche et elle répond rapidement :

– On peut s'embrasser. Pendant l'accouplement, on pourra s'embrasser.

– Miari !

L'exclamation de surprise nous parvient de la petite pièce. Ma Miari - ma Rakukanna - ne bronche pas, elle s'avance vers moi et demande :

– C'est bon ?

Je ne sais pas ce que signifie le mot « embrasser », mais à en juger par l'offre de ma Rakukanna, et la réaction de sa propre traîtresse, cela doit avoir de la valeur pour elle. C'est quelque chose qu'elle n'appréciera pas, mais qu'elle pense que je pourrais apprécier.

Trop curieux pour refuser, j'acquiesce une fois.

– Hexa.

Sans me retourner, j'aboie par-dessus mon épaule pour que Krisxox aille chercher le tissu demandé. Il le fait, mais plus lentement que nécessaire. Il a toujours été un peu désobéissant.

Contenant ma colère pour le moment, j'arrache le tissu de ses mains et le tend à mon âme soeur. Ma Rakukanna ferme la porte, j'entends un peu de remue-ménage, mais surtout les exclamations soulignant le désaccord de la traîtresse.

– Tu ne peux pas, Miari...

– Je peux et je vais le faire. Il fallait bien que ça arrive de toute façon. Nous avons déjà passé un accord. J'ai donné mon consentement en échange de ta sécurité et de celle de Kiki. C'est tout ce qui m'importe.

Je sens quelque chose d'obscur s'agiter dans ma poitrine, une masse gélatineuse qui existait depuis le moment où nous avons fait notre pacte et qui ne cesse maintenant de grandir.

– Miari, tu es vierge. Est-ce qu'il le sait ?

– Oui, il le sait.

– Et cette brute...

– Ne t'inquiète pas pour moi. Le... le marché que nous avons passé est vraiment avantageux. Il va aider tous les humains en échange. Il va arrêter la Chasse.

Cela la fait réfléchir.

– Mais quand même, Miari...

– Je ne suis pas comme toi, affirme-t-elle.

L'émotion qui transparaît dans son discours, brouille mes pensées, fait migrer la masse visqueuse de ma poitrine vers le haut.

– Je ne suis ni chrétienne, ni juive, ni musulmane, reprend ma Rakukanna. Je n'ai pas besoin de me marier ou d'une déclaration d'amour pour perdre ma virginité. Je n'ai jamais eu l'intention d'avoir un mari et de faire des bébés mais si ça doit arriver, autant que ce soit ici et maintenant, pour aider toutes les personnes qui me sont chères. Je ferai ce qu'il faut. Je le ferai assez longtemps pour le rendre heureux et vous ramener, Kiki et toi, dans la colonie. Dès que je lui donnerai un héritier - si je peux lui donner un héritier - alors je suis sûre qu'il s'ennuiera et que toute cette histoire bizarre entre nous s'estompera et qu'il sera excité par une autre fille et m'oubliera. Peut-être même qu'il sera gentil et me laissera retourner avec vous à la colonie.

– Mais je...

– Ne t'inquiète pas.

La porte s'ouvre alors et ma Rakukanna réapparaît. L'autre femme est derrière elle, le drap de Krisxox attaché autour de ses cheveux pour les dissimuler à la vue, à l'exception de quelques mèches dorées et couleur sable à la racine de ses cheveux. Ni les femmes voraxianes, ni ma propre Rakukanna, n'ont ce duvet, mais les humains semblent en être presque entièrement recouverts.

– On y va ?

Ma femelle lève son regard vers le mien alors que l'entrée de la salle d'eau se referme derrière elle.

Je sais que mes crêtes émettent en ce moment une lumière sombre et j'y mets fin, ce qui fait sursauter ma Rakukanna. Xok. Comment puis-je perdre ma concentration si rapidement avec elle ? Je suis toujours distrait par les mots qu'elle emploie. La laisser partir ? Je savais que ces humains étaient d'une intelligence inférieure, mais je ne m'attendais pas à ce niveau d'ignorance de ma propre âme soeur Xiveri, même après lui avoir dit ce qu'on attendait d'elle. Notre contrat n'est pas temporaire, elle sera avec moi pour toujours.

Je veux le lui faire savoir ici et maintenant. Je veux aussi lui poser une pléthore de questions sur tous les mots qu'elle a prononcés dans sa conversation avec l'Humaine et que je ne comprends pas : muzulemane ? mahr'ié ? mahr'y ? amoore ? Toutefois, ça devra attendre. Ma Rakukanna m'a posé une question, elle me regarde fixement, et il n'y a qu'une seule réponse à sa question :

– Hexa.

7
Raku

Elle se tient debout sur la couchette. L'écart entre nos tailles respectives est bien réduit mais même légèrement surélevée, elle n'arrive pas à la hauteur de mon menton. Ses yeux sont à nouveau ronds, mais elle ne se recroqueville pas et ne s'enfuit pas. Elle n'essaie pas de se battre contre moi. Au lieu de cela, elle pose ses mains sur mes épaules nues.

Ses doigts sont si doux qu'ils glissent sur ma peau. Ils sont magnifiques. Parfaits. Je veux qu'ils entourent mon xora, comme elle l'a promis, mais elle hésite, se déplaçant avec une lenteur que je peux à peine supporter mais que je savoure. L'anticipation me rend fou.

Je la désire comme jamais je n'avais imaginé pouvoir désirer qui que ce soit, mais la retenue dont je fais preuve augmente mon plaisir. Je ne vais pas précipiter ce moment. C'est le moment le plus important de mon existence. Le moment où cette femme devient mienne. Le moment où le Xanaxana nous appelle l'un et l'autre, puis nous unit en un seul être.

Ma robe de chambre tombe sur le plancher dans un murmure duveteux. Ma poitrine se gonfle lorsque je la regarde dans les yeux, l'odeur du sucre fondu est forte. Je retiens l'air dans mes poumons, espérant le savourer, et le bout de ses doigts lisses s'enfonce dans mes muscles tandis qu'elle regarde ma bouche.

Soudain, elle se penche en avant et presse les plis moelleux de sa bouche contre les miens. Je sursaute et m'écarte d'elle. Elle se fige.

– Qu'est-ce qu'il y a ? demande-t-elle d'une voix à peine audible. Il y a un problème ? C'est la première fois que je le fais...

C'est la première fois qu'elle fait quoi ? Je ne comprends pas et frotte ma bouche, puis utilise ma main pour frotter la sienne. Xok, c'est presque impossible à croire mais ses coussinets buccaux sont encore plus doux que le reste de sa peau. Les miens sont de la même texture que le reste de ma peau. Assez durs pour que je me demande si ma peau n'est pas trop rêche contre la sienne. Honteusement, je balaie cette pensée. Ça n'a pas d'importance. *Elle devra s'accoupler avec moi d'une manière ou d'une autre.*

– Dis-moi comment tu nommes cet acte, Rakukanna.

Elle regarde ailleurs. Du doigt, je positionne son menton face à moi.

– Un baiser, souffle-t-elle, en faisant un roulement d'yeux qui me déplaît immédiatement.

Comme il n'existe aucune variante de la couleur de ses yeux sur ma planète, aucun Voraxian ne peut maîtriser ce regard, et je ne l'ai donc jamais vu auparavant.

– C'est ce que je t'avais promis. Tu... tu ne savais pas ce qu'était un baiser quand on a fait le marché ?

Ses sourcils se plissent à nouveau et l'une des bandes de poils légers située où devraient se trouver ses crêtes se soulève vers le sommet de sa tête. Quelles sont ces nouvelles expressions ? *Ne te laisse pas distraire.* Non, distrait n'est pas le bon mot, je suis... Je suis *intéressé.*

Je secoue la tête.

– Nox.

Elle a éveillé ma curiosité.

– Cet acte de joindre la bouche est un baiser ?

Elle acquiesce et je lui fais signe d'avancer.

– Continue.

– Tu... Tu veux que je réessaie ?

– Je ne sais pas comment je suis censé réagir mais je suis curieux, et je veux accepter ton offre.

En vérité, je suis plus que curieux. J'ai du mal à contenir mon impatience. L'idée de lier ma bouche à la sienne me donne des frissons étranges et étrangers. Cela ne se fait pas sur Voraxia - ni dans aucune autre constellation que j'ai visitée - pourquoi le ferait-on ? Cela ne sert à rien dans l'acte de reproduction et n'est même pas possible étant donné la construction du harnais de reproduction. Les bouches existent pour prendre de la nourriture. A-t-elle l'intention d'essayer de me manger ?

Cette pensée fait remonter les coins de ma bouche, ce qui n'arrive pas souvent. Je sais déjà que ses petites dents émoussées ne pouvaient pas faire de dégâts sur ma peau. Ainsi, dans cet acte de baiser, il n'y a aucun risque. Seulement la promesse d'un nouvel assaut du désir, d'une exaltation du plaisir.

Pour la deuxième fois, elle se penche en avant et presse sa douce bouche contre la mienne. Sa peau légèrement plus froide se réchauffe rapidement et je peux sentir le sang chauffer les coussinets de sa bouche au niveau de leur derme fin. Elle répète le geste encore et encore.

Ma peau se hérisse. Les plaques rugueuses le long de ma poitrine, de mes bras et de mes cuisses se soulèvent, comme elles le font souvent lorsque je surchauffe et que j'ai besoin de me rafraîchir ; mais après quelques tentatives, elle cesse de se courber vers moi. J'essaie de la pousser à recommencer, mais elle m'arrête.

– Tu... est-ce que tu peux... Il faut que tu détendes tes lèvres.

Elle se lèche la bouche et je comprends mieux. *Des lèvres. Ces doux coussinets buccaux sont ses lèvres.*

– Est-ce que tu peux ouvrir un peu la bouche... Non... Juste un peu...

Elle expire et son souffle chaud passe en éventail sur mon visage. Je me penche vers elle, les lèvres légèrement entrouvertes comme elle me l'a demandé, et lorsqu'elle presse à nouveau ses lèvres contre les miennes, il y a une explosion d'épices mélangée au parfum pur, balayé par le vent, des baies de jujji qu'elle porte comme un nuage.

Cette combinaison est des plus enivrantes. Je trouve que l'odeur est à la fois *accentuée* par la douceur exquise de sa bouche.

Elle mord ma lèvre inférieure avec ses dents émoussées et apaise cette légère morsure avec sa langue, faisant naître des décharges de sensations nouvelles qui me parcourent des pieds à la tête. Ma propre langue striée, qui ne sait rien de cet acte, s'élance pour goûter davantage à toute cette douceur et elle sursaute lorsque nos langues humides se heurtent.

Elle tente de mettre de la distance entre nous mais mes mains s'emparent rapidement de l'arrière de sa tête et se moulent contre sa colonne vertébrale. Lorsqu'elle gémit, satisfaite elle aussi, le son de sa voix m'étourdit.

Je me précipite contre elle et dans mon inexpérience, j'écrase sa bouche. Ma Rakukanna me surprend alors : elle ne bronche pas et ne met pas fin à cet acte, à ce baiser. Au contraire, elle s'avance, me renvoie mon ardeur avec le même degré d'intensité, langue contre langue, lèvre contre lèvre, souffle contre souffle.

Je respire fort maintenant et quand j'ouvre les yeux, je vois que les siens sont fermés. Je suis heureux de voir la traînée de cils qui ourle le bord de ses yeux. L'inclinaison haute et arrogante de ses pommettes Drakesh. L'aspect plat et sans relief de son front. Ses traits arrondis.

Sa tête a été faite pour ma paume. Alors que le baiser s'intensifie, je sens mon Xanaxana prendre possession de mon corps. Je ne peux pas attendre qu'elle mette la main sur mon xora. Je commence à l'explorer comme j'en avais l'intention il y a quelques instants. Cet accouplement de bouches est trop enivrant.

Le bruit du tissu qu'on déchire emplit la pièce et ma Rakukanna tressaille lorsque je fais glisser les lambeaux de sa tunique sur sa peau rouge.

– Tu es magnifique, lui dis-je alors que mon regard s'attarde sur son corps.

Elle essaie de se détourner mais je la serre contre ma poitrine, impatient de sentir ses monticules contre mes plaques.

Je ne savais pas que les monticules des femelles humaines pouvaient être aussi grands, ou surmontés de pics sombres, et j'ai soudain envie de poser ma bouche dessus. Je ne suis pas un nourrisson, mais je meurs d'envie de savoir si leur goût est aussi épicé que celui de sa bouche. Aussi doux.

J'abandonne sa bouche et je me baisse assez pour sucer ses monticules. Elle crie, tout comme elle l'a fait dans le tube d'eau douce lorsque j'ai saisi sa queue, et je grimace de plaisir contre sa chair en léchant les pics, chacun à leur tour. Elle *aime* ça.

– Raku... chuchote-t-elle.

Le son de mon titre sur sa langue me fait quelque chose, m'envoie jusqu'au tréfonds de l'univers. Je pourrais détruire des villes pour elle, juste pour l'entendre me parler de cette façon.

– S'il te plaît, supplie-t-elle et je frissonne de partout.

Nox, pas des villes. Des civilisations entières.

Elle tend une main vers ses plis reproducteurs, mais cette fois-ci ce ne sera pas si facile. Bien que je ne sois pas encore familier avec l'anatomie humaine, j'ai vu ce qu'elle aimait dans la salle d'eau. Je sais ce qui la fait craquer.

Elle fait un mouvement pour poser sa main sur ses plis intimes gonflés, mais je repousse ses doigts et drape ma paume sur son sexe entier.

– C'est à moi ! je m'écrie, et tout son corps tressaille.

Ses genoux commencent à trembler et je les balaie d'un bras. Je me débarrasse rapidement de mes couvre-jambes et me glisse sur la palette au-dessus de ma Rakukanna qui se tortille. Le Xanaxana est fort en elle et, en regardant son corps - les genoux qui se plient et se serrent l'un contre l'autre, les mains qui s'agrippent à la couverture de la couchette, les pics sombres de ses monticules qui atteignent le plafond, et les lèvres de son visage aussi gonflées que celles qui sont sous sa taille - je sais qu'il l'a finalement atteint. Le Xanaxana est venu pour elle.

Ma poitrine se gonfle de fierté et de gratitude. Je dépose un baiser sur le visage de ma Rakukanna. Elle attrape l'arrière de ma tête, me positionne contre sa bouche et nous partageons cet acte pendant quelques instants seulement. Toutefois, ce sont quelques instants de trop : je ne peux pas attendre. J'ai besoin de la goûter.

Je passe la langue et les dents le long de son corps, désirant chaque centimètre que sa peau parfumée au fruit du jujji peut offrir. J'atteins finalement l'odeur entêtante et musquée qui s'échappe de ses plis. Je la touche avec mes lèvres et la gratifie de ma langue. Oh, xok... elle est si *chaude*. Sa peau est froide à mon contact, mais ses entrailles sont si chaudes. Comment est-ce possible ? Et que vais-je sentir lorsque je vais la pénétrer ?

Cette idée me laisse sans voix et le Xanaxana dans mon estomac commence à battre si fort que je ne peux plus penser. Une partie de ma semence bleu foncé tache déjà le blanc du tapis de couchage sous nos pieds. J'ai besoin de la pénétrer, mais pas avant d'avoir fini d'absorber chaque once du nectar qu'elle crée.

Elle se débat maintenant et je retiens ses hanches en enfouissant mon visage dans son humidité. Elle crie mon titre assez fort pour que tout le monde sur le vaisseau l'entende. Je devrais me soucier de son honneur, mais je ne le fais pas. Je veux qu'elle crie plus fort, encore plus fort.

– Hexa.

Je grogne entre ses cuisses.

– Continue à crier mon nom, Rakukanna.

– Sang de lune ! halète-t-elle.

La longueur de chaque respiration est plus courte que la précédente.

– Raku, s'il te plaît, laisse-moi jouir.

Je recentre mes efforts sur l'irrésistible morceau de chair au-dessus de ses plis qui semble libérer une quantité incroyable de nectar en elle.

Ma langue se presse sur ce petit monticule et elle hurle comme si elle était dans les affres de la torture, ses cheveux se répandent sur le tapis de couchage, l'imprégnant du parfum des baies et des fleurs.

Le moment dure et je remarque que si j'appuie les crêtes de ma langue sur son doux monticule, le moment se prolonge encore plus. Elle s'agite, soufflant et gémissant mon nom. Pas mon nom. Mon titre. Ses bras sont écartés. Une de ses mains attrape mes cheveux et tire, mais je ne ressens pas de douleur.

– Ra...Ra...Raku !

Elle hurle et un spasme déforme tout son corps. Elle frissonne involontairement comme si elle avait perdu tout contrôle et la sensation de crème recouvrant mon menton et ma mâchoire allume un feu en moi. Je vois des étincelles, comme le début d'un feu de brousse sûr de tout décimer.

– Rakukanna, je murmure.

Elle s'installe à nouveau contre le tapis, le plus gros de la tempête est passé. Je pose ma bouche sur l'intérieur de ses cuisses, capturant leur douceur contre ma rudesse, les yeux fermés. Quand ils se rouvrent, ses plis scintillent sous mon regard et je lape toute la crème que j'y trouve. Le jujji fermenté épicé n'est pas comparable à ce que je goûte. Il n'y a rien de comparable à la saveur de son nectar. Pas dans cet univers, j'en suis sûr.

Je plante un baiser sur son doux monticule et sa respiration s'intensifie. Ses hanches bougent.

– Oh, peste d'étoiles... Je n'ai jamais été aussi sensible aux caresses...

– Trop sensible pour le rut ?

Elle retient une exclamation de surprise. Peut-être est-ce à cause de la vulgarité de mes mots, ou du fait que je lui ai posé une question, ce qu'un Raku ne fait pas. Je m'en moque. Je ne me soucie de rien d'autre que de mon plaisir et, par-dessus tout, du sien.

– Non, dit-elle dans un souffle. Nox.

Mes bras tremblent alors qu'ils étreignent son petit corps. Je pousse sur ses hanches pour la retourner et je suis à nouveau surpris quand elle cède.

Elle gémit et ses jambes peinent à supporter son poids, alors je glisse un bras sous ses hanches et les soulève jusqu'à ce que sa queue effleure mon sexe. Je la place délicatement sur le côté et ma Rakukanna pousse un gémissement. Elle semble ne pas en savoir beaucoup sur ses zones érogènes et ça me fait plaisir d'être celui qui lui montre. Et je vais lui montrer... au cours de nombreux accouplements, tout aussi gourmands que celui-ci.

Nous avons joué avec des baisers, j'ai goûté des parties faites uniquement pour les bébés, et pourtant je suis sûr qu'aucun mâle Voraxian n'a jamais ressenti un plaisir aussi grand que le mien. Nox. C'est contraire à tout ce qui concerne l'accouplement.

Et mon Xanaxana s'en réjouit.

Ma main tremble lorsque je saisis la tête de mon xora et que je l'abaisse sous son premier trou. Ma main libre est enfouie dans ses tresses, qui brillent d'une riche couleur noisette dans la lumière tamisée.

J'ai l'étrange compulsion de vouloir la regarder pendant que nous sommes accouplés, et j'incline sa tête sur le côté. Elle me voit par-dessus son épaule et sur son visage, elle arbore une expression de plaisir qui me fait l'effet d'une balle que l'ont m'aurait tirée en pleine poitrine. Ma Rakukanna pénètrerait aisément dans le trou caverneux créé par la balle, et d'un seul coup, en déchirant les os, la chair et les plaques, elle me laisserait ouvert. Puis elle se glisserait à l'intérieur, en moi.

– Xivoora, Xiveri.

Mes coeurs. Mon âme sœur. Ces mots sont destinés aux compagnons qui ne partagent que le lien le plus profond. Notre voyage ne fait que commencer, mais pourtant, en prononçant ces mots, je trouve qu'ils ne pourraient pas mieux décrire notre situation.

– C'est bon ? je demande en lui répétant les mots qu'elle a prononcés plus tôt.

Ses lèvres s'étirent. Ses cuisses tremblent.

– Hexa, murmure-t-elle, et je n'hésite pas.

Mon xora plonge en elle et je regarde sa bouche s'ouvrir en un O parfait alors que la tête bombée de mon xora palpitant atteint la dernière barrière, sans la briser. La *pression...* est incroyable.

Elle n'a pas menti. C'est sa première fois. Et elle est à moitié humaine. Si fragile. Mon Xanaxana hurle maintenant et j'ai du mal à réfléchir. Son doux canal est la chose la plus serrée dans laquelle mon xora ait jamais pénétré et, en même temps je n'ai jamais ressenti une telle humidité.

Je pourrais me glisser en elle et facilement me laisser aller à la prendre comme un animal, souillant sa forme douce et souple, encore et encore, jusqu'à ce que nous soyons tous deux épuisés, blessés, brisés et rendus entiers par la première libération du Xanaxana. Il y aura beaucoup d'autres accouplements, mais on dit que la première libération est primordiale. Je pourrais donc me hâter, mais je veux - non, j'ai besoin - qu'elle ressente le plaisir de mon xora comme elle a pris du plaisir avec ma main et mes lèvres.

Les femmes voraxianes racontent que ce premier accouplement de Xanaxana ne peut donner que des héritiers et de la douleur, mais je me demande si pour mon hybride, il n'y aurait pas une autre solution.

Je pense à son doux monticule, et au plaisir qu'elle ressentait lorsque je caressais sa queue. Me laissant tomber en avant, je tiens un bras le long de son corps tandis que je glisse l'autre autour pour atteindre son bouton de velours gonflé, ce délicieux morceau de plaisir. Au même moment, ma queue se déplace autour de ma hanche pour s'enrouler fermement autour de la sienne. Je l'étreins fermement et elle est incapable de bouger, incapable de faire quoi que ce soit d'autre que de subir le plaisir que je vais lui apporter.

Emporté par mon désir ardent, je dois veiller à ne pas toucher les doux replis de sa chair avec la griffe mais avec le coussinet de mon doigt. À trois reprises, je caresse doucement son petit dôme sensible d'un mouvement circulaire et à la fin, sa respiration se fait plus haletante, preuve que son plaisir égale le mien.

– Sang de lune ! éructe-t-elle.

Son visage se détend et se crispe sous l'effet du plaisir.

– Raku, tu ne m'avais pas dit que ce serait aussi bon !

Je n'ai rien à lui répondre, car j'ignorais moi aussi qu'il en serait ainsi. Je me penche pour mordiller doucement son épaule, et alors que son corps est secoué de tremblements, je la pénètre d'un mouvement leste, percevant jusque dans ma chair la grandeur et la puissance des astres. De même, Xana, l'esprit divin qui régit l'univers, et son époux, Xaneru, s'unissent et chantent.

Sa fine membrane cède dès mon premier coup de rein ; elle gémit d'abord, puis, n'y tenant plus, elle se met à crier. Ses parois chaudes noient mon xora dans sa crème et son délicieux nectar, et, que les ancêtres m'en soient témoins, elles deviennent de plus en plus étroites.

J'ai le souffle court, c'est trop, je ne peux en supporter davantage. La douleur exquise qui m'envahit me transporte jusqu'au bord du précipice du plaisir et menace de causer ma perte. Je sais maintenant à quel point ma Rakukanna est redoutable, puisqu'elle me punit ainsi pour l'avoir prise ; et j'accepte ce châtiment avec respect, considération et ravissement.

Je rugis. Je ne suis plus moi-même. Je me déhanche, je la baise comme un damné, avec une fébrilité qui frise la folie. Il ne faut que quelques instants avant que d'épais jets de semence n'explosent de mon corps et ne la remplissent pendant ce qui pourrait être des solaires ou des rotations.

La chaleur et la foudre descendent tandis que mes trois pierres se contractent et se secouent. La courbe ronde de son derrière accueille mes hanches alors que je m'affale en avant et me répands en elle, infiniment...

Elle gémit dans le matelas et prend tout, sous moi, sans une seule protestation. Je penche son visage vers le mien et dans ses yeux, je vois des étoiles et des visions d'un autre monde. Un monde où je la prends à l'intérieur de moi et la garde là, juste pour la protéger et l'avoir près de moi.

Quand je reprends mes esprits, ma bouche est pressée contre sa nuque. À travers ses cheveux, je lui donne un baiser. Elle respire légèrement et rapidement. Ses yeux sont fermés, mais ses lèvres accueillent toujours les miennes quand je me penche sur son corps pour l'embrasser partout. Sa bouche est inclinée vers le haut et elle s'amuse à titiller ma langue avec la sienne.

Une sensation nouvelle, étrange, s'agrippe à mon deuxième cœur, car ce vertige a depuis longtemps envahi mon premier. La partie supérieure de son corps est enfouie dans le matelas, mon torse l'y presse. Ses parois internes s'agitent, secouées de spasmes alors que des murmures délicats s'échappent de sa gorge.

Ma semence rencontre sa crème et explose en elle. Quand la dernière goutte tombe, la dernière goutte de tout ce que j'avais précieusement gardé pour elle au cours de la dernière rotation ; je hurle son nom. Pas son titre, mais Miari. Tout comme je veux qu'elle dise le mien.

Je ne sais pas pourquoi c'est tout à coup si important et je n'essaie pas de comprendre. Je ne cherche plus à lutter contre ces nouveaux sentiments qui m'assaillent. C'est drôle, car je ne m'étais pas rendu compte que je me battais, que je ne voulais pas me rendre.

Délicatement, je me laisse glisser sur le côté de son corps et je la tire contre moi sans retirer mon xora de sa chaleur chaude et humide. Puis je demande doucement aux commandes à reconnaissance vocale d'éteindre les lumières et d'activer tous les mécanismes de sécurité. Je dois m'assurer qu'il ne lui arrivera rien tant que je serai dans cet état de faiblesse.

Alors que l'obscurité s'abat brusquement sur nous, je suis troublé par les pensées qui m'assiègent. Elles concernent toutes ma petite femelle humaine, et surtout, son nom : *Miari, Miari, Miari. Je veux entendre le mien sur sa langue.*

– Merci, Raku, murmure-t-elle, à moitié endormie.

Ces mots sont suffisants pour que je l'étreigne un peu plus, tremblant d'envie de la serrer contre moi suffisamment pour l'écraser. Elle étouffe un petit son de plaisir et j'enfouis mon visage dans ses cheveux. Je n'aurais jamais imaginé qu'elle pourrait un jour me donner tant de plaisir, mais *j'en veux encore plus, et moi aussi, je peux lui donner encore plus.*

– Mon nom de naissance était Xoran.

J'ai parlé sans même y penser et je me crispe, attendant avec appréhension qu'elle se détourne de moi. Je n'ai pas à révéler mon nom de naissance. Je ne suis pas une jeune fille et je ne suis pas un esclave. Je suis Raku. Je ne comprends pas pourquoi je tiens à lui faire un tel présent alors qu'elle ne sait pas ce que cela signifie, alors qu'elle n'a aucune idée de la valeur de cet aveu. Est-ce juste pour l'entendre un jour prononcer mon nom ? *Hexa. Oui*, comme diraient les Humains.

Sa langue passe, rapide comme l'éclair, entre ses dents blanches et éclatantes. Elle sourit. Je me penche en avant et la mordille. Je la goûte à nouveau. Elle émet un son de plaisir, mais ne refuse pas le baiser et nous nous embrassons encore un peu pendant que mon xora se réveille en elle. Elle halète en le sentant s'allonger et grandir.

– Nox, dis-je, en mettant fin au baiser.

Je passe mes griffes dans ses boucles.

– Le Xanaxana est rassasié de ce premier accouplement, je murmure contre son épaule, à laquelle je donne un baiser. C'est ton premier accouplement. Je vais te permettre de récupérer.

Elle laisse tomber sa tête sur mon bras.

– Mhmm...

Je réponds en laissant mon plaisir paraître sur mon visage et je reste en elle. Nos corps ne font qu'un. Mes cœurs battent fort, mais les yeux de ma Xiveri - ma Miari - sont fermés. Elle s'éloigne de moi dans un monde où je ne peux pas la suivre.

J'ai envie d'essayer de la réveiller et de la garder ici avec moi, mais je ne le fais pas. Au lieu de cela, je ferme les yeux et tente de dormir comme elle. C'est peine perdue, car mon xora me tient éveillé, tout comme cette sensation de brûlure dans ma poitrine. Je ne peux pas m'en débarrasser.

Et puis, dans l'obscurité de notre cabine, ses lèvres satisfaites chuchotent :

– Merci, Xoran.

Je me raidis, je suis comme électrifié. Je mords doucement le côté de sa gorge et je lèche sa peau salée. Entre deux caresses, je murmure :

– Miari, xun ka'ana nek mahfeh.

Qu'est-ce qui m'arrive ? Ce ne sont pas des mots dignes d'un Raku. Nox, ce sont les mots de Xoran.

J'enlace ses jambes avec les miennes et je tiens un de ses monticules de poitrine dans ma paume. Elle soupire doucement dans l'obscurité. Je suis terrifié mais ma frayeur ne peut m'atteindre, cette peur ne peut me détruire car je suis déjà détruit : je ne suis plus celui que j'étais.

Les mots de Miari me reviennent en mémoire. Elle pense que je vais me lasser d'elle. Nox. Je la serre contre ma poitrine, mon xora à moitié dur baignant encore dans sa chaleur exquise, le Xanaxana ronronnant doucement, avec satisfaction, dans ma poitrine et je n'ai qu'une certitude : je ne la laisserai jamais partir.

Elle représente déjà trop pour moi.

8

Miari

Je lui ai dit « merci » . Merci ! *Sang de lune, qu'est-ce qui m'arrive*? Je l'ai même remercié *deux fois*. J'ai remercié Xoran. Pourtant, je déteste Xoran... n'est-ce pas ? Xoran m'a prouvé que tout ce que je croyais savoir sur l'accouplement était faux. Xoran m'a offert la meilleure lune de ma vie.

Et puis Xoran est parti.

Il s'est accroché à moi comme la terre s'attache aux racines d'un arbre pendant que je dormais et c'était... c'était bon. Naturel. Je me sentais en sécurité. J'avais l'impression, lovée dans ses bras, que rien au monde ne pouvait me faire de mal. Et avec son...avec sa chose...toujours dure en moi, titillant mes sens les plus sensibles, je me suis sentie connectée à lui comme...comme la lumière à une étoile.

Ce n'était pas si mal que j'aie échangé ce que certaines femmes de ma planète, comme Svera, protègent jusqu'au mariage - à condition qu'elles puissent se marier avant la Chasse.

Par tous les soleils, je n'ai pas l'impression d'avoir perdu quoi que ce soit. Il ne m'a rien enlevé, c'est comme si... feux de l'univers... comme s'*il m'avait donné, à moi*, quelque chose. Et même si je sais que je ne suis pas censée le désirer à nouveau, je ne peux pas m'empêcher d'avoir envie de lui. Quand j'ai senti qu'il se retirait et extirpait son sexe ramolli avant de se relever dans l'obscurité, j'ai ressenti une *douleur* qui n'avait rien à voir avec celle qu'il a laissée entre mes cuisses.

Je sommeillais à ce moment-là et j'ai pensé qu'il allait peut-être simplement aux toilettes pour se soulager, mais c'était il y a une demi-heure et maintenant je suis réveillée en sursaut par le bruit du vaisseau qui fait des embardées - qui *accoste*. Je me demande ce qui se passe et s'il va revenir. C'était vraiment si terrible ? N'a-t-il pas... n'a-t-il pas ressenti la même chose que moi ?

Laissant là ces pensées, je me retourne pour m'asseoir. J'ai la tête qui tourne légèrement et je me mets maladroitement à genoux. L'intérieur de mes cuisses frémit un peu. Je demande aux commandes d'allumer toutes les lumières et je vois avec une clarté crue les traces de ce qui s'est passé la nuit dernière sur les draps. Sous mes yeux, le récit de notre accouplement est gravé en bleu et rose vibrants. Mon regard suit les taches violettes où les bleus et les roses se rejoignent. Mon orgasme est rose ? Cette idée me fait à la fois rire et rougir.

Je me glisse rapidement hors du lit et pose mes pieds sur le sol. J'ai besoin de m'éloigner de lui. Le simple fait de le voir me rappelle la chaleur de la nuit passée et combien j'ai apprécié la façon dont il a accepté d'être embrassé, puis a maîtrisé le geste, avant de me rendre passionnément les baisers que je n'étais que trop disposée à lui offrir.

J'ai complètement perdu la tête. Complètement.. et rapidement. À l'instant où j'ai posé les lèvres sur les siennes et où nous nous sommes embrassés, il s'est produit comme une explosion en moi. Ça m'a fait perdre le souffle, et le peu de bon sens qu'il me restait. J'en veux *encore*. J'en veux *plus*. Mais... *et si lui, il n'avait pas aimé* ?

Je me dandine jusqu'à la salle d'eau, persuadée que j'ai merdé. Les boutons et panneaux qui m'entourent constituent une distraction intéressante. Les lumières s'allument automatiquement, mais il faut que je tripote le panneau de contrôle à l'extérieur du tube d'eau pour le faire fonctionner.

Je me demande si c'est la fusion ionique qui l'alimente, ou s'ils utilisent la même technologie solaire que nous dans la colonie. Ils ont sûrement quelque chose de plus avancé, mais quoi ? Je me pose les mêmes questions face aux capteurs qui alimentent les portes automatiques. J'aimerais aussi savoir s'ils réagissent à la chaleur, comme la douche, au mouvement ou à l'humidité.

Ce qui m'intrigue le plus c'est que la porte de la salle de bain s'ouvre et se ferme dès que je m'en approche, mais quelle que soit la façon dont je m'approche de la porte qui mène à la chambre, elle reste fermée. Je ne suis pas censée sortir. Tous les tiroirs contre les murs sont également fermés à clé, même ceux qui ne contiennent que des vêtements.

Pfff... A-t-il peur que je fasse un nœud coulant avec l'une de ses tuniques pour me pendre ? Je glousse, mais dans la pièce creuse, l'écho est un peu déprimant. *C'est peut-être exactement ce qu'il craint. Peut-être pense-t-il que notre accouplement ne m'a pas plu et que je vais tout faire pour partir. Peut-être qu'il pense ça parce que ça ne lui a pas plu à lui.* Il a dit que ça n'aurait pas d'impact sur notre accord, mais je ne connais rien de son espèce, si ce n'est que les siens peuvent être fourbes et cruels. Alors pourquoi resterait-il fidèle à sa parole ?

Je frissonne, puis je m'assieds sur le bord du lit, en prenant soin de tourner le dos aux taches de couleur sur les draps. Elles ne représentent que trop bien la trahison de mon corps. J'attends.

Et j'attends.

Et j'attends...

...

Maudites soient les étoiles, et maudit soit-il s'il n'a pas aimé ça. Le vaisseau est à quai depuis un moment. Alors, quand mes cheveux sont presque complètement secs et que mon estomac commence à gargouiller, je décide de faire quelque chose.

J'ai quelques certitudes. Les panneaux cachant les commandes de la porte extérieure ne bougeront pas sans outils pour les ouvrir, mais le détecteur thermique dans le tube d'eau est presque entièrement exposé. Ça me laisse des possibilités.

Quelques minutes plus tard, j'ai réussi à faire passer l'extrémité d'un fil de cuivre à travers un allumage thermique, et à le connecter à une source d'énergie prélevée sur le capteur thermique de la salle d'eau.

En déplaçant l'ensemble du kit vers la porte, je positionne le fil de cuivre juste au-dessus de la batterie, puis je jette un coup d'œil par-dessus mon épaule à la porte fermée de la salle de bains. Il faut sept secondes pour que le fil tombe, et une seconde pour que la porte de la salle de bain s'ouvre et se ferme, ce qui me laisse six secondes pour y arriver.

Je dois entrer dans la salle de bains avant que l'explosion ne se déclenche car je ne connais pas précisément la puissance de cette source d'énergie. Toutefois, d'après les vibrations qui irradient le fil de cuivre dans ma main, je pense qu'elle est très puissante.

– Un..., je commence tout bas.

Avant même d'arriver à deux, un bruit lointain de pas attire mon attention. Ils sont lourds, et ils se rapprochent.

Je retire le fil de cuivre de l'explosif maison que j'ai fabriqué et je pousse rapidement - mais surtout avec précaution - tous les morceaux contre le lit et je recouvre la bombe avec le drap taché.

Je me perche sur le bord du lit et pose mes pieds à plat sur le sol. Mes épaules se courbent vers l'intérieur mais, remarquant la position, je les repousse en arrière en espérant que j'ai l'air féroce, et pas affamée ou cinglée.

Le bruit des bottes s'arrête et les portes s'ouvrent en un clin d'œil. Le voilà. Xoran ou Raku. Ça dépend de l'état d'esprit dans lequel il se trouve.

Le vent des portes ébouriffe une mèche de ses cheveux. Elle s'est échappée de la lourde tresse d'onyx qui drape la moitié de son dos et se pose contre sa mâchoire, et je regarde sa couleur vibrer dans la lumière un peu trop longtemps. Lorsque je reviens à moi, je lis ce qui passe pour un sourire sur son visage. Bien que l'air qui s'accroche à ma chair rouge et nue soit immobile, chaud et enveloppant; je frissonne.

Ma respiration se fait plus rapide, et mes épaules se courbent à nouveau involontairement. Mes efforts pour avoir l'air féroce sont donc réduits à néant... Pendant ce temps, même si ses crêtes ne révèlent aucune couleur, je perçois son frémissement. Il se contente de me fixer alors que mon regard parcourt ses cheveux tressés et lavés, son visage gris-bleu tacheté, les crêtes qui se dessinent sur ses arcades sourcilières et la peau dure qui recouvre sa poitrine.

Il a changé de vêtements. Il porte à nouveau un de ses pagnes, une ceinture noire et ce qui ressemble à de lourdes bottes noires. Sa peau semble huilée. Le voir ainsi me donne chaud. Je me sens rougir. Derrière lui, sa queue bouge d'avant en arrière comme un serpent. *Par la nuit, que quelqu'un me tue , là, tout de suite.*

Il cligne des yeux, comme moi ; et quand il regarde mon corps, toujours dénudé devant lui, je lutte pour ne pas me couvrir instinctivement.

– Je...

Au moment où j'ouvre la bouche, mon estomac grogne. Le son est si fort et si surprenant que mon pied gauche s'élève et touche ma machine.

Le bruit des pièces qui s'entrechoquent attire notre attention à tous les deux - la sienne avant la mienne, car lorsqu'il se jette sur le drap et le déchire, je ne suis pas assez rapide pour l'arrêter.

Lorsqu'il voit ce que j'ai fait à sa jauge thermique, ses crêtes deviennent rouges. Rouge vif. Terrifiée - parce que j'ai déjà vu cette couleur auparavant - je me dirige vers la sortie, mais je n'ai bu que l'eau de la douche et je n'ai rien mangé depuis le pain de sable et les fruits durs comme du cuir que Kiki et moi avons partagés il y a... bien trop longtemps.

Ma tête suit son mouvement soudain et je fais une embardée vers la gauche de la porte. Je n'ai que le temps de l'effleurer avant qu'elle ne se ferme. Ça n'aurait pas eu d'importance de toute façon, parce que ses mains sont sur moi maintenant, elles me soulèvent.

Il me pousse contre un mur.

– Pourquoi as-tu construit cet appareil ?

Son souffle froid m'évente le visage. Il a le goût du baiser d'hier soir. Ma poitrine se dilate, intensifiant ma confusion. Pour dire le vrai, je suis étrangement à l'aise dans ses bras, les pieds suspendus au-dessus du sol, les épaules sous mes oreilles ; même s'il a l'air de vouloir me tuer. Mon cœur bat vite, mais ma respiration est lente.

Je cligne des yeux et mouille mes lèvres avec ma langue avant de répondre :

– Je voulais juste...

– Tu voulais me tuer ? Ou te tuer ?

Ses mains se crispent autour de mes bras.

– Dis-moi ce que tu voulais faire pour que je puisse administrer la punition appropriée. Me tuer, moi - ton Raku - est tout aussi impensable que l'idée que tu pourrais m'enlever ce qui m'appartient. Nous ne sommes plus qu'un.

Mon visage se tord et je m'agrippe, bien que mollement, à ses mains, tirant dessus sans que cela ne fasse de différence.

– Me tuer ? Tu es fou ? Et pourquoi je te tuerais ? Le destin de mon peuple est entre tes mains, je ne ferai jamais ça. Je voulais juste... est-ce que les Humains sont en sécurité ?

Il secoue la tête. La pression de ses mains sur ma peau se relâche.

– Explique-moi ce que tu veux savoir.

– Je n'étais pas sûre que tu aies été satisfait... Je ne savais pas si tu comptais donner l'ordre de tuer mon peuple parce que l'accord n'avait pas été respecté. Je voulais fabriquer cette bombe pour t'en empêcher, ou pour me faire exploser ou détruire le vaisseau ! Je... je pensais que... la nuit dernière... c'était... ça n'a pas fait aussi mal que je le pensais.

Que quelqu'un me tue tout de suite.

– Et toi... Je... Vas-tu respecter notre pacte ?

Ses yeux noirs s'assombrissent. Il grogne

– Quoi ? Notre... notre pacte ? Je ne comprends pas ce que cela a à voir avec la bombe que tu as construite, grogne-t-il.

– Il n'y a aucun rapport, dis-je à voix basse. Je dois juste savoir. Es-tu satisfait ? Mon peuple est-il en sécurité ?

Il ne répond pas tout de suite. Un, deux, trois, quatre, cinq secondes... J'attends. Sa mâchoire s'agite. Ses crêtes s'illuminent d'une multitude de couleurs et je ne sais pas du tout quoi en penser. Mais ensuite, son regard se fixe sur mes lèvres et à l'instant où ma poitrine commence à brûler en son centre, son odeur de cèdre et de fumée m'envahit et sa bouche s'écrase sur la mienne. Durement.

Il enfouit sa langue entre mes lèvres et entre elles, murmure :

– Hexa, Rakukanna, ton peuple est en sécurité.

Je gémis à ce contact et juste comme ça – rien qu'avec ces quelques mots et ce baiser un peu brusque - mon corps répond.

Il a un goût d'épices et de vin, de fumée, et ses lèvres dures et inflexibles mordent les miennes. J'ai l'impression qu'il essaie d'être doux, mais en quelques secondes, mes lèvres sont gonflées et j'ai le souffle coupé.

Pour le ralentir, je passe mes doigts dans ses cheveux, autour de ses épaules. Je trouve sa tresse et je tire dessus assez fort.

Sa voix se brise.

– Tu joues un jeu dangereux, Miari.

Il coince mes hanches avec les siennes, et j'entoure sa taille avec mes jambes. Ancrée comme je le suis, ça lui donne assez de mobilité pour atteindre sa ceinture, en décrocher le fermoir et la laisser tomber sur le sol avec fracas. L'anticipation me procure du plaisir, une ombre de ce qui est à venir.

– Raku...

Ma voix n'est plus qu'un halètement alors que ses hanches se rapprochent de moi et que je sens la pression de son sexe raide à l'entrée de mes lèvres gonflées et douloureuses. Tout tremble à cet endroit, mais je n'ai ni les mots pour, ni l'envie de l'arrêter.

– Nox.

Il saisit mon visage entre ses mains, me forçant à le regarder, même si ses lèvres goûtent doucement les miennes à tour de rôle.

– Dis mon nom. Je veux t'entendre dire mon nom.

Je sens quelque chose de petit et d'un peu effrayant se resserrer juste sous mon sternum quand j'expire.

– Xoran.

Il inspire brusquement.

– Miari.

Il tire prestement mon corps vers le bas, et m'empale avec sa longueur.

Le choc me fait crier, mais il est impitoyable et il n'y a pas de répit quand son énorme bite striée glisse en moi. Je suis mouillée et prête à le recevoir et tandis qu'il me mordille doucement la lèvre inférieure, je me trémousse et j'ondule, essayant de suivre sa vitesse.

Cela semble le surprendre car il recule d'un coup et observe mon corps lorsque je me roule sur lui. Plus il regarde, plus ses crêtes deviennent d'un violet profond et à les voir, je me sens puissante, même si je ne comprends pas du tout ce que cette couleur signifie.

– Regarde-moi, grogne-t-il.

Je le fais, et ses crêtes s'illuminent de plusieurs couleurs. Il berce doucement le côté de mon visage, en tenant ma mâchoire avec ses doigts rugueux et ses griffes.

– Ce n'était pas censé se produire. Tu me fais des choses terribles, ma Rakukanna.

Son regard désolé me rappelle le cosmos et alors que je le fixe, il murmure :

– Ma Miari, ma petite vicieuse.

Je gémis, les yeux levés vers le ciel.

– Par tous les soleils, Xoran, je vais jouir. Oui, c'est là... oui ! je n'ai jamais ressenti...

La sensation devenant trop forte pour être arrêtée, je me penche en avant, écrasant mes seins contre sa poitrine dure et rugueuse. Je mords le côté de son cou. Le plaisir me frappe et je ne peux plus respirer, sauf pour crier :

– Xoran !

– Miari, rugit-il.

Je me retrouve soudain plaquée contre le mur, alors qu'il continue de se déhancher sur moi. Il crie dans mes cheveux, mord mon oreille et chuchote des mots trop vite pour que je puisse les comprendre.

Une chaleur pure remplit mon ventre, mais l'exaltation qu'elle procure est gâchée d'un seul coup par un souvenir. Le souvenir de celle que je n'ai jamais rencontrée, que je n'ai jamais eu la chance de rencontrer. S'il me met enceinte - quand il me mettra enceinte - ce sera une condamnation à mort.

Il me serre dans ses bras tandis que sa bite continue de s'agiter contre mes parois internes. Toujours paniquée à la pensée de cette femme et des autres qui sont mortes en mettant au monde des bébés hybrides, j'essaie de m'éloigner de lui, mais il me tient serrée.

– Réponds à ma question, Rakukanna.

– Ta question ?

– Hexa.

Il me repousse contre le mur et me coince maintenant avec sa queue. Son autre main serre mon cul, ses doigts parcourant ma fente encore et encore d'une manière que je trouve à la fois érotique et menaçante.

– Si tu n'avais pas l'intention de me blesser avec ton arme ou de te faire exploser, alors pourquoi as-tu combiné ces éléments ensemble ? Comment as-tu su qu'il fallait le faire ? Ce n'est clairement pas la première fois que tu fais ça.

Je m'agite, mal à l'aise, mais comme il ne fait aucun geste pour me libérer, je réponds en soufflant :

– Je suis une inventrice. Je crée des choses avec les appareils cassés que je trouve. La plupart sont des déchets, mais j'ai l'habitude de faire des choses à partir de rien.

– Tu as créé le dispositif de tromperie de la traîtresse, affirme-t-il.

L'émotion dans son ton me laisse à nouveau perplexe. J'acquiesce.

– Oui. Comme je te l'ai dit, j'ai construit la machine toute seule. Elle n'a rien fait

– Nox, elle s'est contentée de porter ton visage.

Ses crêtes deviennent vertes, puis roses. Il pointe du doigt la bombe.

– Était-ce un autre outil de tromperie à utiliser contre moi ?

Surprise, je me demande si le rose n'est pas... de la douleur, plutôt que de la rage. Ou peut-être... juste peut-être... de la peur ?

– Non ! Nox. Je voulais juste sortir de la pièce.

– Pourquoi ? Pour t'échapper ?

– Non ! J'ai promis que je ne m'enfuirai pas. Que je serai ta ... euh... Rakumama. Je voulais sortir pour chercher quelque chose à manger. J'avais juste faim. C'est tout.

Comme pour prouver ce que j'avance, mon ventre grogne à ce moment précis. Xoran se fige. Il est gelé, pétrifié, entièrement immobile. Pas un spasme, pas une secousse ou contraction ne parcourt son corps d'acier. Les nombreuses couleurs de ses crêtes s'effacent et disparaissent. Ses yeux sombres me transpercent.

– Combien de fois par cycle lunaire les humains se nourrissent-ils ?

– En temps normal ? Hum ... environ trois fois par jour. Trois fois par solaire.

Je ne précise pas que je n'ai jamais reçu trois rations par jour, même si Svera essayait souvent de partager les siennes. Le regard de Xoran s'assombrit, sa voix aussi.

– Trois fois par solaire.

D'un seul coup, il se retire de moi. Nous gémissons tous les deux. Il s'affaisse contre le mur, mais ce moment de faiblesse ne dure que quelques secondes avant qu'il ne se redresse, tourne les talons et se dirige vers le mur du fond.

Ouvrant un tiroir, il en retire ce qui ressemble à un cône de verre et un petit carré argenté. En me guidant pour que je m'assoie sur le bord du lit, il approche une extrémité du carré de mes lèvres et fait couler de la bouillie brune et collante sur ma langue.

Je sursaute, mais il glisse sa main derrière ma tête et me maintient en place.

– Bois. Ça te permettra de patienter le temps que nous retournions chez nous où quelque chose de plus adéquat sera préparé. Tu mangeras à notre arrivée. Je te le promets sur mon honneur.

– Pas de souci. Je ferai avec ce qu'il y a mais je peux attendre un peu...

Son visage s'étire et ses crêtes s'évasent en gris jaunâtre avant de bourdonner d'un trait de rose.

– Mange.

J'ai envie de protester, mais j'ai vraiment faim - assez faim pour manger de la gelée en plus du repas que je pourrais avoir plus tard - alors je penche la tête vers lui et je le laisse pousser la gelée hors du paquet et dans ma bouche.

Le goût me frappe d'un seul coup. C'est incroyablement épicé.

– Peste d'étoiles, je murmure à la première gorgée. C'est trop bon !

Dans notre colonie, les aliments n'ont aucun goût, du moins pas pour moi. Svera prétend que le pain de sable fade et les soupes aqueuses ne sont pas si mauvais mais c'est faux et cette bouillie en est la preuve. Elle est divine ! Les épices explosent sur ma langue et forment une cacophonie de saveurs. Je sens qu'une petite dose de cette purée peut me remplir.

– Doucement, dit-il quand je tire ses poignets en avant, exigeant plus que ce que le paquet d'argent vide a à offrir. Tiens, bois.

Il mord le bout du cône et le porte à ma bouche. Quelque chose de froid coule sur ma langue. Après les épices, ce liquide froid et sucré est fascinant. Je bois avec gourmandise.

– Doucement, répète-t-il.

Sa main libre passe dans mes cheveux et je frissonne. Mon estomac se met à gargouiller. J'ai toujours faim, oui, mais je ressens aussi du manque - j'ai à nouveau envie de lui, même si nous nous sommes accouplés y a quelques instants seulement. Mon regard se pose sur le sien. Comme si c'était le bon moment, ses crêtes deviennent violettes.

– Il y a encore de la bouillie ?

Je jette un coup d'œil vers le tiroir. Il se crispe et hésite avant de répondre.

– Hexa, mais ce sont des compléments alimentaires. Est-ce que tu.. ?

Il se lèche les lèvres et là, je ne peux me retenir. Mon corps ne m'appartient plus, il appartient à ce besoin terrifiant qui palpite en moi. Je me penche en avant et je l'embrasse. Je l'embrasse fort et il sursaute avant de gronder contre ma peau. Son haleine chaude me rappelle le supplément épicé que je viens de manger - si délicieux que je ne peux presque pas le supporter - et lorsqu'il se retire, je ressens un frisson.

Il fait courir ses doigts le long de mes bras et dans mes cheveux, puis ; il prend mon visage entre ses mains. Il passe ses pouces sous mes yeux et jette un coup d'œil à ma bouche lorsque je me mords l'intérieur de la joue.

– Je peux en avoir un autre ? je demande doucement.

Ses yeux noirs sont suffisamment brillants pour que je puisse y voir mon reflet, en miniature. Je ne me reconnais pas. Étrangement, j'ai l'air à la fois plus douce et plus forte. C'est peut-être juste ce que je ressens. Ou c'est peut-être juste ce qu'il voit.

Il acquiesce en sourdine et cesse de me toucher juste assez longtemps pour aller me chercher un autre paquet d'argent et un autre cône liquide.

Je dévore rapidement les deux et pendant ce temps, il continue à s'agiter et à tressaillir comme un possédé. Il me touche, me caresse, puis, de temps à autre, il cesse brusquement de le faire. Je ne l'interromps pas, mais, dès que j'ai fini le paquet et le cône, je fixe les enveloppes vides. La culpabilité - une culpabilité sans bornes - m'envahit.

– Dis-moi pourquoi tu n'es pas contente.

Je lève les yeux vers lui, honteuse. Je me mords la lèvre inférieure.

– Est-ce que Svera et Kiki ont eu de la nourriture ?

Il s'apprête à prendre la parole, mais il hésite. Ses crêtes s'illuminent subtilement de violet, puis très lentement, il déclare :

– Les Voraxians ne se nourrissent que sept fois par cycle lunaire. Ça fait environ une fois tous les quatre solaires. Les humains doivent se nourrir bien plus souvent que ça.

Où veut-il en venir ? Est-ce que je veux le savoir ?

– Hexa...

– Dis-moi quel pacte tu souhaites conclure pour t'assurer qu'elles soient nourries trois fois par solaire.

Ses mots m'atteignent avec plus de force que Kiki lorsqu'elle a activé l'amplificateur près de la grotte qui nous a toutes les deux projetées dans les airs - elle plus loin que moi. Une vive douleur, une souffrance lancinante me tord l'estomac. Je regarde mes jambes, plus précisément, l'endroit où sa semence bleue est encore étalée contre ma peau rouge et semble violette. *Tu n'es qu'une esclave ici, ne l'oublie pas ; même s'il te donne parfois l'impression d'être une reine.*

– Miari.

C'est une question. Sa patience a ses limites. Je m'éclaircis la gorge et réponds rapidement :

– Hexa, Raku. Que veux-tu ?

– Dis-moi ce que tu as à offrir.

Il touche mon épaule et ses griffes grattent ma peau. Pour la première fois, j'ai vraiment l'impression qu'il me menace. Je me recroqueville et m'éloigne, frottant le feu que ses griffes laissent dans leur sillage.

– Hum...

Réfléchis. C'est pour les aider, c'est *pour qu'elles mangent*. Tu peux le faire... *Réfléchis, réfléchis.*

– Je peux... ou tu peux...

Une image me revient en mémoire. Je sais ce qu'il veut !

– Le harnais de reproduction, dis-je la voix serrée. Je vais aller dans le harnais de reproduction.

Les femmes qui constituent le butin de la Chasse subissent l'accouplement soit sur les mains et les genoux, soit attachées par ces étranges sangles suspendues à des branches d'arbres, des coques de bateaux ou des poutres apparentes et dans lesquelles elles peuvent difficilement bouger. J'ai entendu dire que la position est douloureuse et dégradante. La femme a généralement la tête en bas et les fesses en l'air. Ses bras sont attachés sous sa tête et ses jambes sont liées. Elle ne peut ni bouger, ni réagir. Elle est juste là pour qu'on la prenne.

Il semble aimer cette idée - pourquoi ne l'aimerait-il pas ? - parce qu'il gronde avec cet air satisfait qui commence à devenir familier. Trop familier.

– Xhivey.

Il se blottit contre mon visage, mais je m'écarte et me dégage du lit. Je serre mes bras contre moi et je me tiens près du panneau aux chemises. J'appuie dessus comme il l'avait fait pour l'autre tiroir mais il ne s'ouvre pas, ce qui ne me surprend pas vraiment. J'avais deviné qu'il s'agissait d'un système biométrique, et j'avais raison, car ce n'est que lorsqu'il tapote sur la surface du tiroir quelques instants plus tard que le loquet s'ouvre.

J'attrape rapidement une tunique, je l'enfile et je regarde ses yeux noirs et ses crêtes incolores. Avec ses traits aussi nets et plats qu'ils le sont, je ne peux pas du tout distinguer son expression. Il ne bouge pas vers la porte pour autant.

– Oh..., fais-je avec une grimace. Tu veux utiliser le harnais d'accouplement maintenant ?

Je commence à soulever la tunique mais il tend le bras - pour m'arrêter, peut-être ? Je ne suis pas sûre, mais je n'ai soudainement pas envie d'être touchée par lui et je recule, préférant laisser une distance entre nous.

– Tu me diras... si tu as mal, annonce-t-il d'une voix hésitante. Je... ne souhaite pas te faire souffrir davantage. J'avais l'intention de t'épargner jusqu'à la prochaine lune, mais en te revoyant, je ne pouvais pas attendre...

Il essaie à nouveau de m'embrasser et cette fois, je le laisse prendre mon bras et m'entraîner, mais je ne le laisse pas m'embrasser. Ses lèvres se pressent contre ma mâchoire à la place.

– J'ai mal, mais si c'est le seul moyen de nourrir Svera et Kiki, alors je vais aller maintenant dans le harnais d'accouplement.

Il gémit et émet un son grave et contagieux, mais lorsqu'il essaie de m'embrasser à nouveau, j'ignore la chaleur entre mes jambes - la réponse naturelle de mon corps - et je le laisse presser ses lèvres contre les miennes, sans réagir.

Il essaie à nouveau, deux fois encore, mais je ne bouge pas ma bouche et quand il se retire et me regarde, je vois ses crêtes redevenir roses, tachetées de vert. La combinaison de couleurs est troublante. Il doit remarquer que je m'en suis rendu compte parce que d'un seul coup, les couleurs disparaissent.

Il s'éloigne de moi et passe sa main gauche sur son avant-bras droit. Je suis surprise de voir une série d'hologrammes surgir de sa peau, mais ils disparaissent tout aussi rapidement.

– C'est fait, dit-il. Krisxox a été alerté des besoins alimentaires de son humaine. La traîtresse sera prise en charge.

– Ok. La traîtresse... tu veux dire Svera ? Et Kiki ?

– Elle est dans la cuve merilienne, elle a tous les nutriments dont elle a besoin.

– Ah.

Je me sens à la fois soulagée et dupée. Il m'a fait passer un accord pour les deux femmes alors que j'aurais pu me contenter d'en passer un, sûrement moins avantageux pour lui, pour celle qui en avait besoin. Je ne sais pas si ça aurait changé grand chose. Tout ce que je sais, c'est que j'ai très peu d'autres choses à donner. Que vais-je faire quand je voudrai les nourrir demain ?

– Dis-moi pourquoi tu es mécontente.

– Je ne suis pas mécontente.

– Il y a un pli sur ton visage et ta queue trahit ton agitation.

Il fixe mon front comme si ce dernier avait fait quelque chose pour l'offenser. Je hais ses talents d'observateur et je hais le livre ouvert que je suis face à lui. Je baisse la tête et frotte l'endroit. En même temps, j'essaie d'arrêter la torsion frénétique de ma queue dans l'air, mais je ne sais pas comment.

– Je... nox. Je ne suis pas mécontente. Je suis très heureuse que mes amis reçoivent de la nourriture. Puis-je aller les voir maintenant ?

– Ta traîtresse n'est plus là. Elle est en route pour Qath.

– Qath ? Qu'est-ce que c'est ?

– C'est l'endroit où vit Krisxox. Il préfère rester en dehors d'Illyria, dans les jungles luxuriantes de la vallée. C'est à environ un demi solaire de distance.

– Vous ne vivez pas dans la même ville ?

Pourquoi le feraient-ils ? Pourquoi est-ce que je m'attendais à voir Svera tous les jours ? Je me suis pourtant déjà faite à l'idée que nous allions tous et toutes être inévitablement divisés. Pourquoi le processus ne commencerait-il pas par moi et les personnes qui me sont les plus chères ? Les seules personnes à qui je tiens...

Sans compter que Svera et Kiki sont encore plus à plaindre. Elles ont une famille. Des amis. Moi, je n'ai personne d'autre qu'elles. Je dois m'assurer qu'elles traversent ces épreuves sans encombre et qu'elles reviennent à la colonie. Mais comment ? Il a pris tout ce que j'avais à offrir en échange. Il ne me reste plus rien.

– Nox.

Je frissonne et je ferme les yeux. Par les étoiles, non, tu dois être forte Miari. Tu peux le faire. Même si, tout ce que j'ai vraiment envie de faire, c'est de pleurer. Ce nouveau pacte fait déferler sur moi une rafale de solitude. Je dois garder la tête haute. Regarder vers l'avant. Je dois me rappeler que je fais ça pour les miens, rien que pour eux, même si je me suis laissée un peu emporter la veille.

– Et Kiki ?

– La Va'Rakukanna restera ici dans le réservoir merilien jusqu'à ce qu'elle soit guérie. Puis elle partira avec Va'Raku vers Nobu, et elle règnera à ses côtés.

Régner ? Kiki ? Quand elle réalisera qu'elle a été choisie par l'un d'eux, impossible de savoir ce qu'elle va faire. Et je ne serai pas là pour l'aider. Je vais devoir trouver de quoi négocier d'ici là. Me familiariser avec Raku. Apprendre ce qu'il veut. Ce qu'il aime.

– Ok.

Je me dirige vers la sortie et quand il entre dans mon champ de vision, la porte devant nous s'ouvre. Je le vois faire un pas vers moi, mais quand je me décale, il n'essaie plus.

– Allons-y.

– Hexa, répond-il après une courte pause. Dis-moi si tu es certaine d'être prête.

Non. Je ne le suis pas, mais qu'est-ce que ça change ?

– Oui. Hexa, je le suis.

Il expire brusquement, puis annonce d'une voix bourrue :

– Alors bienvenue à Voraxia, Miari.

9

Raku

Il y a un problème. Un grave problème. Le mal est si profond que même le flux sinueux du Xanaxana dans ma poitrine en est entaché.

Elle s'est éloignée de moi, elle me fuit. Est-ce que ça a un rapport avec la nourriture qu'elle a mangée ? Est-ce que ça la rend malade ? Tout allait bien avant. Mieux que bien. C'était fantastique. Son Xanaxana appelait le mien dès que j'ai ouvert la porte.

J'étais en colère contre elle, mais elle avait juste faim. Elle était affamée. Je connais si peu l'anatomie de ma femelle hybride que je ne m'occupe même pas d'elle correctement - comme tout mâle devrait le faire, et je suis son âme soeur Xiveri. Je suis faible. Est-ce pour cela qu'elle me fuit et rejette mes caresses ?

Elle ne me permet même pas de l'aider à monter sur le planeur, mais se bat pour atteindre la corniche. Lorsqu'elle s'avance enfin, mes réflexes me poussent à la serrer contre moi et à la protéger dans mes bras.

Elle n'est peut-être pas une jeune fille, mais elle n'a jamais fait de planeur auparavant. Et la voilà qui se tient près de la balustrade en stalyx tandis que je nous dirige au-dessus de la cime des arbres de werro sur le bord extérieur. Elle se penche si bas par-dessus le bord que j'en ai la chair de poule.

– Miari, je l'avertis d'une voix sourde, viens avec moi maintenant.

Elle me regarde par-dessus son épaule, les coins de sa bouche sont retombés. Il y a un nouveau pli froncé sur son menton et sous sa tunique, je vois sa queue battre l'air dans une telle démonstration révélatrice de ses émotions que je me demande si elle est capable de la contrôler.

Je ne pense pas que ce soit le cas. Comment le pourrait-elle, sans personne pour lui montrer comment faire ? J'inspire, exalté à l'idée que je pourrais avoir un tel honneur. Si elle revient vers moi. Pour l'instant, elle est loin. Trop loin. Qu'est-ce qui a mal tourné ?

– Mais je veux voir.

– Tu ne dois pas t'opposer à ton âme sœur Xiveri.

Ses lèvres se crispent.

– Donc tu ne dois pas t'opposer à moi non plus ?

– Miari...

J'ai beau être en colère, je ne peux rien dire d'autre. Je balbutie :

– Je suis toujours ton Raku. Viens avec moi maintenant.

Son visage est l'expression même du déplaisir et de la contrariété, mais elle tend les bras , se tenant en équilibre avec précaution tandis que ses pieds la portent vers moi. Elle tente de ne pas me toucher mais je n'ai plus de patience pour son aversion, alors je l'attrape par la taille et la serre contre mon corps, l'installant de façon à ce que nous soyons dos à dos et qu'elle puisse voir à travers le pare-vent qui recouvre la moitié avant du planeur.

L'holovision s'en détache, mais je balaie les commandes d'un revers de main. Il disparaît, ne laissant rien d'autre que la cime des arbres qui se déploie sous nos pieds pour rejoindre un horizon lointain. Je le pointe du doigt.

– Ce sont les montagnes de Qath, dis-je en traçant leur contour gris sombre avec une de mes griffes.

– Est-ce qu'on ira là-bas un jour ?

Il y a un espoir dans sa voix que j'ai du mal à interpréter.

– Qath est un endroit inhospitalier, dis-je prudemment, très différent de votre petite lune. Sous la canopée, Voraxia est chaude, oui, mais au-dessus, il fait froid. Le ressens-tu ?

Elle acquiesce.

– Je le sens.

Elle frissonne et se blottit un peu plus contre ma peau. Ou peut-être que c'est ce que je m'imagine qu'elle fait. Peut-être que je l'étreins un peu plus.

– Il fait vraiment froid. Je n'ai jamais eu froid avant.

Elle émet un doux son de plaisir qui contredit complètement ses paroles et le fait qu'elle se blottit contre moi.

Je ne comprends pas comment ses membres peuvent être aussi détendus alors que mes deux cœurs sont si serrés. Son vêtement n'est pas suffisant pour un voyage comme celui-ci, pas avec un derme aussi fin. J'aurais dû y penser. Xok ! Je ne cesse de la décevoir.

Je fais immédiatement apparaître l'holovision devant nous et j'active les boucliers. Ce serait une utilisation inutile d'énergie dans n'importe quelle autre circonstance, mais c'est un cas de force majeure : ma Miari ne porte qu'une tunique mince, froide.

Ses cinq petits orteils se déplacent et traînent sur les panneaux en dessous. *Que je sois damné au centre du soleil le plus brûlant : je n'ai même pas fourni de protection à ses pieds mous !*

Honteux, je poursuis :

– A Qath, c'est différent. La chaîne de montagnes est une montagne reien farrn et sa chaleur est si grande que l'atmosphère fraîche ici ne pénètre pas la vallée au-delà. Les werros ne poussent pas sur les sables, toute la vallée est donc désertique à l'exception de l'oasis qu'est Qath. Dans son humidité et sa chaleur, la vie prospère, mais étant la seule source d'eau à des kilomètres à la ronde, elle attire toutes sortes de vie. C'est un endroit violent et sauvage. Où les guerriers et leurs familles vivent et s'entraînent, du moins, ceux qui survivent.

– Mais Svera n'est pas une guerrière. Est-ce qu'elle ira bien ? Est-ce qu'elle doit aller à Qath ?

Son étrange prononciation du nom de cette région me procure du plaisir. Le mot est maladroitement formé par sa langue hybride. Elle parvient ainsi à raviver ma flamme, cette flamme qui a déjà consumé ma vie et ma raison…

– Hexa, elle va à Qath parce que Krisxox va à Qath. Je ne voulais pas qu'un autre mâle s'occupe d'elle sur le vaisseau et il a accepté... (*bien qu'à contrecoeur*)... de la portéger tant que ce sera nécessaire.

– Pourquoi lui ?

– Il n'y a pas d'autres mâles assez forts pour la défendre contre les Voraxians qui ont entendu parler des plaisirs qu'offraient ta petite lune et ta colonie et qui voudraient goûter eux-mêmes à ces trésors humains. L'intérêt et le désir pour les femelles humaines ne feront que croître après ton arrivée, et lorsque les Voraxians verront leur nouvelle reine. Ils voudront des hybrides pour eux-mêmes, et s'accoupler avec des Humains pour créer d'autres hybrides comme toi.

Je pousse ses cheveux sur son épaule. Le monde est plus calme avec le bouclier en place, il n'est plus troublé par le souffle rapide du vent.

– Moi ?

Elle pointe du doigt sa propre poitrine. Je trouve le geste étrange et humoristique.

– Mais pourquoi ? Je suis une hybride... Je suis sûre que j'ai l'air étrange pour vous. Les humains me trouvent bizarre.

– Bizarre ? Nox. Tu seras la plus belle femme de tout Voraxia.

Elle renifle et lève les yeux sur moi puis vers le ciel. Je trouve l'expression désagréable et grogne :

– Pourquoi fais-tu ça ?

– Quoi ?

– Tu regardes vers le haut.

– Ah... Je lève les yeux au ciel.

– Hexa. Et tu fais ce bruit peu attrayant avec ton nez.

Un éclat de plaisir explose soudainement de sa bouche, il est vif et rapide et apparemment inattendu, parce qu'aussitôt, elle se passe une main sur les lèvres comme si elle voulait l'effacer.

– Par tous les soleils...

Elle fait à nouveau le bruit du plaisir.

– C'est pas grave. C'est rien.

Ce n'est pas rien. Tout ce qu'elle fait est important. Parce qu'en ce moment même, mon Xanaxana qui devrait être docile, rassasié et satisfait, se réveille et je m'y plonge à nouveau, comme si c'était la première fois que je voyais mon âme soeur Xiveri.

Je ne comprends pas et cela me rend furieux. La première frénésie du Xanaxana devrait être terminée, elle devrait être passée. J'ai copieusement joui, et pourtant, m'accoupler avec elle à nouveau, immédiatement, est soudainement tout ce à quoi je peux penser.

En outre, le son du plaisir me touche. Je veux l'entendre le faire à nouveau, mais je ne sais pas comment et je ne m'abaisserai pas à le demander. Je lui suis reconnaissant de changer de sujet.

– C'est donc Krisxox qui surveillera Svera. Mais pour combien de temps ? Je suis sûre qu'il a autre chose à faire.

– Krisxox veillera sur la traîtresse jusqu'à son procès, je gronde.

Même ma voix est imprégnée de Xanaxana. Il veut être entendu.

– Et ensuite ?

– Ensuite, elle retournera sur ta lune.

– Super.

Elle expire et les petites lignes à côté de ses yeux se relâchent. Elle fait une pause. Sa voix est un peu tendue quand elle ajoute :

– Merci, Xoran.

Je ne m'attendais pas à ce que ce qu'elle dise ce nom. Pas ici. Pas maintenant. Je suis si troublé que je ne sais quoi en penser ou que dire.

– Répète ta question, je demande avant de me rendre compte qu'elle ne m'a posé aucune question.

Si elle remarque ma maladresse, elle est assez gracieuse pour prétendre qu'elle n'a rien vu.

– Est-ce que je t'ai demandé comment Svera allait vivre? Nous avons parlé de sa nourriture, mais pas d'autre chose. Aura-t-elle des outils ? Une maison sûre ? Aura-t-elle tout ce dont elle a besoin pour survivre à Qath ?

– Tu parles beaucoup de ta traîtresse.

Je sens mes crêtes menacées par une autre vague d'émotion qui pourrait sournoisement s'afficher sur mon visage, mais je suis suffisamment conscient en ce moment pour tempérer les nerfs qui s'enflamment et me retenir.

– Pourtant vous n'êtes même pas de la même famille. Qu'est-elle pour toi ?

Je saisis plus fermement l'extérieur de ses bras. Ses yeux s'arrondissent.

– C'est mon amie.

– Une amie ?

– Oui, une amie. Je... tu n'as pas la traduction ?

– Nox, ce mot ne se traduit pas dans ma langue.

Elle fait une grimace : son nez se pince et ses lèvres s'écartent.

– Tu n'as pas d'amis ? Des gens que tu considères comme des frères de sang et à qui tu dis tes secrets ? Tes espoirs et tes craintes ? Des gens avec qui tu passes la plupart de ton temps ?

– Pourquoi est-ce que je passerais la plupart de mon temps avec d'autres personnes ? Et pourquoi est-ce que je leur dirais mes secrets ? Des frères de sang ? Est-ce une forme de torture ? C'est elle qui t'inflige ça ?

Mes nerfs se hérissent, mais le son du plaisir explose à nouveau d'elle et me refroidit immédiatement. Je relâche la pression de mes griffes sur sa peau, craignant de perdre le contrôle et de la couper. Un Raku doit faire preuve de plus de maîtrise de soi que ça.

– Nox, pas du tout. C'est mon amie. Quelqu'un à qui je tiens beaucoup.

Au moment où je pense avoir retrouvé la maîtrise de mes crêtes, une nouvelle poussée de couleur m'envahit et je baigne dans une délicieuse jalousie cuivrée.

– Je vois... Ce dont tu parles, nous l'appelons la famille - l'affection entre les partenaires, ou entre âmes soeurs et l'amour pour la progéniture. Tu n'as pas d'amies, tu n'as qu'un seul compagnon et c'est moi. Alors oublie ces créatures et souviens-toi que ta place est à mes côtés, dans mon harnais de reproduction et avec personne d'autre...

– Nox !

Elle crie, puis elle m'attrape. Ses petites mains se posent sur mes bras, juste au-dessus des coudes. Elle me secoue un peu pour avoir mon attention. Elle aura tout ce qu'elle veut, je lui donnerai tout ce qu'elle demande. *Peut-être qu'elle ne veut rien des richesses que je peux lui offrir, peut-être qu'elle veut juste que je me calme.*

Mon Raku avant moi était connu pour son tempérament fort. Il en était fier, mais c'est ce qui a causé sa perte et m'a permis de le défier. Le jour où je l'ai terrassé, j'ai juré que je ne deviendrai pas comme lui, même si c'est lui qui m'a donné la vie.

Je plonge mon regard dans celui de ma Miari et je reconnais sa force calme. J'inspire profondément, je retiens l'air dans mes quatre poumons, puis je le relâche prudemment.

– Nox, dit-elle lentement.

Je peux sentir ses doigts perdre un peu de leur raideur, et redevenir doux contre mes bras.

– Ce que tu décris, nous l'appelons autrement, reprend-elle. Un ami, c'est différent. Ce n'est pas un compagnon, ni un parent, ni un membre de la famille, ni un bébé. Tu... tu es mon compagnon. Mais Svera et Kiki sont mes amies. Je les porte dans mon coeur, mais je ne les touche pas comme je te touche.

Elle se lèche les lèvres, lève une main, touche mon visage. Ses doigts se posent sur ma mâchoire et s'y attardent un instant. Puis elle se retire et j'ai envie d'elle avec plus d'intensité que jamais.

J'ai envie de me baisser pour être plus près d'elle, j'ai envie qu'elle pose à nouveau ses mains sur moi. J'accepte avec joie chacune de ses caresses. Elle est mon âme soeur. Ma compagne. L'entendre de sa bouche est une nouvelle forme de plaisir que je n'ai jamais connue auparavant.

– Je peux parler et rire avec mes amies. Nous nous connaissons bien. Je peux leur dire des choses que je ne peux peut-être même pas dire à mon compagnon, ou à ma famille. Et je n'ai jamais eu de famille de toute façon, donc dans un sens, elles sont comme mes sœurs.

Elle pose sa main sur ma poitrine et j'en suis heureux. Je prends une autre inspiration, goûtant l'arôme de sa fleur de ranxcera - maintenant teintée d'une légère odeur de musc, *mon musc*. Je m'emplis de ces effluves, voulant en dévorer le goût. Je veux graver ce moment dans ma mémoire pour toujours.

– Des sœurs ?

– Tu n'as pas de frères et sœurs ?

– Je n'ai pas de traduction pour ce mot.

– Quand une femme a plus d'un bébé, un autre bébé fille sera une soeur pour l'autre, et un autre bébé garçon sera un frère.

– Plus d'un petit ? C'est possible pour les femelles humaines ?

Une image merveilleuse se fait jour dans mon esprit, un rêve incroyable : Miari dans notre maison entourée de *petits*. Elle peut donc avoir plus d'un petit ? Nous pourrions avoir plus d'un héritier...

L'espoir me frappe avec toute la sauvagerie d'une lame qui me transpercerait la poitrine. Je m'y accroche et la regarde, transporté, tandis qu'elle répond.

– Hexa, me confirme-t-elle en hochant la tête. Ça peut même causer des problèmes de surpopulation.

Surpopulation ? Je ne comprends pas et, aussi humiliant que ce soit, je m'apprête à poser une question de novice, comme un enfant qui a tout à apprendre.

– Mais alors il doit y avoir beaucoup d'hybrides si la Chasse est pratiquée depuis le précédent Bo'Raku. Où sont-ils maintenant ?

Elle secoue la tête alors que je parle et une certaine tristesse brille dans son œil et dans son souffle alors qu'elle soupire :

– Nos femmes ne terminent pas leurs grossesses. C'est trop dangereux.

– Ne terminent pas leurs... Je ne comprends pas. Où sont les autres bébés ?

– Ils ont été avortés.

Je ne comprends toujours pas ce qu'elle veut dire et elle doit le sentir car elle explique rapidement :

– Les femmes sont allées voir des médecins et ceux-ci ont nettoyé les oeufs pour qu'ils ne deviennent pas des bébés.

– Elles ne voulaient pas de leurs petits ?

La rage menace d'éclipser la raison. Mes plaques se soulèvent sur ma poitrine. Je me tourne avec colère vers ma

Rakukanna même si elle n'est pas complice de cet acte odieux. La désinvolture avec laquelle elle en parle me remplit de honte.

Oserait-elle faire ça avec nos jeunes ? Que ferais-je si elle le faisait ? Je ne peux pas y penser. C'est la responsabilité d'un Xiveri de défendre son âme soeur contre tout ce qui peut se présenter et jusqu'à son dernier souffle ; mais que doit-il faire quand sa propre compagne menace ses propres petits ? Je n'ai jamais entendu parler d'une telle chose dans l'Histoire de Voraxia. Les liens des Xiveris, forgés par Xanaxana, sont trop forts, et les jeunes, trop précieux et trop rares.

– Alors comme cette Chasse n'est pas un rituel humain, les femelles se débarrassent de leurs petits...

– Nox ! Ce n'est pas ça du tout.

Le pli de déplaisir de ma Rakukanna revient. Même sa bouche se ferme et ses bras se tendent le long de son corps. Elle s'éloigne de moi.

– Elles ne survivent pas.

Le silence s'installe. Mes pensées se tournent vers une dalle d'helos, abandonnée sous la pluie. Toutes les belles stries de sa surface marbrée, semblable à une pierre précieuse, sont enlevées.

– Qu'est-ce que tu as dit ?

– Les femmes humaines qui tombent enceintes de la Chasse et vont jusqu'au bout de leur grossesse meurent. Tomber enceinte est une condamnation à mort. Aucune femme n'y a jamais survécu et la plupart des bébés non plus. Où est ma mère d'après toi ? Elle faisait partie de la première sélection, elle est tombée enceinte avec cinq autres femmes, et quand je suis sortie d'elle, je l'ai déchirée. Elle et une autre femme sont les deux seules à avoir pu donner naissance à des hybrides vivants. C'est pourquoi nous ne sommes que deux, Darro et moi. Les quatre autres bébés sont morts, ainsi que toutes les femmes qui leur ont donné naissance. De nos jours, les femmes ne sont pas prêtes à prendre ce risque. Elles doivent avorter les bébés pour survivre. Nous n'avons pas d'installations très solides...

Elle pivote, croise les bras sur sa poitrine. Son regard croise le mien, mais dans son attitude, je peux sentir à la fois la honte et une rage qui l'éclipse.

– C'est sans compter le désespoir qui s'est abattu sur nous après la première Chasse. Nos médecins ont fait tout ce qu'ils pouvaient et ce n'était pas suffisant. Certains des guerriers ont essayé de se rebeller après ça. Nous avons perdu trente personnes. Bo'Raku et ses soldats, eux, ils n'ont rien perdu. Alors nous avons arrêté de résister, mais nous avons tant perdu...

Elle secoue la tête et l'eau mouille ses cils. Mon corps entier vibre de honte.

– Nous... nous ne nous en sommes pas remis en tant que communauté. En tant que peuple. Donc tu vois, tu as tort. Les mères veulent leurs petits, mais elles ne peuvent pas les avoir. C'est pourquoi la Chasse est une torture à tous les niveaux. Nous n'avons jamais demandé ça. Nous ne l'avons jamais voulu. Mais nous n'avons pas d'autre choix que d'accepter l'accord que le précédent Bo'Raku a conclu avec le Conseil d'Antikythera. Il nous a donné un Dôme Drolax en échange de leur droit de nous chasser. Nous avons donc le choix entre la mort et la mort.

Elle me regarde comme si je pouvais dire quelque chose qui changerait le passé. Mais je ne peux rien faire. Quand j'ouvre la bouche, aucun mot ne vient et, durant mon hésitation, elle se détourne complètement de moi et s'essuie le visage. Quelque chose vient de se briser entre nous.

Je ne tente pas de la toucher, car mes émotions sont trop volatiles. Trop de questions, d'images torturées, de prise de conscience des conséquences de mes propres actions et de celles de mon espèce, de mon ignorance, de blessures... Tout cela occupe mon esprit.

Je pense aux enfants à naître - humains et hybrides - et aux femelles humaines dont les vies ont été détruites... C'est une tragédie trop grande. Je suis Raku, responsable de tout le peuple de Voraxia, et de la continuité de son futur. Lorsqu'elle m'a dit que la Chasse n'était pas un rituel humain, la souffrance qu'elle pouvait générer et qu'elle a causé à ces créatures ne faisait pas partie de mes considérations. *Les vies perdues*. J'ai honte que cela ne m'ait même pas traversé l'esprit. Et maintenant cette perte est un prix payé par l'ensemble de Voraxia.

Et Bo'Raku, l'un des miens, était au courant.

Il en est même responsable.

Bo'Raku...

Il devait savoir que les petits avaient été avortés. Il savait qu'il y avait eu des rébellions humaines. Il connaissait bien les termes de l'accord avec le Conseil, il n'en a pas seulement été complice, il a veillé à le faire respecter. Peut-être s'est-il battu lui-même pour qu'il soit respecté. Sans doute a-t-il lui-même tué.

Et bien sûr, il a dû s'accoupler avec des femmes non consentantes. Si j'étais arrivé une rotation plus tard, ma Miari aurait pu être parmi elles. Cette pensée seule fait jaillir des supernovas dans mon esprit.

Les revendications d'innocence de Bo'Raku étaient des mensonges, qu'il n'a pas eu peur de dire à son Raku quand je l'ai interrogé pour la première fois, puis quand je l'ai fait passer en jugement. Et même après tout ça, il n'a pas peur de moi. Mais il apprendra à me craindre. Il regrettera d'avoir été impliqué dans de telles actions.

Je me tourne vers mon holovision et établis rapidement une communication avec Bo'Raku. Je lui envoie l'ordre de venir me voir plus tard dans la journée. Je veux que ce soit réglé avant la cérémonie. Je veux qu'il soit brûlé et enterré au plus vite.

La fureur fait trembler mes mains, alors je les fléchis et je mets rapidement le cap sur la Haute Galère d'Illyria, près de la vallée fluviale de notre maison. J'abandonne l'idée de lui faire admirer le paysage en faisant de multiples détours.

Elle me jette un coup d'œil lorsque le planeur change de cap, mais elle ne dit rien. Je me demande si c'est parce qu'elle ne s'en soucie pas ou si c'est parce qu'elle sait que je la garderai en sécurité où que nous allions. Pour le moment, je doute qu'elle se sente en sécurité avec moi. Elle n'a aucune confiance en moi, en tout cas, pas dans ma capacité à me montrer juste en passant un pacte. Xok - ai-je été plus dense qu'un bloc de racines de werro tout ce temps ? Chaque pacte qu'elle a fait n'était pas pour elle, mais pour une autre.

Ma poitrine se remplit d'un souffle chargé de ranxcera. Je suis honoré et humilié par ma Rakukanna, elle est meilleure que moi.

– Tu n'es pas une leader parmi ton peuple, dis-je d'une voix douce.

Elle fait le son peu attrayant avec son nez. Ses bras se resserrent sur sa poitrine et je suis distrait un instant par la façon dont le tissu se plie autour de ses seins. J'ai envie de les saisir avec mes mains et de les goûter avec mes lèvres. Nox... Je ne peux pas, car comme les autres femelles humaines qui se joignent à la chasse, elle ne veut pas.

– Moi ? Une hybride ? Une orpheline qui a tué sa propre mère ? Celle qui est responsable de la prise en otage de toute notre colonie par vous ? Non. Je ne suis pas une leader. Personne ne m'écouterait même si je le voulais.

Je mets de côté les sous-entendus insultants pour mon peuple de ses propos, même s'ils font se recourber mes griffes.

– Tu n'es pas la cheffe, et pourtant tu veilles sur ton peuple comme le fait un chef. Tu prends soin de ton peuple, non ?

Elle semble réfléchir un moment, puis acquiesce timidement.

– Je me soucie de mon peuple, oui. Mais je m'inquiète pour certaines personnes plus que pour d'autres et honnêtement, il y en a dont je ne me soucie pas du tout.

Je ne suis pas sûr de tout saisir, mais je crois que je commence à comprendre.

– Ça te fait plaisir de te montrer bonne pour ton peuple.

– Oui. Mais je le fais surtout pour Svera et Kiki. Je ferais n'importe quoi pour elles.

N'importe quoi. Cette pensée me trouble et je la sens tendue. Elle me regarde avec insistance et je me demande si nous ne partageons pas la même pensée au même moment. Je me sens embourbé dans un brouillard d'émotions qui me sont étrangères. La honte. La peur. Le regret.

– C'est donc pour cela que tu fais des pactes avec moi. A cause de l'affection que tu portes à ces humaines. Cette affection est comparable, je pense, à celle d'un Raku ou d'un xub'Raku pour ceux de sa planète ou de sa constellation.

– Oui. Je suppose qu'on peut dire ça.

– Et j'imagine que tu aimes être en présence de ton peuple, ou de tes... *amies.*

Je me suis appliqué à utiliser le même mot qu'elle, en langue humaine, et je me demande si je le prononce correctement.

– Hexa.

Elle hausse un de ses sourcils et enroule délicatement une touffe de cheveux derrière son oreille.

– Et c'est pour cette raison et aucune autre que tu veux aller à Qath.

– Oui, acquiesce-t-elle. C'est exactement ça.

J'expire, soulagé.

– Alors tu n'as pas besoin de prendre de tels risques pour voir tes amies. Si tu veux les voir, tu n'as qu'à leur demander de venir. Je suis sûr qu'en tant qu'*amies,* si j'ai bien compris la définition de ce mot, elles ne représentent aucun danger pour toi. Si ça peut te faire plaisir de les voir, tu dois les voir.

Je comprends maintenant ce que représentent l'écartement de ses yeux et la légère séparation de ses lèvres. C'est la même chose que les crêtes turquoises que je m'efforce de retenir autour d'elle. Je sens l'expression du plaisir qui s'empare de mon visage. Sa surprise devient encore plus audacieuse et je fais presque le bruit du plaisir moi-même. Cela fait des années que je n'ai pas émis un tel son, non... pas des années, des rotations !

– Tu me laisseras voir mes amis ?

– Te laisser ? Tu es Rakukanna maintenant. Voir les membres de ton clan ne te met pas danger et ne menace pas notre lien. Il n'y a aucune raison pour que tu ne puisses pas les voir. C'est à toi de décider si tu veux les voir.

Elle poursuit, incrédule.

– C'est à moi... je peux prendre... des décisions ? Tout ce que j'ai à faire c'est demander ?

– Tu fais ce que tu veux faire, tu n'es pas une esclave.

Ma déclaration sonne comme une évidence, mais le mot a un goût d'acide sur ma langue. Mon regard se fend.

– Tu te prends pour une esclave ?

Elle rejette ses épaules en arrière en se tournant pour me faire face entièrement. Pendant tout ce temps, elle ne me quitte pas des yeux.

– Toute ma vie, j'ai grandi en sachant que les extraterrestres qui viennent nous chercher pendant la Chasse sont là pour nous faire du mal et qu'on ne peut rien y faire. J'ai essayé de faire quelque chose pour les arrêter, mais sans succès. Ici, je ne peux rien faire si tu ne m'y autorises pas. Je ne peux aller nulle part sans ta permission.

– C'est pour te protéger, je gronde. Les petits ne peuvent pas faire ce qu'ils veulent, ils doivent obtenir la permission de leurs parents. On retrouve souvent cette dynamique dans un couple. Je n'oserais pas m'aventurer sur un territoire dangereux sans t'informer de mes actions avant. C'est ton droit de savoir où je suis ou ce que je fais.

– Mais c'est différent. Tu choisis de me le dire, c'est ton choix, moi je n'ai pas le choix, je dois te le dire. Réfléchis-y. Si tu voulais me quitter, tu pourrais simplement nous ramener à la colonie et me laisser là où tu m'as prise. Tu pourrais me ramener à ton vaisseau et me larguer dans la galaxie. Tu pourrais me vendre maintenant si tu le voulais. Tu m'as déjà fait comprendre que je suis à toi et que je ne peux aller nulle part. Tu peux me quitter quand tu veux et il n'y a rien que je puisse faire pour l'empêcher, mais moi, je n'ai pas le droit de te quitter.

Elle a dit tout cela sans émotion et elle me révèle intelligemment ce qu'est, à ses yeux, la racine de notre union, une union née du Xanaxana, une union qui supplante tout. Mais elle ne comprend pas. Elle énonce des faits, mais ce qu'il y a entre nous représente tellement plus, c'est tellement plus profond.

Elle parle comme si je n'étais pas irrévocablement lié à elle, comme elle devrait l'être à moi. Nous avons consommé notre accouplement. J'ai joui en elle, mais elle agit comme si ce n'était rien de plus que le prix payé pour une esclave lors d'une vente aux enchères.

Je pourrais donner ma vie pour elle. J'aspire à son plaisir et aux plaisirs que je sais qu'elle peut donner. Je ferais tout pour elle, je le dois. Comment puis-je lui faire comprendre que ce n'est pas notre accord qui m'y contraint mais quelque chose de plus grand ?

Qu'elle ne comprenne pas notre lien me fait trembler de rage. Je ne sais pas de quelle couleur sont mes crêtes en cet instant, car je n'ai jamais ressenti un tourment aussi grand.

Je grogne et me tourne à nouveau vers l'avant pour faire face à l'interminable canopée qui compose l'horizon de ma planète. Je n'ai pas de mots à lui dire car je sais que rien de ce que je pourrais dire ne la fera changer d'avis. Elle ne ressent pas le courant de Xanaxana de la même manière que moi, si tant est qu'elle le ressente. Et peut-être qu'elle ne le ressentira jamais. Mais cela n'a pas d'importance. Nous ne sommes pas obligés de nous apprécier. Elle sera quand même mon âme soeur et s'il le faut, elle sera liée à moi comme une esclave à son maître. Je grimace à cette idée.

– Nox, je me contente de répondre, la voix dégoulinante de reien farrn fondu, la roche rose qui alimente le noyau de Voraxia, tu n'as pas le droit de partir.

Je suis abattu, comme écrasé par les mâchoires de la puissante bête zyth autour d'une colonne vertébrale, à l'idée qu'elle puisse vouloir partir. À l'idée que sans notre pacte, elle pourrait me quitter.

10

Miari

Xoran ne dit pas un mot pendant le reste du trajet. J'aimerais pouvoir affirmer que j'ai apprécié le silence et le temps que j'ai eu pour me soustraire à son regard curieux, mais je n'apprécie pas le silence et même si mon intention était de le blesser, de le provoquer et de l'offenser, étrangement, une partie de moi commence à le regretter. Je ne l'ai jamais vu comme ça avant.

Rien n'émane de lui, pas la moindre émotion, pourtant, depuis que je l'ai rencontré, ses crêtes aux couleurs vives n'ont cessé de se faire le reflet de tout ce qui l'agite. Colère, luxure, rage, plaisir, peur, curiosité, déplaisir, incompréhension, méfiance, inquiétude. Tout ceci s'exprimait dans des couleurs allant du cuivre à l'indigo, du jaune au vert citron, du rose au saphir jusqu'à la teinte bleu-vert surprenante de la cime des arbres en contrebas. Pour l'heure, ces cimes sont comme la peau plus grise de Xoran, on ne peut en percer la surface et savoir ce qu'elle cache.

Alors que je regarde son monde, mille questions se bousculent sur mes lèvres. Pourquoi les feuilles des arbres sont si petites et pourtant si denses ? Comment retiennent-elles la chaleur ? Comment laissent-elles passer la lumière du soleil avec une telle densité ?Si l'atmosphère extérieure est si froide, pourquoi ne porte-t-il pas des vêtements plus épais ?

Ne ressent-il pas le même froid que moi ? Il l'a déjà mentionné. Non pas que ça me dérange...

Je veux en savoir plus sur son monde natal, si c'est ici qu'il a grandi, si le planeur est alimenté par le même liquide rose que j'ai trouvé dans la jauge thermique et si c'est le cas, comment ça s'appelle, d'ailleurs, j'aimerais savoir comment ça s'appelle même si ce n'est pas le même liquide.

Toutefois, je ne pose aucune de ces questions. J'ai l'impression qu'il ne veut plus me voir, plus m'entendre. J'ai peut-être... et je n'arrive pas à croire que je puisse penser ça mais... j'ai peut-être été un peu trop loin ; je ne l'ai pas seulement énervé et provoqué. Je l'ai peut-être blessé. Toutefois, j'estime que je n'ai rien fait de mal, alors je ne dis rien de plus.

Au lieu de cela, je me tais et je me tiens à l'écart de lui vers le bord du planeur et je regarde la cime des arbres qui s'approchent, de plus en plus près maintenant jusqu'à ce que nous commencions lentement à descendre parmi eux.

À notre approche, mon pouls se met à battre de plus en plus vite, et je sens qu'un petit sourire se dessine sur mon visage. Je me mords l'intérieur des joues pour essayer de le retenir, mais je me penche sur mes orteils, vers l'exosquelette translucide et scintillant du planeur, sur la pointe des pieds. Je presse mes mains contre sa surface chatoyante pour voir tout ce qu'il y a dehors.

Je n'ai jamais quitté la colonie. Je n'ai jamais rien vu d'autre que les représentations faites de l'ancienne Terre, la planète de la galaxie sur laquelle les Humains habitaient auparavant. Après son effondrement, et la fuite de certains des humains vers une étoile lointaine - l'étoile de Voraxia - quelques croquis et quelques livres sont devenus les seuls vestiges de l'Histoire d'une planète entière.

Les textes anciens décrivent d'immenses bâtiments de métal et de verre, des rues faites d'un matériau noir et dur, traversées par des transporteurs terrestres. C'est ce que je vais trouver ici ? Des bâtiments métalliques lisses alimentés par la technologie voraxiane ? Du beau plastique et du chrome sculptés à la main ?

Nous descendons sous la canopée et j'obtiens quelques réponses. Non, pas de bâtiments de métal. Au lieu de cela, je trouve quelque chose d'entièrement différent. La canopée est dense, mais pas épaisse - environ deux fois la largeur du planeur - et sous la canopée, l'écorce des arbres est d'un beau rouge bijou. J'imagine que si je me tenais juste à côté d'un arbre, je pourrais me camoufler contre lui.

Les branches qui soutiennent tant de feuillages sont reliées à un tronc lisse et incroyablement épais qui ne fait que s'épaissir au fur et à mesure que nous descendons. Il est si épais que je peux imaginer notre planeur s'amarrer à l'intérieur de l'un d'entre eux... et alors que nous descendons encore, j'imagine qu'il y aurait de la place pour deux planeurs, peut-être même trois... voire pour toute la flotte spatiale dans laquelle nous sommes arrivés.

Les arbres sont énormes ! Où se trouve le sol de cette forêt ? Je regarde en bas mais je ne vois que le tronc de l'arbre à côté de nous.

– Est-ce qu'on.. ?

Je m'interromps avant d'avoir fini. Je jette un coup d'œil vers lui et il se détourne rapidement. Je secoue la tête.

– Non, non. Rien.

Nous descendons pendant environ trois heures - peut-être même plus longtemps, avant que je ne voie enfin une autre couleur que le rouge. Je vois du blanc. Qu'est-ce que c'est ? Est-ce l'un de ces passages en béton qui existaient sur l'ancienne Terre ? Cette idée me fait frissonner, mais elle s'accompagne d'une prise de conscience déchirante. Ce n'est pas pavé, car je peux voir les racines des arbres s'y enfoncer sinueusement, comme de grands pieds. C'est du sable.

J'ai envie de rire et je ne me retiens pas.

– Qu'y a-t-il, Rakukanna ?

La voix de Raku me fait sursauter et je me tourne vers lui, oubliant momentanément la distance qui nous sépare. J'attrape son bras et l'utilise pour m'aider à garder l'équilibre.

– C'est du sable ! Je pensais que je pourrais échapper au sable sur une autre planète, mais je suppose que je me trompe. Il faudra sans doute aller dans une autre galaxie pour ça.

Je lui fais un clin d'œil et les lèvres de Raku s'agitent, mais l'embardée du planeur nous interrompt. Ses mains reviennent sur les commandes de l'holovision et je fixe le sol, regardant le sable blanc et poudreux qui jaillit sous le planeur lorsque nous touchons enfin le sol.

Raku appuie sur un bouton de l'holovision et le bouclier de sécurité se rétracte. La sensation de chaleur me frappe comme un baiser tiède.

Une fois de plus, je ne peux m'empêcher d'exprimer ma curiosité à voix haute.

– Comment est-ce possible ?

J'ai le souffle court et mes bras se couvrent immédiatement d'une fine couche de sueur. Je me sens aussi étourdie et je me demande si la teneur en oxygène de l'atmosphère de cette planète n'est pas supérieure à celle de la colonie. La rareté des arbres là-bas par rapport à leur densité ici se prêterait à cette éventualité.

– Je ne sais pas de quoi tu parles.

– La température est très élevée. Il faisait froid au-dessus de la canopée, qui est si dense qu'elle ne laisse entrer aucune lumière du soleil. Il ne devrait pas faire aussi chaud.

– Voraxia a un noyau de reien farrn. Il y avait aussi du reien farrn dans l'appareil que tu as construit sur le vaisseau. Sous sa forme fondue, il agit comme une source d'énergie. Sous sa forme solide, c'est une roche naturellement chauffée. La canopée piège cette chaleur près de la surface de la planète.

Je suis complètement transportée par ce flot d'informations et mon visage se fend d'un sourire stupide. J'essaie de me reprendre mais je sens que Raku me fixe du coin de l'œil. Quand je jette un coup d'œil dans sa direction, il se redresse et saute par-dessus le rebord du planeur.

– Viens.

Son ton n'invite pas à la discussion, au contraire. De leur propre chef, mes pieds se mettent à avancer. La hauteur d'un corps sépare le bord du planeur du sol (la hauteur de mon corps, heureusement, pas le sien). Je m'attends à ce qu'il m'aide à descendre comme il a essayé de m'aider à monter, mais il ne le fait pas.

Il se contente de se tenir à quelques pas, le corps incliné sur le côté, le regard scrutant le bosquet d'arbres entourant cette petite clairière, comme s'il attendait que quelqu'un apparaisse.

Je suis sur le point de le taquiner à ce sujet, puisqu'il n'y a clairement personne en vue, quand soudain deux des arbres à l'extrémité de la clairière sablonneuse s'écartent. Des portes de couleur beige pâle se déplacent sur le côté, comme les portes du vaisseau, et des Voraxians en sortent, trois mâles et deux femelles.

Immédiatement, mes yeux sont attirés par la femme qui s'approche de Xoran en premier. Les différences entre nos corps sont visibles et je me sens immédiatement gênée.

En grandissant, j'ai vu tant de jolies filles avec leurs épais cheveux bouffants et leur peau brune foncée qui ne me ressemblaient en rien que je n'ai jamais aimé mon apparence. Du moins jusqu'à maintenant... *Lui, il me regarde comme si j'étais le soleil de son univers. C'est peut-être juste l'effet du Xanaxana.* Cette pensée a un goût amer.

Les Voraxians qui s'approchent se mettent à genoux et quelque chose de douloureux se serre dans ma poitrine lorsque Xoran, dans toute sa majesté, s'approche de la femme agenouillée légèrement devant les autres. Elle est si belle, toute extraterrestre qu'elle est.

– Raku, annonce la femelle, vous revoir nous procure à tous le plus grand des plaisirs. Voraxia a ressenti votre absence.

– Lève-toi, Ixria. Tu m'honores avec tes mots.

Ixria. Il connaît son nom. *Il la connaît. C'est peut-être une de ses autres femelles. Est-ce qu'il a d'autres femelles ? Pourquoi est-ce que ça m'intéresse ?* La douleur dans ma poitrine s'intensifie et je la frotte avec le talon de ma paume.

– C'est nous qui sommes honorés.

Elle se lève en déployant gracieusement ses longs membres élégants. Elle est d'une couleur légèrement plus foncée que Xoran mais a les mêmes cheveux noirs de jais que les Voraxians attroupés derrière elle. Ils sont environ huit maintenant.

Mâles et femelles ne portent que d'épaisses ceintures en tissu, je peux donc voir chaque détail de son ventre et de sa poitrine, tous deux parfaitement plats. Elle n'a pas de seins comme moi, et je suis surprise de voir qu'elle a les mêmes plaques dures que celles de Xoran. La seule différence est ce qui ressemble à des mamelons légèrement en relief, mais durs.

Elle n'a pas de hanches à proprement parler, alors que les miennes sont larges et se prolongent en cuisses épaisses. Son visage est également allongé, avec des yeux noirs brillants et inclinés qui s'étendent presque jusqu'à la naissance de ses cheveux. Des yeux qui se tournent brusquement vers moi à cause de ce que Xoran a dit.

Ses crêtes s'illuminent alors en jaune vif, me faisant sursauter. Immédiatement, la femme se met à genoux - et tous les Voraxians derrière elle font de même. Lorsqu'elle se relève, son regard se pose sur le mien sans ciller et sa voix exprime étrangement... la déférence ?

– Vous nous honorez profondément Raku. Nous sommes honorés d'être les premiers à poser les yeux sur notre Rakukanna. Rakukanna, nous te demandons de nous pardonner pour notre impolitesse. Nous ne vous avions pas reconnue pour ce que vous êtes.

Xoran se retourne pour me regarder et je ne sais pas ce qu'il veut car son expression est indéchiffrable. Tout ce que je sais, c'est que je n'aime pas du tout cette étrange adulation et je suis à nouveau en nage alors que la sueur avait déjà séché contre ma peau.

– Vous, hum...

Reprends-toi, Miari, un peu de decorum, peste d'étoiles...

– Vous n'avez pas besoin de vous agenouiller. Vous pouvez vous lever.

La femme ne le fait pas immédiatement, elle semble hésiter, comme si elle n'avait pas compris ce que je venais de dire. Ce qui est compréhensible : je viens de bégayer comme une idiote. Au moment où elle le fait, elle me regarde dans les yeux avec une telle intensité que je n'aurais pas moins souffert si je me faisais arracher les dents. Parce qu'au-delà d'elle, je peux sentir qu'ils me fixent tous.

– Merci, Rakukanna.

– De rien, Icks-ree-ah ?

J'essaie de prononcer le mot que Xoran lui a donné, mais je sens bien qu'il sort tout tordu de ma bouche. Je jette un coup d'oeil vers Xoran et il ne m'aide pas du tout.

– Je ne sais pas si je le dis correctement...

Elle sourit.

– Vous avez parfaitement prononcé mon nom.

Je lui réponds en riant un peu.

– Menteuse.

Les crêtes de la femme s'illuminent d'un blanc éclatant, puis d'une teinte pâle et maladive. Je balbutie rapidement :

– Nox, je ne voulais pas... t'insulter. C'était... une blague.

– Bien sûr, Rakukanna.

Elle fait une petite révérence.

– Je comprends, dit-elle, en mentant à nouveau.

– Mon nom est…

Xoran émet un son : mi-soupir, mi-sifflement qui réussit à me faire taire.

– La Rakukanna ne connaît pas nos coutumes, Ixria. Pas encore, mais elle les apprendra vite.

Je me sens rougir. Les crêtes de chacun prennent une couleur pâle. Blanc et un peu de jaune. Je commence à comprendre que l'une ou l'autre de ces couleurs n'est pas bon signe.

– Désolée, je murmure.

Plus de jaune vif de la part de la femelle. Elle s'incline profondément.

– C'est moi qui suis désolée. Vous n'avez pas à vous excuser.

Sa bouche s'ouvre et se ferme. Elle s'incline à nouveau devant moi et je jette encore un coup d'œil à Raku. *Je ne suis pas Svera. Je n'ai pas la moindre grâce malheureusement.*

– Ixria, arrime le planeur, ordonne Raku en la fixant du regard. Nous n'en aurons pas besoin pour la lunaison, ni pour les solaires suivants. Pas avant la fin de la cérémonie. Nous sommes impatients de vous recevoir.

Les crêtes de la femme s'enflamment d'une explosion incontrôlable d'orange puis de fuchsia. Elle est tellement plus expressive que lui. Je me demande s'ils ne sont pas tous plus expressifs que celui qui m'a choisie pour compagne.

– Nous ne la manquerions pas pour toutes les lunes de Voraxia, lui dit-elle, puis, bien que je n'aie aucune idée de la cérémonie en question, elle me répète la même chose.

– Nous serons aussi honorés. Viens, Rakukanna.

Xoran me tend le bras et je vais vers lui, faisant un dernier signe de tête à la femme, ce qui la fait s'enflammer d'un orange vif une fois de plus.

Xoran marmonne quelque chose qui ressemble à un juron, mais il n'ajoute rien de plus. Il garde sa main sur le bas de mon dos pendant que nous nous faufilons entre les arbres. Alors que nous marchons, mes orteils s'enfoncent dans un sable beaucoup plus doux et indulgent que celui de mon monde d'origine. Je me sens nerveuse et je me pose des questions sur... eh bien, sur tout. Cet endroit, les habitants, mes faux pas...

Mais au moment où j'ouvre la bouche pour briser la tension qui s'épaissit entre nous, nous contournons un autre de ces arbres massifs et je vois ce que mes yeux ne peuvent décrire que comme une rivière d'étoiles, si brillante que je dois lever une main pour me protéger les yeux.

– Par tous les soleils, est-ce... qu'est-ce que c'est ?

Je lève les yeux vers Xoran pour me rendre compte que je tiens son bras à deux mains et que je me suis partiellement glissée derrière son corps. D'ordinaire, je n'aurais pas imaginé que je serais du genre à me servir de la personne qui me fait le plus peur comme bouclier, et pourtant, c'est ce qui m'est venu naturellement. Instinctivement.

Je me demande s'il pense la même chose, car ses crêtes ont pris la même couleur orange vif que celles de l'autre femme - l'extraterrestre - avant de passer à un peu de blanc, puis de turquoise. La couleur s'estompe lorsqu'il se détourne de moi et observe la rivière ardente. La lumière ne semble pas du tout le déranger.

– C'est la rivière xamxin.

Sang de lune... Une rivière ?

– C'est de l'eau ?

– Hexa.

– Mais c'est en feu !

Il sourit un peu, mais on dirait qu'il s'efforce de ne pas le faire. Il se dirige vers l'eau et je le suis jusqu'au bord de la rive. Je prends bien garde de rester très près de lui, un ronflement sourd gronde derrière nous.

Son bras se serre contre son corps, m'entraînant avec lui.

– Ixria et l'autre xub'Ixria amarrent le planeur, c'est ce qui fait ce bruit. Et oui, ce n'est que de l'eau. C'est notre principale source de lumière, puisque la canopée au-dessus laisse passer si peu de lumière du soleil. Sans compter que Voraxia, contrairement à ta petite lune, est très loin du soleil.

– Mais l'eau brille. C'est une sorte d'algue ?

– Nox. C'est l'eau elle-même. Bien que la lumière directe du soleil soit bloquée par la canopée, les rayons ultraviolets ne le sont pas. L'eau est iridescente sous les rayons ultraviolets. Tu verras que cette brillance disparaît la nuit. C'est pourquoi nous n'avons pas essayé de couper les arbres de werro. Ils nous offrent de l'isolation et les rivières fournissent la lumière du jour.

– C'est incroyable. L'eau est potable ?

Les coins de sa bouche s'agitent à nouveau. Il s'approche si près du bord de la berge qu'un faux pas pourrait le faire dégringoler. Je suis prise de panique.

– Attention, je murmure, en tirant un peu sur son bras, comme si je pouvais l'arrêter, ou libérer son immense corps des remous s'il venait à se glisser dedans.

Ses crêtes clignotent d'une multitude de couleurs pendant un instant avant qu'elles ne disparaissent toutes. Il secoue la tête et me donne une traction qui fait avancer tout mon corps.

Je suis à côté de lui maintenant. Un pas de plus et je pourrais tremper mes orteils dans l'eau. Je le regarde plonger sa main dans le feu et en retirer de l'or liquide. Je dois cligner des yeux plusieurs fois pour que ma vue s'adapte au liquide étincelant. Je suis complètement envoûtée.

– Bois, me dit-il.

– Là ? Comme ça ?

– Hexa, Miari. Cela ne te fera pas de mal.

Et je le crois. Parce qu'au fond de mon coeur, je sais qu'il ne me ferait jamais de mal. L'idée peut sembler aussi stupide qu'imprudente, mais quand il me dit de boire une fois de plus, je le fais.

Le liquide, chaud et étrangement sucré, est délicieux. Sa saveur riche me rappelle la nourriture du vaisseau. Je ris un peu et bois un peu plus. Mes lèvres effleurent le côté rugueux de sa main en aspirant.

D'un coup sec, il éloigne sa main de moi et laisse retomber le précieux liquide. L'eau tombe en pluie entre nous en émettant un son brutal. J'ouvre les yeux et je respire l'odeur de sa peau, cette senteur ce bois riche et épicé, son musc naturel. L'odeur est à présent encore plus forte que celle de son sperme, qui flotte encore un peu sur l'intérieur de mes cuisses. Je ne me suis pas encore baignée, et je me sens chauffer sous son regard qui fixe mes cuisses et mon entre jambes comme s'il voulait voir à travers la tunique légère que je porte. Je me penche en avant.

Sa mâchoire se serre et il s'éloigne de moi de quelques pas.

– Viens, Rakukanna.

Irritée et vexée, je rougis ; mais ma curiosité prend le dessus et je le suis.

Nous coupons à travers la forêt. Tout est d'abord calme et j'ai envie de demander à quel point Voraxia est peuplée, mais je n'en fais rien. La colonie humaine est toujours pleine de sons. Les enfants qui courent et jouent, les anciens qui toussent, applaudissent et chantent, les femmes qui s'époumonent pour régler leurs différends au marché, les épées des chasseurs qui claquent alors qu'ils s'entraînent, se préparant à quitter la sécurité du dôme pour aller fouiller les environs et trouver de quoi améliorer notre quotidien.

Ici, il y a très peu de bruit. Le bruit des branches qui craquent au loin. Le froissement des feuilles au-dessus de nos têtes. Le sable qui bouge sous nos pas. La rivière transportant sa lumière autour de la capitale. Des voix lointaines, des chuchotements, de plus en plus forts. Puis, tout à coup, je les vois. Ils semblent cachés, mais une fois que je me suis habituée aux environs, j'aperçois des gens dans ma périphérie.

Des êtres aux visages bleus nous observent depuis des portes et des fenêtres ouvertes dans les arbres de werro - certains à une hauteur de dix ou vingt têtes - et je suis stupéfaite par le monde que ces Voraxians ont créé à partir de ces arbres immenses. Des habitats verticaux évidés qui s'inscrivent dans la beauté naturelle de la planète. Tout ce qu'ils pouvaient garder tel quel a été conservé.

Xoran ne s'arrête pas pour les saluer mais il s'approche de moi et pose sa main sur le bas de mon dos. Je rougis lorsque ses griffes effleurent ma peau à travers ma fine tenue. Je n'arrête pas de penser à notre pacte et à ce que nous pourrions faire et ressentir si nous pouvions juste profiter l'un de l'autre sans avoir à passer des accords... *Qu'est-ce que cela donnerait ? Je n'arrive pas à l'imaginer. Sans doute une relation où nous serions sur un pied d'égalité. Comment cela pourrait-il exister, alors que nous ne le serons jamais ?* Avant qu'elle ne me dévore, je me débarrasse rapidement de cette pensée.

La colline que nous avons franchie commence à descendre et je me concentre sur le werro qui se trouve devant nous. C'est le plus grand que j'ai vu jusqu'à présent, et ses portes sont grandes ouvertes. La lumière brille à l'extérieur et deux silhouettes s'inclinent profondément lorsque nous nous approchons.

– Raku, dit la femme.

Ses longs cheveux raides effleurent le sol sablonneux lorsqu'elle se penche.

– Lemoria, répond Xoran, et je remarque qu'il s'incline un peu cette fois-ci alors qu'il ne l'avait pas fait avant.

Est-ce qu'il la connaît aussi ? Mieux qu'Ixria ? J'expire avec irritation. Qu'est-ce qui m'arrive ? je suis plus énervée contre moi-même que contre lui.

Cette femelle a une peau gris foncé, nacrée, et des perles de bois qui décorent ses cheveux. Sa poitrine est nue, mais elle porte une fine jupe couleur feu qui coule jusqu'au sol et couvre ses pieds. Elle est presque de la même taille que Xoran et ses membres longs mais musclés associent puissance et douceur féminine.

Son attention se tourne alors vers moi et elle s'incline une fois de plus.

– J'avais entendu des rumeurs sur la beauté de notre Rakukanna. Pour une fois, elles disaient vrai. Tu dois être très fier, mon Raku, que Xaneru ait donné cette forme à ton âme soeur et que Xana l'ait mise sur ton chemin.

Xoran lui fait un autre léger signe de tête avant de me pousser devant lui vers la femelle, qui serre ses deux mains ensemble contre sa poitrine.

– Je suis Lemoria. C'est un honneur que de vous recevoir ici.

– Je, euh... suis heureuse d'être ici.

Grr, je peux assembler un réservoir de fusil avec une tige flexible, mais je ne peux pas énoncer deux phrases sans bégayer...

– Nous sommes heureux de passer du temps avec vous et nous espérons bénéficier de vos conseils, déclare Raku dans mon dos. Nous désirons entrer maintenant.

La femelle, Lemoria, s'écarte avec un geste, et le mâle derrière elle s'incline. Lorsque nous passons devant lui, il fixe d'abord Raku, puis il m'observe, et juste avant qu'il ne se tourne pour fermer les portes, je le vois fixer Lemoria avec une expression qui affole mon pouls.

Ses crêtes s'enflamment subtilement, mais dans une multitude de couleurs. Xoran m'a déjà regardée comme ça auparavant et j'ai soudainement l'impression que je sais maintenant exactement ce que cela signifie. Cela n'a aucun sens... Cela ne correspond pas au pacte... Cela n'a rien à voir avec la personne - l'extraterrestre - que je pensais qu'il était.

Et ça me terrifie.

Nous. Il n'arrête pas de dire « nous ». Je commence à paniquer de plus en plus.

– Bien sûr. Ki'Lemoria, veux-tu prendre la relève dans la chambre du Frakar ?

– Bien sûr, dit derrière nous Ki'Lemoria, celui dont les yeux sont drapés de couleurs et de dévotion.

La femelle s'avance sur une volée de trois marches et alors que nous la suivons, la pièce s'ouvre. Ce n'est pas une maison comme je l'avais cru, c'est un hôpital.

D'énormes fenêtres à panneaux sur les murs laissent entrer la lumière de feu provenant de la rivière, presque comme si - en fait, *exactement comme si* - ils versaient de l'eau de la rivière dans le cadre de leurs fenêtres. *Incroyable.*

En contradiction avec l'aspect naturel de la ville derrière nous, cette structure, enveloppée d'une lueur jaune-orange, a les mêmes panneaux durs que le vaisseau. Les murs sont également recouverts de panneaux, tout comme le plafond, bien que je puisse quand même entendre le bruit sourd des corps qui s'entrechoquent dans les étages supérieurs.

Les couloirs bifurquent à gauche et à droite. Nous prenons le premier et descendons une petite allée. Au bout, une porte s'ouvre sur une pièce plus petite équipée d'une table en plastique solide et d'instruments de toutes sortes – scalpels, outils à bouts crochus, lunettes, sondes, boules roses duveteuses dans des bocaux de verre trouble, longues tables blanches, machines métalliques géantes suspendues aux plafonds, une lunette dans un coin, une machine qui semble pouvoir contenir un corps de la taille d'un Voraxian et... un laser gamma ?

Je suis tellement concentrée sur le tube de verre fixé au plafond et rempli du même liquide rose que Xoran appelle reien farrn que je saute d'une demi tête en l'air quand la porte derrière nous se referme lourdement. Nous sommes seuls avec Lemoria dans cette salle des merveilles. Ou des horreurs.

– Comment puis-je vous être utile, mon Raku et ma Rakukanna ?

Xoran glisse sa main sous le rideau de mes cheveux dans un geste qui me réchauffe. C'est tellement possessif. Possessif, mais aussi rassurant.

– La Rakukanna est une hybride mi Drakesh- mi humaine. A ce jour, il n'y a que deux hybrides vivants et elle est la seule femme.

Il fait une pause, comme s'il attendait une correction ou une contradiction.

– Oui... He... hexa, je bégaie, C'est correct.

Raku poursuit en lui racontant une partie de ce que je lui ai dit plus tôt. Je pensais qu'il avait écouté et oublié aussi sec ce que je lui avais dit. J'avais tort !

– La Rakukanna m'a informé que les femmes humaines sont extrêmement fertiles. Cependant, parce qu'elles ont été forcées à participer au rituel de Chasse du Cxrian, et qu'elles n'ont reçu aucun soin médical, aucune provision et aucun équipement, les femelles humaines qui ont été parmi les premières à être accouplées par des mâles drakeshs n'ont pas survécu au processus de mise bas, pas plus que les deux tiers de leurs petits.

– Xana, guide-nous, dit la femelle horrifiée.

Ses crêtes s'enflamment de rose, puis la couleur s'estompe.

– Des femelles fertiles ont perdu la vie ? demande-t-elle.

– Hexa.

– Et les petits ?

– Hexa. Afin de s'assurer que les femelles fertiles puissent continuer à vivre pour produire des enfants humains, les jeunes hybrides conçus pendant cette Chasse forcée ont depuis été rejetés par les femelles. Rien n'a été consigné, il est donc impossible de savoir combien d'hybrides ont été perdus. Il est impossible de savoir ce que Voraxia a perdu. Les pertes de femelles dues à des équipements médicaux défectueux, ou à des tentatives de naissance d'hybrides, se comptent par dizaines. La propre génitrice de ma Rakukanna a été parmi les premières à périr.

Elle halète plusieurs fois comme si elle était en train d'assister aux meurtres qui se déroulent maintenant sous ses yeux. Mon estomac est lourd, comme lesté de pierres. Je suis à nouveau en nage.

– Par toutes les galaxies, ma pauvre Rakukanna. Que Xaneru soulage ta douleur.

Je me sens brûler. Pendant toutes ces rotations, on m'a fait croire que la mort de ma mère était de ma faute. En entendant Xoran raconter ce qui s'est passé et la réponse de cette femelle - Lemoria - je suis émue. Profondément.

Les crêtes de Lemoria sont devenues d'un gris profond maintenant, et je ne peux interpréter cette couleur que comme celle du chagrin. Un véritable chagrin. Je tiens ma main sur mon cœur et hoche la tête. C'est un geste profondément humain.

– Merci, je réponds.

Ce remerciement est des plus sincères. Toutes ces rotations de culpabilité semblent soudainement glisser de moi comme des gouttes d'eau dans une plus grande piscine, elles sont absorbées et n'ont plus aucun pouvoir sur moi.

Elle se raidit soudainement, jetant un coup d'oeil à Xoran.

– Cette perte est un crime qui déshonore l'ensemble de Voraxia. Il doit y avoir des gens parmi nous qui étaient au courant.

Ses crêtes deviennent rouge vif.

– Il y en avait, et ils seront punis. Soyez-en certaine et dormez tranquille ce soir.

Ah bon ? Il y aura une punition ?

– En attendant, ma Rakukanna et moi avons répondu à l'appel du Xanaxana. Il est extrêmement peu probable que notre accouplement donne naissance à une progéniture étant donné que nous n'avons pas utilisé de harnais de reproduction, cependant, je ne prendrai aucun risque.

Les crêtes de la femme s'enflamment de jaune. Elle s'incline.

– Mes excuses, mais... pourquoi n'avez-vous pas utilisé de harnais de reproduction ?

– Nous n'avons pas eu le temps, ni la place d'en construire un. Comme vous le savez bien, le Xanaxana n'attend pas.

– Nox, dit-elle, un peu plus essoufflée qu'avant. Je comprends tout à fait. Et je sais ce que vous attendez de moi. Vous pouvez être sûr que rien n'arrivera à notre Rakukanna tant qu'il y a encore du souffle dans mes poumons. Sur ma vie et mon honneur, sa grossesse ne lui fera aucun mal, ni à vos futurs petits. Est-ce que la Rakukanna a le temps maintenant de faire quelques tests initiaux ?

– Nous sommes ici pour cela.

– Vous souhaitez rester durant l'examen, mon Raku ?

– Hexa.

Il déplace son poids d'un côté à l'autre de façon presque imperceptible, mais je le sens quand même.

– Je reste, ajoute-t-il.

Un petit sourire se dessine sur le visage de la femme. Je me demande si Xoran l'a aussi vu, mais elle s'empresse de se reprendre et se retourne pour faire face à la table au centre de la pièce. C'est la seule chose faite en bois. Elle est rouge et brillante et présente des veines et des anneaux rouges plus sombres ondulés d'une rare beauté.

Lemoria sort une fourrure épaisse de l'armoire située sous la table et la drape sur la surface rouge. L'ensemble évoque plus la literie d'un établissement de luxe qu'un lit médicalisé. Non pas que je sache à quoi ressemble un lit médicalisé. Je n'ai jamais été dans une installation médicale. Je n'ai jamais eu assez de rations à échanger contre le plus basique des contrôles de santé.

– J'ai une connaissance approfondie des cycles de reproduction et de l'anatomie des Drakeshs, mais ma connaissance des Humains est limitée, c'est le moins qu'on puisse dire.

Lemoria se tourne et fait glisser ses doigts vers ce qui ressemble à un mur roux vierge, pour que toute une série d'holovisions apparaissent soudainement. La seule vision de toute cette technologie avancée me fait saliver.

– Je vais devoir rendre régulièrement visite à la Rakukanna pour combler mes lacunes et surtout, je dois me rendre avec une équipe sur la planète humaine pour effectuer des tests sur des sujets humains si je veux avoir les meilleures chances d'assurer la sécurité et le confort de la Rakukanna pendant toute la durée du cycle d'accouchement. Bien entendu, je pourrais aussi faire de même pour les femmes humaines sur la planète humaine. Nous devrons y établir un avant-poste permanent pour fournir des soins médicaux en rotation pour toute future naissance d'hybride, s'il y en a.

L'intonation de sa voix fait penser qu'elle pose une question et visiblement, Xoran hésite à y répondre. Ses bras musclés se croisent.

– La Rakukanna et moi avons déjà commencé à discuter de l'avenir de notre coopération inter-espèces. Cependant, je n'avais pas connaissance à l'époque des horreurs perpétrées contre leur population plus fragile. Il faudra discuter davantage pour s'assurer que les futurs accouplements entre Voraxians et Humains soient sains à tous points de vue.

– Bien sûr, dit Lemoria.

– Je pense que la Rakukanna serait la mieux placée pour mener cette réflexion. C'est en effet l'un de ses premiers devoirs envers son peuple, et le nôtre. Ces humains vivent à Voraxia, et leur offrande à Voraxia, leurs petits, ne peut être vue que comme une bénédiction de Xana. Alors que je me tiens en tant que Raku devant toi maintenant, sois sûre d'une chose, lui dit-il, bien que je sache que les mots me sont destinés - et je ne peux pas croire qu'il les dise : les humains et les hybrides seront des Voraxians à part entière et seront pris en charge en conséquence.

Lemoria acquiesce rapidement, comme s'il s'agissait d'une décision évidente et non d'une prise de position excentrique, incroyable et impensable quelques minutes plus tôt. Cette décision va peut-être - va certainement - tout changer pour la colonie. Pour l'humanité. Je reste bouche bée tandis que Lemoria allume d'autres holovisions. Une fois cette tâche accomplie, elle se déplace de l'autre côté du lit surélevé recouvert de fourrure et le tapote légèrement.

– Si vous le voulez bien, Rakukanna, je vais faire quelques scans et prendre des échantillons maintenant, dit-elle.

Mais je suis comme clouée sur place. Je peux à peine respirer. Je me tourne pour regarder Xoran qui se tient à côté de moi.

– Tu... Tu vas aider les humains ? Les traiter comme... comme des Voraxians ?

– Ils seront Voraxians, dit-il en fronçant les sourcils. Les enfants sont précieux et rares. Il n'est pas concevable d'être obligé de s'en débarrasser ou de mourir en donnant la vie. Tant que je serai Raku, cela n'arrivera plus.

Il tend la main et passe doucement ses doigts griffus sur la tunique qui recouvre mon ventre.

– Je ne veux pas qu'il t'arrive du mal, grogne-t-il.

Une brève lueur rouge s'allume dans ses crêtes, puis tout est silencieux. Je me lèche les lèvres et je me tords les mains si fort que ça fait mal. Je n'arrive pas à y croire. Je n'arrive pas à croire qu'aucune autre femme de la colonie ne vivra ce que ma mère a vécu, et pourtant, je le sens : c'est vrai. Aucune femme ne sera plus jamais forcée de participer à la Chasse. Notre peuple ne sera plus esclave, il sera pris en charge. Nous ne serons plus traités comme des animaux, mais comme des... Humains. Comme des Voraxians. Et nous aurons les mêmes droits.

C'est trop beau pour être vrai. Quel sera le prix à payer ? Quel qu'il soit, je ne peux sûrement pas le payer. S'il sait quelque chose que je ne sais pas, il devrait me le dire maintenant. Parce que peu importe le prix, j'essaierai, je donnerai tout pour faire de ce rêve une réalité.

– J'imagine que ce n'est pas... pas gratuit. Et je n'ai plus rien à t'offrir.

Xoran siffle. Il y a un léger remue-ménage et quand je lève les yeux, Lemoria nous tourne le dos. Devant moi, les crêtes de Xoran deviennent de plus en plus rouges et lorsqu'il croise mon regard, elles deviennent roses et orange, comme un lever de soleil. Comme une peau rougie sous l'effet des coups.

– Tu me déshonores, déclare-t-il lentement.

Sa voix est acérée et tranchante. Elle me creuse, jusqu'au plus profond de mon être. Le pire dans tout cela c'est que je n'ai aucune idée de ce que j'ai fait, de ce qu'il veut dire ou de ce que je peux faire pour cesser de le déshonorer.

Tout ce que je sais, c'est que j'ai l'impression que l'étrange vague que je sentais dans ma poitrine, qui ne cessait de m'attirer vers lui, a cessé de s'agiter... et je ne veux pas qu'elle s'arrête.

//

Raku

– La cérémonie aura lieu dans trois lunes. Tu resteras ici jusqu'à cette date.

– C'est... chez toi ?

Elle regarde timidement l'entrée. Elle garde ses mains sagement le long du corps, comme si elle avait peur de toucher quoi que ce soit.

– Oui.

J'ai envie de savoir ce qu'elle en pense, s'il y a quelque chose qu'elle voudrait décorer autrement, si tout est à son goût, mais je n'ai pas le cœur de poser toutes ces questions. Pas après son affront – plus qu'un affront, sa supposition. Pour elle, je ne suis qu'un sauvage.

Cette pensée me détruit. Comment peut-elle me croire capable d'abandonner tant de femelles fertiles et leurs bébés dans ma propre constellation ? Et en même temps, que pourrait-elle penser d'autre ? Les Drakeshs et les Voraxians que les Humains ont rencontrés jusqu'à présent n'ont fait que les blesser et les déshonorer.

Un frisson traverse mes crêtes et je détourne les yeux, car plus je la regarde et plus j'ai envie de lui présenter des excuses au nom de Bo'Raku, des Drakeshs et des Voraxians qui ont abusé de ses compagnes humaines. Mais je ne peux agir ainsi, pas encore... Bo'Raku n'est que xub'Raku, je suis Raku, il est sous mon autorité. Je veillerai à ce que les excuses soient faites dans les règles, à la vue de tous. Je m'éclaircis la gorge.

— Je vais te faire visiter, et ensuite je te laisserai.

Je descends les escaliers, apaisé par le frottement familier du tapis tissé sous mes pieds nus. Ils sont drapés de façon désordonnée sur le sol en terre battue, ce qui n'est pas du tout le cas de la salle médicale, qui est l'une des rares structures ici à être construite selon des spécifications industrielles.

Des racines d'arbres et d'autres plantes poussent souvent sur le sol de ma propre maison. Parfois, je les laisse courir librement, d'autres fois, je déterre leurs racines et les replante à l'extérieur. Toutefois, ces racines pourraient transporter des infections dans l'espace médical, c'est donc l'une des rares structures où ne rayonne pas la gloire sauvage de Voraxia.

— Où vas-tu ?

Sa voix est si petite, si fine, que mon second cœur s'effondre sur lui-même, comme une étoile mourante. Je m'éclaircis la gorge et ne réponds pas à sa question. Je ne le souhaite pas. La vérité, c'est que m'éloigner d'elle, c'est comme m'arracher les deux bras.

— C'est une pièce ouverte. Je l'utilise souvent pour me détendre, dis-je à la place en désignant d'un geste les oreillers qui forment de doux divans sur le sol devant nous.

Contre le mur se trouvent quelques étagères garnies de parchemins antiques datant des périodes anciennes et qui se transmettent dans ma famille depuis des générations. Quelques holoscripts et d' autres communicateurs modernes sont aussi disposés là.

En dessous, il y a un coffre en pierre noire, qui brille dans la lumière orange, éclairé par les panneaux d'eau translucides situés dans les murs au-dessus.

— Il y a là des boissons fermentées mais je ne te conseille pas de les boire, elles sont très épicées. Si tu as faim ou soif, tu peux boire au puits.

Nous venons d'arriver dans la cuisine. Une imposante cheminée trône à droite et un radiateur gamma à gauche. Des tasses et des assiettes sont empilées sur l'étagère qui traverse le mur le plus long. Deux becs se trouvent côte à côte et se déversent dans de profondes bassines de cuivre, mais en parlant je désigne la fontaine bouillonnante à droite d'eux d'où jaillit de l'eau pure et scintillante.

– L'eau des robinets est propre, mais l'eau du puits est riche en minéraux. Je pense que son goût te plaira davantage, même si elle est chaude. Tu peux la placer dans le plateau chauffant là-bas.

Je lui montre l'un des tiroirs métalliques montés dans le mur.

– Il possède une fonction de refroidissement et, vu ce que tu as fabriqué sur le vaisseau, je ne doute pas que tu sauras comment faire pour l'utiliser. Enfin, là-bas, il y a ma salle d'entraînement. Inutile d'aller là.

Je lui lance un regard appuyé avant de traverser la salle de relaxation et d'emprunter un couloir large, mais court, pour atteindre la chambre au bout du couloir.

– C'est ici que je dors. Il y a une autre pièce de sommeil de l'autre côté de la maison et une troisième dans le werro qui partage ses racines avec celui-ci, mais, je ne les ai pas fait entretenir. C'est ici que tu vas dormir pour le moment.

– Pour le moment ?

Sa voix n'est qu'un murmure et elle se contente de fixer la palette du regard. Elle est bien différente de celle du vaisseau, celle qui a accueilli nos ébats. celle-ci présente une pile de couvertures et de fourrures. Les draps filés par des mites catacat sur Eltin reposent en dessous, et les oreillers qui la recouvrent sont faits de duvet plumé à la main sur les mollets des calmes créatures wret qui nous échangent le duvet de leurs petits contre des fruits et du maïs.

Ce moment aurait dû être spécial. C'est notre première lune passée ensemble dans notre maison. Une lune où je souffrirais mille tourments parce que je ne peux la toucher, mais que je ne peux m'éloigner d'elle. Je sais qu'elle me prend pour un sauvage mais j'ai bien l'intention de l'honorer encore avec la cérémonie de Rakukanna. Je ne m'accouplerai pas avec elle avant.

– Hexa, dis-je d'une voix sombre. Tu vas dormir ici jusqu'à la cérémonie où tu seras présentée au peuple voraxian. Elle aura lieu dans trois jours. D'ici là, je dormirai dans mes appartements de la maison de Raku. J'ai de nombreuses affaires à régler.

– D'accord.

Ses bras se sont croisés sur sa poitrine, ses épaules sont tendues sous ses oreilles et son corps est incliné d'une manière qui m'indique qu'elle ne regarde plus la fourrure mais ce qui est suspendu à côté.

Je suis envahi par la rage, la honte et le chagrin. Je ne sais pas ce que je suis censé faire de ces sentiments perfides. Dans un laps de temps très court, j'ai fait l'expérience de mille émotions contraires. Je me sens désarçonné.

Je ne suis plus Raku, mais je suis Xoran, le jeune mâle faible qui a parfois connu le goût amer de la défaite. Raku, lui, ne perd jamais. Raku est toujours sûr de lui. Je dois enfouir en moi ce Xoran pour toujours. Mais avant, je dois donner à ma Rakukanna ce qui lui revient de droit.

J'avance à grands pas, en prenant soin de ne pas effleurer la Rakukanna avec mon bras, même si rien ne me ferait plus plaisir.

Ma peau frémit lorsque nous nous rapprochons l'un de l'autre. Cela me fait trébucher. Je dois faire un grand pas pour me redresser et ce pas m'amène directement devant le harnais de reproduction. Je n'oserais jamais l'avouer mais j'ai acquis ce harnais illicitement auprès de vendeurs clandestins niahhorrus.

Le tissu qui le couvre est produit avec les cheveux d'un he'varr - une créature sous-marine de la taille d'une racine d'arbre werro qui existe dans les plaines de glace de Nobu. Le dernier a été tué il y a plus de quinze rotations par un guerrier de Nobu, qui a ensuite été exilé à Niahhorru pour son rôle dans l'invasion Drakesh ratée menée par le précédent Bo'Raku. *Son géniteur, tout aussi traître que lui.*

Lors de la dernière rotation, je me suis rendu sur la planète Niahhorru de Kor et, sous un déguisement, j'ai réussi à retrouver le guerrier et des cheveux de la créature. Au prix de bien des sacrifices, j'ai pu les acheter. Elles m'ont coûté plus cher que toutes les autres pièces d'armement ou de technologie que je possède, réunies. Et maintenant, elles ne valent plus rien.

Je retire l'épée courte ionique qui se cache dans la ceinture de ma tenue. Sa surface noire et lisse s'illumine dans un sifflement. Je n'entends qu'un souffle derrière moi quand je l'abaisse et un murmure à la fin de mon geste. Le harnais de reproduction est détruit.

Je me tourne vers elle et déclare doucement :

– Tu ne penses pas être une esclave. Ou en tout cas, tu ne penses pas être seulement une esclave. Tu crois que tu es ma putain.

Les derniers lambeaux de tissu blanc pâle tombent au sol et forment un petit tas à mes pieds. Là, gisent mes espoirs de paternité, et ma fierté.

Elle soutient mon regard et la force que j'y lis me surprend, mais c'est sa franchise qui me coupe le souffle.

– Hexa.

Je ferme les yeux, je calme mes nerfs et je lutte pour ne pas laisser des flammes rouges exploser sur mes crêtes. Je dois rester calme, même si je respire le parfum intense des baies de jujji.

– Ce n'est pas commun pour un Raku, mais rien dans cet arrangement n'est commun, alors je vais parler ouvertement.

J'expire, je plonge mon regard dans le sien et j'essaie de ne pas m'y perdre.

– J'ai été informé de l'existence de ta colonie lunaire lors d'un examen des budgets énergétiques de mes planètes extérieures. Lorsque j'ai parlé à Bo'Raku de l'énergie fournie à votre lune, il m'a dit qu'il y avait une ressource naturelle sur la lune qui rendait l'approvisionnement en énergie rentable. J'ai insisté, et ses réponses sont devenues de plus en plus évasives. J'ai persisté et ce n'est qu'à ce moment-là que Bo'Raku m'a parlé de la Chasse. Bien que cela ne fasse pas partie de nos coutumes, ici, sur la principale planète de Voraxia ; des formes de Chasse sont pratiquées sur beaucoup d'autres. Sur Cxrian par exemple, ou sur Nobu. Ce que Bo'Raku m'a décrit, à moi, son Raku, c'était un pacte volontairement conclu entre vos dirigeants humains et les Drakeshs par le Bo'Raku avant lui. Je comprends maintenant la nature de ce pacte dans son intégralité. Tu m'as ouvert les yeux. Un pacte n'en est pas pleinement un lorsqu'il y a un déséquilibre de pouvoir. Contrairement à la Chasse qui a lieu sur Cxrian, ou la Course de la Montagne, qui est la Chasse de Nobu, votre peuple n'a jamais eu le désir d'y participer. Le pacte de votre peuple avec les Drakeshs était contraint. Et... le pacte entre toi et moi est également contraint.

Ma queue va et vient dans l'air, sa pointe de dague en verre noir n'a qu'une envie : percer la chair du traitre responsable. Bo'Raku va souffrir pour ça.

– Il n'y aura donc plus de pacte, plus de Chasse et plus d'accouplement entre nous. Il est clair que tu n'étais pas vraiment consentante, même au moment où le Xanaxana s'est éveillé et nous a présentés l'un à l'autre comme des âmes sœurs Xiveris, donc je ne te forcerai pas. Je ne conclurai pas d'accord avec toi pour ce qui doit être offert volontairement. Je ne te demanderai pas de simuler.

Je me souviens des mots qu'elle m'a dits il y a quelques solaires, ou un peu moins. Je ressens aujourd'hui ce que j'avais ressenti alors : le désespoir le plus profond.

– Je ne t'obligerai pas à supporter ma présence. Ces appartements sont à toi jusqu'à la cérémonie d'intronisation de Rakukanna. Tu devras y rester confinée jusque là. Après, tu pourras régner librement sur ton royaume. Quand on en sera là, nous déterminerons ensemble un arrangement convenable qui te satisfera et ne déshonorera pas notre union. J'espère que cela te plaira et que tu y verras ma volonté de commencer à réparer le mal fait aux tiens par ceux de mon espèce et... ma volonté de me faire pardonner. Bien que, je souhaite le préciser, je n'ai jamais eu l'intention de te faire de la peine. Ce serait pour moi un déshonneur et savoir que je l'ai fait, même par mégarde, est un châtiment que je paierai pour le reste de mes rotations.

J'expire. Le monde est silencieux. Il n'y a rien d'autre que le son du werro qui pousse autour de nous. Rien du tout. Ses lèvres s'écartent. Je ne comprends pas les mouvements qui agitent son corps et je ne peux pas lire ses expressions faciales. Cela lui fait-il plaisir ou est-ce le chagrin qui transparaît dans ses doux traits vermillon ? Il n'y a pas de plis. Sa queue est immobile. Ses lèvres ne forment aucune expression de plaisir ou de déplaisir. Elle ne regarde nulle part ailleurs que dans mon regard. Profondément dans mon regard, où elle fait grandir mon Xaneru par sa seule volonté.

– Plus de pacte ? finit-elle par demander.

Mes cœurs aspirent à connaître sa pensée, même s'ils sont lourds comme des pierres.

– Plus de pacte.

Je m'approche d'elle et me penche pour pouvoir lui parler à l'oreille.

– Tout ce que tu veux, Rakukanna, est déjà à toi. Et tes amies, même si ce sont des traîtresses, ne manqueront de rien non plus. Ton peuple est en sécurité. Ce n'est peut-être pas beaucoup pour toi, mais je t'en fais la promesse, sur mon honneur.

Je fais une pause, le temps d'un souffle, pour qu'elle parle, mais elle ne le fait pas. Elle se crispe et tourne son visage pour me regarder avec ses yeux larges et ouverts encadrés par des cils lourds et merveilleux. Je n'ai jamais rien vu de plus beau. Et elle est à moi. Nox. Elle est à elle. Et je ne peux pas la toucher.

– Lemoria passera te voir demain demain. D'ici là, Mor'Rai te concoctera un menu à ton goût, Drakanna t'aidera à te préparer pour la cérémonie et Tri'Herion te rendra aussi visite. C'est notre principal « *inventrice* », j'imagine que vous aurez bien des choses à vous dire, dis-je en utilisant le mot humain qu'elle avait employé sur le vaisseau. Il jettera un coup d'oeil à ce que tu as créé à bord du vaisseau et s'assurera que si tu démontes d'autres pièces de notre maison pour générer de nouveaux objets ou par fantaisie, tu le feras en toute sécurité. Sois prudente. Je ne te donnerai jamais d'autre ordre que celui-ci.

Je me tourne et me dirige vers la porte. Je n'attends pas que ses mots me chassent. Si je restais dans un silence dans lequel résonneraient les accents brisés du Xanaxana, je me désintégrerais en poussière. Il ne resterait que mes os.

Bien que tout mon être me demande de rester à ses côtés, je tourne le dos à mon âme soeur xiveri. Je ne peux rester à ses côtés, même si ce n'est qu'à ses côtés que je peux être entier.

12
Raku

J'ai attendu trois solaires. Trois solaires sans voir, toucher, goûter ou sentir ma Rakukanna. Trois solaires de torture à ne pas savoir ce qu'elle mangeait, quelles expressions étranges assombrissaient ses traits drakeshs, à quoi elle ressemblait quand elle dormait.

A quoi ressemble-t-elle, lovée dans mes fourrures ? Est-ce qu'elles complimentent la couleur de sa peau comme je l'avais espéré ? S'y blottit-elle comme elle s'est blottie contre ma poitrine la seule fois où j'ai dormi à ses côtés ?

Au lieu de cela, j'ai passé trois solaires à assister à des réunions sans fin qui ont réduit à néant le peu de patience qui me restait. Elle n'est plus qu'une voix qui s'éteint, une couleur qui perd de son intensité.

Je suis assis en face de Bo'Raku maintenant, entouré de six des sept autres xub'Rakus, dans la salle de guerre. Rien d'agréable ne se passe jamais dans ces lieux. Et il n'y aura pas d'exception cette fois-ci.

– C'est la troisième rencontre de notre Raku avec vous, Bo'Raku, et la façon dont vous essayez de vous dédouaner des crimes perpétrés par vous-même et votre Bo'Raku avant vous n'est pas plus claire.

Xa'Raku parle avec autorité et force. C'est la cheffe de la planète Thrax, une terre riche en eau et en minéraux. C'est aussi ma diplomate la plus compétente. Je ne confierais à personne d'autre le soin de parler à ma place pendant que je suis assis passivement, les avant-bras alignés sur les accoudoirs du siège au dossier imposant fait de racine de werro lisse et sèche. Pour l'instant, je me contente de regarder.

Mon Raku avant moi avait l'habitude d'accuser avec véhémence et rage. C'est ce qui m'a permis de le défier et de prendre sa place à un si jeune âge. Il avait beau être mon géniteur, il était trop prompt à s'emporter, trop impétueux, trop colérique, trop impulsif.

J'ai appris très tôt qu'il y a beaucoup plus à gagner à observer les crêtes de celui qui est assis en face de moi à la table des négociations, le claquement de sa queue et l'agitation de ses griffes, qu'à crier. On ne peut se cacher au cours d'un interrogatoire et même le plus stoïque des chefs de guerre peut commettre une erreur.

Bo'Raku se penche en avant sur son tabouret, des cheveux blancs ondulent sur sa poitrine. J'imagine ces cheveux ondulant sur la peau de ma Rakukanna s'il avait eu la chance de l'avoir au cours de la Chasse et je ne ressens que de la rage.

— Xa'Raku, je ne vois pas où est le crime. Ces êtres primitifs ne sont pas Voraxians à part entière.

Je n'ai pas envie de le reconnaître mais il n'a pas tout à fait tort. De toute façon, cela n'a pas d'importance. Cela ne le sauvera pas.

— La progéniture produite par les femelles fertiles est voraxiane, comme l'est notre Rakukanna, fait remarquer Xa'Raku avec hargne.

— Mais ils se débarrassent de leurs bébés, comme des sauvages. Je n'ai rien pu faire pour les en empêcher. La Rakukanna était - est - une exception.

Ses yeux noirs clignotent vers les miens et ses dents blanches laissent passer ses mensonges avec aisance. Il s'est préparé pour cet interrogatoire, il a répété ses réponses. Il est calme.

– J'ai toujours eu l'intention d'amener les hybrides ici à Voraxia quand ils seraient en âge de venir. Je voulais le faire pour vous, mon Raku. Mais il n'y en a pas eu, ajoute-t-il.

– Et les autres femelles fertiles ? Vous vous êtes contenté de les laisser mourir, avec les enfants qu'elles ne pouvaient pas engendrer ? Vous voulez nous dire que vous n'avez pas remarqué que leur population diminuait ?

– Le conseil des anciens ne m'a jamais rien dit à ce sujet. Nous n'avons pas recensé les femelles car elles ne sont pas voraxianes. Donc, je ne pouvais rien faire.

Je ne peux plus me retenir de parler. Je lève une main. Xa'Raku s'installe dans son siège de racine werro, ses propres crêtes se hérissent de rouge. J'attends que ses crêtes se calment, que tout se calme. Le silence qui s'installe est sinistre.

Je prends la parole avec une sérénité trompeuse, je tiens à cacher ma rage.

– Dis-moi à combien de ces Chasses tu as pris part, Bo'Raku.

– Cinq, répond-il.

Six lui auraient donné l'opportunité de s'emparer de ma Rakukanna. Ma Miari... Il lui aurait alors pris ce qui me revient de droit.

– Cinq, je souffle. Cinq fois tu as senti la crème des femelles humaines.

Les crêtes de Bo'Raku clignotent en blanc. Il ne sait que dire, je le vois bien.

– Mon Raku ?

– Réponds-moi. As-tu senti cinq fois leurs chattes chaudes et serrées, pleines de crème ?

Je peux sentir le changement dans l'atmosphère. Je tiens là des propos dangereux et tout à fait indécents venant d'un Raku, notamment parce qu'ils trahissent une intimité qui ne peut être que celle de ma Rakukanna. Les femmes voraxianes ne produisent pas une telle crème, je ne peux donc parler que d'elle.

Je n'oserais divulguer ces connaissances sur les humains qu'à mes conseillers les plus fiables, et à Bo'Raku, qui a déjà ces informations puisqu'il a participé à la Chasse. Ce qui rend les humains plus désirables, les rend aussi malheureusement plus vulnérables.

Mais je dois l'amener à se compromettre. Il est trop à l'aise dans sa chaise en racines de werro, de l'autre côté du cercle. Il n'y a qu'une étendue stérile de terre tassée entre nous et rien ne m'empêcherait d'arracher ses cheveux blancs de son corps et de couvrir la terre de plaques de sang et de matière cérébrale. Rien du tout.

– Hexa, répond-il enfin, je les ai senties.

Ses crêtes clignotent d'un souffle violet. J'étouffe les miennes, je fais en sorte qu'elles restent fixes et incolores.

– Contrairement aux femelles drakeshs et aux femelles voraxianes... Elles ne se révoltent pas lorsqu'on prend des... libertés.

– Hexa.

Il se lèche la bouche et je vois la surface violette de ses crêtes s'étaler encore plus. Je le méprise plus que je ne saurai le dire.

– Elles peuvent supporter une grande douleur.

– Hexa.

– C'est dommage qu'elles saignent parfois de leurs plis reproducteurs, sinon, on pourrait les monter sans s'arrêter. Tout le temps.

Le visage de Bo'Raku fait l'expression du plaisir. Ses crêtes sont d'un violet vif maintenant, et d'un noir sinistre.

– On peut les monter pendant des heures. Le saignement apporte de l'humidité, s'ajoute à la crème.

Mon coeur se fige, mais je me force à hocher la tête. Même si je ne dis rien, il continue à parler.

– Elles *peuvent* être montées contre leur gré. Elles n'ont pas de défenses. On peut donc les accoupler à de nombreuses espèces.

– Je n'avais pas envisagé cette possibilité, je reprends, les dents serrées.

Bo'Raku se penche encore plus en avant maintenant. Ses crêtes *clignotent et rayonnent* un temps, puis, après ce qui semble être un combat intérieur intense, les couleurs s'estompent. La vérité, c'est qu'il n'a ni contrôle sur ses crêtes, ni honneur.

– Hexa. Elles peuvent s'accoupler avec toutes les créatures. Même celles qui sont aussi grandes et brutales que les Niahhorrus. Pensez à la crise de fertilité des Niahhorrus et aux richesses que nous pourrions obtenir d'eux en échange d'*une* seule femelle humaine. Les femelles peuvent porter des petits plusieurs fois au cours de leurs rotations. Les richesses que les Niahhorrus échangeraient contre ce pouvoir seraient incalculables.

– Je pense qu'ils iraient jusqu'à nous donner trois pourcents de leurs profits à chaque rotation, je poursuis.

– Trois pourcents ? *Nox*, mon Raku, s'exclame-t-il.

Il éructe un son de plaisir qui provoque la colère de Xa'Raku, ses plaques se soulèvent de sa poitrine plate. Il faut cependant qu'elle reste calme encore un peu plus longtemps. Bo'Raku est tombé dans mon piège et je lui suis reconnaissant de rester concentré sur moi.

– Le roi des Niahhorrus échangerait *dix-huit* pour cent de ses bénéfices commerciaux contre les coordonnées de la colonie humaine ; à la condition qu'ils s'y rendent une fois par rotation, qu'ils prennent trois femmes pour se reproduire et qu'ils les ramènent une fois les petits nés. Ils prendraient également une Humaine ou une hybride toutes les deux rotations pour la vendre aux enchères. Leur chef barbare pense qu'ils pourraient gagner jusqu'à trente millions de crédits pour une femelle humaine.

Je pense à ma Rakukanna. Pour conserver mon calme, je ne cesse de penser à elle. C'est tout ce qui me retient à mon siège. Sans cela, j'aurais déjà traversé la salle de guerre et j'aurais arraché la langue de Bo'Raku avant de casser toutes ses dents. Mais je ne peux donner à mes conseillers aucune raison de croire que je suis instable ou incapable d'être leur Raku. Leur force. Je dois être fort pour mon peuple. Tout mon peuple. Ma Rakukanna incluse.

Je me tais, et je jette un coup d'œil autour de moi. J'aurais souhaité que Va'Raku soit là pour voir Bo'Raku à terre. L'expression de plaisir de Bo'Raku commence à s'estomper et alors qu'il se rassied dans son siège, je me penche en avant dans le mien.

– Bo'Raku, tu es démis de ton titre et de tes fonctions.

Ses crêtes clignotent en blanc soulignant sa surprise et sa confusion. Je ne peux supporter de lire cet étonnement sur son visage. Comment a-t-il pu penser que je pourrais tolérer, voire même apprécier, la souffrance d'êtres innocents ? D'une femelle ? De mon âme soeur Xiveri ?

Je laisse un éclat de couleur paraître sur mon front. Il le reconnaît immédiatement pour ce qu'il est. Tout le monde peut maintenant voir l'*agitation* et la *peur* de Bo'Raku.

Car mes crêtes sont noires comme l'abîme de l'espace. Je suis assoiffé de sang. Le sien. Les crêtes de Bo'Raku se ternissent jusqu'à devenir incolores. Son corps se tend et ses couleurs clignotent avec violence. Il comprend maintenant mon stratagème. Mais cela n'a plus d'importance. Il est trop tard.

– Vous m'avez trompé !

Bo'Raku se lève de son siège et sa botte s'avance comme s'il voulait attaquer, mais au dernier moment, il s'abstient. Xok, comme j'aurais aimé qu'il le fasse. S'il s'était approché de moi, j'aurais eu toutes les raisons de défendre mon honneur. Je n'aurais pas eu honte de retirer lentement sa tête de son corps. Il n'y aurait que lui, sur le sol, mort. Pas besoin de tribunal.

Je tape du poing sur le bras de mon trône werro.

– Tu t'engages dans des traités intergalactiques sans en parler à ton Raku et tu oses m'accuser, *moi*, de tromperie ? Il n'y a qu'un seul moyen de savoir combien Rhorkanterannu serait prêt à payer pour une femelle humaine. Tu as usurpé mon autorité et tu as fait une proposition au roi de Kor. En agissant ainsi, tu as souillé Voraxia en la faisant paraître faible face à l'un de nos plus dangereux ennemis. Il n'en faut pas plus pour être déchu de son titre. Mais tu ne t'es pas arrêté là, tu as aussi offert de mettre en esclavage des hybrides nés à Voraxia *comme ta Rakukanna* et il n'en faut pas plus pour qu'il soit maintenant question de ta vie.

Le noir de mes crêtes m'aveugle. Tout ce que je vois est couvert d'un voile gris. C'est la première fois que cela m'arrive. Mais peut-être que, jusqu'à maintenant, je n'ai jamais connu de véritable colère. Je n'ai jamais été empli du désir terrifiant d'arracher des yeux d'un crâne et de briser des os morceau par morceau. Je veux qu'il ait *mal*. Qu'il ressente une douleur sans limite. Ce désir me consume douloureusement, ne laissant que souffrance et agonie sur son passage.

La brume noire s'assombrit en un éclair et quand elle se lève, je suis sur mes pieds. Bien que Bo'Raku et moi fassions d'ordinaire la même taille, je suis plus grand maintenant. Plus imposant. Plus complet. Plus menaçant. Je le domine et *je me demande si c'est un effet du Xanaxana*. Une autre façon pour mon âme soeur Xiveri de m'honorer, même si elle ne l'a jamais voulu.

Un grondement profond s'échappe de ma poitrine, le besoin de protéger son âme soeur lié au Xanaxana lutte pour être libéré. Il souhaite aussi désespérément être plus proche de ma Rakukanna. De ma Miari. Où est-elle ? Cela fait trois solaires. Trois de trop. J'étais en colère et je voulais l'honorer avec la cérémonie, mais maintenant elle est menacée par l'un de mes propres xub'Rakus et j'ai besoin d'elle à mes côtés. Nox. Attends. Honore-la. Cette lune, fais-lui le serment de l'honorer.

– Bo'Raku, chaque mot que tu prononces te déshonore. La douleur que toi et ton Bo'Raku avant toi avez infligée à la colonie humaine est horrible et pourtant, parce que les femelles sont encore en vie, je ne peux pas appeler cela un crime. Par contre, conspirer en secret avec les Niahhorrus, à l'insu de ton Raku et des autres xub'Rakus, est une trahison. Entre le déshonneur et cette trahison, j'ai toutes les raisons de reprendre ton titre. À moins qu'il n'y ait une personne parmi les xub'Rakus qui veuille prendre ta défense. Si c'est le cas, qu'il le fasse maintenant.

La pièce est totalement silencieuse. A côté de moi, je peux entendre la lourde respiration de Xa'Raku. Ses crêtes tourbillonnent de rouge et de noir. Ses émotions reflétent les miennes et apparaissent sur les sourcils de tous les autres xub'Rakus dans la pièce.

Je les regarde tous dans les yeux. Bo'Raku est assis sur le bord de son tabouret, tremblant de ce qui ne peut être interprété que comme une profonde rage, mais la chambre est silencieuse et ce silence confirme mon verdict.

– Je te dépouille de ton titre et de tes responsabilités. Quand tu quitteras cette chambre, tu ne seras plus Bo'Raku. Tu es à nouveau Peixal. Tout le monde connaîtra ton nom d'esclave à Voraxia. Tu ne seras pas honoré à la cérémonie de la Rakukanna. Et tu n'auras aucun contact avec les onze dignitaires des constellations du Quadrant 4. Si l'on te surprend à ne serait-ce que parler avec Rhorkanterannu lorsqu'il viendra honorer la Rakukanna, cela te coûtera plus que ta planète. Beaucoup plus.

Bo'Raku ouvre la bouche comme s'il voulait me défier ici et maintenant.

– Ce qui vient d'être dit est acté et définitif, je m'exclame. Tu es congédié, Peixal. Laisse-nous. Je vais maintenant décider de ton sort avec le xub'Raku.

Nous allons décider si tu dois vivre. Peixal frissonne et ses crêtes clignotent d'un vert pâle avant de s'enflammer d'un rouge meurtrier. Ses plaques se soulèvent de sa poitrine et je serre mes mains en poings le long de mon corps. Intérieurement, je le supplie d'avancer.

Allez, viens, Peixal. Déshonore-toi encore plus pour que je puisse te déchirer avec mes dents et mes serres. Mais il ne le fait pas. La raison l'emporte et au dernier moment, Peixal pivote sur ses talons et se dirige vers l'entrée étroite de la salle de guerre.

Sa présence déclenche le capteur, mais ce sera la dernière fois. Je vois déjà Xhen'Raku désactiver son disque de survie et pianoter sur les holovisions. Il publie mon édit afin que tout Voraxia puisse connaître les crimes de l'ancien Bo'Raku.

Je reprends mon siège et expire. Ma poitrine est lourde. Chaque respiration épaissit l'air dans mes poumons.

– Mes chers xub'Rakus, l'apparition de ces humains et hybrides dans notre constellation est une bénédiction. Votre Rakukanna en est la preuve. Je vous encourage tous à nous rejoindre ce soir pour célébrer la force des Humains et leur offrande à Voraxia. Ce qu'ils ont à offrir dépasse de loin leur capacité de reproduction. Les réduire à cela, c'est suivre la pensée primitive et rétrograde des anciens Drakeshs, or, leur vanité et leur orgueil les ont presque conduits à leur ruine. S'ils n'avaient pas été absorbés par les nations voraxianes de jadis, ils auraient certainement péri. Peixal représente toute la sottise de cette fierté drakesh, comme en témoigne son étroitesse d'esprit concernant les Humains. Je ne les connais pas depuis longtemps, mais depuis que je les ai rencontrés, ces êtres n'ont fait preuve que de force d'âme, d'ingéniosité, de bravoure et de résilience. C'est une espèce intelligente, ils ne doivent pas être sous-estimés. Ils nous sont physiquement inférieurs, et pour ces raisons, nous devons veiller à être justes dans nos interactions avec eux. Il ne faut pas se fier à leurs pactes, car ils sont souvent fondés sur la peur. Une peur qui leur a été inculquée par Bo'Raku et les Drakeshs qui composent aussi cette constellation. Il nous faudra du temps pour regagner leur confiance.

Ma gorge se serre quand je pense à ma propre Rakukanna. Ma Miari. Combien de temps me faudra-t-il pour regagner sa confiance ? Je ne sais pas comment obtenir cette confiance, mais je sais maintenant une chose par-dessus tout : Je ne dois pas la négocier. Je dois la mériter.

De l'autre côté de la pièce, Islu'Raku intervient :

– Quelles interactions attendez-vous de nous avec ces Humains, mon Raku ?

– Lemoria a déjà été chargée de préparer un diagnostic médical détaillé des hybrides et des Humains. Elle recrutera les membres d'une équipe médicale qui se rendra dans la colonie humaine pour s'assurer qu'aucune autre vie de femelle fertile ou de jeune ne soit perdue - humaine ou hybride. Pour ce qui est de la Chasse, ma Rakukanna va préparer un nouveau pacte, pensé et conçu par les Humains. Un pacte qui profitera à la fois aux Voraxians et aux humains. On ne leur forcera pas la main.

Islu'Raku incline la tête et j'inspire une bouffée d'air en voyant l'orange qui balaie alors ses crêtes.

– Quelqu'un d'autre souhaite s'exprimer ?

La pièce est silencieuse. Je me lève.

– Alors commençons les préparatifs pour les festivités. Xhen'Raku et Xa'Raku, comme indiqué dans l'édit de xub'Raku, je m'attends à ce que vous endossiez le rôle de Bo'Rakus jusqu'à ce qu'un Drakesh ou un Voraxian se montre digne de cette fonction.

Ils acquiescent et je hoche la tête.

– Vous pouvez vous retirer.

Un par un, mes xub'Rakus quittent la pièce jusqu'à ce qu'il n'en reste qu'une.

– Qu'y a-t-il Xa'Raku ?

Xa'Raku se lève. Les longues mèches de ses cheveux noirs flottent dans la brise que mon corps crée lorsque je me lève à ses côtés. Elle lève les yeux vers moi, sans détour, et je ne peux m'empêcher de songer à ma Rakukanna. J'aime la regarder de haut. Sa petite taille me donne encore plus l'impression qu'elle a besoin de ma protection. Mais elle n'en veut pas. Et elle ne veut pas de moi. J'aurai beau lui rendre honneur ce soir, elle ne souhaitera jamais être liée à moi comme je le suis déjà à elle. Irrévocablement.

Ces pensées amères me distraient quelques instants avant que je n'accorde mon attention à ma conseillère. Elle s'incline légèrement.

– Mon Raku, je suis troublée. Vous montrez une retenue que je ne peux qu'espérer posséder. Cependant, je désire proposer une seconde motion, en faveur de l'exil de Peixal vers le cinquième quadrant. Il détient la connaissance sacrée des coordonnées de la lune humaine. Sans sa planète, son titre ou son honneur, on ne peut lui faire confiance pour ne pas vendre cette information aux Niahhorrus. Les Humains sont vulnérables sur leur lune sans une flotte Voraxiane pour les protéger.

Je sens mes plaques se soulever et frémir. Je n'ai pensé qu'au retrait de son titre à Bo'Raku, je n'avais pas considéré les implications. Que ferait un homme déshonorable qui n'a rien à perdrc ?

– Les Humains seront des Voraxians à part entière. Chacun recevra un moteur de vie. De cette façon, tous ceux qui les croiseront sauront qu'ils sont protégés. Une attaque contre l'un d'entre eux sera une attaque contre tout Voraxia.

Elle acquiesce à nouveau et poursuit :

– Je crains que le besoin de femelles reproductrices chez les Niahhorrus soit plus grand que leur désir de ne pas déclencher une guerre avec nous. Notre flotte est plus importante, mais Kor est un important port de commerce intergalactique entre les Quadrants. Il n'est pas possible de détruire Kor sans porter atteinte à notre réputation et à nos relations avec les dirigeants et les commerçants des troisième et deuxième quadrants. En outre, nous dépendons d'eux pour certaines de nos principales sources d'énergie. Par exemple, sur Thrax, nous ne pouvons pas nous procurer le Droherion nécessaire à l'alimentation des turbines ioniques de nos habitats en eaux profondes sans Kor.

– Xok.

Je ne devrais pas me laisser à aller à employer un tel langage mais je suis assez proche de Xa'Raku et il n'y a personne d'autre. Je repasse ma main sur mes cheveux.

– Va voir Islu'Raku et Xhen'Raku en quittant la salle de guerre et dis-leur qu'ils doivent stationner deux vaisseaux de guerre à proximité de la colonie humaine. N'en parlez pas aux Humains pour le moment, ils ne comprendront probablement pas quel est l'enjeu et il n'y a aucune raison de les alarmer s'il n'y a aucune menace. Je serai avec ma M...ma Rakukanna ce solaire et les suivants.

Je me suis rapidement repris et mais je frémis : je l'ai presque appelée par son nom d'esclave en présence de Xa'Raku.

– Mais à l'avenir, nous devrons discuter d'un plan d'action avec les Humains. J'ai confiance en ton jugement sur ce sujet.

– Vous m'honorez, mon Raku. Je suis convaincue que protéger les Humains ne peut que servir Voraxia. Toutes nos planètes bénéficient du mélange avec de nouvelles espèces. Surtout si l'on considère la baisse du taux de natalité de Voraxia. Il n'y a pas si longtemps que les Xa'Raka et moi avons perdu nos propres Xa'Ka. Je crains que la maladie de reproduction qui affecte les Niahhorrus ne se soit installée dans notre fédération.

– Hexa, c'est aussi ce que je crains.

– Et les Humains nous apportent plus que des jeunes enfants. Les Humains apportent de l'espoir. Ils doivent être protégés. Ce serait un honneur pour moi d'aider mon Raku et ma Rakukanna à le faire.

Je m'incline, plus profondément cette fois. Ce qu'elle vient de dire me remplit d'une étrange fierté qui, j'en suis sûr, donnerait à mes crêtes une couleur orange vif si je n'avais pas la maîtrise suffisante pour les contrôler. En l'état actuel des choses, je reste stoïque et lui adresse un autre léger signe de tête lorsqu'elle se relève.

– Alors c'est entendu. Dans deux solaires, avant que vous ne retourniez à Thrax, nous discuterons de la colonie humaine, de Peixal, et de toute menace à laquelle nous pourrions être confrontés sur l'un ou l'autre front. Mais pour l'instant, je dois partir.

Les crêtes de Xa'Raku s'illuminent de couleurs vives qui font écho au plaisir qui s'est emparé des coins de sa bouche.

– Hexa, dit-elle, ta Rakukanna t'attend.

13
Raku

La rivière xamxin s'est assombrie, alors des feux brillent autour de nous. Nous sommes dans la vallée de Shorashora, l'un des rares endroits où les arbres de werro sont clairsemés, ce qui offre une vue imprenable sur les étoiles.

Le froid nous enveloppe et fait tourbillonner les sables pâles, mais les feux qui reposent dans d'énormes bassins de roche screa suffisent à nous réchauffer.

Je m'assieds dans le trône werro à haut dossier qui m'est réservé, c'est celui que j'occupe à chaque cérémonie voraxiane où le peuple est convié. La dernière fois que je m'y suis assis, c'était pour l'union dans le Xanaxana d'Ixria et Ku'Rohru, il y a une demi-rotation de cela.

C'était une belle cérémonie, mais qui m'a rempli d'une envie dont j'avais honte. Je ne me rappelais que trop bien ce que j'avais laissé derrière moi sur la lune humaine. Aujourd'hui, la haine et la rage générées par les actions de Bo'Raku ont déserté mes cœurs. Tout ce qui reste est un creux dans ma poitrine, un tintement froid et effrayant.

Je n'ai jamais été aussi nerveux auparavant. Mes orteils, qui sont nus, s'enfoncent dans le sable blanc poussiéreux. Je regarde, pour la énième fois, le siège vide à côté de moi. Il a été construit il y a une rotation. Juste après mon retour de la lune humaine. Quand je l'ai vu pour la toute première fois, j'ai ressenti une sensation similaire à celle que je ressens maintenant. Une pression. Une chaleur. Un désir. Une brûlure. *Où est-elle ?*

Les Voraxians se mêlent aux Drakeshs qui ont été sélectionnés pour profiter du voyage vers leur capitale. Il s'agissait d'une sélection aléatoire de Drakeshs - comme les sélections effectuées sur toutes les autres planètes - pour éviter que seuls les riches qui peuvent s'offrir une place sur un vaisseau puissent voyager.

Je suis heureux maintenant de voir scintiller le bleu, le violet, le gris, le rouge, le vert, l'orange et les autres couleurs de peau des Voraxians de toutes sortes. Sous mes yeux, ceux qui forment mon peuple se rencontrent, se mêlent et s'honorent comme ils honoreront leur Rakukanna dans quelques instants. *Où est-elle ? Elle devrait être là maintenant...*

Pendant un instant, une vague de panique me saisit. A-t-elle encore essayé de s'échapper avec une autre de ses inventions, comme celle qu'elle a construite sur le vaisseau ? J'ai lu, dans les rapports qui m'ont été envoyés chaque jour, qu'elle a demandé à voir Tri'Herion *deux fois*. Pourquoi a-t-elle voulu le voir deux fois en trois solaires ?

Peut-être qu'elle l'a séduit. Peut-être qu'il lui a donné les outils dont elle avait besoin pour me fuir. Je ne sais pas, je ne sais rien. Ces rapports m'apprennent seulement à qui lui a rendu visite, mais pas ce dont ils ont discuté. Je voulais respecter sa vie privée, mais je n'aurais peut-être pas dû le faire. J'aurais dû la faire mettre sur écoute. Pour sa propre sécurité bien sûr. Au fond de moi, je sais bien que c'est un mensonge. Si je l'avais mise sur écoute, ça aurait été pour apaiser la jalousie cuivrée et noueuse qui menace de déborder de mes crêtes et de consumer tout mon corps.

Mon regard balaie la foule et trouve Tri'Herion. Il fait l'expression et le bruit du plaisir alors qu'il parle avec quelqu'un dont je ne connais ni le nom ni le visage. Je sens une soif de sang noir me saisir, mais je l'empêche d'affecter mes crêtes - puis j'entends les tambours... et tout s'écroule.

Les centaines de Voraxians présents dans la vallée de sable et de pierre s'écartent, comme la roche fendue par un marteau. À l'exception des tambours, le silence règne.

Je me tiens plus droit dans mon trône et regarde l'espace vide à ma gauche. Une racine de werro lisse définit un siège plus étroit, mais le dossier est aussi haut que le mien. Nous sommes égaux. Pas encore, mais nous le serons. Dans quelques instants...

Les joueurs de tambour drakeshs et voraxians émergent d'un bosquet de werro au fond de la vallée. Ils ont l'air petits d'ici, mais mon coeur se serre quand j'aperçois la peau rouge de ma Rakukanna qui brille entre eux.

Elle est nue.

Entièrement nue, du sommet de sa couronne de cheveux jusqu'à ses dix orteils d'extraterrestre en passant par la fente entre ses cuisses. Elle est complètement nue quand elle fend la foule. Le scintillement de sa peau sous la lumière des étoiles et du feu se précise au fur et à mesure qu'elle s'approche de moi, jusqu'à ce que je puisse bientôt distinguer les pics sombres qui ornent les lourds monticules de sa poitrine, et la définition des muscles souples qui tapissent ses bras et son ventre.

J'entends des murmures surpris parmi les quelques jeunes de la foule, mais sinon, il n'y a qu'un silence révérencieux. Les joueurs de tambour s'éloignent et se dirigent vers les bassins de feu de screa suspendus aux branches de werro qui marquent le périmètre de la vallée où les centaines de Voraxians sont maintenant regroupés.

Il ne reste que moi, vêtu comme un roi sur mon trône, et ma Rakukanna, nue, debout au centre de tant de sable blanc. Elle me regarde, nos yeux se rencontrent et je sens que l'emprise que j'ai sur mes crêtes menace de se briser. Je ne ressens rien d'autre qu'une possessivité et une fierté qui inondent chaque centimètre de mon Xaneru. Cela me saisit avec une férocité dont je ne pourrais me défaire même si je le voulais.

Elle me regarde avec une expression que je n'arrive pas à déchiffrer, mais elle a l'air... *si forte. Si féroce,* et toujours aussi vulnérable alors qu'elle attend, seule, que son âme soeur Xiveri la rejoigne.

Je me lève et elle me suit du regard. Sa peau rougeâtre brille sous la lueur des feux, mais ses mamelons se dressent au fur et à mesure que je m'approche d'elle. Mon xora s'anime sous son regard et je ne fais aucun geste pour l'empêcher de se dresser et de buter contre mes vêtements de cérémonie - ce serait inutile.

Que je sois damné sur le champ si, avec ses cheveux qui se tordent dans la brise légère qui nous vient des étoiles, elle n'est pas la plus belle femme que cet univers ait jamais vu.

Je suis à une distance de bras d'elle maintenant et je prends une grande inspiration. L'odeur des fleurs de Ranxcera en pleine floraison m'assaille avec une telle intensité que ce premier assaut m'étourdit.

Ma tête est envahie par ce parfum, et par celui qui le suit de près. Celui des baies Jujji. Quelque chose de plus sombre. De plus salé. De plus intense. *Est-ce qu'elle... est-ce que c'est sa crème ? Est-elle excitée par ma présence ?* Même si son esprit ne veut pas de moi, je me demande si le Xanaxana dans sa poitrine ne peut pas s'empêcher de me réclamer.

Mon xora a la raideur du stalyx et je sais qu'elle le voit. Son regard parcourt ma poitrine, se pose sur ma lourde ceinture avant de se poser finalement sur le tissu surélevé où mon xora se bat pour être plus proche d'elle. Le bord de ses lèvres se soulève dans une expression de plaisir et je suis choqué par cette vision, étant donné la façon dont notre dernière conversation s'est terminée. *J'avais prononcé des mots qui m'ont éloigné d'elle et elle était restée complètement silencieuse.*

Je suis encore plus surpris lorsque ma Rakukanna s'agenouille. Bien qu'il s'agisse d'une étape traditionnelle de la cérémonie, je n'avais jamais prévu ce que je ressentirais en me tenant au-dessus d'elle tandis qu'elle me regarde, la cascade de ses boucles tombant doucement sur son dos.

Elle a l'air d'un trésor, à genoux dans le sable. Et je me sens indigne d'elle.

– Raku, doth hero Kit'hal. Reh het xiruvan jan. Reh het xiruvan foranx'ia Voraxia wix henna Xiveri.

Une pulsation dans ma poitrine rend mes jambes faibles. Je manque vaciller au moment où la langue voraxiane noble, joliment accentuée, s'échappe élégamment de ses lèvres. *Raku, je me présente à toi. Je me présente au peuple voraxian comme ton âme sœur Xiveri*, me dit-elle sans utiliser son traducteur. Elle me parle dans ma propre langue.

J'ai l'impression d'avoir été piqué par une aiguille à pointe de Droherion. Elle électrise ma peau en douceur tandis qu'une décharge beaucoup plus forte éclate sous mes plaques, au centre de ma poitrine.

Je m'éclaircis la gorge avant de parler, car elle est pleine de cette émotion que je n'ai jamais ressentie auparavant, et je ne sais donc pas comment la surmonter. Il me faut presque tout mon contrôle pour éteindre les couleurs sur mes crêtes - et le peu de contrôle qu'il me reste, je l'utilise pour m'abstenir de lui sauter dessus et de m'accoupler avec elle sur le sable, devant tout mon peuple.

– Tu es le Xana de mon Xaneru et je suis honoré par toi. Lève-toi, mon âme soeur Xiveri, et prends ta place en tant que Rakukanna pour ton peuple.

Elle se lève, faisant, aux yeux de tous, une démonstration de force et de grâce. L'une de ses mains tremble. Elle doit voir que je la regarde, car elle la ferme immédiatement en un poing. Au début, je crains que ce ne soit une réaction due à la peur, mais je suis vite rassuré en jetant un coup d'œil à son visage, qui conte une toute autre histoire. En effet, je peux lire le plaisir sur ses lèvres pleines et molletonnées.

Je tire le morceau de fourrure de bête de xin que je porte sur mon épaule gauche et le passe rapidement sur elle. Ce n'était guère plus qu'une ceinture accrochée à ma poitrine, mais l'étoffe blanche fait presque disparaître son torse.

– Ma force est ta force. Laisse-la te couvrir.

J'attrape la ceinture à ma taille et la détache. Je fais glisser la lourde peau noire qui couvre mes épaules et je l'enroule sur la fourrure de la bête xin, en utilisant ma ceinture pour maintenir le tout en place.

Je me tiens à l'écart, nu maintenant, tout comme elle au début de cette cérémonie, et je dis :

– Tout ce qui était autrefois à moi, est maintenant à toi.

Elle fait l'expression du plaisir. Cela ne fait pas partie des étapes de la cérémonie et son bonheur communicatif me fait faire l'expression du plaisir aussi. Quand elle me voit, ses lèvres s'élargissent jusqu'à ce que je puisse voir un éclair de dents nacrées, et une langue rose et chaude.

Je veux sa langue sur la mienne. Mon xora s'agite. Je vois qu'elle manque d'émettre un son de plaisir, mais elle parvient à le contenir et elle détourne son regard de moi.

Elle s'incline, ses boucles couleur sable glissent sur ses épaules et son dos, titillant ses seins.

– Tu m'honores, mon âme sœur Xiveri, répond-elle encore en voraxian.

– Comme tu m'honores.

Elle me tend la main. Je la prends. Il y a un frémissement entre nos peaux qui n'est pas sans rappeler l'explosion que j'ai ressentie - et que je ressens encore – dans la poitrine ou l'explosion qu'elle aurait créée si elle avait attaché son filament de cuivre à la source d'énergie reien farrn quand elle a créé sa machine sur le vaisseau. Une telle invention n'est pas de celles que j'aurais pensé créer, si j'avais été à sa place.

– Maintenant, tu honores ton peuple. Tout Voraxia se rassemble ici pour toi.

Elle me serre très légèrement la main et m'offre une expression étrange - un clignement, mais avec un seul de ses yeux. Je ne comprends pas cette action, mais la courbe de sa bouche me suggère qu'il s'agit d'une autre de ses expressions de plaisir, ou d'un complément à celle-ci, et je suis satisfait.

– Je suis prête, Raku, dit-elle, mais dans ses yeux, je la vois dire autre chose.

Dans ses yeux, elle m'appelle Xoran.

14

Miari

La paume de Xoran contre la mienne est la seule chose qui me maintient ancrée dans la réalité alors que des centaines de visages dans autant de nuances de couleurs nagent devant mes yeux. Des centaines d'yeux noirs - mais aussi des yeux bleus, orange, verts, violets, gris (toutes les combinaisons possibles) - rencontrent les miens.

Je regarde droit devant moi, impassible, comme me l'ont appris Xoran et la femme qui est venue m'aider à me préparer pour la cérémonie. Je n'ai appris qu'il ne s'agissait de la *mère* de Xoran qu'après lui avoir avoué que j'avais blessé le Raku. Elle s'est montrée exceptionnellement bienveillante, compréhensive et gentille.

Elle m'a dit que je devrais faire quelque chose pour lui faire savoir que je ne le détestais pas et que je... l'*appréciais* peut-être même un peu. Si j'en juge par notre dernière conversation, je suis sûre qu'il pense que je le hais.

Je lui ai demandé ce qu'un Voraxian aimerait recevoir. Elle m'a suggéré de ne pas faire quelque chose juste parce que je pensais qu'un Voraxian l'aimerait. Elle m'a conseillé de l'honorer comme je souhaitais le faire. Comme j'aurais honoré un autre être humain, si je le voulais. C'est donc ce que j'ai fait.

Mais maintenant qu'il est temps de lui donner le petit paquet enveloppé de tissu apporté par Tri'Herion, je murmure et je me sens un peu bête. C'est le roi de ce quadrant du cosmos. Que va-t-il penser de la petite babiole que j'ai fabriquée pour lui ?

Comme pour me rendre les choses plus difficiles, Xoran fixe le paquet dans mes mains comme s'il insultait son honneur, et quand je me tourne vers lui, ce regard passe par-dessus mon épaule pour tomber sur Tri'Herion. Il le regarde comme s'il l'avait lui aussi offensé.

Les crêtes de Xoran sont incolores, mais j'ai l'impression qu'il n'est pas heureux quand il considère à nouveau le paquet. Heureusement, un autre Voraxian se présente à ce moment-là et Xoran et moi poursuivons notre chemin autour de la vallée en sa compagnie.

Enfin, après ce qui semble être des heures, nous sommes de retour sur les chaises en bois blanc et lisse, assis côte à côte, surplombant les festivités qui commencent avec des explosions de joie et de musique. Au niveau de la ligne des arbres, il y a d'énormes tables rectangulaires qui semblent être faites du même bois blanc que nos chaises. Placées sans ordre particulier, elles jonchent le sol de la vallée et bientôt, elles sont recouvertes d'aliments aux couleurs vives que je ne peux nommer mais que j'ai hâte de goûter pour les comparer à la gelée que j'ai mangée dans le vaisseau.

Les Voraxians émergent des arbres werro aux abords de la vallée, portant des instruments en bois blanc - certains ressemblent à des tambours, mais la plupart ont d'énormes cornes et d'autres de grandes bases bulbeuses, certains sont tendus de cordes, d'autres de peaux, d'autres encore de bouts de métal qui sonnent à la moindre brise ou chantent au moindre mouvement.

Lorsqu'ils entament un refrain collectif, les rythmes et les mélodies qui me parviennent sont brillants et exotiques. Je n'ai jamais rien entendu de tel. .

Je me surprends à rayonner alors que Xoran m'aide à m'installer dans mon fauteuil et prend le sien. Je me demande pourquoi il n'a pas l'air aussi heureux que moi, s'il y a quelque chose qui le dérange, et si c'est *moi*. Après la façon dont nous nous sommes quittés, je ne peux pas lui en vouloir.

Il a mis son âme à nu et je suis restée là comme une idiote. J'avais besoin de temps pour réfléchir. Maintenant que j'ai repensé à tout ce qu'il a dit, je veux tout arranger entre nous - mais s'il est de mauvaise humeur, ou si ce n'est pas le bon moment, je ne veux pas empirer les choses. Je suis sur le point de lui demander ce qui le tracasse, mais son regard noir se tourne d'abord vers moi et il me devance :

– Dis-moi si tu as trouvé tout à ton goût dans notre maison.

Notre maison. *Notre*. Maison. Ce seul mot me laisse totalement sans voix.

J'hésite un moment avant de répondre :

– Tout est parfait dans notre maison. J'ai euh... j'ai déplacé quelques trucs dans la chambre d'amis. Je me souviens que tu as dit que tu ne l'utilisais pas souvent, alors j'ai commencé à bricoler dedans. Mais ne t'inquiète pas, je peux tout remettre comme c'était avant...

Xoran acquiesce lentement, puis fronce les sourcils.

– La maison est à toi autant qu'elle est à moi. Tu es libre d'y apporter des changements.

Il marque une pause, et après un bref silence, demande, l'air suspicieux :

– Tu as *bricolé* toute seule ?

Je secoue la tête et la brise fraîche fait voler mes cheveux. Lorsque l'on ne se trouve pas sous la couverture de la cime des arbres werro, il fait plus frais, et je suis reconnaissante à Xoran d'avoir placé ces épaisses couvertures sur mes épaules.

– Tri'Herion m'a un peu aidée. Mais oui, c'est surtout moi qui ai bricolé. Je lui ai même montré quelque chose qu'il aime beaucoup. J'espère que tu voudras bien que je travaille avec son équipe et les autres xub'Herions, si cela n'interfère pas avec mes devoirs de Rakukanna, bien sûr.

Je remarque une légère tache de couleur sur le front de Xoran, mais elle s'estompe tout aussi rapidement. Un cuivre étrange, saisissant. Il ne me regarde pas quand il répond :

– Ce n'est pas à moi de te dire ce que tu peux faire. Comme je te l'ai déjà dit, tu n'es pas mon esclave. Voraxia n'a pas d'esclaves. C'est une ancienne pratique Drakesh qui a été abolie quand ils ont été absorbés par la fédération. Même si je t'appelle par ton nom d'esclave, ça ne veut pas dire que tu es une esclave. Tu es toujours Rakukanna. Toujours mon égale. C'est à toi de décider de ce que tu vas faire. C'est à toi de décider de ta voie, du chemin que tu vas emprunter.

Je me sens rougir. Donc, il est toujours en colère après notre dernière conversation. Il est très en colère. Je déglutis et choisis mes mots avec soin.

– Tu m'en vois ravie, mais, si cela ne te dérange pas, Xoran, j'aimerais que mon chemin soit aussi le tien. Je voudrais que nous voyagions ensemble.

Xoran se raidit et me regarde sans ciller. Il ne parle pas. Un jeune Voraxian s'approche et lui tend un énorme gobelet.

Je sursaute quand une voix douce murmure :

– Rakukanna.

Je me retourne pour voir une jeune fille qui me tend un gobelet similaire. Je le lui prends en la remerciant rapidement en voraxian. Je suis presque sûre qu'il faut dire « *Stree-vay-yuh-ah* ». La fille me regarde en souriant et en gloussant un peu avant de s'enfuir.

– Ce n'est pas ce qu'il faut dire ?

– C'est *Stree'vay yah*, dit Xoran et sa bouche se crispe.

Il jette à nouveau un coup d'oeil au paquet sur mes genoux.

– Cela signifie, *honorée*. Tu l'honores grandement en utilisant ce terme. Surtout elle, ce n'est qu'une jeune femelle appelée Maru. Elle porte encore son nom d'esclave et n'a pas encore été gratifiée d'un titre.

– Ce n'est pas une raison pour ne pas l'honorer. Même les enfants ont de l'honneur. Même les esclaves.

Xoran ne répond pas tout de suite. Il se contente de lever sa tasse et d'incliner la tête. J'imite le geste et prends une gorgée du calice de pierre quand il le fait. L'extérieur de la roche est rugueux, mais l'intérieur est lisse.

– Je serais heureux que nous voyagions ensemble, dit-il en posant son gobelet sur le large bras de la chaise.

Pourtant, je le sens nerveux. Ses mots contredisent son langage corporel. Il est tendu.

– Moi aussi, je réponds. J'espère que je ne te décevrai pas.

– Tu auras de nombreuses tâches à accomplir en tant que Rakukanna, je pense à la gestion de la colonie humaine en particulier.

Il incline la tête vers la foule agitée de gens qui chantent, rient, crient, boivent et mangent.

Je lève les yeux et mon cœur, qui flottait déjà si légèrement dans ma poitrine, menace de s'envoler dans le ciel, m'emportant avec lui.

– Svera !

Comme par magie, Svera traverse la foule vêtue d'un bandeau d'or pâle et d'une tunique qui descend jusqu'à ses chevilles. Elle est la seule personne ici à avoir la poitrine couverte. Le beau tissu fait ressortir le brun de sa peau et les taches de vert dans ses yeux.

Je me lève d'un bond, mais les doigts lourds de Xoran entourent mon poignet. Il me tient doucement. Il y a une légèreté dans son toucher qui me donne l'impression qu'il se retient admirablement, mais que ce n'est pas ce qu'il veut. Ce qu'il veut, c'est autre chose... *Je sais ce qu'il veut.*

Le Xanaxana est une chaleur liquide, qui coule et se répand en moi. Je regarde le visage de Xoran et je m'évanouis presque quand le Xanaxana gagne mon estomac, ma poitrine, mes cuisses et *mes grandes lèvres. C'est grâce à lui. C'est grâce à lui si elle est là. Et il a fait ça pour moi.*

– Rakukanna !

Svera se précipite vers moi, elle s'arrête juste à côté de mes genoux. Elle se laisse tomber sur l'un des siens et s'incline légèrement avant de se relever.

Je tente de rester dignement à ma place alors que je suis si heureuse et si excitée que je pourrais hurler comme une gamine. Au bout de quelques secondes, je ne m'en donne plus la peine. Je me libère de l'emprise de Xoran, je me lève et je passe mes bras autour de son cou. Nous éclatons toutes les deux de rire au même moment.

– Je n'arrive pas à croire que tu sois là !

J'enfouis mon visage dans son cou et ses cheveux, le temps d'une respiration, avant de me retirer.

– Raku nous a invités, dit-elle en riant.

– Je n'arrive pas à y croire.

Elle sourit et je l'examine. Elle semble aussi brillante que jamais. Elle est en bonne santé, mais il y a plus : elle semble si sûre d'elle ! Elle n'est plus la plus jeune de notre groupe d'amis, la paria de la colonie, mais une femme qui a vu des océans et les a traversés, une femme qui a découvert des mondes.

– Hexa, Raku nous a invités. Il a dit que jusqu'au procès, je suis toujours une invitée de la Rakukanna et que j'ai ma place à la cérémonie. Et entre nous, je doute que Krisxox aurait été heureux s'il avait manqué la fête, même s'il doit y aller avec moi.

Elle rit et par-dessus son épaule, je vois le Drakesh avec les mêmes cheveux blancs flottants au vent que j'avais aperçu sur le vaisseau. Elle se penche vers moi, et me confie, avec des airs de conspiratrice.

– Des dizaines de femelles sont venues chez lui et ont demandé à l'accompagner à ta cérémonie d'intronisation en tant que Rakukanna. Mais il a dû leur dire qu'il y allait avec moi pour me surveiller. C'était franchement hilarant. Et aussi, un peu embarrassant.

Elle fait une grimace.

– Des dizaines et des dizaines de femelles...

– Peste d'étoiles ! Vous devez bien vous entendre, je me trompe ?

Elle se touche le front et laisse échapper un souffle lourd qui me fait rire.

– Il a fallu quelques... ajustements.

– Mais ça va sinon ? Sérieusement, est-ce qu'il te traite bien ?

– Oui, ça va. Je vois bien qu'il ne m'apprécie pas mais ce n'est pas grave. Je préfère qu'il ne m'aime pas, ce qui serait embêtant, c'est qu'il m'aime trop, si tu vois ce que je veux dire.

Je ne sais pas si elle s'en rend compte, mais elle jette un coup d'oeil à Xoran en disant cela.

– Par contre, l'endroit où il vit est génial, poursuit-elle. Il est impossible de sortir seul ou alors c'est très dangereux. Qath est une région sauvage, chaude et très humide. Le temps est imprévisible, c'est le moins qu'on puisse dire, et tout est gigantesque : les plantes, les arbres, les insectes, les créatures. Des bêtes terrifiantes hurlent dès la fin des solaires. Je n'ai pas dormi les premières lunes, mais je commence à m'y habituer. C'est étrange, mais, je me sens plus proche de Dieu à Qath. L'eau y tombe du ciel. Ils appellent ça de la pluie. C'est... incroyable.

– De l'eau qui tombe du ciel ? Des insectes géants ? je répète en frissonnant. Ça a l'air... dément.

Svera rit.

– C'est exactement ça.

– Mais... et Krisxox ? Tu vis seule avec lui. Ce n'est pas contre la religion du triple Dieu?

Svera fait la grimace et croise ses bras sur sa poitrine.

– Ce n'est pas conforme à ma religion et je n'aime pas ça, mais je n'ai pas vraiment le choix.

– Maintenant, tu l'as. Je vais en parler à Xoran. Il a choisi Krisxox parce qu'il est convaincu que Krisxox est son meilleur guerrier et qu'il saura te protéger mais je suis sûre qu'il doit bien y avoir un autre guerrier qui fera l'affaire, peut-être une guerrière...

– Peut-être.

Nous nous tournons toutes les deux vers Krisxox, qui s'est déplacé aux côtés de Xoran et lui parle à voix basse. Comme Xoran, il jette un coup d'oeil dans notre direction de temps en temps.

– C'est un peu une brute, mais il n'est pas méchant. Il garde ses distances, je n'ai pas à m'en plaindre de ce côté-là. Par contre, il refuse d'avoir un traducteur. Ça m'a ennuyée au début, mais ça m'aide à progresser en drakesh. J'ai même appris quelques mots de Voraxian aussi.

– Je suis sérieuse, Svera. Je peux demander...

Une Rakukanna ne demande pas la permission.

– Je veux dire, je peux te trouver un nouveau garde du corps. Tu n'as pas à rester avec lui si tu es mal à l'aise.

Svera hausse les épaules.

– Non, ça va, vraiment. Il a tenu sa parole. Il m'a protégée. Tout ce que j'aimerais c'est pouvoir dormir ailleurs parce que là nous dormons dans la même chambre. Si on trouvait une solution pour ça, alors ce serait parfait. Enfin, parfait... j'attends quand même d'être jugée dans un tribunal extraterrestre, donc peut-être pas parfait, mais on se comprend.

J'attrape son épaule et la secoue un peu.

– Mais pourquoi tu souris ? Tu sais, c'est très sérieux Svera...

Elle rit.

– C'est toi qui me fait rire ! Tu es rayonnante. J'allais demander si tu allais bien mais...

Son regard descend sur mon torse, nu, sur ma peau et la fourrure douce qui m'emmitoufle. Ses joues s'illuminent d'un rose sauvage.

– Je vois que tu t'es déjà adaptée à la garde-robe.

Je ris et je m'approche d'elle pour que Xoran ne puisse pas entendre ou lire sur mes lèvres s'il essaie. Proche de son oreille, je lui confie mon plus grand secret :

– Je pense que je commence à vraiment aimer Raku.

– Oui, je sais. Je t'ai vue pendant la cérémonie.

Elle plisse le nez.

– Mais tu es sûre ? Après ce qu'il t'a fait faire, tu n'es pas...

Elle ne finit pas. Elle n'en a pas besoin.

Ma bouche s'ouvre et j'envisage d'essayer de lui expliquer que je n'ai pas été forcée à faire quoi que ce soit. Le pacte qu'elle m'a entendu faire avec lui n'était... qu'un pacte. Un accord. Nous ne ferons plus de pactes et j'espère que, grâce à cela, nous pourrons repartir sur des bases égales.

Au lieu de cela, je dis juste :

– Oui.

Svera cligne des yeux.

– Vraiment ? Tu es sûre Miari ?

– Je pense que nous commençons à nous comprendre, et c'est ce dont nous avons besoin l'un comme l'autre pour surmonter nos différences. Je pense que nous pouvons même...

Je déglutis et je regarde par-dessus mon épaule avant de murmurer :

– Je pense même que ça pourrait... je ne sais pas... fonctionner.

Svera se met la main sur la bouche en ouvrant grand les yeux, ce qui me fait encore plus rire. Avant qu'elle ne puisse poser une autre question, je change rapidement de sujet.

– J'ai même recommencé à construire. Je vais faire en sorte que tu aies accès à un holovision, comme ça nous pourrons parler, même lorsque tu es sur Qath, aussi longtemps que tu y seras. Et ça servira aussi quand tu seras de retour sur la colonie.

– Tu penses que tu pourras m'en procurer un ? Je suis toujours une traîtresse à ses yeux...

Le regard noisette de Svera est hésitant. Elle se mord la lèvre inférieure. Je prends sa main, surprise par sa douceur comparée à celle de Xoran et des autres Voraxians. Sans m'en rendre compte, je me suis habituée à cette rugosité.

– Selon lui, j'ai autant le droit que lui de prendre des décisions ici. Si je demande à ce que tu aies un holovision, alors tu auras un holovision. Et je te ferai remarquer que c'est lui qui a pris l'initiative de t'inviter ici. Je ne lui ai rien demandé.

Ses sourcils se lèvent et ses lèvres pleines, rose pâle, se retroussent.

– Tu te moques de moi !

– Non, c'est vrai.

Je souris parce que même si je sais que cette réponse n'apaiserait jamais Kiki, Svera, elle, voit toujours les choses du bon côté.

– Eh bien, ça alors. Il doit vraiment t'aimer aussi.

– Oui, je crois bien. Par tous les soleils, j'en suis sûre.

– Et Kiki ? Comment va-t-elle ?

– Elle est toujours dans la cuve merillienne. On m'a dit qu'elle devrait y rester quelques solaires de plus, peut-être même plus. Les meriliens travaillent lentement, mais quand elle sortira, elle sera complètement guérie. Je reçois des rapports d'une jeune fille nommée Tet Tet qui vient régulièrement me voir, elle m'avertit dès qu'il y a du changement. Et tu vois, ça, je ne l'ai pas demandé non plus. Elle est arrivée un matin et elle a dit que Raku l'avait envoyée.

L'or fondu dans ma poitrine s'agite et tremble. Svera doit le remarquer parce qu'elle fixe ma poitrine, mais quand je la regarde, elle détourne rapidement le regard.

Elle rougit à nouveau et je ris à nouveau. Je me demande à quel point sa mère et son père seraient horrifiés s'ils me voyaient ainsi, les seins à l'air, aux côtés d'un Voraxian. Je me sens étrangement *fière*.

– Eh bien, je suis heureuse que tout se passe bien pour toi et que Raku et toi, vous... vous entendiez bien.

– Je sais que ça peut paraître étrange, mais il s'est montré gentil. Il existe une... une chose, une puissance qui nous lie, et qui le rendait complètement dingue au début, et je pense... je pense que je commence à la sentir aussi. C'est une sensation indescriptible. Il est quasiment impossible d'y résister. Et de toute façon, je ne veux pas vraiment y résister. Plus maintenant.

Svera secoue la tête, s'avance et saisit mes épaules.

– Fais confiance à ce que tu ressens, et tu sauras quoi faire.

– Je pensais que tu allais me dire que Dieu me guiderait, répondis-je pour la taquiner.

Elle se contente de m'adresser un sourire, ce beau sourire doux qui la caractérise.

– Il le fera. Dieu est partout.

– Svera, viens ! aboie Krisxox.

La façon dont il prononce son nom me surprend. La manière dont sa langue déchire le R et siffle le V sévèrement transforme son nom en quelque chose de provocant et sensuel...

Svera se renfrogne.

– Quelle brute de... murmure-t-elle.

Je me mets à rire si fort que je manque m'étouffer. De toutes mes rotations terrestres, je n'ai jamais vu Svera s'énerver au point d'avoir envie d'insulter qui que ce soit. Elle s'est vraiment transformée en peu de temps.

– Je t'aime, je lui lance.

– Je t'aime encore plus, me murmure-t-elle en retour.

Je l'embrasse une dernière fois, je lui souhaite bonne chance et je la regarde retourner dans la foule avec Krisxox. Son nez est froncé et il la regarde de haut, les couleurs clignotant dans ses crêtes par impulsions. Je pense que ce sont des couleurs qui soulignent sa colère. Mais je peux me tromper.

Je me tourne vers Xoran et me place directement en face de lui. Je suis toute nerveuse maintenant et je jette un coup d'œil à mon paquet, toujours posé sur le siège où je l'ai mis. Je croise son regard, je le regarde inspirer. J'inspire moi-même et je sens son musc épicé dans la brise. Il m'attire d'une manière qui ne peut être décrite que comme un envoûtement. Il m'envoûte complètement.

– Merci, Xoran.

Je me rapproche suffisamment pour que ses genoux effleurent mon ventre. Nous sommes si proches l'un de l'autre que je peux sentir la chaleur qui se dégage de lui. Avec le froid délicat de l'air nocturne, c'est agréable, et cela complète la chaleur qui irradie du sable sous nos pieds. Mes pieds s'y enfoncent, nus, jusqu'aux chevilles.

– Verax.

– Pour Svera. Tu l'as fait venir ici. Pourquoi… comment ?

Je ne sais même pas quoi dire, ma poitrine est si pleine en ce moment.

– Parce que ça te fait plaisir de la voir, répond Xoran comme si c'était une évidence.

– Hexa, ça me fait plaisir.

– Tu me l'as dit lors de notre dernière conversation. Il n'était pas difficile d'imaginer que tu aimerais la voir ici, et c'est mon devoir en tant que Raku de m'assurer que mes conseillers et guerriers les plus fiables soient présents. Cela aurait été un trop grand affront de ne pas inviter Krisxox ici et il ne confierait Svera à personne d'autre que lui.

Il ne confierait Svera à personne ?

– C'est quand même un beau geste, répliquai-je en laissant de côté Svera et Krisxox pour le moment, tu ne sais vraiment pas ce que cela représente pour moi. Je me sens un peu gênée maintenant, mais... j'ai un cadeau pour toi. Tu as fait traverser la planète à l'une de mes meilleures amies pour venir me voir, et pendant ce temps, tout ce que j'ai pour toi c'est cette petite babiole. Ce n'est pas grand chose, vraiment. Je peux l'améliorer. J'ai juste... c'est ici.

Je soulève le paquet de mon siège vide et le lui tends. Il regarde l'objet en fronçant les sourcils.

– Mais c'est Tri'Herion qui te l'a donné.

– Oh, oui. Ta *mère* m'a parlé de la cérémonie, alors je lui ai demandé de le garder pour moi jusqu'à ce que je sois présentée. D'ailleurs, tu aurais pu mentionner que ta mère viendrait me voir. C'est une femme charmante. Audacieuse et très fière. Entre nous, elle est aussi un peu intimidante. Est-ce qu'on la recevra un jour ?

– La recevoir ? Explique-moi ce que tu entends par là.

– L'inviter. L'inviter à ... dîner par exemple.

– Explique-moi pourquoi ce serait nécessaire.

– Mais parce que... c'est ta *mère*.

– Elle est Drakanna. Mère de Raku. Elle n'est pas Rakukanna et ne mérite pas d'être à ma table ou dans mes quartiers privés. Je ne les partage qu'avec toi.

Je sens mon visage se réchauffer et je me demande si je dois entamer cette conversation avec lui. Je finis par *décider que oui*, c'est nécessaire.

– Les Humains honorent leurs aînés, c'est très important. Nous le faisons généralement en passant du temps avec eux, en écoutant leurs histoires, en écoutant leurs conseils, en leur préparant des repas et en prenant soin d'eux lorsqu'ils sont trop vieux pour s'occuper d'eux-mêmes. Je n'ai jamais eu de parents et j'aimerais passer du temps avec elle. Je suis sûre qu'elle aimerait te voir. Tu es son fils et elle parle de toi avec beaucoup d'affection.

Xoran grogne.

– Nous pouvons discuter de cela plus tard. Pour ce solaire, discutons de toi, de ton paquet et de la raison pour laquelle c'est Tri'Herion qui te l'a apporté. Il a passé beaucoup de temps dans nos quartiers privés d'après ce que j'ai cru comprendre.

Ses crêtes s'enflamment de noir, brutalement. Le noir n'est pas une bonne couleur, ça, je le sais assez bien maintenant.

– Je …

Ma gorge se serre quand je comprends soudain pourquoi il s'est montré si distant, et pourquoi il a lancé tant de regards acides à Tri'Herion. Peste d'étoiles ! Est-ce qu'il pense que nous... que je.. ?

– Oh... non, non, non, non, non. Nox. Je... *Soleils compatissants*, tu ne crois pas que... - nox, je lui ai juste demandé de garder le paquet parce que je t'ai fait un cadeau. Enfin, des cadeaux ; celui-là, ce n'est que l'un d'entre eux. Il y en a un autre à la maison pour lequel il m'a aidé à trouver des pièces. Et il y en a un troisième, mais je l'ai fait toute seule, je ne l'aurais jamais laissé m'aider pour celui-là. C'est pour plus tard... pour quand nous rentrerons chez nous et que toi et moi... j'espérais que nous pourrions... j'ai...

Xoran grogne et s'avance dans son siège. Il me prend le paquet des mains.

– Tu veux dire que tu ne m'as donné aucune raison de trouer la gorge de Tri'Herion pour lui arracher la langue ?

Je ne peux pas parler. Je suis totalement muette, brûlante de chaleur. Je secoue vigoureusement la tête et je parviens finalement à lâcher un « Nox » étranglé.

Xoran se penche en arrière, soupesant le poids du paquet entre ses énormes mains à six doigts.

– Donc tu n'as pas couché avec Tri'Herion.

Je n'arrive même pas à respirer. J'étouffe :

– Nox ! Comment as-tu pu penser ça ? Je... après ce que nous avons partagé, je ne pourrais même pas imaginer... Toi si ?

Il ne répond pas. *Oh univers, c'est pire que ce que je pensais...* Il pense que je le déteste. Il ne sait pas combien ses mots ont compté pour moi. Combien ses actions ont compté depuis. Il ne sait pas que je l'apprécie. Peut-être plus que ça. Il ne sait pas que ça ne me déplaît pas d'être à ses côtés, d'être son âme soeur Xiveri. Peut-être ai-je même maintenant toutes les raisons d'être heureuse. *Et lui, est-ce qu'il m'apprécie ?*

Je prends une inspiration, et j'essaie de vider mon esprit du chaos qui vient d'entacher ma cohérence et de mes pensées. J'expire.

– Tri'Herion m'a seulement aidée à rassembler les matériaux pour créer ceci pour toi. S'il te plaît... ouvre-le.

Xoran reste immobile comme une statue de pierre. Il va me rendre folle ! Je ne sais pas ce qu'il pense. Si seulement ses crêtes pouvaient s'illuminer d'une couleur quelconque, s'il pouvait sourire ou froncer les sourcils. Si seulement il pouvait au moins cligner des yeux ! Pour l'instant, il se contente de fixer ce qu'il tient, inlassablement, et ce n'est qu'après un autre silence pénible qu'il commence enfin à déballer le cadeau que je lui ai fait.

Ses griffes coupent rapidement la ficelle qui le lie et, en deux mouvements rapides, il envoie l'emballage en papier dans les sables. Ce qui reste dans sa main est une construction en métal, qu'il regarde avec le même air impassible.

– C'est le système solaire voraxian, je dis doucement. Je l'ai fabriqué à partir de pièces chromées. Chaque planète - ces billes, ici - est une pierre différente que j'ai poncée et polie. Le soleil, je l'ai rempli avec de l'eau de la rivière xamxin et là, en bas, c'est le chargeur solaire que Tri'Herion m'a aidé à trouver. Il s'insère dans le fond et avec une certaine charge, les huit planètes de Voraxia tourneront autour du soleil, même pendant la nuit. J'ai réussi à équiper le chargeur solaire d'une batterie juste assez longue pour tenir une lune.

Mes mains se tordent alors que je poursuis :

– Je sais que c'est un peu idiot, mais j'ai pensé que ça ferait bien dans notre chambre, et peut-être même dans celle de notre enfant, si nous avons la chance d'en avoir. Tu peux voir ici que j'ai attaché la colonie humaine à Cxrian, dis-je en montrant une petite pierre brune mouchetée et chatoyante montée sur un mince filament à une plus grande pierre rouge. De cette façon, nos enfants sauront d'où ils viennent. Des deux planètes.

Je montre du doigt les petits morceaux, m'avançant de manière à me placer directement entre les genoux de Xoran. Il m'observe attentivement pendant mes explications, mais ses crêtes ne se colorent qu'une fois et seulement pendant une seconde. Cette fois, c'est l'orange, et je ne suis pas encore très sûre de ce que cette couleur signifie. Je laisse retomber mes bras. Je me sens un peu bête d'être aussi nerveuse mais j'attends désespérément qu'il dise quelque chose - n'importe quoi ! - et je déplace mon poids d'une hanche à l'autre.

Finalement, il met la construction de côté, près de son gobelet, et me regarde.

– C'est très bien fait. Dis-moi quel type de pacte tu veux conclure en échange de ça.

Un pacte ? Il est sérieux ?

– Nox. Plus de pactes.

Ses crêtes s'enflamment à nouveau, cette fois-ci en blanc, et j'en déduis par le froncement de son visage et la façon dont il croise les bras, que cela signifie soit du déplaisir, soit de la confusion. Nous sommes donc deux.

– Explique-moi ce que signifie cette invention.

– C'est un cadeau, que j'ai fait pour toi.

– Ce mot n'est pas traduit correctement. Je crois comprendre que c'est un peu comme une offrande. Ce qu'un sujet apporte à son souverain.

– Non. Ce n'est pas ça du tout. C'est un peu ce que tu as fait avec Svera. Tu as invité Svera ici parce que tu savais que ça me ferait plaisir. En tout cas, c'est en partie la raison pour laquelle tu l'as invitée ici. Sur la colonie humaine, nous faisons parfois des choses pour les autres ou nous donnons des choses aux autres pour montrer notre affection. J'ai fait ça pour te montrer que je... tiens à toi.

Il ne parle toujours pas. Son regard va de moi au cadeau, comme si nous étions deux pièces d'un puzzle qu'il ne parvenait pas à assembler. N'y tenant plus, je reprends la parole, un peu plus fort :

– La dernière fois, tu as dit que je pensais être ton esclave et ta pute. C'était le cas avant, mais je ne le pense plus maintenant. Ce que tu as dit, ça... c'était très important pour moi. J'ai l'impression de mieux te comprendre maintenant et de savoir ce que cela signifiait pour toi de me trouver dans la colonie. Je ne pouvais pas imaginer ce que ça pouvait être que de connaître le Xanaxana mais d'être rejeté par son âme sœur. Les choses sont différentes maintenant. Je comprends.

Je me penche contre lui, contre le siège du trône et ses cuisses se rapprochent de mon corps et m'emprisonnent là. Sa main se crispe à nouveau et je sais que c'est difficile pour lui de ne pas me toucher. Pourtant, il fait preuve de retenue, ce que je comprends. Il ne veut pas de moi si je ne veux pas de lui. Et ça fait toute la différence.

– Maintenant, je sais que je suis ta Rakukanna et ton âme soeur Xiveri, ajoutai-je doucement. Ce cadeau est un tout petit témoignage de ce que je ressens pour toi et pour le Xanaxana qui nous guide. Je commence à apprendre le Voraxian. Tri'Herion n'est que mon ami et j'espère devenir son apprentie. Je sens que je suis prête à faire ma vie ici et c'est grâce à toi. Tu m'as montré un monde dont je ne pouvais que rêver. Et des plaisirs que je ne pouvais même pas imaginer.

Je tends la main et caresse sa joue du bout des doigts.

– Tu m'as fait peur au début. Tu me fais encore un peu peur parfois. Il y a encore beaucoup de choses à régler entre nous pour que nous puissions apprendre à vivre ensemble mais je veux être avec toi, ça, c'est sûr. Pas à cause d'un pacte. Je le veux parce que je commence enfin à comprendre ce que tu as ressenti, et ce que mon corps a ressenti depuis le début. Nous sommes faits l'un pour l'autre. Sache que je suis honorée d'être ici avec toi maintenant, je suis honorée d'être ta Rakukanna, et, quand le moment sera venu, je serai honorée d'être enceinte, de porter nos enfants. Je t'ai fait ce cadeau pour te dire toutes ces choses, que je ne pensais pas pouvoir dire. Je ne savais que vous ne faisiez pas de cadeaux ici. Si je l'avais su, j'aurais fait autre chose et je me serais évité pas mal de brûlures à cause de cette maudite torche gamma. Nous utilisons des outils de soudure anciens sur la colonie humaine...

Je suis tellement nerveuse que je parle juste pour combler le silence. Je commence à retirer ma main, mais il l'attrape. Il fixe mon visage, ma main et le cadeau en équilibre sur le bord de sa chaise, les yeux écarquillés, presque hantés. Une soudaine vague de respirations saccadées s'échappe de ses poumons.

– Xoran ? je chuchote, plus inquiète qu'effrayée. Tu vas bien ?

Il frissonne de partout, hoche la tête et ouvre la bouche comme pour parler, mais ne le fait pas. Quant à ses crêtes... d'un seul coup, elles explosent de couleurs. Elles prennent toutes les teintes de l'univers et se répandent rapidement pour colorer tout son front. La couleur descend le long de son cou et quand il me tire vers lui, je peux voir la couleur rebondir sur le dossier de la chaise à partir des crêtes de ses bras.

Il me soulève sur le siège pour que je sois à cheval sur ses cuisses, mais il ne me touche pas comme il l'a fait la dernière fois que nous étions dans cette position. Au lieu de cela, il baisse la tête et ramène ses bras sur lui-même. Il reste très immobile et il pousse de longs râles, semble-t-il, alors que le grondement dans sa poitrine devient de plus en plus fort. Lorsque je reprends la parole, je dois élever la voix pour me faire entendre.

– Xoran, parle-moi. Qu'est-ce qui se passe ? Tu vas bien ?

Le grondement s'intensifie et tout mon corps en tremble. Je touche ses épaules et tente de le forcer à reculer pour pouvoir voir son visage, mais il ne bouge pas.

– Xoran, par tous les soleils, dis quelque chose...

– Nox. Ils ne doivent pas voir, gronde-t-il sourdement.

Je finis par comprendre. Il se sert de moi comme d'un bouclier pour cacher ses émotions aux autres.

– Peste d'étoiles, je murmure en me redressant un peu plus sur mes genoux.

J'écarte maladroitement les bras pour que la peau fixée autour de mes épaules par la ceinture la plus lourde du monde se déploie comme des ailes.

J'incline ma tête au-dessus de la sienne, en espérant que, de dos, on ait l'impression qu'on s'embrasse... Ce n'est pas exactement approprié... Mais à en juger par sa réaction, c'est mieux que cet étalage criant d'émotions, plus brillant que n'importe quel coucher de soleil.

Ses cheveux sont doux contre ma joue et sentent la lumière, accentuée par un subtil parfum de terre. Je chuchote contre le bord pointu de son oreille.

– Ne t'inquiète pas, ils ne peuvent pas te voir ici. Je vais te protéger.

Il glousse et des ondulations traversent les muscles de son dos. Je replie mes bras autour de lui tandis qu'il glisse les siens sous ma couverture et me serre contre lui. Ses lèvres se posent sur ma poitrine, juste au-dessus de mon cœur et il dépose là une pluie de baisers chauds, humides et rugueux.

Je passe mes doigts dans ses cheveux et pendant ce qui semble être la plus belle des éternités, nous nous serrons l'un contre l'autre tandis que les feux crépitent et que les gens dansent autour de nous.

C'est à ce moment-là que je le ressens de façon définitive.

Le Xanaxana a pris possession de moi. Il est dans mon estomac, ma poitrine, ma tête et mon cœur. La rivière en fusion s'est calmée. Il n'y a plus de déluge délirant. Parce que, comme moi - pour la première fois de ma vie peut-être - le Xanaxana est chez lui.

15
Xoran

C'est comme si ma poitrine s'était ouverte avant de se refermer. Le Xanaxana me couvre, m'envahit comme jamais auparavant. Je pensais que la folie était terminée, mais je ne reçois le coup de grâce que maintenant. Au beau milieu de mon peuple, non loin des plus hauts dignitaires qui pourraient voir là une marque de faiblesse à utiliser contre moi : je me soumets à cette folie.

Ses doigts tirent doucement sur mes cheveux et me sortent doucement de l'épais brouillard coloré dans lequel j'ai sombré. Je peux à nouveau respirer et quand je cligne des yeux, je retrouve la vue. Je lève les yeux vers elle. Elle est agenouillée au-dessus de moi, et je sais que mes crêtes sont un kaléidoscope, un faisceau de couleurs incontrôlables. Je n'y peux rien. J'ai perdu tout contrôle sur mes émotions.

– Tu m'honores, lui dis-je, et ma voix est à peine reconnaissable.

Ce n'est même pas la mienne. Le Xanaxana s'installe en moi une dernière fois, s'empare de chacune de mes terminaisons nerveuses, s'enroule autour de chacun de mes os. C'est terminé. Notre union Xiveri est terminée. Je suis entièrement à elle.

Je savais que je l'étais déjà, même si le Xanaxana ne prend fin que maintenant. J'ai su que j'étais à elle dès le premier instant où je l'ai vue.

Ses traits forment l'expression du plaisir, ses yeux sont brillants. Elle couvre mes crêtes de ses mains et balaie son doigt le plus court sous mes yeux.

– Tu m'as honorée en premier, répond-elle.

– Ce cadeau, je continue en m'étranglant presque avec ce mot humain, est un signe d'affection très acceptable.

Sa bouche s'ouvre et ses dents blanches brillent alors qu'elle libère son son de plaisir dans le monde. Mes crêtes palpitent une fois, puis une autre fois quand elle dit :

– Je suis contente que ça te plaise.

– Tout à l'heure, tu as dit que tu avait fait d'autres cadeaux pour moi. Dis-moi maintenant si c'est vrai.

– Oui. Hexa, c'est vrai.

Elle émet des sons de satisfaction et je remarque de l'eau dans ses yeux qui n'était pas là auparavant. Les yeux humides représentent à la fois le plaisir et la douleur ? C'est déroutant. Merveilleux. Fascinant.

– Dis-moi ce qu'il y a dans ces autres cadeaux.

– Pas question !

Elle me donne une légère tape sur l'épaule qui, j'en suis sûr, est un autre signe d'affection. Je n'avais jamais imaginé que mon âme soeur Xiveri serait aussi affectueuse que ça. Je n'ai jamais pensé que j'aurais besoin d'une telle affection. Mais j'en ai besoin. Et même si elle me fait endurer mille tourments, je lui suis reconnaissant pour tout ce qu'elle est, tout ce qu'elle fait.

J'émets un grognement impatient, je déteste devoir attendre.

– Dis-moi pourquoi.

– Parce que c'est comme ça qu'on offre des cadeaux. Je ne dois pas te dire ce que c'est. Tu dois le déballer. C'est tout l'intérêt du cadeau. Tu dois imaginer ce qu'il y a à l'intérieur...

– Je n'aime pas imaginer. Je veux savoir et tu vas me dire ce que c'est.

– Je ne dirai rien même sous la torture.

Elle pointe son doigt vers mon nez de manière menaçante, même si je sais qu'elle ne pourrait pas me blesser avec ses ongles émoussés.

Je capture son doigt entre mes dents. Je suce son arôme avant de le lâcher, puis je plonge en avant, sous la fourrure qu'elle porte, et je prends tout son mamelon dans ma bouche.

Elle halète et se passe une main sur les lèvres. Je sais qu'elle se retient de crier mon nom de naissance au monde entier. Si elle m'avait déshonoré de cette façon, ça n'aurait eu aucune importance. Je suis bien loin de tout cela maintenant ; je suis absolument, irrévocablement, démesurément absorbé par sa présence, son parfum, ses mots. Et par son cadeau.

Elle ne comprend pas que je n'ai jamais rien reçu de tel. Les Voraxians n'échangent pas de cadeaux. Il y a bien des pactes et des offrandes, mais rien n'est donné gratuitement, surtout pas une démonstration d'affection.

Ce type de démonstration d'affection m'est totalement inconnu, et pourtant, la profondeur de ce qu'elle communique avec ces petites planètes miniatures, ébranle jusqu'aux fondements de tout ce que je croyais savoir. Elle me dit à sa façon qu'elle se soucie de moi, et après la manière dont je l'ai quittée la dernière fois que nous étions ensemble, je n'espérais plus qu'elle puisse se soucier de moi comme je me soucie d'elle.

En m'éloignant d'elle juste un peu, je murmure contre sa chair :

– Je n'ai pas ce cadeau pour toi.

– Hexa.

Elle souffle de plaisir maintenant et j'embrasse doucement son ventre d'une manière qui suggère que je n'irai pas plus loin. Pas pour le moment.

– Tu as amené Svera ici. C'est le plus beau cadeau que j'aurais pu imaginer. Merci.

– Mais tu n'as pas déballé ce cadeau. Donc, ce n'est pas un cadeau.

– Si, c'en est un.

– Non, ce n'est pas un cadeau. Mais je vais t'en faire un. Qu'est-ce que je dois t'offrir ?

Elle rit à nouveau et quand elle s'abaisse sur mes genoux et passe ses mains sur mes crêtes, je sais que la couleur doit s'être éteinte, et c'est pour ça qu'elle laisse paraître mon visage. Je lui fais confiance. Elle a toute ma confiance.

– Ça ne marche pas comme ça, explique-t-elle.

Il y a du plaisir dans ses yeux, qui brillent autant que la rivière xamxin.

– Si je sais ce que c'est, ce n'est pas un cadeau. Il faut que je sois surprise. As-tu été surpris par mon cadeau ?

– Hexa.

Je regarde l'appareil et caresse doucement la pierre bleu-gris qu'elle a choisie pour représenter Voraxia. Je lève la main vers ma Miari et je touche sa joue.

– Je suis profondément honoré par ce cadeau. Comme je le suis par toi. Je ne pourrais rêver d'aucune autre Rakukanna. Tu es parfaite et ce soir, si tu veux bien de moi, je vais te prendre. J'ai envie...

Je prends sa main et la place avec hésitation sur le devant de mon pagne. J'en ai reçu un autre après la cérémonie. Tout au long du solaire, mon xora, dur pour elle, a tendu le tissu.

Je gronde lorsqu'elle palpe mon xora librement, comme elle l'a fait auparavant. Ses yeux sont emplis d'un désir qui pourrait égaler le mien. Ou au moins, qui pourrait s'en approcher.

Je passe mes doigts dans ses boucles.

– Depuis ces derniers solaires et ces dernières lunes, j'ai tellement envie de toi que j'ai mal, Miari.

– Je sais.

Elle serre mon xora et lèche ses lèvres. Mes cuisses se durcissent, mes os sont douloureux. Je sens sa fente de reproduction et je manque pousser un cri de frustration désespérée. Elle est seulement couverte par un tissu si fin. Il ne faudrait presque aucun effort pour l'enlever.

– Je souffre aussi, confesse-t-elle.

Je siffle et dépose un baiser sur sa tempe avant de la serrer contre moi.

– Il faut que nous restions un peu plus longtemps. Au moins jusqu'à ce que nous ayons reçu les dignitaires des autres quadrants. Et il faudra aussi manger. Ensuite, nous retournerons chez nous, tu me donneras ces cadeaux que tu as préparés et après les avoir ouverts, je ne ferai qu'une bouchée de toi.

Miari jette son plaisir au vent, la tête en arrière. Je sens qu'elle se détend dans mes bras. Je n'aurais jamais cru pouvoir faire jaillir le plaisir d'elle avec un tel abandon. Cela me rend fier.

– Je suis ravie de voir que tu sais quelles sont tes priorités. Tu es vraiment mauvais pour les surprises, hein ?

– Je n'aime pas ne pas connaître le contenu de ces cadeaux.

Je me frotte davantage à sa poitrine.

– Oui, j'ai vu ça ; et je pense que je vais bien m'amuser à te surprendre...

Elle me fait un clin d'œil, et je sens que nous partageons un secret entre nous, même si tout le monde sait que je n'aime pas les surprises.

Lorsque nous partageons mon trône et que je la nourris de mets délicats provenant des plateaux de nourriture qui nous sont apportés, mon bonheur ne connaît aucune limite. J'accepte l'adulation des visiteurs de Voraxia, puis du cosmos. Ils sont tous là pour elle, heureux eux aussi, et leur allégresse est justifiée, car même si je ne la déballe pas, elle est un cadeau pour nous tous.

Je caresse le dos de Miari, son cou, son visage. Nous nous murmurons des mots doux. Elle me donne à manger, même si cela ne se fait pas à Voraxia. Seul le mâle nourrit sa femelle, tandis que la femelle nourrit ses petits. Peut-être que ce sera différent avec elle. Peut-être voudra-t-elle remplir davantage les rôles d'un mâle. Peut-être voudra-t-elle que je m'occupe également de notre petit. Ces pensées ne me troublent pas. Je m'en délecte, car, comme les cadeaux qu'elle offre, ils sont nouveaux, excitants et inconnus.

– Est-ce l'un des dignitaires ? demande-t-elle alors que la nuit s'assombrit et que la fête bat son plein.

Je détache mes yeux d'elle pour la première fois depuis qu'elle m'a donné son cadeau, et je vois un grand cortège se diriger vers nous.

– Hexa. Voici Reoran. Elle est ce qu'on appelle Oosa Dua du huitième quadrant, une constellation appelée Oosmo.

– C'est une femelle ?

– Bien sûr, je réponds en la poussant gentiment jusqu'à ce qu'elle se lève. Tu ne le vois pas ?

Et cette fois, tandis que je me lève pour prendre la place qui me revient à ses côtés, c'est moi qui la taquine.

Elle porte sur le visage une expression pleine de plaisir. Elle se redresse et se tourne vers Reoran, qui s'approche.

Reoran, et tous les Oosas en général, n'ont pas de squelette comme les Voraxians et les Humains. Ils n'ont pas non plus d'exosquelette comme les autres espèces. Les Oosas ont une chair bleue épaisse et gélatineuse dont la translucidité laisse entrevoir un sang bleu et des organes d'un bleu plus foncé. Telle une bulle, la délégation Oosa avance en roulant.

– Oosa Dua Reoran, vous nous honorez en ce jour, dis-je en haussant le ton et en m'avançant vers la délégation qui s'approche.

Miari s'avance également et je suis surpris de sentir sa paume légère et douce glisser contre la mienne.

Elle saisit ma main dans un geste que je ne comprends pas. Bien qu'il soit étrange de recevoir une délégation liés de cette façon, je suis réchauffé par son contact et trop ému pour risquer de la relâcher. J'ai l'impression qu'il s'agit d'un autre geste d'affection et je suis heureux de lui apporter ainsi du réconfort.

Reoran pousse de petits cris. Des parties de sa chair s'illuminent lorsqu'elle parle. Les taches de chair éclairées, combinées aux petits cris, représentent la langue Oosa. Ceci ne facilite pas la tâche des dispositifs de traduction donc l'un des autres Oosas s'avance et répète les mots de leur commandante en voraxian noble.

– Notre Oosa Dua ne pourrait pas être plus heureuse que vous ayez trouvé une femme si forte et si bien faite pour occuper le trône de Voraxia à vos côtés, déclare l'interprète.

Il donne l'impression de parler depuis les profondeurs de l'eau.

J'ouvre la bouche pour remercier, mais ma Rakukanna me surprend à nouveau en s'avançant légèrement et en saluant généreusement nos invités. Elle ne lâche pas ma main.

– Je suis comblée par vos louanges. Merci beaucoup d'être venus de si loin pour nous rendre hommage.

Les cris saccadés de Reoran s'amplifient. Les éclats de lumière de sa peau deviennent plus forts et brillent à intervalles plus fréquents. L'interprète attend un moment qu'elle finisse de s'agiter. Au fur et à mesure, des taches de couleur brillantes s'illuminent sur la peau de nombreux autres Oosas rassemblés autour d'elle.

– Notre Oosa Dua Reoran tient la Rakukanna en haute estime. Elle aimerait la saluer comme il se doit.

Mon dos se tend et de l'électricité le traverse alors que Miari se tourne légèrement vers moi.

– Bien entendu, dit-elle.

Les Oosas émettent alors des petits cris sauvages et s'approchent de ma Rakukanna. Je la tire rapidement en arrière et la maintiens tout près de moi. Je sens une chaleur noire envahir mes crêtes mais je ne trahis pas cette émotion, car je sais que les Oosas, malgré leur demande, ne veulent pas de mal à ma Miari. Je souris avant de m'incliner très légèrement.

– Mes excuses, Reoran, mais ma Rakukanna ne connaît pas les coutumes de salutation des Oosas et comme vous vous en souvenez peut-être, nous, les mâles Voraxians, avons tendance à être possessifs lorsqu'il s'agit de nos femelles. Je préférerais que ma Rakukanna vous offre son salut humain à la place.

Je me tourne vers Miari et l'amène devant moi tandis que je m'approche de Reoran, dont les petits cris se sont transformés en un ronronnement déçu.

– Tu peux offrir ta main à Reoran, Rakukanna, mais tu ne participeras jamais au rituel de salutation des Oosas.

Miari se tourne vers moi, les yeux ronds d'étonnement. Elle acquiesce et se mord la lèvre inférieure. Je peux sentir la chaleur de son corps sous son impeccable peau couleur baie.

– Oui. Très bien.

Elle tend la main et à côté de moi, Reoran se glisse vers l'avant puis s'étend. Elle ne forme d'ordinaire qu'une boule qui arrive à peu près à la hauteur de mes hanches mais elle finit, à la fin de son processus d'élongation, par être presque aussi haute que Miari.

Le corps de Reoran se replie sur et autour de la main de Miari, l'aspirant dans le bleu amorphe qu'est son corps, tout en continuant à émettre de petits cris. Des taches de couleurs s'enflamment sur sa peau et j'essaie d'ignorer le goût amer de la jalousie qui laisse un résidu granuleux sur ma langue et une sensation sombre dans ma bouche.

Les Oosas ne manquent pas d'honneur, je le sais, mais quand Reoran tire Miari dans son corps bleu gélatineux jusqu'au coude et qu'elle s'illumine d'un léger éclat de couleur, je mets un terme au salut.

Ma Rakukanna manifeste sa surprise en resserrant ses doigts autour de ma main, et je la ramène doucement vers moi. J'aime la pression de ses fesses rondes contre mon xora, même s'il me faut encore patienter avant de la toucher comme je le souhaite.

Xok... Ce n'est que la première des huit délégations que nous allons recevoir... Comment vais-je pouvoir tenir? Comment pourrai-je regarder les autres prendre du plaisir à son contact comme l'a fait Reoran ? Cela m'offense qu'un autre la touche. Je la veux pour moi seul.

Je remercie à nouveau Reoran, et je regarde le contingent du Quadrant Huit disparaître dans la densité de la foule. On reconnaît aisément ce quadrant à cette chair bleue si particulière, même s'il est difficile de distinguer les individus les uns des autres. Des lumières vives s'allument sur les peaux gélatineuses des Oosas, qui, à la vue de tous, se mettent à s'accoupler.

– Peste d'étoiles, sont... sont-ils en train de... est-ce que c'est...

Elle ne finit pas sa phrase, mais les regarde fixement, bouche bée.

– Hexa. Les Oosas sont très démonstratifs et tactiles les uns envers les autres. Ils s'accouplent quand ils se saluent, ils s'accouplent quand ils se quittent, ils s'accouplent pour faire la fête, dans la joie, dans la tristesse, dans la colère...

– Alors elle... voulait s'accoupler avec moi ?

– Hexa.

J'écarte ses cheveux de son visage, les plaçant délicatement derrière son oreille, ce seul mouvement fait battre plus vite mes cœurs.

– Qui peut te résister ? Seuls les aveugles ne peuvent voir à quel point tu es belle.

Elle se mord la lèvre inférieure, se toune, puis hasarde un regard vers l'Oosa.

– Mais comment... Je ne comprends pas. Comment se seraient-ils accouplés avec moi ?

Mon xora se raidit. Je suis à la fois furieux et fasciné par l'image de sa chair rouge au beau milieu des Oosas qui s'emploieraient à épouser toutes ses formes. Sa silhouette serait le seul corps défini parmi eux. Je m'éclaircis la gorge.

– Ils sont plus liquides que solides, et peuvent redéfinir leurs formes pour s'adapter à presque tous les contenants. C'est l'une des raisons pour lesquelles ils se débrouillent si bien au combat. Ils sont presque impossibles à capturer et à contenir, et sont étonnamment difficiles à tuer bien qu'ils n'en aient pas l'air. Leur peau se régénère. Ils peuvent être poignardés de très nombreuses fois sans faiblir. Ils ne peuvent pas être écrasés ou frappés. Il faut les découper et brûler les morceaux pour être sûr d'avoir tué l'un d'entre eux.

– Donc ils auraient... formé une bite en moi ?

– Une bite ? Tu veux dire un xora ?

Elle hoche la tête. Je lui retourne le geste avant de murmurer :

– Hexa. Leur peau entrerait en toi autant qu'elle pourrait entrer et dans tous les trous qu'ils pourraient trouver. Même dans ton trou arrière serré.

Je laisse tomber ma main sur la courbe lisse de ses fesses. Elles sont recouvertes d'une fine étoffe tissée de la couleur et de la texture de la crème. Je peux presque voir l'ombre foncée de son sexe à travers le tissu. Je veux le toucher. Je n'arrive pas à croire que dans quelques instants, je vais à nouveau pénétrer dans sa chaleur étouffante.

Elle déglutit et ses lèvres s'écartent. Je me penche plus près d'elle, souhaitant goûter sa bouche et échanger un baiser avec elle.

– Ils entreraient dans ta bouche.

Je passe mes six doigts sur sa lèvre inférieure pulpeuse. Elle la lèche et sa langue se frotte à mes griffes. Je frissonne.

– Il s'attarderaient surtout dans ton monticule de reproduction.

Je touche le siège de sa féminité à travers la fine couche de tissu et elle halète.

– Les Oosas font le commerce du sexe à travers les galaxies. Les mâles et les femelles de plaisir sont vénérés dans leurs constellations et sont recherchés dans tous les Quadrants avec lesquels les Oosas peuvent commercer. Leurs planètes sont bien dotées en ressources minérales, et ils paient des prix exceptionnels pour ce qu'ils considèrent comme exotique. À en juger par la réaction de Reoran lorsqu'elle t'a vue, je ne doute pas qu'elle renoncerait à la moitié de ses richesses juste pour coucher une fois avec toi.

Les mains de Miari se tendent et saisissent mes bras au-dessus du coude. Sa tête retombe sur son cou et je continue à masser son bas ventre à travers sa jupe. Contre ma paume, la jupe se mouille, puis devient complètement humide. Mon Xanaxana ronronne bruyamment. Miari pose son front sur ma poitrine.

– Heureusement que je ne couche qu'avec toi alors.

Je grogne et l'attrape par la nuque. Avec une main qui maintient le haut de son corps et l'autre qui immobilise sa taille, je me sens puissant comme jamais je ne l'ai été en tant que commandant de ce quadrant du cosmos.

Je me penche pour lui donner un baiser, mais avant que je puisse le faire, une voix s'interpose entre nous, rompant l'intimité que nous partageons. Mes crêtes sont rouges, irritées, mais lorsque je me tourne pour voir qui nous a interrompus, la couleur s'assombrit.

Le mâle devant moi jette un coup d'œil à mes crêtes et bien qu'il ne ressente visiblement aucun plaisir, les coins de sa bouche remontent.

– Je ne veux pas vous interrompre. Je suis venu me présenter au Raku de Voraxia, et à sa Rakukanna.

Il incline la tête et je n'aime pas la façon dont son regard glisse vers Miari et la transperce comme pourraient le faire les pointes fines et acérées qui bordent le dos de ses quatre bras.

Je place instinctivement mon corps devant celui de Miari. Je me fiche que ce soit une insulte. Je ne la laisserai pas s'approcher du mâle le plus dangereux des huit quadrants sans que mon corps ne serve de bouclier entre lui et elle.

– Rhorkanterannu, je lâche finalement, les dents serrées. Quel plaisir. Si peu de Rakus avant moi ont eu l'honneur de recevoir un roi Niahhorru.

– Il n'y a pas de roi parmi les pirates, réplique-t-il.

Il fait un pas - pas en avant, mais à gauche pour que Miari soit à nouveau dans son champ de vision. Je grogne.

Rhorkanterannu continue à faire l'expression du plaisir avec sa bouche mais le cœur n'y est pas.

– En plus, c'est une occasion spéciale. Des rumeurs courent sur la découverte, dans la ceinture voraxiane, d'une lune pleine de belles femelles reproductibles. Il fallait que je vienne voir par moi-même.

Son regard passe à nouveau sur Miari.

– Pour une fois, on dirait que les rumeurs sont vraies. La Rakukanna est magnifique. Vous devez être très fier. Et impatient. Je me demande même ce que vous faites ici. Si j'avais une aussi belle femelle à ma disposition, j'en profiterais pour coucher avec elle pendant des solaires. Des lustres.

Il penche la tête. Ses mains supérieures se serrent sous son menton et lui donnent un air contemplatif, tandis que les mains inférieures forment des poings sur ses côtés. Je suis si tendu que je vois des étoiles. Il me faut user de tout mon sang-froid pour rester où je suis et ne pas me lancer sur la créature qui se fait appeler Rhorkanterannu, roi pirate de Kor.

– Est-il vrai que les Humains ont deux trous pour l'accouplement ? Je sais que les Voraxians n'ont qu'une seule tige, alors est-ce que vous pénétrez dans les deux trous de votre hybride l'un après l'autre, ou est-ce que vous utilisez vos mains ? Vous n'avez pas peur de lui faire mal avec vos griffes ? La peau des Humains a l'air délicate. Et douce...

Il se lèche les lèvres, ses yeux brillent d'envie, et c'en est fait de mon calme, de mon sang froid.

Je pousse Miari derrière moi et j'attaque. Ma vision est un brouillard de couleurs. Le monde se tord et se brouille. Mes griffes cherchent à percer l'épaisse peau extérieure de cette saleté de Niahhorru. Ils portent des exosquelettes, comme nous, mais les leurs sont formés de plaques plus épaisses qui se soulèvent et se séparent quand ils bougent.

Le bâtard se laisse tomber en position accroupie. Ma queue fouette l'air. Derrière moi, j'entends Miari pousser des exclamations d'horreur. J'aimerais pouvoir la rassurer, lui dire que je défendrai son honneur, mais je suis bien trop enragé pour tenir des propos cohérents.

Mon épaule frappe contre sa poitrine plaquée et nous échangeons des coups. Je frappe ses plaques de poitrine. Il riposte en balançant son poing sur ma pommette. Ses articulations portent les mêmes pointes que l'arrière de ses bras, mais plus petites. Elles coupent au contact, laissent pléthore de sillons, mais j'ignore la douleur et donne quelques coups de riposte.

Le combat ne prend fin que lorsque Krisxox et quatre combattants xcléranx nous séparent. Furieux, je suis éloigné, poussé près de mon trône et je ne peux y rester que lorsque Miari éloigne les xcléranx qui me retiennent et pose ses mains sur mon visage. Elle fait disparaître la colère de mon corps comme par magie et je tombe, perdu, dans les feux de ses yeux.

En poussant un grognement, j'arrache mon bras au combattant xcléranx censé m'immobiliser et le passe autour de la taille de Miari. Je la fais glisser sur mes genoux , l'entoure de mes bras et j'ordonne avec rage au xcléranx de reculer quand le jeune mâle effleure accidentellement sa peau.

Miari chuchote doucement à mon oreille et me frotte le visage, le dos et la poitrine avec ses mains douces jusqu'à ce que je sois assez calme pour congédier les xcléranx. Ils reculent, mais ne s'éloignent pas. Ils forment une haie d'honneur au bout de laquelle se tient le roi Niahhorru, hautain et jubilant, même avec les traces de sang noir marquant sa chair grise.

Des filaments d'argent scintillent le long de ses plaques gris foncé et mat. Sa langue charbonneuse se faufile entre les dents acérées que je viens de briser. Il fait un demi-pas en avant, menaçant, sans quitter des yeux mon âme sœur.

– Elle est magnifique. Kor offrirait des primes dépassant tout ce que vos simples esprits voraxians peuvent imaginer pour quelques-unes de ces femmes. Nous avons besoin de femelles.

Un instant, sa voix grave se brise juste assez pour que j'entende les graines de son désespoir germer et s'épanouir.

La maladie qui empêche les Niahhorrus de produire des enfants est bien connue, tout comme le fait qu'ils ont une compatibilité de reproduction avec peu d'espèces extérieures. Très peu d'espèces ont des trous de reproduction assez grands pour accueillir l'anatomie masculine des Niahhorrus. Encore moins *deux trous*. *Il doit penser que les femelles humaines seraient parfaites pour leur shekurr.*

Cette connaissance augmente la volonté et le désir de Rhorkanterannu et de son peuple d'acquérir des femelles humaines. Il n'y a aucun doute non plus sur la façon dont il a obtenu ces informations. *Peixal...*

Je claque mon poing fermé sur l'accoudoir massif de mon trône werro.

– C'est une nuit de célébration et pourtant vous osez me provoquer, insulter ma Rakukanna, et me faire des propositions commerciales. Il est connu que les Niahhorrus manquent de moralité et de scrupules, mais normalement, vous ne manquez pas d'intelligence. Maintenant, vous allez partir avant que je ne sois obligé de vous escorter moi-même. Je ne veux plus entendre parler de troc de femelles humaines sur cette lunaire ou sur une autre. Les Humains sont des êtres sensibles et sont des Voraxians à part entière. Nous ne vendons pas d'esclaves.

Rhorkanterannu manifeste sa colère en frappant son poing contre sa poitrine couverte de plaques. Le son ressemble à celui de deux rochers qui s'entrechoquent.

– Vous pensez que vous pouvez m'empêcher de m'approcher des Humains ? Je baiserai une femelle humaine, même si je dois prendre la lune humaine par la force.

La rage. Elle envahit mes crêtes et la couleur qui les engloutit ; elle chante à l'arrière de mes bras.

– Je ne vous ai jamais dit qu'il s'agissait d'une lune et je n'ai jamais parlé de l'anatomie humaine, ni à vous, ni aux vôtres. Vous tenez ces informations du Bo'Raku déchu. Vous vous associez à un traître de ma planète, et vous me provoquez : serait-ce une déclaration de guerre ? Cela doit être votre souhait, votre but ici. Dites-moi maintenant si vous déclarez la guerre à Voraxia et nous combattrons parmi les étoiles. Vous n'aurez plus à souffrir de la stérilité qui vous a frappés, car lorsque nous en aurons terminé avec vous, il ne restera plus rien de Kor, plus personne.

Le roi Niahhorru gonfle sa poitrine, mais il fait preuve d'un contrôle peu commun chez les Niahhorrus, et au lieu d'attaquer, il recule d'un pas. Il s'incline, me gratifie d'un hochement sec et rigide de sa tête carrée.

– Je ne risquerai pas nos précieuses relations commerciales. Jamais, Raku. Je ne vous souhaite, à vous et à votre Rakukanna, que le bonheur de l'accouplement et une progéniture nombreuse. Un fantasme dont les Niahhorrus de Kor ne peuvent que rêver malheureusement.

Je continue de le fixer. Je ne suis pas dupe, j'ai bien entendu le défi implicite qui s'est glissé dans ses mots.

– Vous pouvez vous retirer, Rhorkanterannu. Je vous veux hors de cette planète dès que votre vaisseau sera prêt à vous ramener sur ces décombres que vous appelez Kor.

Ignorant mon insulte, il prend l'expression de plaisir, révélant une bouche pleine de ruse et de crocs.

– Nous avons malheureusement épuisé nos réserves de cristaux de Kintarr. Nous devrons faire le plein avant le départ et comme vous le savez, le ravitaillement en cristaux de Kintarr peut être très, très long. Nous devrons sûrement rester ici plusieurs solaires.

Je me décale vers l'avant dans mon siège, bien décidé à abandonner tout décorum et à finir le combat que nous avons commencé, mais Miari glisse sa main autour de ma taille et place l'autre au centre de ma poitrine, sur l'un de mes deux cœurs.

– Shh... ce n'est pas grave, Xoran, me chuchote-t-elle à l'oreille.

Sa douce lèvre inférieure effleure le lobe de mon oreille et je frissonne. Je m'aperçois que Rhorkanterannu, que je fixe toujours du regard, ne fait plus son expression de plaisir. Il fixe ma Miari avec envie. Je n'ai qu'un désir: l'étriper ; mais je suis retenu par ma Rakukanna.

– Il ne fait que parler. Nous sommes en sécurité. Nous sommes tous en sécurité. Je suis en sécurité. Je suis avec toi et tu ne vas pas le laisser me faire du mal, ni à aucun d'entre nous. Je vais t'aider.

Je secoue la tête, la colère rougit mes crêtes. J'essaie de me concentrer puis j'annonce :

– Ixria et sa xub'Ixria vous aideront à accélérer le processus. Vous êtes congédié et vous allez quitter ce lieu de cérémonie maintenant. Krisxox va vous escorter.

Krisxox s'avance, mais hésite. Je suis surpris, jusqu'à ce que je voie la direction de son regard. Il tombe un peu plus loin, sur la femme humaine dont il a la charge celle qui porte des vêtements. Je ne sais pas pourquoi elle éprouve le besoin de cacher son corps, mais je n'ai pas le temps de m'en étonner plus longuement quand le roi de Kor fait un grand pas vers elle.

Il grogne dans un souffle et la femelle humaine se rapproche du Voraxian qui se tient à ses côtés - un des xcléranx et un mâle qui, je crois, est connu sous le nom de Tur'Roth. Le mâle s'honore et honore l'humaine en plaçant son corps devant le sien et en adoptant une position de combat. Cependant, Rhorkanterannu n'avance pas plus loin car avec audace et violence, Krisxox charge en avant et lui balaie les jambes. Le roi Niahhorru lance un juron dans la langue Niahhorru et se débat pour se libérer. Son corps est fait pour le combat. Il est fait pour se battre. C'est une espèce de guerrier jusqu'à l'os et il n'y a pas une seule partie du squelette Niahhorru qui ne soit pas mortelle, alors quand il fait un mouvement de recul avec ses bras libres, une pointe de son avant-bras inférieur gauche touche la poitrine de Krisxox.

Le sang coule, mais cela ne ralentit pas Krisxox. Il positionne l'un de ses poings sous le bras supérieur de Rhorkanterannu, lc forçant à se redresser, avant d'enfoncer son talon au centre de la poitrine de Rhorkanterannu. Le roi Niahhorru est projeté en arrière et atterrit en position accroupie.

La membrane qui protège ses yeux retombe sous le choc, de sorte que son visage se retrouve sans yeux. Sur la peau gris pâle, il n'y a plus qu'un tourbillon d'argent tacheté à la place des yeux brillants. Il secoue la tête, ouvre sa trop grande bouche et rugit son défi.

Krisxox s'élance vers l'avant mais je lui ordonne en aboyant de se calmer, ce qu'il ne fait qu'après avoir été immobilisé par trois des xcléranx. Il faut encore plusieurs moments de tension brutale avant que les deux guerriers se redressent. Finalement, Krisxox et une équipe de six xcléranx supplémentaires escortent Rhorkanterannu.

Rhorkanterannu se tourne pour regarder la femelle humaine habillée par-dessus son épaule, puis la mienne, et je sens le malaise me gagner les tripes. Son avertissement - nox, sa *menace* - pèse lourdement sur mon esprit et je baisse les yeux sur ma Rakukanna en me demandant ce que Rhorkanterannu serait prêt à faire pour sentir le poids d'une femelle délicate et compatible dans ses bras. Au fond de moi, je le sais. Il serait prêt à tout.

16

Miari

Je suis encore sous le choc après avoir assisté à l'altercation qui a eu lieu entre le grand type et les Voraxians. Et je dis bien le grand type. J'avais déjà entendu parler des pirates qui opéraient sur la planète commerciale Kor, mais toutes les images que j'avais essayé de me faire d'eux étaient fausses. Complètement fausses.

Je pensais qu'ils ressembleraient davantage aux Drakeshs qui, jusqu'à la dernière rotation, étaient les seuls extraterrestres que j'avais croisés. Mais ce n'est pas le cas. Et malgré tout ce qu'ils nous ont fait, je suis soudain étrangement, horriblement reconnaissante que ce soient les Drakeshs qui soient tombés sur notre petite lune et non les Niahhorrus.

Ils ont bien deux jambes et ils marchent debout - contrairement aux Oosas aux corps mous – mais ils sont exceptionnellement imposants. Le roi Niahhorru par exemple mesurait une demi-tête de plus que le plus grand des Voraxians et avait quelques centimètres de plus de chaque côté. Sa peau gris mat, saupoudrée d'argent là où elle durcissait, était presque entièrement constituée de plaques qui se déplaçaient et se chevauchaient les unes les autres à chaque fois qu'il bougeait. Des pointes épaisses et sombres hérissaient son dos... Ses dents ressemblaient à des éclats de verre... Il n'avait pas d'yeux du tout lorsque le bouclier protecteur s'abaissait pour les couvrir... Et ai-je mentionné qu'il avait quatre bras ?

Alors oui, même si ça semble impensable, et même si je n'aurais jamais cru que cela me ferait un jour plaisir : je me réjouis que notre colonie humaine ait été trouvée par les Drakeshs et pas par une espèce plus cruelle encore.

– Dis-moi à quoi tu penses, ma Rakukanna, susurre Raku avec son ton graveleux, suffisamment bas pour me faire frissonner.

Une vague de chaleur me fait oublier le roi Niahhorru et je lève les yeux. Notre werro est en vue maintenant.

– À la même chose que toi j'espère.

Je glapis lorsqu'il balaie mes jambes d'un coup sec et commence à courir vers notre maison. Notre maison. Nous n'avons même pas la patience d'en franchir le seuil, ce qui me fait éclater de rire.

Le corps de Xoran se heurte au mien contre la surface extérieure polie de notre werro. Il me pousse contre l'écorce et j'enlace ses hanches avec mes cuisses. Mes bras s'accrochent à son cou et je me sens complètement envahie lorsqu'il presse ses lèvres contre les miennes.

Mouvement. Chaleur. Besoin. L'obscurité se referme autour de nous et j'ouvre les yeux. Nous sommes à l'intérieur, les portes du werro se referment et nous enveloppent d'une lumière tamisée.

Sa main caresse ma joue, passe sur mes cheveux.

– Ma Miari, ronronne-t-il.

Je peux sentir le grondement dans sa poitrine qui en dit tellement plus que ces deux petits mots.

Je souris et mon stress retombe. Le choc qui a suivi la rencontre avec le roi de la planète Kor, l'appréhension à l'idée de me présenter aux dirigeants des huit autres quadrants, la crainte qu'il n'apprécie pas mon petit cadeau et qu'il ne comprenne ni ce que je ressens, ni comment les choses ont changé pour moi, tout ceci est maintenant loin derrière moi. Je soupire. Je peux maintenant simplement savourer ce moment... être moi-même.

Xoran prononce un ordre et un feu s'allume dans un petit trou creusé dans le sol. Il est entouré de coussins et de fourrures. Il m'y emmène et m'allonge doucement dessus.

Mon dos rejoint lentement la fourrure. Je le laisse détacher la ceinture qui se trouve autour de mes épaules et écarter la cape et la peau de fourrure pour qu'il puisse voir pleinement mes seins puis, lorsqu'il déchire ma jupe d'un seul coup de griffes, mon corps tout entier.

– Mon Xoran...

Il frissonne, puis me sourit et je ne peux m'empêcher de me demander s'il sait seulement que ses crêtes scintillent de toutes les couleurs. Je lève la main et touche sa joue, et avec rien de plus que la pression du bout de mes doigts sur son visage, je le guide vers moi.

– Je pense que je commence... à tomber amoureuse de toi, je murmure contre ses lèvres quelques secondes avant de me relever et de presser ma bouche contre la sienne.

Il a le goût des épices et de la boisson fermentée que nous avons bue pendant la fête. J'aime tellement ce goût que c'en est douloureux. Il n'y a rien de plus douloureux, à l'exception de la rupture de notre lien. Il se retire en respirant difficilement et il caresse ma joue avec son nez large et plat.

– Quel est ce mot... amoureuse ? Chuchote-t-il.

Je souris.

– Être amoureuse c'est ressentir de l'amour. L'amour désigne le... le summum de l'affection. Cela signifie...

J'hésite, je cherche rapidement une comparaison appropriée.

– Ça veut dire que tu es le centre de tout mon univers.

La couleur apparaît sur ses crêtes et descend le long de l'arrière de ses bras. Il déboucle rapidement sa ceinture et laisse tomber son propre pagne noir et lourd. Il se positionne face à moi. Nos sexes se touchent, je suis entourée par son corps et sa chaleur.

Quand il me regarde comme il le fait, je suis attirée par la façon dont le feu projette des ombres orangées sur les angles durs de son visage. Je ne crois pas avoir jamais vu un homme aussi beau.

– Tu es le centre de tout mon univers, Miari. J'ai cet amour pour toi moi aussi.

Il s'avance et entre en moi d'un seul mouvement qui fait exploser le liquide de mon corps. Nous gémissons à l'unisson, tous les deux surpris. Les yeux au ciel, je me mords la lèvre inférieure, mais il libère cette lèvre avec son pouce et la dévore.

Sa langue glisse contre la mienne tandis qu'il entre et sort doucement de moi, avec une lenteur qui m'empêche de penser. De respirer.

Mon corps se serre autour de lui et l'humidité qui recouvre mon clito crée la plus délicieuse des frictions chaque fois que ses hanches se rapprochent des miennes. Sa queue se tord avec la mienne et quand il passe la main derrière moi pour en saisir la base, je m'évanouis. L'orgasme me frappe comme de l'acier sur le crâne. Mes entrailles se contractent, j'ai des spasmes. Des tremblements parcourent mes jambes puis je crie le nom de Xoran au plafond de racines de werro. Mon dos se cambre et il embrasse mon cou.

Je ne pourrai dire combien de temps s'écoule mais cette expérience restera gravée à jamais dans mon corps et dans mon esprit.

Nous nous endormons, nous nous réveillons. Il entre en moi, il en sort. Je jouis mille fois et quand je cligne des yeux pour me réveiller, c'est pour sentir le sperme couler le long de mes cuisses. Je peux sentir mon ventre plein de sperme et voir mon propre orgasme qui recouvre encore les lèvres de Xoran.

Xoran et moi avons fait l'amour dans toutes les pièces de la maison et nous sommes couverts lui, de ma crème, moi, de son sperme. Pour l'heure, il dort comme un bébé à mes côtés sur le somptueux grabat recouvert de fourrure et je me dis qu'il est peut-être temps que je lui offre un des autres cadeaux que j'ai préparés.

Avec précaution, je me dégage de l'enchevêtrement de ses longs membres et je suis surprise - mais pas tant que ça – de voir qu'il reste endormi. Il s'allonge simplement sur le dos et s'étire légèrement contre les fourrures.

Après un rapide passage aux toilettes, un rapide rinçage et un rapide changement de garde-robe, je reviens dans la chambre et me place juste devant la palette à ses pieds.

Je caresse l'une de ses chevilles et lui dis doucement :

– Tax xala, Xoran. *Bonjour.*

Il ouvre ses grands yeux noirs en clignant des yeux et je vois ses muscles se tendre lorsqu'il touche la place que je suis censée occuper sur les fourrures, et la trouve vide. Ses paupières paresseuses se relèvent puis ses narines se dilatent.

Il se redresse légèrement, mais en me voyant, il se calme. Je ris. Ses crêtes brûlent d'un violet vif et je ne me trompe pas sur la façon dont la fourrure drapée sur ses hanches se soulève soudainement, comme par magie.

– Ver...verax ?

Il semble hésitant. Je ne l'avais jamais entendu hésiter auparavant et l'appréhension que je ressentais à l'idée qu'il n'aimerait pas ce cadeau s'évanouit comme la cendre qui tombe dans l'eau.

Je repousse mes cheveux en arrière et bombe un peu le torse. J'espère être bien éclairée, il doit pouvoir admirer son cadeau.

– Je l'ai fait quand tu as coupé le harnais de reproduction. Je me suis dit que c'était comme un cadeau. Tu dois me déballer.

Il se lèche les lèvres. Ses crêtes deviennent blanches et puis violettes à nouveau.

– Tu as fait ça avec le harnais de reproduction ?

J'acquiesce et je me mords la lèvre inférieure.

– Tourne pour moi.

Je souris de toutes mes dents, mais je fais ce qu'il dit, tournant en un cercle lent pour qu'il puisse voir la façon dont j'ai refaçonné les morceaux de soie détruits du harnais de reproduction en une série de ceintures qui tombent sous mon derrière, s'enroulent autour de mon ventre, traversent mes seins et finalement s'attachent autour de mon cou. C'est comme si je portais un collier. Plusieurs colliers.

Je me retourne. Il est si surpris que je ne peux m'empêcher de rire à nouveau. Le monde entier semble léger et pétillant autour de nous.

Il croise deux de ses doigts vers moi. Les deux plus petits. Je suppose que cela signifie que je dois m'avancer ? Je le fais, et je me faufile lentement entre les fourrures. Je me glisse entre ses jambes et retire avec soin le tissu de son corps.

Mes mains se posent sur ses cuisses et il reste sans voix alors qu'elles remontent lentement. J'atteins sa bite, mais au lieu de l'attraper, je la touche doucement et très lentement.

Un gémissement sombre sort de sa gorge. Sa tête tombe en arrière, mais il la relève avec les yeux bridés, comme s'il devait juste regarder. Je ris et me penche en avant, puis je souffle. Mon souffle est très léger et effleure sa bite.

Je suis si proche de son sexe que je peux voir chaque crête et faire glisser mes doigts sur chacune d'elles. Il y en a six, et elles grossissent au fur et à mesure que je remonte vers l'extrémité de son sexe. Celle qui se trouve juste sous la tête en forme de champignon est plus grosse qu'une articulation - la sienne, pas la mienne - et son gémissement fait trembler toute la maison lorsque je dessine avec mon doigt de petits cercles autour et au-dessus.

Je me penche encore plus vers l'avant et j'étire ma langue vers le bout fendu de sa queue, pour le mouiller. Il gronde et tremble. Son bras se tend vers moi, puis se transforme en poing. C'est comme s'il ne voulait rien d'autre que me forcer à lui donner du plaisir, mais qu'en même temps, il ne pouvait pas ou ne voulait pas. C'est comme s'il aimait la torture que je lui infligeais.

Je le lèche un peu plus, goûtant et embrassant son sexe jusqu'à la base, couvrant chaque centimètre salé. Il est lisse au niveau de la tige et légèrement plus rugueux sur les crêtes. J'imagine que si une femme était sèche, ça ferait très mal, mais je ne suis jamais sèche quand il me pénètre. Quand il m'envahit.

En me déplaçant un peu plus vers ses genoux, je crache sur sa bite. Il sursaute, surpris par l'action. Je dois avouer que je suis un peu gênée aussi mais je suis tellement excitée que je ne m'arrête pas.

Le harnais de reproduction que j'ai créé glisse autour, plutôt que sur, les lèvres de ma chatte. Je pense que je pourrais jouir rien que par la pression des liens qui me serrent comme ça.

Je laisse tomber ma bouche sur ses couilles et les embrasse toutes les trois de la même manière, tout en faisant courir ma main de haut en bas de sa longue tige. Ma tête oscille et le harnais de reproduction fait pression sur l'extérieur de mon monticule, il le comprime, le serre fort.

Je commence à transpirer. J'ai de plus en plus chaud. Je n'en peux plus. Je passe une jambe sur la sienne et je commence à me frotter désespérément dessus. J'essaie d'utiliser le frottement de son tibia pour me faire jouir.

Mes lèvres se serrent alors qu'un spasme soudain me fait craquer. Je gémis fort et ses couilles vibrent dans ma bouche. La pression dure et délicieuse de son tibia couvert d'une plaque allume un éclair en moi.

Au même moment, il hurle mon nom au plafond et, quelques secondes plus tard, je sens un sperme chaud, couleur d'encre, gicler sur ma main, tomber lourdement dans mes cheveux et dégouliner de mon front sur mon visage.

Je me lève et commence à l'essuyer, mais Xoran se redresse d'un coup sec et m'attrape les poignets. Il tend la main vers mon visage et passe un doigt sur ma joue, étalant le sperme à cet endroit pour qu'il me recouvre encore plus.

– Xoran, qu'est-ce que tu fais ? je lui demande en riant.

Il ne me répond pas. Il est en transe. Ses yeux fixent sans ciller et ses crêtes ondulent de violet et de noir, ces couleurs révèlent quelque chose de sombre et de possessif.

Il me tire brutalement et m'allonge au centre de la palette. Il aligne mon corps avec le sien et lentement ses doigts se déplacent sur mon visage et le long de mon cou. Il masse et répand sa semence sur moi jusqu'à ce qu'il atteigne mon nombril et que le liquide bleu s'écoule. Visiblement, cela l'ennuie et quand il se déplace sur moi, c'est avec détermination.

Il glisse en moi et je suis choquée qu'il soit à nouveau dur si rapidement. Je halète, mais la sensation ne dure pas. Il grogne et se retire complètement. Sa main atteint sa bite et il la pompe seulement deux fois avant que le sperme ne jaillisse du bout et ne tombe sur mon ventre.

Il tient sa queue et la frotte vigoureusement en murmurant des mots que les traducteurs ne parviennent pas à traduire. Sa semence tombe sur mes hanches et coule entre elles à travers mes plis. En se concentrant sur cet endroit, il fait glisser la tête de sa bite sur mon sexe. Ses mouvements sont délicieusement lents et accompagnés de mots que je n'ai jamais prononcés et dont je ne connais pas le sens. Je ne m'en soucie pas. Tout ce que je veux, c'est qu'il continue.

– Sang de lune, gémis-je à bout de souffle, c'est si bon, Xoran... je vais... je vais... je vais jouir...

Je jouis. Je craque sous cette légère pression et presse mes doigts sur ses épaules juste pour trouver la force de chevaucher la prochaine vague. Et la suivante, et celle qui vient ensuite...

Son souffle chaud grogne dans mon oreille alors que son corps s'effondre sur le mien.

– Nox. Ce n'est pas seulement bon. C'est tout.

Sa bite s'enfonce à nouveau en moi et elle est toujours aussi dure que la première fois où nous étions ensemble. Il est véritablement infatigable, ou, si ce n'est pas le cas, sa capacité à remettre le couvert est hors du commun.

De mon côté, je peux à peine me relever mais ça tombe bien car il ne me laisse pas bouger. Il coince mes épaules sous ses mains et me baise avec une frénésie inégalée.

Chaque fois que j'essaie de rapprocher mes cuisses, il grogne et les écarte à nouveau. Je ne peux faire qu'une chose : crier de plaisir orgasme après orgasme. Et il ne s'arrête pas. Ce n'est que le début. Le monde aurait pu prendre feu autour de nous que ça n'aurait rien changé. Nous sommes enflammés, nous nous consumons déjà.

Il jouit à l'intérieur de moi, et partout ailleurs. Il veut sentir ma bouche. Il veut sentir ma chatte. Il me veut moi. Il me veut avec la même passion que les garçons de la colonie désiraient Kiki. Je n'ai jamais pensé pouvoir être adulée ainsi. Je le désire aussi. Je le désire assez fort pour brouiller les limites du temps

Je ne lui refuse rien et ce n'est qu'après des éternités que je sens son corps commencer à ralentir et s'éteindre. Je ris désespérément, car il essaie malgré tout de continuer à plonger ses hanches vers les miennes, même si son corps n'a plus rien à donner. Finalement, il expire en tremblant dans mes cheveux. Ses hanches sont immobiles. Il ne bouge plus.

– Ton xora est toujours en moi.

La voix qui s'échappe de ma bouche n'est pas la mienne. Comme le reste de mon corps, elle est fatiguée, ténue.

– Hexa. Il y restera.

Il fait une pause et se penche sur moi pour effleurer ma joue de ses lèvres. Il mord le lobe de mon oreille et y murmure :

– À moins que ça ne te gêne ? Veux-tu que je retire mon xora de ton monticule de reproduction ?...

Par tous les soleils...

– Nox, non.

Qu'il reste en moi !

– Mais tu es humaine. Tu as besoin de te nourrir trois fois par jour. Tu ne t'es pas encore nourrie. Puis-je te nourrir, ma Miari ?

Je ne peux m'empêcher de frissonner. Il dit mon nom avec un soupir et une caresse. Mon estomac choisit ce moment pour gronder, en moins de temps qu'il ne faut pour le dire, il se lève et quitte nos fourrures.

Titubant jusqu'à la porte, il s'arrête quelques instants pour me pointer du doigt avec un air menaçant.

– Ne te lave pas ou je vais être obligé de recommencer.

Ma chatte frémit à cet ordre et je gémis en serrant mes cuisses l'une contre l'autre. J'ai beau être endolorie, en sueur et bien baisée, je réalise que le ronronnement dans ma poitrine est fort et que s'il le voulait, je pourrais recommencer.

Je me redresse lorsqu'il revient, se glisse dans notre couche et me tend un plateau couvert de viandes froides, finement tranchées, de délices pliés à plat et de blocs de quelque chose de séché qui pourrait tout aussi bien être à base de produits laitiers que de pain ou d'une sorte de noix. Je n'en ai aucune idée. Tout ce que je sais, c'est que j'ai besoin d'énergie et que j'engloutis rapidement quelques-uns de ces aliments épicés et sucrés.

Entre deux bouchées, je me demande où est passé le harnais de reproduction puis la mémoire me revient. Il l'a déchiqueté vers la fin de notre folle soirée. Je ris, sans m'en soucier le moins du monde.

Il sourit, mais le sourire n'atteint pas vraiment ses yeux.

– À un moment donné nous devrons nous accoupler dans le harnais si nous voulons avoir un petit.

Je finis de manger puis je me tourne alors vers lui et pose le plateau de côté.

– Nox, nous n'en avons pas besoin. Les Humains sur notre planète se reproduisent sans le harnais. Peut-être qu'il en sera de même pour nous.

– Verax.

Prise d'une soudaine inspiration, je lève une jambe sur ses hanches et m'abaisse sur son érection en gémissant.

– Hexa.

Il jette un coup d'oeil à la connexion entre nos corps et me dit :

– Même comme ça ?

Il semble choqué par l'idée.

J'appuie mes avant-bras sur ses épaules et l'embrasse doucement sur les lèvres. Il me remplit entièrement et même s'il m'a déjà prise une douzaine de fois, il me faut encore un moment pour m'habituer à cette nouvelle plénitude, à cette nouvelle sensation exquise.

– Hexa.

Je halète maintenant.

– Même comme ça… je répète.

Sa respiration est saccadée et il semble lutter pour bouger. Finalement, ses doigts griffus s'enfoncent dans mes hanches charnues et il commence à guider le mouvement, à me soulever et à me faire descendre.

– Alors… je vais te prendre plusieurs fois pour… pour augmenter nos chances.

J'ai les bras autour de son cou et ma réponse est étouffée.

– Tu m'as déjà prise plusieurs fois.

– Ce n'est pas suffisant. Nous ne nous arrêterons pas, pas avant que nos devoirs en tant que Raku et Rakukanna ne commencent demain. Pas avant la première rencontre. Je ne m'arrêterai pas. Je ne peux pas m'arrêter.

Et il tient sa promesse. Il ne peut pas s'arrêter. Je ne peux pas m'arrêter. Nous laissons la fièvre nous emporter à travers le solaire et la lune qui suit. Secouée par sa passion, par mon désir, je me demande s'il est possible de mourir de trop de bonheur, même d'une goutte de trop, ou s'il est possible de vivre dans cette goutte pour le reste de l'éternité. J'aimerais essayer, quel que soit le résultat.

17

Xoran

Ce n'est pas suffisant. Ce ne sera jamais suffisant. Et pourtant, alors que c'est impossible : je suis satisfait.

Cela ne fait que cinq solaires mais j'ai l'impression qu'elle a été à mes côtés pendant toutes mes rotations. En même temps, elle ne cesse de me surprendre et elle ne cesse de repousser mes limites.

Le solaire précédant notre départ pour notre première rencontre avec Xa'Raku, une rencontre au cours de laquelle nous avons entamé des discussions sur les femelles humaines et leur installation, ma Miari m'a offert son troisième et dernier cadeau. Ses deux premiers cadeaux m'avaient bouleversé : l'univers miniature a maintenant sa place sur une étagère dans notre chambre à côté du harnais de reproduction qu'elle avait enroulé autour de son corps.

Son troisième cadeau m'a complètement fasciné.

Pendant les quelques solaires où elle était séparée de moi, elle a réussi à transformer le werro-chambre d'amis en un laboratoire de fortune, dans lequel elle a associé un filament de Droherion à une dague en verre noir. J'avais utilisé une dague de ce type pour lui sauver la vie sur sa lune humaine, mais la dague qu'elle a créée ne se contente pas de couper la chair d'une bête aussi coriace que le khrui, elle la dissout. Si je l'avais eue sur sa lune lorsque je combattais les khruis, j'aurais été capable de les tuer en quelques instants et en quelques coups seulement.

Un peu plus tard, Tri'Herion m'a appris qu'il avait demandé à ma Rakukanna, avec les xub'Herions, de les aider à améliorer la conception de ce dispositif et de l'adapter à des armes encore plus grandes – comme des épées - pour créer une toute nouvelle génération d'outils de combat.

Même les ma'Renar ont été fascinés par l'idée et ont demandé à Tri'Herion et à ma Rakukanna s'il était possible de réutiliser ce dispositif dans de nouveaux ustensiles de cuisine plus efficaces.

Je n'aurais pas pu être plus fier. Lorsque ma Rakukanna m'a dit, après notre première rencontre avec Xa'Raku, qu'elle aimerait demander à l'humaine Svera de prendre en charge tout ce qui concerne les Humains, j'ai été empli de fierté. Plus que je n'aurais pu l'imaginer.

Elle n'est pas seulement intelligente et capable, elle est aussi sage. Seul un souverain sage est conscient qu'il n'en sait pas assez, et seul un souverain sage est assez humble pour demander l'avis des autres. Ce que je ne fais pas assez. En quelques solaires, j'ai déjà tant appris d'elle.

Pour l'heure, je prends sa main et j'embrasse sa paume. En l'abaissant sur l'accoudoir de son trône de racines werro, je ne la lâche pas, mais je m'engage dans cet acte qu'elle appelle se tenir la main. Je l'appelle le lien. Et j'aime beaucoup ce lien. Si je ne la touche plus - même un instant - le monde devient sombre.

– Xa'Raku, nous sommes honorés de vous recevoir, dis-je alors qu'une petite procession entre dans la pièce, Xa'Raku en tête. Ainsi qu'Islu'Raku, Roth, Lemoria, Svera...

Je bute sur ce dernier nom. Je n'aime pas prononcer son nom d'esclave à voix haute, et je ne sais pas vraiment comment le prononcer. Krisxox se hérisse au son du nom de la femelle humaine, probablement aussi mal à l'aise que moi.

– Et Krisxox.

J'incline la tête vers chacun d'eux à tour de rôle, même si Svera est toujours techniquement une prisonnière. Son procès, cependant, n'est pas une priorité. Loin de là. L'autre traîtresse baigne toujours dans le bassin merillien et Va'Raku se tient honorablement à ses côtés. La priorité c'est Peixal, qui attend toujours son jugement.

Les membres qui entrent dans la salle de guerre prennent les chaises qui leur sont destinées. J'attends un long moment qu'ils soient tous installés, puis je commence :

– Nous sommes réunis pour prononcer un verdict concernant Peixal et la colonie humaine. J'aimerais que chacun d'entre vous fasse un rapport détaillé de ce qui s'est produit depuis notre dernière réunion. Roth, comme vous êtes responsable de la sécurité interne de Voraxia, j'aimerais que vous preniez la parole en premier. Quel est le statut de notre xub'Raku déchu et quelles sont les mesures préventives qui ont été prises par les xcleranx et vous ?

Roth se lève et tend les avant-bras en signe de salut du guerrier. C'est un signe de respect ultime d'un guerrier à l'autre. Je lui rends la pareille.

– Concernant Peixal, toutes les précautions ont été prises. Il a été isolé des communicateurs et l'accès aux quais d'Ixiria lui a été interdit. Il ne pouvait communiquer qu'avec vous, mon Raku, et avec un xub'Raku. Le xcléranx qui le surveille est l'un des êtres les plus féroces de Voraxia, après vous bien sûr, dit-il avec une légère inclinaison de la tête vers Krisxox d'abord, puis vers moi.

Je ne suis pas offensé. C'est de force physique dont il est question ici et les prouesses de Krisxox sont connues.

– Où qu'il soit, il est toujours accompagné, reprend-il. Personne ne lui adresse la parole. Ils ne peut manipuler personne. Les guerriers sont tous loyaux. Il est totalement contenu, Raku, Rakukanna.

Il s'assied et j'acquiesce puis je tourne mon regard vers Islu'Raku. L'Islu'Raku de Cree prend alors la parole.

– Xhen'Raku a été envoyée à Cxrian dès que vous avez rendu le verdict final lors de notre dernière assemblée. Elle a rencontré les xub'Bo'Rakus et les a informés de la trahison de Peixal. Il y a de l'agitation à Cxrian. Il était très aimé là-bas par ses xub'Bo'Rakus mâles et les xcléranx qui avaient l'habitude de participer à la Chasse. Ils ont peur qu'on leur interdise de s'approcher des femmes humaines.

– Ils ne s'approcheront plus d'elles, coupe ma Rakukanna d'une voix cinglante.

Son intervention est contraire aux règles de ce type de conseil, mais contrairement à nous, qui possédons des crêtes nous permettant d'être relativement contenus, son tempérament humain n'est pas ainsi modéré et je lui pardonne ses propos. Toutefois, je lève la main pour exiger son silence.

– J'ai clairement fait savoir que la cérémonie de la Chasse ne se déroulerait plus selon le pacte forcé que les Bo'Rakus passés avaient conclu. Cependant...

À ce moment-là, je me montre bien plus prudent dans le choix de mes mots que je ne l'aurais été quelques solaires auparavant. Cette pensée fait tressaillir ma bouche, je ressens un plaisir que je ne peux exprimer. Pas ici, pas dans la salle de guerre. *Xok... qui suis-je maintenant ?* Nox. *Qu'a-t-elle fait de moi ?*

Je poursuis en reprenant une attitude plus en accord avec le lieu dans lequel je me trouve :

– Ma Rakukanna et moi avons convenu que les interactions entre nos deux espèces peuvent être bénéfiques pour les Voraxians et les Humains...

Ma Rakukanna me lance un regard noir. J'ai énoncé devant elle des conditions sur lesquelles je ne reviendrai pas.

– Nous gardons en effet l'espoir qu'un plus grand nombre de femelles humaines et de mâles voraxians s'avéreront compatibles et qu'une génération de descendants naîtra d'eux. Il s'agira d'une progéniture *saine* née de relations *saines*, qui respectent les normes *humaines* d'accouplement, précise-t-elle.

Son ton n'est pas approprié et je lui lance un regard furieux. Je sens mon xora se dresser à l'idée de la punition que je vais lui réserver.

– Svera fera un rapport sur ce qui vient d'être dit afin de nous permettre de comprendre et de respecter les normes humaines d'accouplement, j'ajoute d'un ton bourru. Merci Islu'Raku. Ma Rakukanna est fière de toi et n'a pas voulu s'emporter.

– Oh... Peste d'étoiles, maugrée-t-elle.

Je lui serre la main fermement et elle se calme. Elle *sait* bien qu'elle ne doit pas s'excuser. Elle *sait* bien qu'il ne faut pas interrompre. Alors, *hexa*, ce soir, elle sera punie.

Elle me regarde du coin de l'œil, se mord la lèvre inférieure et baisse le regard en signe de contrition. *Hexa, mon petit univers. Ce soir, je te donnerai une punition que tu n'es pas prête d'oublier.* Je fais de très légers mouvements, bien que dans ma poitrine mon Xanaxana ronronne assez fort pour attirer l'attention.

Personne ne bouge à part Krisxox. Visiblement embarrassé, il se déplace sur son tabouret de racine de werro. Il n'a jamais été à l'aise dans la salle de guerre. Les rares fois où il a participé aux discussions qui s'y déroulaient, c'était pendant la guerre des trois rotations qui s'est terminée il y a seulement trois rotations. Je venais juste d'être nommé Raku et les Niahhorrus pensaient qu'ils pourraient utiliser le changement de direction pour attaquer Xixix, une des plus petites planètes de ma constellation, et me la prendre.

Ils avaient tort. Krisxox a joué un rôle clé dans l'élaboration de la stratégie que nous avons utilisée pour abattre leurs plus grands vaisseaux de guerre. Il était tout aussi mal à l'aise dans la salle de guerre à l'époque qu'il l'est maintenant. Un contraste total avec la femme humaine assise à côté de lui.

Elle attend que je croise directement son regard, et quand je le fais, elle me le rend avec assurance. Puis elle se lève prestement, laissant ses jupes danser autour d'elle, bien droite au centre de ce tourbillon.

Tous ceux qui sont présents la regardent – y compris Krisxox, qui se tient tranquille sur son siège à l'instant où elle se met debout. Je vois alors ce dont je n'aurais pas pu me douter : ma Rakukanna n'a pas demandé à cette Svera de la conseiller parce qu'elle a peur de faire une erreur, elle l'a invitée parce que Svera est la mieux placée pour le faire. Elle a tout d'une meneuse. Ce qu'elle confirme lorsqu'elle prend la parole :

– Merci, Raku et Rakukanna. Vous m'honorez en me recevant ici. Ma Rakukanna et moi-même avons eu l'occasion de discuter de la proposition de Raku et nous reconnaissons qu'il y a des avantages à avoir des accouplements inter-espèces impliquant les Humains, les Voraxians et les Drakeshs. Nous pensons que la meilleure façon de permettre aux uns et aux autres d'y trouver leur compte est de créer des espaces où de petits groupes d'Humains pourront rencontrer les Voraxians en toute sécurité. Nous sommes sûres qu'il vaut mieux inverser la dynamique qui a été établie par tant d'années d'invasions Drakeshs. Ce que je veux dire, c'est que nous aimerions que ce soit les Humains qui visitent les planètes de Voraxia, plutôt que de faire venir les Voraxians dans la colonie humaine comme s'ils venaient admirer des animaux en cage. Nous avons également estimé qu'il était préférable de leur montrer des endroits très différents de la colonie lunaire, aussi loin que possible de Cxrian et des autres planètes où l'on peut trouver des Drakeshs. Les Humains ont en effet été traumatisés par leur rencontre avec les Drakeshs.

Svera ne s'en est pas aperçue car elle ne le regarde pas, mais ses propos ont provoqué une soudaine éclaboussure de couleur sur les crêtes de Krisxox. Elles pâlissent, et bien que les motifs de couleur ne soient pas identiques à ceux des Voraxians, je connais assez bien Krisxox pour savoir qu'il est troublé par les paroles de la femelle humaine. Je ne comprends pas la couleur, mais avant que je puisse en saisir le sens, elle a disparu.

– En faisant cela, poursuit Svera, nous donnons l'impression que les Voraxians font amende honorable, sont en quelque sorte sanctionnés pour toutes ces années d'abus. Pour les Humains, ce sera comme une reconnaissance bien méritée des torts qui leur ont été faits et la promesse d'un nouveau départ. Lorsqu'ils se rendront dans le Quadrant 4, les Humains auront l'occasion de goûter, de voir et d'expérimenter tout ce que Voraxia a à offrir, tout en ayant des opportunités exclusives de rencontrer des Voraxians de toutes sortes. Les rencontres, et éventuellement, les fréquentations plus poussées, peuvent se dérouler lors de ces visites prolongées sans que les Humains ne ressentent aucune pression, et les Voraxians intéressés devront suivre une formation interculturelle, tout comme les Humains. La Rakukanna et moi, avec l'aide d'un expert culturel et d'un scribe voraxian, nous sommes les mieux placées pour rédiger un guide à destination des deux espèces. Et je tiens à ajouter que si vous l'acceptez, nous souhaiterions que des hommes *et* des femmes participent à ces voyages. Les femelles humaines ne représentent que la moitié de ce que la colonie humaine a à offrir. Nous pourrions découvrir, si on les teste, que les hommes humains et les femelles voraxianes sont tout aussi compatibles. D'ailleurs, nous avons décidé, avec Lemoria, qui n'était pas tout à fait d'accord au départ, qu'il vaut mieux laisser les choses se faire naturellement plutôt que de chercher à tester Humains et Voraxians.

Elle jette alors un regard timide à Lemoria et les crêtes de mon éminente guérisseuse se mettent à rougir. Le visage de Svera rayonne tout de même de l'expression du plaisir. La jeune femelle humaine continue :

– Notre seule préoccupation est la suivante : comment créer des espaces sûrs et accueillants pour ces rencontres sur les planètes voraxianes, sans avoir recours à un grand nombre de forces de sécurité et, en même temps, sans prendre le risque que des femelles soient enlevées par des mâles trop zélés ? Il y a aussi l'épineux problème de la sélection : comment choisirons-nous les Humains de la colonie qui participeront à ce programme ? Notre Rakukanna voudrait s'assurer que les femmes qui ont survécu à la Chasse et les familles des femmes qui n'ont pas survécu, aient le droit de refuser. Je crois qu'il serait logique de déterminer avec les Humains comment structurer cet arrangement. Si vous me le permettez, je serai plus qu'heureuse de me rendre dans la colonie humaine pour exposer tout ceci au Conseil d'Antikythera qui y règne.

Ma Rakukanna intervient.

– J'ai demandé à Svera d'être ma conseillère et d'officier comme agent de liaison entre nous et la colonie humaine, elle a accepté ce double poste. Je pense qu'il faudrait qu'elle ait un logement sur les deux planètes.

Je hoche la tête.

– Bien sûr. Cependant, j'exige toujours qu'elle soit protégée à tout moment. Au moins jusqu'à ce que la situation se soit stabilisée. Je suis conscient que notre général en chef, Krisxox, ne devrait pas remplir les fonctions d'un xcléranx, et je suis certain que nous pouvons trouver quelqu'un d'autre pour le remplacer. Svera pourrait venir vivre ici, à la capitale.

– Si je peux me permettre, Raku, dit Svera en levant doucement et avec déférence sa petite main. Je préfère rester à Qath, si cela ne vous dérange pas. Et l'un des xcléranx,

Tur'Roth, se trouve dans la région et a été assez aimable pour proposer d'être mon garde du corps en l'absence de Krisxox...

Krisxox, qui ne parle jamais dans la salle de guerre à moins d'être interrogé ou à moins qu'*on lui ordonne* de le faire, me surprend alors. Il bafouille sauvagement et s'appuie sur son coude pour s'asseoir de travers sur son siège.

– Pourquoi tu parles de Tur'Roth ?

Comme il n'a pas de traducteur, il oblige Svera à se répéter en voraxian. Elle ne maîtrise pas ma langue, mais elle la parle assez bien pour être comprise. Je suis impressionné, et je le suis encore plus quand la petite humaine lève les yeux au ciel après l'intervention de Krisxox. À côté de moi, ma Rakukanna ne peut s'empêcher de glousser et ne parvient pas à le dissimuler.

Pendant que la petite Svera parle, les mains de Krisxox s'agrippent avec violence aux accoudoirs de sa chaise. Il n'attend même pas qu'elle ait fini et s'écrie d'une voix cinglante :

– Non, je ne suis pas d'accord.

Je regarde le corps de la petite Svera se crisper. Sa colonne vertébrale se raidit et elle déglutit bruyamment. Elle tend la main vers sa poitrine et s'agrippe à une série de pendentifs en métal et en bois qui pendent à son cou.

– Je ne pense pas que ce soit à toi de décider.

Les crêtes de Krisxox s'enflamment et je sens la colère m'envahir aussi. Mon chef tacticien *devrait savoir* se tenir. Son comportement ici est sans précédent et inacceptable. Comment peut-il intervenir au cours d'une réunion d'une importance primordiale sans raison ? Où est donc son *honneur* ? Svera est peut-être une traîtresse, mais elle a été convoquée ici par la Rakukanna et se comporter comme il le fait en notre présence, nous déshonore tous.

J'ouvre la bouche pour parler, et je m'apprête à faire savoir ce que je pense de l'attitude du guerrier. Toutefois, avant que je puisse le faire, ma Rakukanna sauve Krisxox et pose sa main sur mon bras. Elle serre.

– Svera, dit ma Miari d'une voix calme et apaisante, nous sommes encore nouvelles sur cette planète et Krisxox est l'un des combattants les plus expérimentés ici. Il a été chargé de ta protection. S'il a une solution alternative, alors nous devrions peut-être le laisser s'exprimer. Krisxox, vous semblez avoir un avis tranché sur la question. Dites-nous maintenant pourquoi ce n'est pas une solution acceptable, dit-elle en utilisant les mots et le ton d'une Rakukanna.

Je suis impressionné. Nox. Je suis sidéré. Je ne m'attendais pas à ce qu'elle soit capable de faire preuve de ce niveau de diplomatie - elle n'est pas une diplomate née, comme l'était le fils de mon Raku avant moi, mais la voilà qui tient tête à l'un de mes plus féroces guerriers et amis, sans donner l'avantage aux siens, pour le bien commun. Ma Rakukanna a raison sur tous les points.

Krisxox se penche en avant dans son siège et ses crêtes clignotent d'une couleur troublante et surprenante qui n'est pas assez visible, ce qui me laisse seulement deviner ses pensées. *Que veut-il* ? Surveiller la traîtresse – la conseillère - n'est pas digne de son rang mais ce serait un honneur pour Tur'Roth. Non seulement Tur'Roth serait capable de le faire , mais en plus, c'est Svera qui le réclame.

– Elle doit rester sous ma protection.

Le visage de Svera s'illumine d'une couleur que je n'ai jamais vue sur ma Rakukanna. Son teint brun laiteux se transforme en un rouge soudain furieux et féroce. Je me redresse sur mon siège. Est-ce la couleur de sa violence ? Va-t-elle l'attaquer ?

Je jette un coup d'œil à ma Rakukanna, mais l'inquiétude dans son regard est dirigée vers moi maintenant. Je me sens encore plus troublé. Je n'aime pas voir ma Miari inquiète.

– Krisxox, votre offre est généreuse, commence lentement ma Rakukanna, mais Raku soulève un bon point. Nous avons besoin de vous pour la stratégie de combat et pour l'entraînement des guerriers. Qath possède le plus grand centre d'entraînement de Voraxia, si je ne me trompe pas. Veiller sur Svera est indigne de vous. Et Svera est à l'aise avec Tur'Roth. Sans doute vaudrait-il mieux qu'il soit son garde du corps.

Il fait claquer sa langue contre ses dents et siffle :

– Non. Tout ceci est sans importance. C'est avec moi qu'elle sera le plus en sécurité. Et elle aura besoin de cette protection maintenant plus que jamais si elle doit être une conseillère pour le Raku et la Rakukanna, et une intermédiaire entre les Humains et la civilisation.

Ses crêtes deviennent noires et il frappe son poing contre son siège en racine de werro. La fureur s'empare de moi. Je tape du poing sur la table, exigeant silence et obéissance.

– Choisis bien les mots que tu emploies et contrôle tes crêtes lorsque tu t'adresses à la Rakukanna, ou à quiconque dans cette pièce. Redresse-toi, et cesse de faire des caprices.

Les crêtes de Krisxox s'enflamment de honte. Il se redresse sur son siège et baisse profondément la tête. Il garde cette position un long moment avant de murmurer :

– Je m'oublie, Raku. Veuillez m'excusez.

Son remords est sincère mais il ne concerne pas la femelle qui se trouve à mes côtés. Il hait et méprise tous ceux qui ne sont pas Drakeshs et pourtant, il veut à tout prix protéger cette femelle humaine.

– N'as-tu rien à dire à la Rakukanna ?

Il répète son mouvement et ses mots à Miari à côté de moi, mais il hésite.

– Assez, Krisxox ! Tu devras faire face au xclern pour un tel déshonneur !

– Hexa. J'accepte.

À le voir, j'ai l'impression qu'il était plus facile pour lui d'accepter des coups de fouet que de faire des excuses à ma Rakukanna hybride mi-Drakesh, mi-humaine. Ce ne sera pas la première fois que je dois le punir pour un comportement insubordonné, mais c'est la première fois que cela me met véritablement en colère. Nox, je ne suis pas seulement en colère, je suis... déçu.

– Je suis désolée, déclare Svera, qui tient des propos qui auraient dû être ceux de Krisxox. Je ne voulais pas causer de problèmes, et je m'en excuse sincèrement. J'ai juste... pensé que ce serait plus facile pour tout le monde si je prenais de nouvelles dispositions pour moi-même. Si ce n'est pas le cas, alors je suis heureuse de m'en remettre à Krisxox.

Ses mots sont un peu hésitants. À mon avis, elle ne les pense pas.

– Mais j'aurai toujours besoin d'un autre endroit pour dormir... ajoute-t-elle.

Krisxox s'insurge, sa bouche et son nez se contractent tandis qu'il rétorque :

– Mon appartement est plus que suffisant. Tu resteras dans la chambre que je t'ai fournie.

Elle s'énerve et c'est la première fois qu'elle ne parvient pas à se contenir. Le rouge de ses joues semble se renforcer, mais je comprends maintenant que ce n'est pas le prélude à une attaque, même si je trouve cela inquiétant.

Dans ma périphérie, je peux voir Roth et Islu'Raku se tenir sur leurs gardes. Lemoria semble moins préoccupée, mais c'est peut-être uniquement parce qu'elle a passé plus de temps avec cette femelle humaine.

– Krisxox, avec tout le respect que je te dois, je ne suis pas à l'aise chez toi. Tu m'as clairement fait comprendre que tu n'es pas à l'aise avec ma présence ici non plus. Et nous... nous ne sommes pas mariés ! Il y a une chaumière libre à côté de celle de Tur'Roth. J'ai déjà obtenu la permission du Demi pour y rester.

– Mariés ? Qu'est-ce que c'est ? s'écrie Lemoria.

Il est clair que cette conversation la fascine car elle est penchée en avant sur ses genoux, ses longs cheveux noirs effleurent le sol de terre battue sous nos pieds.

Svera rougit encore plus et bientôt des taches rougeâtres consument son cou et ses bras.

– C'est... une union. Comme celle que le Raku et la Rakukanna ont réalisée pendant la cérémonie à laquelle nous avons assisté. Les humains comme moi... ou juste moi et certains autres qui vénèrent le Triple Dieu, nous croyons qu'il ne faut pas vivre dans la même maison que quelqu'un qui pourrait être un partenaire potentiel avant cette cérémonie.

– C'est fascinant, affirme Lemoria, pensive.

– Pfff, c'est sans importance, dit Krisxox. Nous ne serons jamais partenaires, donc ça n'a pas d'importance.

– Raison de plus pour que je ne reste pas chez toi, expire-t-elle, exaspérée. Cela rend les femmes avec qui tu couches mal à l'aise et cela réduira tes chances de trouver un jour ton âme soeur Xiveri. Je les ai entendues poser des questions sur moi quand tu les amènes chez toi.

– *Des* femmes ? Vous couchez avec *des* femmes... au pluriel... quand Svera est là ? Dans la maison ?

Ma Miari se lève maintenant et je sens que nous nous éloignons dangereusement du sujet.

Je me lève avec elle et je lève les deux mains, furieux de ressentir la douleur de la perte lorsque nos mains se séparent. C'est de la faute de Krisxox et c'est une raison de plus pour le faire fouetter.

– S'il vous plaît. Ce n'est pas une conversation pour la salle de guerre. Svera restera sous la protection de Krisxox et dans sa maison. Krisxox fera tout pour que Svera soit plus à l'aise dans sa maison, et si nécessaire, il lui préparera un espace séparé avec sa propre entrée afin de maintenir l'intimité que son Triple Dieu exige d'elle, ou alors il s'abstiendra de s'accoupler avec d'autres femelles tant que Svera restera sous sa responsabilité. À toi de choisir Krisxox.

J'indique à chaque conseiller de ma salle de guerre, du regard, que ce point est clos avant poursuivre.

– Lemoria, votre rapport.

Lemoria, dont la bouche est toujours ouverte, brosse ses jupes et relève le menton. Sa poitrine est nue, comme celles de toutes les femelles de Voraxia - à l'exception de Svera. Je me demande si c'est une autre demande de son Triple Dieu. Si c'est le cas, je suis à la fois déconcerté et reconnaissant que Miari ne vénère pas le même Dieu. J'aime poser les yeux sur sa poitrine exposée.

Il me faut faire appel à toute ma volonté pour empêcher mes yeux de se concentrer sur ses monticules lisses et parfaits et sur les pointes rouges plus sombres qui les surmontent. Ces petits bourgeons semblent presque perpétuellement dressés et je sais que cette raideur est le signe de son excitation.

J'ai envie de tendre la main et d'en toucher un, d'y frotter tendrement ma griffe, de la sentir déployer sa poitrine et inspirer par petites bouffées comme elle le fait quelques secondes avant que ses paupières ne vacillent et que ses cuisses ne s'écartent. Elle s'ouvre à moi et il n'y a rien de plus doux. Lemoria me rappelle mes obligations en prenant la parole :

– Hexa, mon Raku. J'ai testé les anatomies humaines et hybrides de Svera et de notre Rakukanna et j'ai déterminé que notre Rakukanna a plus de traits féminins humains que de traits drakeshs. Elle devrait donc passer par un cycle de gonflement similaire aux Humains quand elle aura un petit.

Je m'assieds pour me contenir. Si je ne le faisais pas, je me tournerais vers ma Rakukanna et la tirerais sur mes genoux, ou mieux encore, je l'allongerais sur le sol et je la baiserais sans fin.

– Continuez.

Il s'en faut de peu pour que ma voix trahisse mon état. Je suis tendu, excité déjà à cette idée, et lorsque ma main cherche à tâtons l'accoudoir du trône de la racine de werro, Miari prend ma grande paume dans la sienne.

– Le période de fertilité voraxiane se produit trois fois par rotation alors que le cycle humain permet aux femelles humaines d'être fertiles entre vingt-huit et trente-quatre fois par rotation.

La surprise trace les mêmes filaments blancs sur les crêtes de Krisxox, d'Islu'Raku et de Roth. Et je suis sûr qu'elle éclaire aussi les miennes. Je ne parle pas, mais mon cœur commence à battre la chamade. Je n'ose pas regarder Miari. *Trente-quatre fois par rotation* ?

On dit que le Xanaxana se révèle le plus souvent pendant la période de fertilité. Cela signifie que j'ai déjà eu des chances de la féconder. Des chances que j'ai laissé passer, parce que je voulais lui épargner l'inconfort du harnais de reproduction. Je devrais la persuader de s'accoupler correctement lors de sa prochaine période de fertilité. Je ne veux pas rater une autre occasion. Je ne veux rien de plus que de la voir porter notre enfant.

Lemoria continue de parler mais je ne lui accorde pas toute mon attention. Des images de notre jeune enfant - un jeune hybride aux cheveux bruns bouclés et à la peau indigo tourbillonnante occupent mes pensées.

– Avec un échantillon aussi petit, il m'est impossible de décréter qu'il s'agit d'un phénomène hybride, mais cela signific que nous devons agir rapidement car il s'agit *certainement* d'un phénomène humain. Plus nous perdons du temps, plus nous perdons de petits voraxians. Et il faudra beaucoup de temps pour réparer les torts causés par les Chasses passées, et les cicatrices que son souvenir a laissées derrière lui.

Profondément bouleversé, je ne sais pas ce qui est le plus grave : l'avortement des jeunes ou la manière dont ils ont été conçus. J'incline ma tête, même si cela me fait mal.

– C'est malheureusement vrai. Il est plus que regrettable que le pacte forgé entre les Humains et les Drakeshs n'ait pas été un pacte amical, issu d'une véritable égalité. Et il est inconcevable que l'on oblige les femelles à porter des enfants issus d'accouplements aussi odieux. Issus de viols.

Le mot est lâché comme un coup de fouet et tous les Voraxians présents tremblent et grimacent.

– C'est vrai. Et à l'avenir, nous pensons que les choses seront différentes. Très différentes.

Lemoria acquiesce légèrement, laissant la place à la petite femelle humaine, Svera.

– Elles le sont déjà, confirme Svera. Bientôt, les femmes humaines auront toutes les raisons de vouloir se mettre en couple avec des Voraxians et toutes les raisons de vouloir garder leurs bébés. Je vous garantis qu'elles le feront, surtout si nous pouvons leur offrir des soins médicaux. Et avec les avantages du nouveau programme, leurs enfants pourront tirer parti de tout ce que les deux mondes ont à offrir.

– Et c'est sans compter les unions Xiveris, ajoute ma Miari. Nous ne pouvons qu'espérer que beaucoup d'autres auront la même chance que Raku et moi et s'épanouiront. Les femmes qui rencontreront leurs compagnons Xiveris n'auront pas besoin qu'on leur donne des raisons de vouloir s'accoupler avec des Voraxians, ou de garder leurs enfants.

Miari me lance un regard narquois et cligne d'un seul œil. J'ai essayé par le passé de reproduire ce geste et j'ai échoué, alors je lui serre la main. Elle sourit et continue à parler.

– Les rations seront réajustées pour tenir compte de l'augmentation de la population. La seule question à laquelle nous ne pouvions pas vraiment répondre était...

Elle s'arrête un moment de parler et une tristesse traverse ses traits ; une tristesse que je voudrais arracher avec mes mains et écraser.

– Selon des rapports, certains mâles drakeshs qui ont participé aux précédentes Chasses prétendent avoir trouvé leurs âmes soeurs Xiveris chez les femelles humaines. Si les Humains sont d'accord, nous nous demandons s'il serait approprié de les inviter à rencontrer celles qui seraient leurs âmes soeurs Xiveris pour voir si cela pourrait mener à des unions ...

– Il n'y a aucune raison d'encourager plus de rapprochements entre les Humains et les Drakeshs, intervient Krisxox en lui coupant la parole.

– Krisxox...

Ma patience a atteint ses limites. Je poursuis sur un ton menaçant :

– Ton étroitesse d'esprit me stupéfie. Nous vivons pourtant dans un quadrant diversifié du cosmos. Hexa, il est clair que cette option devrait être offerte à toutes les femelles humaines. Les mâles Drakeshs cependant, ne devraient pas être autorisés à errer librement dans la colonie humaine. Il doit y avoir des normes mises en place pour s'assurer que ces mâles sont sérieux dans leurs revendications, et ne cherchent pas simplement à répéter les horreurs qu'ils ont autrefois commises. Il faudra mettre en place une petite équipe d'Humains et de Voraxians pour mener à bien ce travail et d'autres semblables.

– Hexa, mon Raku. La Rakukanna, Svera et moi avons déjà discuté de tout cela, annonce Lemoria. Svera et moi prévoyons de partir dans trois solaires. Cela nous donnera assez de temps pour rassembler les matériaux nécessaires, et réunir l'équipe adéquate pour nous accompagner. La Rakukanna a demandé à se joindre à ce premier voyage. Elle pense que même si Svera « devrait mener les discussions », pour utiliser son jargon, elle doit aussi être présente simplement pour prouver aux Humains qu'elle est vivante et en bonne santé. D'autant plus que leur compatriote, la Va'Rakukanna, est toujours dans le bassin merillien.

– Va...rakukanna ? murmure Svera.

Je sens la main de ma Miari se réchauffer dans la mienne. Elle secoue rapidement la tête.

– Je t'expliquerai plus tard, marmonne-t-elle.

J'acquiesce, fier de ma Rakukanna et de ce qu'elle et son équipe ont accompli.

– Ce sera fait. Nous sommes donc maintenant tous sur la même longueur d'ondes. Y a-t-il autre chose avant de passer au point de discussion le plus urgent ?

C'est le silence, jusqu'à ce que Roth grogne :

– Peixal.

Je confirme, l'air sombre :

– Peixal.

Un silence s'abat sur nous. Je retire ma main de celle de ma Miari et, sous mon menton, je déploie mes six doigts.

– Plus je pense à ce problème et plus j'ai tendance à croire que même un exil dans le cinquième quadrant ne sera pas suffisant. Rhorkanterannu a des contacts partout, et il est déterminé à mettre ses griffes sur les coordonnées de la colonie humaine. Si je fais exiler Peixal, cela pourrait être encore plus dangereux pour les Humains que de le mettre en quarantaine sur la planète. Pourtant, la quarantaine présente aussi des risques. Cette planète sera le foyer de ma Rakukanna et de deux autres femelles humaines, du moins pour le moment. Peixal a fait preuve de violence lorsqu'il a été démis de son rang. Il est possible qu'il tente de se venger d'une manière ou d'une autre. Sans parler des coûts associés à son maintien en détention individuelle perpétuelle. Nous ne mettons pas nos criminels en cage, mais il est clair que nous ne pouvons pas lui offrir un procès. Je ne vois pas d'option qui ne mette pas les Humains en danger.

J'expire et je jette un coup d'œil à chacune des personnes présentes dans la pièce. Étrangement, je me sens léger et j'ai envie de faire l'expression du plaisir, même si nous discutons de trahison et de menace de mort.

– Exil ou confinement permanent sur Voraxia ? Ces deux possibilités comportent de grands risques. Heureusement pour votre Raku, je ne décide pas seul. J'ai la chance d'avoir de nombreux conseillers de confiance ainsi qu'une Rakukanna intelligente sur laquelle je peux m'appuyer. Car aujourd'hui est le jour où nous prenons une décision...

Je ne croyais pas si bien dire. Nous entendons soudain une explosion lointaine suivie de vibrations sonores ressenties dans tout l'étage. C'est un système d'alarme, une invention de Tri'Herion.

Roth s'élance et atteint la porte de racine werro au moment où elle s'ouvre en glissant pour révéler X'Ixria, dana'Ixria et trois xcléranx. Ils sont haletants, comme s'ils avaient couru très vite et sur une longue distance.

Je me lève et attire Miari contre ma poitrine. Je garde mon corps entre elle et la porte ouverte avant d'ordonner :

– Parlez.

Ils laissent de côté les saluts de rigueur. Dana'Ixria se serre le ventre et crie :

– Il a pris les docks ! Il a tué Ixria !

– Elle n'est peut-être pas morte, interrompt X'Ixria avec un geste sauvage du bras. Lemoria, nous avons emmené son... son corps à Ki'Lemoria. Il fait tout ce qu'il peut, mais il a besoin de ton aide. Elle n'était pas la seule à être blessée.

Krisxox se lève et je remarque distraitement que ses pieds semblent instinctivement se mettre dans une position qui reflète les miens - légèrement écartés, prêts à se battre, mais surtout, prêts à défendre la femelle humaine qui se tient légèrement derrière lui.

– Qui a fait ça ? Demande-t-il.

– Peixal.

Ma voix est sombre et pleine d'amertume. Les xcléranx hochent la tête. Le premier d'entre eux - un mâle dont j'ignore le nom – déclare avec un dégoût visible et audible :

– C'est à cause de Rhorkanterannu. Il a prolongé son départ, comme vous le savez bien, et était censé partir dans le solaire. Il a dit qu'il avait besoin d'accéder aux docks, mais à la place il a été aperçu en train de trafiquer la station d'accueil. Il l'a désactivée pour qu'aucun des planeurs ou vaisseaux ne puisse partir.

Quel est son plan ? A quoi joue-t-il ? Si aucun des vaisseaux ne peut partir, alors il n'a pas de stratégie de sortie. J'aurai les réponses à ces questions plus tard.

– Roth, rassemblez les xcléranx et retrouvez-moi sur les quais. Vous trois, restez avec Krisxox, Svera et la Rakukanna. Krisxox, je place ma M... ma Rakukanna entièrement sous ta responsabilité. Ramène-la à notre werro. Ne laisse rien lui arriver.

Krisxox semble vouloir argumenter, jusqu'à ce qu'il jette un coup d'oeil à la femelle humaine derrière lui. Il acquiesce alors brusquement. C'est suffisant. Je me tourne vers Miari et je prends chaque côté de son visage. Je fixe profondément ses yeux humains.

– Tu resteras avec Krisxox dans ton laboratoire.

– La maison d'amis ?

Sa lèvre inférieure tremble et fait couler une rage tremblante et brûlante dans mes membres. Je veux déchirer Rhorkanterannu et l'entendre crier, sentir son sang noir et chaud couler de ses pointes brisées. Me baigner dedans.

– Tu m'attendras là-bas et tu feras tout ce que Krisxox te dira. Ne me désobéis pas. Tu dois te protéger à tout prix. Aucune autre vie n'est plus précieuse que la tienne.

– Non, toutes les vies sont...

– Pas pour moi.

Je presse ma bouche contre la sienne. Jamais un Raku ne s'est permis une telle démonstration d'affection en public. Et je m'en fiche complètement.

– Ne me désobéis pas.

Le souffle chaud de Miari se mélange au mien. Je dévore son goût de baies de jujji pendant un long moment avant de me forcer à me détacher d'elle.

– Fais attention, mon Raku, dit-elle au moment où j'atteins la porte ouverte.

Mon cœur sursaute et s'emballe en entendant la possessivité reflétée par ses mots. Je prends une profonde inspiration. Je mémorise chaque détail de son visage. Je déteste voir la peur qui y est inscrite et je me jure de mettre fin à Rhorkanterannu pour l'avoir mise là.

– Tes désirs sont des ordres, ma Rakukanna.

18

Miari

– C'est ta maison d'amis ? On dirait plutôt un tas de décombres, dit Svera en haussant les épaules.

Je vois clair dans son jeu : elle tente de détendre l'atmosphère. Elle est bien trop gentille pour se montrer moqueuse, mais elle fait de son mieux pour me distraire. Peut-être pour nous distraire toutes les deux.

Pendant ce qui semble être des lustres - *ou n'était-ce que quelques instants ?* - Je fixe les fenêtres de xamxin. J'essaie de voir ce qui se passe plus loin à travers leurs vitres sombres, et comme je ne vois absolument rien, je jette un regard noir à la porte en bois incurvée.

Je me sens mal. Le moindre mouvement suffirait à faire se révolter mon fragile estomac. J'ai envie de vomir partout. La porte ne s'est pas ouverte depuis que nous l'avons franchie, et maintenant Krisxox et une demi-douzaine de xcléranx se tiennent de l'autre côté.

Qu'est-ce que ce cinglé à quatre bras prépare ? Est-ce que j'ai vraiment envie de le savoir ? Nox. Non, je ne veux pas. Je veux juste qu'il parte.

– Miari ?

– Hmm ?

– Je t'ai demandé ce que tu faisais avec ça ?

Je jette un coup d'oeil par-dessus mon épaule plusieurs fois, en me demandant si je dois lui répondre ou non. Finalement, je décide que m'asseoir les jambes croisées devant la porte, en me faisant du mauvais sang, comme dit la mère de Svera, n'est probablement pas la meilleure façon d'occuper mon temps.

J'attends *désespérément* que Raku passe le pas de la porte et me dise que c'était un accident. Je veux qu'il m'apprenne que le roi pirate Niahhorru a juste sectionné par erreur le câble qui a fermé les portes, qu'en tombant, son arme s'est déclenchée et qu'Ixria, qui se trouvait là, a malheureusement été atteinte, mais que ce n'était qu'une erreur, qu'elle va bien et qu'ils sont tous sur les quais à en rire. J'espère qu'ils rient…

– Alors, comment ça marche, Miari ?

Je me tourne à temps pour voir Svera soulever un chargeur solaire en patchwork que je bricolais et je me précipite vers elle en glapissant.

– Par tous les soleils, non ! Pose ça par terre. C'est une expérience et jusqu'à présent, ça m'a brûlé le bout des doigts trois fois. J'ai essayé d'utiliser quelque chose qu'ils ont ici, de la poudre de krénite, pour recouvrir le conducteur en feuille. Ça tient la charge plus longtemps que la feuille seule, mais si on la mouille - et même l'humidité du bout des doigts est suffisante - ça fait des étincelles. Ou ça explose.

Je sais de quoi je parle malheureusement…

– Oh. Désolée.

– Non, ne sois pas désolée, je suis juste…

Tenant le chargeur par ses isolateurs en caoutchouc, je le lui prends et le pose au milieu des décombres, comme elle disait tout à l'heure. Je me frotte les yeux et la regarde sans parler. Je la regarde simplement. Son visage en forme de cœur. Ses joues lisses et légèrement arrondies. La teinte de sa peau tire sur le jaune, comme une bougie, ce qui est rare parmi les Humains. Leurs peaux marron foncé ont plutôt des reflets rouges, comme celle de Kiki.

Ses boucles douces - blondes à la naissance des cheveux, foncées sur les longueurs - s'échappent de son foulard et scintillent. Son visage trahit une légèreté que je ne ressens pas. Elle me manquera quand elle retournera à Qath et à la colonie humaine, où je ne pourrai pas la suivre. Non, *ce n'est pas que je ne peux pas la suivre ; en réalité, je ne veux pas la suivre là-bas. Je sais pertinemment que ma place est ici.*

Je soupire avant de déclarer :

– Tu m'as manqué. Je sais que nous nous sommes beaucoup vues ces derniers soleils, mais je... ce n'est pas comme avant.

Elle sourit.

– Je sais ce que tu veux dire. Tu m'as manqué, aussi.

– Tu es sûre que tu ne veux pas déménager à la capitale ? Plus près de nous ? Tu n'es pas obligée de rester avec Krisxox et j'adorerais t'avoir à proximité.

Svera se mord la lèvre inférieure et penche la tête d'un côté puis de l'autre.

– Je sais. J'y ai pensé, et en fait, la première fois que nous avons parlé, j'étais certaine que je voudrais déménager ici pour profiter de la vie dans une grande ville et bien sûr, pour me rapprocher de toi.

Elle jette un coup d'œil autour d'elle et rit en se couvrant la bouche avec la main.

– Même si je ne suis pas sûre que vous pourriez m'accueillir, regarde un peu tout ce qu'il y a ici, je ne peux même pas m'asseoir.

– Non, non, on peut te faire de la place. Je peux installer tout ça dans le laboratoire de Tri'Herion...

Elle me fait signe d'arrêter.

– Je plaisantais Miari. Ce que j'allais dire, c'est qu'après un certain temps, j'ai réalisé que j'adorais Qath. Il faut que tu viennes la voir. C'est différent de tout ce que j'ai connu auparavant. C'est tellement sauvage. C 'est aussi terrifiant, c'est sûr, mais Krisxox me protège bien, même si, entre nous, c'est bien la seule façon dont il se rend utile. Les vignes, les arbres, la ville qu'ils ont construite dans la nature, les animaux, quelle que soit leur taille, même le désert qui entoure l'oasis et l'horizon montagneux - tout est enchanteur. Cet endroit est vraiment incandescent, dit-elle, et son visage s'illumine.

Je vois bien qu'elle est émerveillée. Je ne peux m'empêcher de lui rendre son sourire, même s'il est comme le reste de mon corps - tremblant.

– Et j'imagine qu'il y a aussi quelqu'un d'enchanteur là-bas , hein?

Je la taquine, mais le regard vide qu'elle me lance me fait rire. Je réalise à quel point je suis à côté de la plaque.

– Je voulais parler de Krisxox. Tu as vu comment il s'est battu pour te garder près de lui ? J'aurais juré qu'il y avait quelque chose entre vous deux.

Les yeux de Svera sortent de sa tête et son visage devient rose vif.

– Oh... par tous les univers... je... je ne... Miari !

Je souris à nouveau.

– Désolée. Je plaisante.

– Non, non, ce n'est pas grave. J'ai été moi-même surprise. Il ne m'aime pas *du tout*, alors je pensais qu'il essaierait de se débarrasser de moi dès qu'il le pourrait. Ce qu'il a fait aujourd'hui, c'était un *beau* geste...

– Oh Svera, ne mens pas, je sais que ça ne te fait pas plaisir.

Elle souffle et les lignes marquant le froncement de ses sourcils heurtent sa beauté.

– Non, c'est sûr. Si ma mère savait que je vis avec un célibataire, elle sauterait du toit et si mon père ou mon frère le savaient... Ils jetteraient Krisxox du toit. Ou essaieraient de le faire, en tout cas, affirme-t-elle en frissonnant. Je n'aime vraiment pas leur mentir. Et je n'aime vraiment pas la façon dont Krisxox me traite. N'as-tu pas remarqué qu'il semblait comprendre tout ce qu'on disait dans la salle de guerre ? Normalement, il se contente de m'ignorer à moins que je ne lui parle en Voraxian - et même comme ça, il ne me répond que la moitié du temps.

– Quel connard !

– Oui, c'est tout à fait ça.

– Wow, Svera ! C'est bien la première fois que tu insultes quelqu'un !

Elle lève les yeux au ciel en continuant à rougir.

– Il est tellement frustrant ! Je ne comprends pas pourquoi il ne veut pas que je parte avec Tur'Roth. Il est bien occupé avec toutes les femmes qu'il reçoit.

– C'est dégueulasse.

Svera hausse les épaules et affiche un sourire qui montre toutes ses dents.

– Ça ne me dérange pas vraiment au fond. Certaines de ces femmes sont gentilles. J'ai mangé avec l'une d'entre elles l'autre jour. Elle m'a proposé de m'emmener au marché et je pense que nous irons faire des courses ensemble au prochain cycle lunaire. Une fois que les choses seront plus claires avec les Humains. Je me sens juste mal à l'aise, c'est tout. Je suis sûre qu'il cherche son âme sœur Xiveri et je pense que... je ne suis pas *opposée* à l'idée de trouver la mienne.

– Vraiment ?

Elle me regarde d'un air surpris, ses longs cils pâles battent l'air.

– Bien sûr. Quiconque a des yeux peut voir à quel point vous êtes amoureux Raku et toi. Qui ne voudrait pas d'un tel bonheur ? Je sais que je ne m'y opposerais certainement pas. Je pense simplement que ni Krisxox ni moi n'aurons beaucoup de chance si nous restons coincés ensemble. En plus, je n'aime pas mentir à mes parents. Et est-ce que j'ai dit que mon père me jetterait du toit s'il découvrait la vérité ?

– Je crois que tu as dit que c'était Krisxox qui serait jeté du toit.

Je souris, mais le cœur n'y est pas. Je pense à Xoran, à son poids sur le mien, sa main dans la mienne, ses lèvres sur les miennes, ses yeux qui plongent dans les miens alors qu'il me regarde et que je le regarde, et le temps cesse d'exister.

En ce moment, le temps est tout ce que je peux ressentir. Son poids repose sur mes épaules et me presse comme une force gravitationnelle qui menace de m'engouffrer. *Cela fait trop longtemps* que nous n'avons pas eu de nouvelles. *Beaucoup trop longtemps*. Je regarde à nouveau la porte.

– Je suis bien plus intéressée par Tur'Roth, dit rapidement Svera, qui cherche toujours à me distraire.

Je la laisse faire. Je lui en suis reconnaissante.

– C'est vrai ? J'ai vu comment il est intervenu pour te protéger l'autre jour à la cérémonie. Avec Rhor... avec le Niahhorru...

Je cesse de parler. Ma gorge se serre, ma voix s'éteint. Svera s'avance et prend mes mains dans les siennes.

– Tout va bien se passer. Tout ira bien, tu verras. Il faut juste que... tiens, dis-moi ce que c'est.

Elle pointe du doigt les objets qui jonchent mon bureau - enfin, ce qui était autrefois une sorte de coiffeuse que j'ai démontée pour en faire un grand plateau plat. Le meuble est maintenant couvert de fils, de pots de poudre, de boîtes fermées avec des couvercles en pierre et de projets à moitié terminés - la plupart du temps des ratés, mais aussi quelques êtres vivants auxquels je devrais probablement construire un habitat...

– Ce n'est rien. Juste un peu de métal fondu qui était supposé être pour...

Je m'arrête. La pensée de ce que je m'apprête à dire me fait sourire.

– C'est censé être pour ça.

Je passe la main sur un bout de métal plié et en retire trois dispositifs, chacun pas plus gros qu'un ongle - un ongle, pas une griffe. J'en donne un à Svera et j'en prends un autre.

– Devine ce que c'est.

– Comment veux-tu que je le sache ?

Elle manipule le métal encombrant, le retourne et essaie de trouver un moyen d'ouvrir l'applicateur. A l'intérieur, elle a vu qu'il était rempli de Droherion doublé de cuivre. Bien différent de l'ion de particules que j'ai utilisé la dernière fois que j'en ai construit un à partir de pièces de plastique et de ferraille.

– Attends. Laisse moi te montrer.

J'attrape les cheveux de Svera et elle regarde ma main avec méfiance alors que je caresse l'une des boucles frisées qui s'est échappée de son oreille. Choisissant un seul cheveu, je l'arrache rapidement.

– Aïe ! Hé !

J'amène le follicule pileux vers l'ouverture et l'enfile dans le trou microscopique que j'ai façonné. L'appareil se met en marche, émet un faible tic-tac avant d'aspirer le cheveu jusqu'au bout. J'appuie sur la base et l'appareil émet un nouveau clic. Un bourdonnement rauque emplit l'air. L'appareil se charge et l'hologénérateur commence à glisser sur ma peau.

La sensation est à la fois étrange et indescriptible. Je ne sens rien du tout, et rien ne change pour moi, mais le visage de Svera se transforme. Elle inspire bruyamment.

– Par toutes les comètes ! Miari, tu en as fait un autre !

Sa surprise me réjouit et je réponds en riant :

– J'en ai fait trois de plus. Je voulais améliorer mon invention. Et je voulais faire en sorte qu'il ne soit plus nécessaire de maintenir le bouton enfoncé pendant tout le temps d'utilisation du générateur. Ceux que j'ai fabriqués ont des capteurs de mouvement intégrés pour obtenir une meilleur copie du corps, par contre, maintenant, ils n'ont besoin d'obtenir un visuel du corps qu'une seule fois, au début.

Je lance l'appareil à Svera. Elle tâtonne pour l'attraper, le fait tomber par terre deux fois, puis se lève enfin. Elle n'a jamais eu une bonne coordination main-œil.

Je souris quand elle examine l'appareil, puis se retire pour me regarder de loin. Elle m'observe avec méfiance. Ou plutôt, elle s'observe *elle-même*, avec méfiance puisque c'est son corps qu'elle a sous les yeux. Je tourne sur moi-même pour elle et je secoue mon derrière.

– Alors... je te plais?

– Oh, arrête ça. J'ai juste... ça marche sans le tenir ?

– Oui. L'utilisateur peut s'éloigner de l'appareil jusqu'à vingt pas, plus ou moins. Je précise que je parle de pas humains, pas de pas voraxians.

Svera sourit en inspectant l'appareil de près.

– Wow. Je suis impressionnée. C'est officiel.

– Qu'est-ce qui est officiel ?

– Tu es un génie.

Je lève les yeux au ciel.

– Pas du tout. Tu devrais voir ce que les autres inventent dans le laboratoire de Tri'Herion. C'est incroyable. Ils sont tellement plus avancés que nous...

J'entends ses petits pieds fouler le sol de terre battue. C'est légèrement moussu ici. J'aime la façon dont la terre s'écrase sous mes orteils.

– Tu l'es, Miari. N'en doute pas.

Sa main se pose sur mon épaule. Elle est si légère et douce comparée à celle de Xoran. Je regarde son visage et ses grands yeux bruns qui ressemblent tellement aux miens et en même temps qui sont si... différents. Elle bat des paupières, comme les autres humains. Elle est comme moi, mais seulement à moitié.

– Tu es un génie, répète-t-elle. Tu l'as toujours été. Raku a beaucoup de chance de t'avoir, ne l'oublie jamais.

Je souris.

– Et moi, j'ai de la chance de t'avoir. Tu ne peux pas savoir à quel point je te suis reconnaissante d'avoir accepté d'être ma conseillère. Raku et moi en avons discuté et, si tu es partante, j'aimerais que ce soit un poste permanent. Avec un titre et des avantages.

Le sourire de Svera s'étend, ses dents blanches apparaissent à travers ses lèvres roses.

– Je ne suis pas sûre d'être prête à vivre ici en permanence...

– Tu pourrais être affectée à la colonie humaine la plupart du temps si tu veux. C'est comme tu veux, mais ne m'abandonne pas s'il te plaît. C'est ton domaine. C'est toi la diplomate. Moi, je suis juste la... bricoleuse.

– ... Génie, termine-t-elle en même temps que moi.

Nous nous sourions et je suis sur le point d'ouvrir la bouche pour lui poser d'autres questions sur la vie sur Qath quand j'entends le bruit sourd de cris juste derrière la porte.

Svera se fige et fait un pas hésitant vers moi. Nous nous tenons la main. Nous devons avoir l'air ridicules : deux Svera se tenant l'une et l'autre au milieu du désordre de mon espace de bricolage, attendant que le bruit cesse.

Toutefois le bruit ne cesse pas, au contraire, il s'intensifie. Bientôt, des voix se mêlent à l'inquiétant raclement du métal sur le métal, puis à l'effroyable détonation des balles qui explosent et ricochent sur les boucliers holos ou traversent le bois de werro...

– Peste d'étoiles, qu'est-ce qui se passe ?

Svera sursaute au son d'une balle ionique qui vient s'abattre sur un bouclier. Au vu du son, elle ne l'a pas pénétré. Je suis soulagée.

– Ne t'inquiète pas. Ils tirent des balles ioniques sur nos chasseurs, mais ces derniers sont équipés de boucliers Droherion. Ils sont plus que suffisants pour arrêter les tirs. Ils vont s'en sortir...

– Sur nos chasseurs ? Je sais que Krisxox a stationné de nombreux xcléranx là-bas, mais ça ressemble à une guerre totale ! Rhorkanterannu n'est qu'un homme - un mâle. Il ne peut pas justifier un tel niveau de...

BOOM.

Le tonnerre secoue le werro entier. Une pile de papier et de métal tombe du bord d'une table et, en touchant le sol, provoque une petite explosion. Quelqu'un dehors crie. Il y a un rugissement que j'identifie immédiatement comme étant celui de Krisxox. J'espère que c'est un rugissement victorieux.

Non, c'est le son de la douleur. *S'il est tombé, alors ils sont tous tombés.* La sueur perle sur mon front et je la goûte sur ma peau quand je me lèche les lèvres avant de chuchoter :

– Nous avons besoin d'armes, Svera.

Mes expériences avec le couteau sont éparpillées sur la table derrière moi. J'en attrape deux, mais ce sont des échecs, donc ils ne brûlent pas ou ne neutralisent pas. C'est quand même mieux que rien. *Qu'est-ce qu'on va faire avec des couteaux ? Dehors, ils ont des armes à feu.*

– Et nous devons nous cacher.

Je tends une lame à Svera mais elle se contente de la fixer, elle porte toujours l'hologénérateur que je lui ai donné.

– Je... je ne peux pas prendre ça. Je ne sais pas comment l'utiliser.

– Je sais. Mais Kiki n'est pas là et si elle était là, elle voudrait qu'on essaie au moins.

Kiki est une guerrière. Elle se battrait.

– Ils sont... tu penses... qu'ils sont morts ?

Oui. Ils le sont.

– Non, mais il vaut mieux se préparer à toute éventualité. S'ils entrent, nous devons être prêtes à nous battre. J'ai donné ma parole à Raku. Et tu sais que Krisxox n'accepterait rien de moins de ta part. Nous devons essayer pour eux. Pour nous aussi bien sûr.

Svera fixe le couteau sans bouger pendant un moment de plus. Dehors, j'entends quelque chose se briser – c'est un bouclier holo qui s'est fissuré. Je ne savais même pas que c'était possible. Il y a des cris et des hurlements. Ils sont proches maintenant. Beaucoup plus proches.

Je répète le nom de Svera et je saisis son poignet. Avec force, j'écarte ses doigts et lui enfonce dans la main la plus stable des deux dagues d'essai.

Je croise son regard. Ses grands yeux larmoyants m'observent avec un air *pensif* - pas perdu, comme je l'avais d'abord pensé. *A quoi pense-t-elle ?*

Quelque chose d'énorme claque contre la porte avec assez de force pour me faire tomber. Je m'écrase contre la table derrière moi et laisse tomber mon couteau. Alors que je me démène pour le ramasser - et reprendre mon souffle - je vois Svera ranger sa lame quelque part dans sa robe flottante. Elle se relève également. Cependant, son regard est fixé sur la porte et je le suis.

– Par tous les soleils !

– Triple Dieu, aide-nous !

Svera et moi avons crié en même temps. La porte au bout de la pièce est fendue en son milieu. Des balles la traversent. Des balles ioniques d'un blanc-bleu éclatant, mais aussi des balles rouges et violettes. Je ne sais pas ce que c'est, mais elles doivent être puissantes si elles peuvent briser les boucliers holo et les portes werro renforcées de stalyx qui nous protègent. C'était notre dernier rempart.

Une brume violette scintille devant l'ouverture de la porte et un autre grondement de tonnerre suit. La porte s'enfonce un peu plus. Puis j'entends du métal sur du métal, en plus du tintement des nouvelles armes que j'ai inventées. Des rugissements. Des halètements. De la douleur. De l'angoisse.

– Svera...

Je cherche à la rassurer mais elle ne m'en laisse pas le temps. Elle manque me faire mourir de peur en se *jetant* sur moi. Elle tire mes cheveux avec ses petits poings et, en se débattant, elle m'arrache le couteau des mains pour la deuxième fois.

– Svera, m'écriai-je en éloignant ses mains de mon visage, qu'est-ce que tu fais ?

Elle se retourne au moment où la porte s'est complètement effondrée. Je peux voir nos xcléranx *empilés* devant la porte qui essayent d'utiliser leurs propres corps pour arrêter celui qui arrive. Ils sont morts. *Oh peste d'étoiles, j'espère qu'ils ne le sont pas. S'il vous plaît, ne soyez pas morts.* Aucun d'entre eux ne peut être mort... pas pour nous... pas pour moi... et Krisxox... où est-il ?

– Svera, est-ce que tu vois...

Mais Svera ne les regarde pas. Elle regarde l'hologénérateur qu'elle tient. Elle introduit mes cheveux dans l'insert. Il ne faut que quelques instants pour que l'hologénérateur s'anime de tics, de clics et de vrombissements et que je me retrouve soudain là où elle était. Ses mains disparaissent dans mes - ses - cheveux et j'imagine qu'elle range l'hologénérateur sous son foulard.

– Oh non...Svera, non !

– Ils sont là pour toi. Maintenant, cache-toi !

– Non, Svera !

La porte explose soudain et m'emporte avec elle. Nous tombons au sol, séparées l'une de l'autre et il me faut trop de temps pour me réorienter. Je suis sur mes mains et mes genoux. J'ai la tête qui tourne. Des taches éclatent derrière mes paupières. J'entends un gémissement lointain, puis des ordres aboyés d'une voix que j'ai peur de reconnaître.

Je sursaute au son des bottes sur la terre. Elles crissent dans la mousse et traînent du sable sous les semelles.

– Prenez la Rakukanna, ordonne un mâle.

Ce ne peut être que Rhorkanterannu.

– Ne devrions-nous pas prendre les deux ? Il y en a deux, demande une autre voix.

– *Centag* de la seconde. Une femelle reproductrice ne nous apporte rien. Pas quand on veut avoir accès à toutes les femelles et ça, on ne pourra le négocier qu'avec la Rakukanna.

Je secoue la tête pour éclaircir ma vision et je me redresse en clignant des yeux vers la bête. Le roi à quatre bras me jette un regard, mais seulement brièvement. Il se concentre plutôt sur l'autre côté de la pièce où Svera, qui porte mon visage, s'agenouille.

– Devrions-nous tuer l'autre pour envoyer un message ?

Rhorkanterannu se retourne sur le mâle à côté de lui et, avec rien de plus que ses griffes mortellement aiguisées, entaille la peau poudreuse du soldat.

Malgré ses plaques, le sang noir foncé coule librement et celui qui avait parlé butte sur les corps qui se trouvent à l'entrée en cherchant à s'échapper. Des corps. Il y en a tellement. D'autres mâles arrivent dans la pièce et enjambent les cadavres de xcléranx, j'en compte *au moins trente. Ce qui fait cent vingt bras. Peste d'étoiles, d'où viennent-ils ?*

– Nous ne tuons pas les femmes. Pas même les femelles humaines, grogne le roi en dévoilant des dents aiguisées.

De l'autre côté de la pièce, Svera, qui porte ma peau, prend la parole :

– J'irai avec vous de plein gré. Mais s'il vous plaît, mettez fin à toute cette violence. Laissez vivre les xcléranx que vous n'avez pas encore tués.

Le roi sourit, cette grimace m'atteint comme des éclats d'obus qui frappent la chair. Il est de loin l'être le plus terrifiant que j'ai jamais vu.

– Ils sont déjà tous morts, ma *Rakukanna*, affirme-t-il avec un plaisir évident. Il n'en reste qu'un. Celui qui refuse de mourir. *Sevrenn iahndru lat.* En lui, la vie persiste. Les Niahhorrus respectent cela, alors il ne mourra pas aujourd'hui. Pas par nos mains. Mais il n'arrivera pas à te délivrer. Tu es notre monnaie d'échange, ma douce Rakukanna.

Il s'écarte et quatre des pirates à quatre bras traînent Krisxox par les cheveux, les bras et les jambes. Ils ont un cercle de métal autour de son cou qui grésille avec une charge électrique. Son visage est complètement ensanglanté et on dirait qu'il a été brûlé de l'épaule droite à la hanche droite. Son regard parcourt la pièce, il a du mal à se poser mais quand il y parvient, il se pose sur moi avec force.

Je me heurte à la table de travail derrière moi et les objets s'entrechoquent les uns contre les autres. J'ai bien envie de prendre une autre arme, mais je réalise rapidement que c'est inutile. Les armes n'ont pas sauvé Krisxox. Et je ne suis même pas de la trempe de Krisxox.

Svera, toujours dans ma peau, retient une exclamation de surprise. Krisxox ne la regarde pas. Il me fixe avec une brutalité qui me creuse les entrailles, parce qu'il me regarde comme si la distance qui nous séparait l'écorchait. Comme si elle l'écorchait à vif. Nox, ce n'est pas moi qu'il regarde comme ça... en ce moment, c'est Svera qu'il voit.

J'ouvre la bouche pour parler, mais je m'étouffe. Les crêtes de Krisxox sont d'un gris profond et exigeant.

– Es-tu blessée ?

Il réussit à crier, même si sa voix est aussi déformée que son apparence. Je secoue la tête, je me sens mal à l'aise sous son regard.

– Svera, es-tu blessée ? répète-t-il.

– Silence, ordonne le roi Niahhorru.

Krixox bondit vers lui avec une vitesse que je peux à peine saisir et réussit à se débarrasser d'une série de bras, mais pas des autres. Ceux qui l'encerclent le remettent à genoux et l'un d'eux lui donne un coup de bâton électrique dans le dos.

Il rugit de douleur et Svera crie :

– Arrêtez ! S'il vous plait. Je viens. S'il vous plaît, arrêtez.

La petite Svera qui me ressemble fait quelques pas hésitants vers le roi pirate. Il tend deux de ses quatre mains. Les deux autres portent un pistolet et un grand bouclier circulaire grésillant comme je n'en ai jamais vu – d'ailleurs je ne peux le voir que sous certains angles mais je peux sentir l'énergie qu'il dégage depuis l'autre bout de la pièce.

Elle tend sa petite main vers l'une des siennes, elle n'hésite que quelques instants avant de le laisser la prendre.

– Vous devez tenir votre parole et le laisser en vie, dit-elle, la voix tremblante.

– Je te donnerais bien ma parole, grogne le roi, mais fais-tu confiance aux paroles d'un pirate ?

– Je suppose que je n'ai pas le choix, n'est-ce pas ?

Rhorkanterannu lui fait un signe de tête solennel.

– Alors tu l'as. Ton garde ne sera pas tué. Aujourd'hui, il vivra. Sevrenn iahndru lat.

Il croise une de ses mains sur sa poitrine dans un geste étonnamment humain. Svera reproduit le geste et les yeux de Rhorkanterannu s'écarquillent légèrement de surprise.

Elle s'incline alors plus profondément et je grimace en voyant l'hologénérateur faire onduler son dos. Cela ne dure qu'une seconde, et je me demande si l'un des autres Niahhorrus l'a vu. Aucun d'entre eux ne réagit et je me serre la poitrine. Je ne peux pas imaginer que le roi prenne bien la tromperie, surtout si Svera arrive à ses fins et qu'ils me laissent sur Voraxia. *Je ne laisserai pas cela se produire. Je ne la laisserai pas partir seule avec eux.*

Je me mets debout et fais un grand pas en avant. Je me fige au milieu de la pièce, au milieu de la destruction. Svera se retourne vers moi, ses lèvres s'ouvrent.

– Miari... commence-t-elle, mais je couvre le son de sa voix :

– Prenez-moi à la place !

Krisxox sursaute dans ses chaînes, mais il est maintenu et ne peut que rester immobile. Rhorkanterannu lui lance un regard dégoûté.

– Je n'ai pas besoin de toi, me lance-t-il.

Il ne quitte pas Svera des yeux. Elle prend une de ses mains dans les deux siennes.

– Laisse-la, murmure-t-elle. S'il te plaît. Laisse-la avec l'autre xcléranx.

Rhorkanterannu baisse les yeux sur le contact, apparemment satisfait. *Elle va s'enfuir. Il va me laisser là et la prendre.*

– Vous commettez une grave erreur, dis-je tout haut.

Le roi tend la main et touche son sternum - mon sternum. Il passe l'une de ses articulations entre mes seins. A travers l'hologénérateur, je prie pour qu'il ne puisse pas sentir la différence entre la tunique que porte Svera et ma propre chair hybride.

– Ah bon ?

– Ne l'écoutez pas... intervient Svera.

Je m'élance en avant mais l'un des Niahhorrus s'avance à ma rencontre et je suis bloquée par un gros bras argenté. Il croise mon regard. Je me lèche les lèvres et je frissonne de partout lorsqu'une bouffée d'épices m'atteint. Bergamote et terre riche et parfumée, ça me rappelle trop Xoran... quand il est excité.

– Nous devrions la prendre aussi, dit l'un des pirates qui tient Krisxox.

Il me regarde et se lèche les lèvres. Krisxox tire assez fort pour faire basculer la brute sur ses genoux et comme le Niahhorru tombe assez près pour être atteint, Krisxox se soulève, se cambre sur son cou épais et mord un endroit que les plaques ne couvrent pas. Sous mes yeux horrifiés, Krisxox arrache un morceau de la gorge de l'homme, juste sous son oreille.

Il crie et se débat, mais Krisxox ne le lâche que quand un des autres mâles l'électrise avec un coup de bâton. Une violente lumière violette est expulsée du bâton et se reflète en brun sur le corps rouge de Krisxox. Il se tord soudainement, horriblement mais il ne crie pas une seule fois. Toutefois, lorsqu'il se penche sur le sol, il crache du sang couleur cuivre.

Mon cœur bat la chamade et mon cerveau est en état de choc. Je ne supporte plus de le voir souffrir et quand le Niahhorru qui tient le bâton le lève à nouveau, je serre les deux côtés de mon visage et je crie les premiers mots qui me viennent à l'esprit.

– Elle pourrait être enceinte !

Le bâton est suspendu dans l'air. Un silence glacial s'installe. Dehors, je n'entends aucun mouvement. Par toutes les lunes, combien sont déjà morts aujourd'hui ? En mon nom et en mon honneur ? Je ne veux voir mourir personne d'autre. Surtout pas Svera.

– Je sais que la Rakukanna et le Raku ont... passé du temps ensemble. Elle pourrait être enceinte.

Rhorkanterannu expire lentement.

– Ça ne change rien pour moi. Au pire, ça ne fait qu'augmenter sa valeur. Si elle porte un petit, alors tu peux être sûre que ton Raku se pliera à ma volonté. N'importe quelle volonté. Il s'arrachera le cœur de la poitrine de ses propres mains s'il le faut.

– Oui, mais...

Mon cœur bat à tout rompre. Je réfléchis et quand Rhorkanterannu jette ses yeux couverts de visières vers moi, je me souviens que *je suis* Svera. Et dans cette prise de conscience, la réponse me vient rapidement.

– Je suis vierge, dis-je en sursautant, je n'ai jamais été avec un homme. Et le Raku n'est pas le seul à prendre des décisions ici à Voraxia. S'il essaie d'échanger plus que ce que les xub'Rakus sont prêts à donner, alors l'un d'entre eux - ou un autre Voraxian - pourrait le défier. Ils pourraient gagner, le destituer, refuser de commercer et alors vous vous retrouveriez avec quoi ? Une femme que tu refuses de tuer et un petit voraxian ? Ne voudriez-vous pas au moins un utérus pour vous ? Le mien n'a jamais porté de petit ou connu de sexe mâle. Je pourrais au moins vous donner des héritiers.

Krisxox brise le silence qui s'installe après que j'ai fini de parler avec un cri de désespoir. Je titube en arrière, mais le Niahhorru près de moi bondit à nouveau en avant, et m'attrape cette fois par le bras.

– Elle a raison. Nous devrions la prendre.

Le roi réfléchit un long moment, qui semble interminable. Son regard d'argent fouille mon visage - pour quoi faire ? Je n'en sais rien. Finalement, il expire après une longue pause.

– Très bien. Amène-la. Nous pouvons avoir un shekurr pendant que nous attendons.

Svera crie, mais sa voix n'est rien face à la rage de Krisxox.

– *Nox ! Nox !*

Krisxox s'époumone et hurle. Je ne peux plus le voir, je suis traînée par les bras entre leurs énormes corps d'argent. Des dizaines d'yeux argentés me regardent. Des dizaines de langues mouillent des dizaines lèvres. Mais un seul d'entre eux ose me parler.

Il se penche, tête baissée, et son regard est étrangement révérencieux.

– J'attends avec impatience mon tour avec vous pendant le shekurr.

Il me bouscule légèrement. Je trébuche et son autre main glisse autour de mon ventre, il me rattrape avant que je ne tombe. Il me tient droite et même si sa peau est comme une pellicule de sable tendue sur de la pierre, j'ai l'impression étrange qu'il essaie d'être prudent.

– Mes excuses, femelle, dit-il.

Puis Krisxox rugit toutes sortes de malédictions, qui s'interrompent brusquement par un cri de douleur, ensuite, je n'entends plus rien. Dans le silence qu'il laisse derrière lui, je me souviens de ce que l'étranger vient de dire.

À voix haute, je murmure :

– Mon tour ?

19

Miari

– Aïe...

Mon cœur bat la chamade. Ma tête me fait souffrir le martyre. J'ai l'impression d'être de retour dans cette grotte où tout a commencé, avec Kiki, effrayée par les khruis, mais cette fois, j'essaie aussi de faire la conversation. Quelque chose du genre :

« *S'il vous plaît, pour l'amour des étoiles, laissez-nous partir* ». Pendant qu'ils continuent à brandir leurs serres et à nous lorgner.

Ils ont enlevé leurs vêtements et ils se tiennent devant nous complètement nus, avec ces bites bizarres et trapues qui sortent d'entre leurs hanches. J'essaie de ne pas y penser et je me concentre plutôt sur le vaisseau dans lequel nous avons été emmenées après avoir été aspirées dans le ciel par *le néant*.

C'était si étrange... un rayon de lumière nous a tous effleurés alors que nous étions regroupés près d'un petit bosquet. L'obscurité s'est installée et l'instant d'après, je me suis retrouvée dans les bras de l'un des Niahhorrus qui me transportait à travers les passerelles labyrinthiques de ce vaisseau.

Il est plus vieux que tous les transporteurs que les Voraxians ont. Il semble presque plus vieux que l'épave du satellite Antikythera, à l'extrémité arrière de la colonie. Celui où je récupère la plupart des pièces électriques et des morceaux de métal que j'utilise pour construire mes inventions.

Et contrairement au satellite Antikythera qui présente du plastique fin et des surfaces lisses, le vaisseau Niahhorru est un amas de métal noirci et de boulons rouillés. Les sols sont marqués et les plafonds sont tous déformés. Les murs sont couverts de profondes rainures qui, j'imagine, ont pu être faites par les pointes qui recouvrent les Niahhorrus.

Je m'assois contre le plateau qui se trouve sous moi, et je frissonne en imaginant l'usage qu'on veut en faire. Bien que la pièce soit sombre, je peux encore voir les lourdes armoires contre les murs, les étagères vides. *C'est un espace médical. C'est peut-être ici qu'ils pratiquent des opérations chirurgicales. Ou des expériences. Des tortures innommables.*

Svera et moi sommes allongées sur des tables en miroir de chaque côté de la pièce, l'une en face de l'autre. Des entraves ont été intégrées aux plateformes, mais les Niahhorrus ne les utilisent pas. *Où irions-nous alors que je ne peux même pas imaginer où nous sommes ou comment nous sommes arrivées ici ?*

Il y a encore plus de monstres armés ici que sur la terre ferme. Trois fois plus, même si cette pièce est à peine plus grande que notre werro-chambre d'amis. Notre chambre d'amis... *La chambre d'amis de Xoran. Parce que je ne le reverrai peut-être jamais...*

Je mets de côté ces idées noires. Ce n'est pas utile ici. Justement, je ne possède rien qui soit utile. Je n'ai que mon désir de survivre et l'assurance que Xoran et les autres essaieront de venir nous chercher. Essaieront. Parce que pour ce que j'en sais, ils auraient pu nous téléporter à quatre quadrants de là dans n'importe quelle direction. Peut-être plus. Peut-être dix. Qu'y a-t-il en dehors des huit quadrants ? Sommes-nous sur le point de le découvrir ? Vivrons-nous assez longtemps pour le découvrir?

Je regarde Svera de l'autre côté. Elle s'est assise, comme moi. Elle a un bras croisé sur sa poitrine pour protéger *mes* seins, même si les siens sont couverts par l'hologénérateur. *Même dans un moment pareil, elle n'oublie pas les préceptes de son Triple Dieu...* Je rirais si je n'étais pas si terrifiée.

Des aboiements entre les mâles regroupés autour de nous attirent mon attention sur la droite. La foule s'écarte et l'un des monstres se dirige vers Svera.

– Que faites-vous... que lui faites-vous ?

J'essaie de crier, mais ma gorge est si sèche que je tousse. C'est comme si j'avalais des papillons de papier.

La brute ne me répond pas, et continue à avancer vers Svera en tenant une baguette dans sa main et en l'agitant sauvagement sur son corps.

– Qu'est-ce que vous faites ?

Je crie à nouveau, mais personne ne répond. Le roi brille par son absence, tout comme certains de ceux qui se sont téléportés avec nous. Il y a de nouveaux visages et même s'ils sont tout aussi grands et effrayants, ils semblent plus jeunes, plus volatiles.

– Celle-ci ne porte pas de petit, crie celui qui a la baguette.

La foule pousse un cri de joie et je vois des mains plonger vers le sud, pour atteindre les moignons durs de courtes bites, qu'ils caressent avec une vigueur renouvelée.

Ces bites ressemblent à des troncs d'arbres coupés : elles sont bien trop grosses pour être gérables, et dures en plus. C'est presque comme si elles étaient recouvertes d'écorce. Même si elles sont courtes, je sais pertinemment que l'une d'entre elles ferait un mal de chien s'ils essayaient de nous pénétrer avec. *Et c'est exactement ce que je leur ai proposé de faire.*

L'homme à la baguette s'approche de moi et agite le morceau de métal. Des lumières rouges s'allument d'un côté et je me fige quand elles émettent un bip sonore. La pièce devient silencieuse. L'homme lance un juron.

Je me fige, horrifiée par une réalisation lointaine qui fait surface avec ses mots.

– Elle porte un petit.

Un gémissement collectif s'élève et l'un des mâles s'avance. Il pointe deux doigts menaçants vers moi avec ses bras supérieurs, tandis que ses bras inférieurs tombent pour former des poings serrés.

– Celle-là nous a menti ! Elle a dit qu'elle était vierge ! Le Rhorkanterannu ne voudra pas pratiquer le shekurr sur la reine voraxiane et cette misérable centag nous a coûté un shekurr !

Les mains se détachent des bites, ce qui semble être une bonne chose jusqu'à ce que je sente des relents chauds de fureur rivaliser avec l'air humide de la pièce. Mes poils se hérissent sous l'effet de l'humidité et de la peur. J'essaie de dire quelque chose mais je tousse à la place. L'homme en colère fait un grand pas en avant, et quand le mâle avec la baguette essaie de se mettre devant lui, il le pousse violemment.

La baguette, ainsi que celui qui la tient disparaissent et je ne vois pas où ils atterrissent. J'entends juste des gémissements de douleur et je vois le monstre en colère foncer vers moi. Je recule mais je suis au bord de la table. J'essaie de sauter, mais le furieux est sur moi maintenant et m'attrape par la cheville.

Il me tire vers lui d'un seul coup et même à travers le bruit chaotique de son souffle lourd et de mes cris, j'entends la voix de Svera qui hurle :

– Elle n'a pas menti ! C'est moi qui ai menti !

Le mâle hésite, les deux poings levés. Ses paupières argentées tourbillonnantes ne trahissent rien de ses émotions, même si le resserrement de sa mâchoire le fait.

Alors qu'il se retourne, l'une des courtes pointes qui dépassent de son coccyx s'accroche à ma cheville. Je sursaute, et je n'ai que le temps de voir le sang quelques secondes avant que la douleur ne se manifeste. Une entaille fraîche se forme depuis mon tibia jusqu'au centre de mon pied droit. *Xok*, comme dirait Xoran. *Super. Ça tombe à pic.*

Je me redresse et me concentre sur la pression que j'exerce, avec mes mains, sur l'écoulement du sang. C'est la raison pour laquelle je ne comprends pas immédiatement pourquoi la salle pleine de pirates se retrouve brusquement plongée dans le tumulte.

Xoran ? Je regarde autour de moi, m'attendant à le voir débouler de n'importe où, mais partout où je pose le regard, je ne vois que les murs noirs et humides, incrustés de moisissures, les grilles au sol, les tuyaux au-dessus de ma tête, les corps gris et pâles recouverts d'argent et les plaques de roches rigides. Puis je regarde à travers l'espace et je vois Svera, recroquevillée sous le furieux qui vient de me blesser. Elle a retrouvé, un instant, son propre corps.

Je me précipite au bout de ma table et je pense à me lancer sur le dos du type, mais je me rends compte que je m'empalerais immédiatement.

– Non !

Mon cri arrive trop tard. Il jure et lève un de ses poings. Il l'abat et ses jointures inférieures gauches entaillent brutalement le visage de Svera.

– Non !

Mon hurlement semble faire réagir certains Niahhorrus. D'autres ont l'air d'être sur le point d'être malades. Ils se remettent rapidement et se rapprochent immédiatement de leur ami.

Ils l'attrapent alors que Svera tombe de la table puis sur le sol. Elle atterrit durement, mais elle bouge encore et je sens le souffle s'échapper de mes poumons serrés.

Elle se tamponne la joue, les doigts reviennent rouges, et quand elle lève les yeux, je vois couler un sang rouge éclatant.

– Svera, est-ce que tu...

Quoi ? Elst-ce qu'elle va bien ? Bien sûr qu'elle ne va pas bien !
Elle me fait juste un signe de tête.

Un ronflement retentit quelque part au fond du vaisseau, puis il y a un claquement plus aigu lorsque les portes métalliques s'ouvrent et que certains des Niahhorrus dont je me souviens remplissent l'espace. Le roi les conduit à l'intérieur et son visage est sévère. Il ne prend qu'une seconde pour examiner la scène avant de sortir brusquement une lame rose et incurvée de la ceinture qu'il porte à la hanche.

– Une femme a été blessée ? demande-t-il sèchement.

Tous, sauf le coupable, répondent par l'affirmative. L'un d'entre eux s'avance - celui qui m'avait parlé du shekurr - et fait un geste vers moi.

– Cette femme est enceinte.

Rhorkanterannu me regarde et il y a une expression sur son visage qui me rend... *triste*. Le relâchement de sa bouche, la tension soudaine dans son cou d'acier, la légère inspiration.

Son désir d'engendrer est à vif. À la vue de tous.

Il cligne des yeux plusieurs fois. La couleur tourbillonnante de ses paupières passe de l'argent à l'or et vice-versa. Il détourne son regard de moi.

– Elle a été blessée par Yourandena ?

Une autre réponse affirmative est apparemment tout ce dont il a besoin et il avance comme un coup de vent. L'homme en colère sort sa propre lame et la bataille qui s'ensuit est brève et extrêmement brutale.

Je peux à peine suivre leurs mouvements. Le roi tourne et les couteaux s'entrechoquent. Le roi passe habilement sa courte lame d'une main à l'autre et poignarde le mâle furieux du bas de sa mâchoire jusqu'au sommet de son crâne. Et juste comme ça, en l'espace de trois secondes, le combat est terminé.

Mon estomac se retourne et j'avale de toutes mes forces, espérant retenir la bile qui monte. La puanteur du sang des Niahhorrus est insoutenable.

Je suis sûre que Svera ressent la même chose car son visage perd toute couleur et le sang rouge qui suinte de sa peau apparaît encore plus vif sur son teint cendré et maladif.

– Aidez-nous. Maintenant, dis-je à voix haute.

Je prie toutes les comètes pour qu'elle ait gardé mon hologénérateur en plus du sien. Rhorkanterannu se tourne vers moi et ses yeux argentés clignotent alors qu'il jette un coup d'œil à Svera, puis à moi. Nous sommes toutes les deux moi maintenant.

– Que se passe-t-il ? demande-t-il.

– Vous ne pouvez pas nous tuer, et vous ne pouvez pas nous violer. Vous ne savez pas laquelle d'entre nous est la vraie Rakukanna et vous pourriez blesser la reine que vous voulez utiliser comme monnaie d'échange. Que les sept soleils du secteur m'en soient témoins, vous pouvez être sûr que vous déclencheriez une guerre intergalactique si vous la blessiez encore plus que vous ne l'avez déjà fait.

J'attrape ma cheville et je fais un geste fébrile en direction de Svera. Son visage mutilé est couvert par l'hologramme, qui vacille en s'adaptant à sa joue. *Technologie, s'il te plaît ne me lâche pas, et Svera, tiens bon !*

Les yeux de diamant du roi Niahhorru rétrécissent. Ses quatre bras et ses jambes gonflent et fendent l'air. Il a l'air terrifiant. J'ai rarement vu Raku avoir l'air si féroce. Il semble mortel.

– C'est ce que tu penses ? Que je *tuerais* une femme ? La reine d'une autre fédération ? Une femme qui porte un petit ? Ne sais-tu *rien* des Niahhorrus ?

Non, je ne sais rien, et même maintenant je ne suis pas sûre de le croire. Tout ce à quoi je peux penser c'est à Svera. *Et mon bébé. Peste d'étoiles. Xok ! C'est bien ce que le gars avec la baguette a dit ? Je suis enceinte. Je suis enceinte...* Ma mission vient de devenir encore plus difficile. Maintenant *je dois veiller sur trois personnes* et plus deux.

Je déglutis fortement et ma main couvre mon ventre, comme par instinct.

– Eh bien, c'est ce que vous êtes en train de faire. Vous allez tuer une femme. Mon am.. la Rakukanna est sur le point de se vider de son sang. Elle est à moitié humaine et nous n'avons pas les plaques que vous avez. Regardez son visage...

Il se tourne et je suis un peu surprise par l'horreur abjecte qui traverse ses traits d'acier. Je suis tellement habituée aux couleurs des crêtes des Voraxians... En dehors de Svera, je n'ai pas vu d'autre humain depuis longtemps. Ces Niahhorrus semblent avoir des expressions plus humanoïdes que les Voraxiens, car lorsque ses yeux s'écarquillent, que sa bouche s'ouvre, que ses quatre bras se replient et qu'il utilise une de ses énormes mains pour saisir sa mâchoire inférieure... il titube et il a l'air... il a l'air vidé.

– Où est Quintenanrret ? On a besoin du guérisseur ici *maintenant.*

Sa voix est un rugissement qui semble secouer la pièce entière. Je frissonne et serre ma jambe avec une vigueur renouvelée. Son regard se pose sur elle et je vois sa poitrine se gonfler encore plus.

– Quintenanrret !

Il fait deux pas rapides vers moi, ou plutôt vers Svera, et arrive à ses côtés si vite que je sursaute.

– En combien de temps les humains peuvent-ils se vider de leur sang ?

– Je...

Je ne le sais pas, mais je n'ai pas besoin de le lui dire.

– Pas longtemps. Notre sang est fin, donc nous nous vidons de notre sang très rapidement. Nous avons besoin de soins médicaux urgents. Même ces petites coupures peuvent suffire à nous tuer. Vous devez nous ramener à Voraxia, là-bas, ils sauront quoi faire.

Il respire fort, ses plaques se tirent et se poussent l'une contre l'autre. Il se lèche les lèvres en regardant ma cheville, puis mon visage. Puis il dit d'une voix basse qui ne s'adresse qu'à moi :

– Peu m'importe que tu sois la Rakukanna, que tu portes un enfant ou que tu ne veuilles pas être ici. La survie de mon espèce est la seule chose qui compte. Ta survie, ta présence ici, est liée à cela. J'ai donc besoin de toi en vie. Ne bouge pas. Je reviens dans un instant avec le guérisseur.

Sa voix dure nomme deux autres noms et il leur ordonne de le suivre. Il passe les portes noires et le reste des Niahhorrus se rapproche de nous alors que les portes se referment bruyamment derrière leur roi. Le corps de celui qui nous a fait du mal est entièrement oublié.

Je regarde Svera quand l'un d'entre eux s'approche d'elle. Ses quatre bras se meuvent avec une douceur incroyable venant d'un être comme lui. Il bouge comme un danseur. Un danseur géant, à quatre bras, de couleur argentée.

– Ne la touche pas !

Il a peut-être l'air précautionneux, mais je ne sais pas de quoi est faite leur peau et elle a l'air dure, rêche, tout sauf agréable.

Je suis surprise de voir que la brute réagit immédiatement : ses mains reviennent sagement se poser le long de son corps. Il choisit alors de s'accroupir à ses côtés. Son regard argenté et brillant reste fixé moi, comme s'il cherchait mon approbation.

– Humaine, aboie-t-il d'une voix graveleuse et profonde. Va-t-elle survivre ?

Je hoche la tête et regarde le visage de Svera, mais je ne peux pas dire à quel point elle va mal à cause de la projection du holo. Parfois, l'image de mon corps se trouble, se remet en place, puis vacille à nouveau. Le Niahhorru le plus proche d'elle se cabre sous le choc, et je maudis l'engin défectueux qui pourrait causer notre perte.

Un autre Niahhorru charge au centre de la pièce et se place devant Svera. Je ne peux plus la voir.

– Celle-ci n'est pas la Rakukanna voraxiane et elle ne porte pas d'enfant. Nous devrions effectuer un shekurr avec elle maintenant.

Ses mots, son comportement impétueux et son intense frustration me font penser qu'il s'agit là d'un Niahhorru beaucoup plus jeune.

– Par les comètes, mais qu'est-ce c'est que ce shekurr ?

Ma voix n'est qu'un murmure, je n'ai pas posé la question à haute voix. À la vérité, je n'ai pas envie de le savoir. J'espère seulement que ce n'est pas ce que je pense.

Le Niahhorru aux côtés de Svera fronce les sourcils en regardant le jeune homme.

– Nous devons attendre Rhorkanterannu. C'est son génie qui nous a menés à elles, et qui nous a donné le pont pour les faire sortir de Voraxia. C'est *sa* mission. Nous sommes ici grâce à lui.

Le jeune tressaille sauvagement et fait un pas de plus vers Svera, la main sur sa bite trapue.

– Tout... Tout est de sa faute. Elle devrait être punie pour sa tromperie !

– Eloigne-toi d'elle ! Svera, change-moi maintenant.

À mes cris, les Niahhorrus proches de moi font un demi-pas en arrière et je juge à leur surprise qu'ils n'aiment pas ma projection holographique - ou le fait que je sois reproduite holographiquement tout court.

La tête du jeune homme pivote.

– Éteignez cette machine exaspérante et révélez-vous ! siffle-t-il.

Je remarque que les piques qui sortent de son dos ne sont pas aussi longues ou épaisses que celles des autres. Celles du roi avaient l'air particulièrement dangereuses. Je ne sais pas pourquoi, mais cela me réconforte. *Je peux le battre.* Peut-être. *Si je le dois.*

– Non.

Il montre les dents et s'élance.

– Nondah, grogne l'autre Niahhorru en guise d'avertissement. Ne t'approche pas des femelles jusqu'à ce que Rhorkanterannu t'en donne l'ordre.

Le jeune - Nondah - se retourne et il y a quelque chose de féroce dans ses yeux.

– Nous sommes Niahhorrus ! Nous vivons selon le code de la vie et en ce moment il y a une femelle reproductible à notre disposition pour le shekurr, et nous ne faisons *rien.* Nous devrions la prendre maintenant. Nous ne savons pas quels autres tours elle a dans son sac.

À ces mots, je ne peux retenir un cri désespéré :

– Vous ne pouvez pas ! C'est la Rakukanna !

Il s'appuie sur le bord de la plate-forme et quand il lève le poing, je suis sûr qu'il va m'asséner un coup de poing au visage qui m'assommera.

Svera, qui essaie toujours de se remettre de ses blessures, crie faiblement, mais c'est l'un des autres Niahhorrus qui intervient. Non. Pas un seul. *Tous les autres.*

Huit mains, seize ou quarante me contournent et plaquent Nondah avant qu'il ne puisse s'élancer sur la table. Le jeune homme est facilement maîtrisé.

Un Niahhorru plus grand, avec des pointes épaisses et gris foncé de la longueur de mon avant-bras au maximum, plaque le jeune au sol. Il attrape la pointe la plus haute de Nondah et l'arrache. Nondah crie. Se redressant, le gros jette le pic de côté et s'approche de moi.

– Tu ne seras pas blessée.

L'écheveau au-dessus de ses yeux tourbillonne comme de la roche en fusion. Il penche légèrement la tête en avant et lève un bras sur sa poitrine.

– Rhorkanterannu l'interdit.

– Oui, enfin, jusqu'à ce que vous nous violiez…

L'homme recule, il est si surpris que c'en est presque comique. La bouche s'ouvre, ses plaques se soulèvent, les mains se lèvent.

– Violer ? Mon traducteur me fait-il défaut ? Vous pensez que nous allons vous forcer à vous reproduire avec nous ?

– Bien sûr. Qu'est-ce que vous comptez faire d'autre ? Nous ne sommes pas consentantes, ça, c'est certain.

Il semble tout aussi abasourdi par cette révélation et s'offusque :

– Mais le shekurr est un *honneur*. Toute femelle sélectionnée pour y participer devient feenah de son korrth.

Feen… de quoi ? Je m'apprête à demander des explications, mais je réalise que ça n'a pas d'importance.

– Vous nous avez enlevées. Vous ne pouvez pas…

Un cri attire mon attention au-delà du Niahhorru qui me fait face, vers le bas.

– La femelle est tombée, dit une voix profonde, pleine de chagrin.

J'avance vers elle immédiatement. Je me précipite sur le bord de la plate-forme. *Ce n'est pas possible. Ce n'est pas possible…* La naissance de mes cheveux est humide et mes lèvres ont un goût de sel. Entre les corps qui se déplacent entre nous, je vois Svera allongée en arrière sur le sol. La grande main d'un Niahhorru se trouve derrière son cou, c'est la seule chose qui la maintient surélevée.

– Svera…

À l'instant même, son hologénérateur court-circuite.

– Peste d'étoiles, elle saigne tellement…

Je pense à sauter de la table, mais au moment où je bouge mon pied, une douleur déchirante me surprend. Glissant sur mes doigts, mon sang coule. Il est d'un cuivre plus terne que le rouge de Svera, ce qui, sur sa peau pâle, est encore plus choquant. En outre, elle en est couverte.

Son cou, ses bras, ses mains, ses joues surtout. Sa robe verte en tissu est tachée de violet... J'avais juré qu'elle survivrait à ça. Je m'étais fait cette promesse, à moi plus qu'à elle. J'ai juré qu'elle reverrait sa famille. Elle ne devrait pas être ici. Mais elle l'est. À cause de moi. *C'est de ma faute...*

Une ombre s'abat sur moi et je lève les yeux pour voir le même Niahhorru qui avait été choqué que je ne veuille pas être violée dans le shekurr se pencher sur ma cheville et siffler :

– Tu as été lacérée par les hiannrus inférieurs. Ils sont plus tranchants que les serres supérieures. Et ta Rakukanna, ou ta... sœur humaine a été violemment frappée par Yourandena. Vous êtes plus délicates que les femelles de notre espèce. Elle saigne beaucoup. Devrions-nous faire pression sur la blessure ?

– Est-ce qu'elle respire ? A-t-elle un pouls ?

Nous regardons tous les deux le Niahhorru le plus proche d'elle et attendons son évaluation. J'expire avec soulagement quand il acquiesce.

– Son pouls est faible, répond-il.

– Avez-vous quelque chose de stérile ?

Il se contente d'incliner sa tête carrée géante et de me regarder fixement, sans sourciller. En fait, je n'ai vu aucun d'entre eux cligner des yeux, je n'ai vu que la visière s'abaisser pour protéger leurs globes oculaires pendant un combat.

– Qu'est-ce que c'est ?

– Stérile ?

– Le mot ne se traduit pas.

– Soleils compatissants...

Je commence à m'éloigner de la table, en me déplaçant lentement sur le côté. Au moment où mon pied touche le sol, ma cheville me fait souffrir le martyre. Je maudis et regarde les Niahhorrus toujours présents dans la pièce. C'est alors que je remarque que tous leurs yeux sont braqués sur moi.

– Allongez-la sur le dos et soutenez ses pieds si vous le pouvez. Est-ce que quelqu'un ici a...

Il y a un énorme bruit et une explosion quelque part dans le vaisseau, loin de là où nous sommes. Mais c'est quand même assez significatif pour conserver mon attention. Je jette un coup d'œil à Svera. Je la vois ouvrir les yeux et me regarder. Je remercie intérieurement les puissances de l'univers.

Le Niahhorru qui se tient devant moi crie une flopée de noms et une douzaine de Niahhorrus se précipitent soudainement vers la porte.

– Trouvez Rhorkanterannu. Déterminez à quelle vitesse nous pouvons débarquer et revenir au vaisseau. Nous devons retourner à Kor avant qu'ils ne nous poursuivent.

– Ils ne nous auront pas déjà trouvés. Nous sommes à l'extrémité du Quadrant. Nous sommes indétectables par les détecteurs longue portée. C'est pourquoi nous avons choisi ce vaisseau décrépit... Aucune fréquence alpha entrante ou sortante. Nous ne sommes que du matériel. Du matériel ancien. Et nous avons perturbé leurs docks en plus. Ils ne peuvent pas nous atteindre.

Le Niahhorru sur le sol à côté parle tout en soulevant doucement les petites jambes de Svera et les pose sur un bloc de métal noirci.

Elle cligne rapidement des yeux, et bien sûr, comme c'est Svera, elle murmure :

– Merci. C'est très gentil.

Le Niahhorru acquiesce, puis se fige lorsque Svera ajoute :

– Mais tu as tort. Ils peuvent vous trouver.

Elle fait glisser sa paume sur son bras. Le vert vacillant clignote un instant avant de s'estomper.

– Tu as ton moteur de vie? je demande, curieuse de savoir pourquoi c'est important.

Les moteurs de vie ne contiennent pas de géo localisateurs. J'en sais quelque chose, j'ai aidé Lemoria à bricoler la technologie qui permettrait aux moteurs de vie de s'adapter aux anatomies humaines et hybrides. Je ne savais pas qu'ils étaient déjà prêts. Je devais être avertie quand ils le seraient. Pourquoi Svera en a-t-elle un ?

Svera acquiesce. Un autre grondement retentit et les portes par lesquelles le Niahhorru vient de disparaître se referment.

– J'en ai un et il transmet les coordonnées de ma position, affirme-t-elle.

Tout ce que je croyais savoir vient de voler en éclats. Si je n'avais pas tout lieu de me réjouir, ça m'aurait même inquiétée.

– Vous feriez mieux de tous partir parce qu'il vous faudra être tous ensemble pour défendre cet endroit, si telle est votre intention. Et j'espère que ce n'est pas le cas. Vous semblez être un peuple... noble. C'est le désespoir qui vous a poussés à agir ainsi, ne le laissez pas vous contrôler.

– Vous ne savez rien de notre désespoir ! crie Nondah depuis le sol.

Je grimace en apercevant le sang noir qui s'écoule de la blessure ouverte dans son dos. Ça a l'air douloureux.

Il se lève, mais le Niahhorru qui m'a défendue auparavant le repousse en le mettant en garde :

– Les femelles humaines n'étaient pas censées être blessées. Celle-ci a clairement une certaine importance. Nous ne pouvons faire de shekurr avec aucune des deux. Nous n'avons que deux options : prendre la Rakukanna maintenant comme monnaie d'échange, ou les abandonner toutes les deux et quitter le vaisseau.

– Nous ne pouvons pas les abandonner !

– Tu me défies ?

Le mâle Niahhorru plie ses quatre bras. Nondah s'abaisse avec un air vicieux.

– Ontte, c'est ce que je fais.

L'attaque se produit d'un seul coup et est foudroyante dans sa vitesse et sa violence. De l'autre côté de la pièce, j'entends Svera crier. Elle fait écho au son qui se propage dans tout mon corps. Je me recroqueville, loin du combat, et me laisse tomber au sol malgré le feu qui me ronge la cheville et remonte jusqu'à la moitié de ma jambe. Debout sur une jambe, je garde la planche de métal entre moi et les combattants.

Je jette un coup d'œil à la porte, remarquant la forme inhabituelle de la poignée, de la taille d'un Niahhorru. Je pourrais l'atteindre mais combien de temps me faudrait-il pour l'enfoncer ? Et même si je pouvais sortir pendant que les autres sont distraits, qu'est-ce que cela ferait ? Où irais-je ? Comment ferais-je sortir Svera avec moi ? Et soudain, je n'ai plus le temps de poser des questions. Le combat touche à sa fin.

La défaite de Nondah est imminente. Il a déjà pris trop de coups au visage et à l'estomac. Les Niahhorrus semblent frapper sur le côté en priorité et le plus grand atteint les flancs de Nondah dès qu'il en a l'occasion. Il donne un autre coup - cette fois un coup de pied - à la cuisse de Nondah et Nondah plie le genou. Il tombe. Son adversaire avance et au moment où il tend deux de ses grandes mains vers le visage de Nondah, comme s'il allait lui arracher la peau du crâne, le vaisseau se dérobe sous mes pieds.

Je retiens ma respiration et mon estomac remonte dans ma gorge. Svera crie. Le Niahhorru près d'elle l'enlace au niveau de la taille et enfonce ses mains dans le sol de façon à s'y accrocher avec ses griffes. Je ne comprends que trop tard ce qu'il fait. Un instant après, le vaisseau bascule hors de son axe et tous ceux qui sont debout sont projetés dans les airs.

Je m'envole, le temps ralentit, et quand je cligne des yeux, je vois le Niahhorru qui était sur le point de tuer Nondah s'incliner trop en arrière. Ses bras s'agitent. Sa poitrine est alors exposée et Nondah n'hésite pas. Il frappe.

Son poing plonge dans la poitrine du mâle, ses griffes dures s'enfoncent sous les plaques et les arrachent. Je crie alors qu'il empale le guerrier Niahhorru mais même ce son est noyé dans un profond et sombre vacarme : des cliquetis, du métal qui se déchire et des os qui craquent contre le sol.

Je veux appeler Svera, mais mes poumons sont dans ma gorge et mon estomac semble se déchirer. Mon estomac, oh peste d'étoiles, mon estomac...

Je m'effondre en formant une boule. Mon corps se referme autour du bébé. Mon bébé. Le bébé de Xoran. Mes bras viennent couvrir ma tête. Le temps s'écoule lentement et je heurte quelque chose une seconde plus tard. Ma tête se cogne violemment contre cet obstacle. Le monde s'efface pour ne laisser place qu'à l'odeur de la fumée et à la voix de Svera qui crie mon nom.

20
Xoran

Les docks ne sont plus que des ruines. *Rhorkanterannu.* Ce nom me frappe comme une dague dans le ventre chaque fois que je pose les yeux sur ce qu'il a saccagé. *Dans quel but a-t-il fait cela ? Quelque chose m'échappe. Pourquoi trafiquer les docks ?*

– Il a saboté sa seule issue.

Xa'Raku vient d'énoncer la pensée qui me traverse l'esprit. Elle écarte d'un coup de pied un morceau de werro tombé. Les morceaux de cet arbre millénaire qui avait survécu aux attaques du temps sont maintenant éparpillés sur le sol de la forêt.

Les pirates de Rhorkanterannu ont mis le feu à l'arbre et quand Ixria a tenté de les arrêter, ils ont tiré sur elle et sur son xub'Ixria. Lemoria l'a suspendue dans un réservoir merillien, Ku'Rohru est à ses côtés. Il l'observe en retenant son souffle, comme Va'Raku, qui est toujours au chevet de sa Va'Rakukanna.

Ils sont âmes soeurs Xiveris. L'un ne peut pas et ne veut pas vivre sans l'autre. Le Xanaxana exige une union et aujourd'hui, Xana guide Ixria et Ku'Rohru. Mais je sais que le Xaneru d'Ixria est fort. Elle vivra. Rhorkanterannu mourra pour ce qu'il a fait durant ce solaire.

Xa'Raku se tourne vers moi et ses yeux se déplacent vers la droite, vers la troupe de trois xcléranx qui s'approche. A leur tête se trouve Tur'Roth. Il incline la tête.

– Nos recherches ont permis de découvrir une perturbation dans les plaines, juste au sud d'Illyria. Nous pensons que Rhorkanterannu et ses Niahhorrus ont pu fuir dans cette direction.

– Guidez-nous, dis-je, et l'air qui pénètre dans mes poumons sent le sucre et l'épice.

L'écorce de werro rend ses derniers soupirs. L'arbre ne se rétablira pas et aux premières lueurs du jour, une fois que Rhorkanterannu sera appréhendé, nous devrons déplacer tous les transporteurs qui se trouvaient à l'intérieur. Nous l'honorerons alors, ainsi que le cadeau qu'il a offert à des générations de Voraxians, avant de répandre ses cendres et ses graines pour que de nouveaux arbres werros puissent naître de son sacrifice.

Mes xub'Rakus se replient derrière et autour de moi, les xcléranx mènent la marche. Nous formons un diamant et nous déchirons la ville comme un couteau.

Tout le monde est à l'intérieur, en quarantaine dans les maisons, sauf les guerriers. Peixal est toujours en état d'arrestation. Voraxia est calme. Nous n'apercevons que le sable, la lumière tamisée de la rivière xamxin et les troncs épais de nos arbres qui sortent du sol comme les lances de quelque être grand et ancien.

Mon pouls est régulier et constant. Je suis calme, je sais que Rhorkanterannu sera bientôt appréhendé. Il n'a sûrement pas assez d'hommes, et il n'a plus d'issue. Quand bien même il en aurait une, il n'a aucune chance d'obtenir ce qu'il veut. Ou plutôt, celle qu'il veut.

Ma Rakukanna est en sécurité.

Je le sais parce que je sais qu'il n'y a pas un seul être dans l'univers qui serait capable de percer les défenses qui l'entourent, et de vaincre Krisxox. Je ne pourrais même pas la libérer moi-même si ma Rakukanna ordonnait à Krisxox de m'empêcher de la retrouver. Son style de combat sauvage est inégalé, donc à moins que Rhorkanterannu n'attaque

Krisxox avec toute la force de sa flotte, il n'y a aucune chance qu'il puisse jamais l'atteindre...

Un léger bruissement parcourt l'air, puis c'est le silence. Je lève le poing et le contingent entier s'arrête rapidement et silencieusement. Le vent tourne, se frayant un chemin entre les werros. Dans son souffle, je sens un parfum étranger.

– Mon Raku, tu entends ça ? demande Xa'Raku.

Comme elle, j'ai perçu ce bruit effrayant. La peau de ma nuque se hérisse et les plaques de mes cuisses et de ma poitrine durcissent. Mon souffle s'épaissit et j'inspire plus profondément. Très profondément. J'attends, puis je l'entends à nouveau. *Nox. Ce n'est pas possible.*

Le Xanaxana perfore mes poumons comme des éclats de verre tranchants et éventuellement fatals. Je pivote alors que le vent fouette mon visage. Ce courant d'air est chaud, et pourtant, mes entrailles se transforment en glace. Le bruit de balles et d'une explosion lointaine nous parviennent.

– Nox !

Je romps la formation alors que le mot sort de ma bouche, suivi d'une centaine de malédictions parmi les plus ignobles que je puisse imaginer, et d'un millier d'autres supplications. Je tiens le Xanaxana haut dans mon coeur alors que les xub'Rakus et le xcleranx me suivent.

Nous plongeons dans la lumière déclinante, nos bottes s'enfoncent dans les sables. Cela ne me dérange pas. J'ai grandi ici. Mon corps est adapté à cette planète. Je connais chaque centimètre de sa surface et je sais qu'il n'y a aucun moyen pour Rhorkanterannu de s'échapper de cette ville sans que je le sache, donc s'il pense ne serait-ce qu'un instant qu'il va prendre ma Rakukanna avec lui, alors il a perdu la tête. Ou *il sait quelque chose que j'ignore.*

Une dague d'incertitude transperce le mur de ma confiance. Lentement, je sens qu'il commence à s'effondrer. *Rhorkanterannu n'est pas un imbécile. Aucun être qui dirige la folie de Kor ne pourrait l'être.* Il s'est construit un empire à partir des décombres de l'espace. Et maintenant, il est venu pour elle. Je suis tombé parfaitement dans le creux de sa main en permettant à cette distraction sur les quais de nous séparer.

Je fonce vers l'avant, la bouche sèche. Les tirs deviennent de plus en plus forts. Une autre explosion secoue les fondations des arbres qui nous entourent. À une grande distance, j'entends les branches qui se brisent.

– Tenez bon ! crie l'un des xcléranx.

Il lève le poing et une branche de werro tombe sur le sol sablonneux devant notre contingent. Elle est à peine posée que je recommence à avancer.

– Attention !

Un xcléranx me plaque par derrière et plusieurs autres poussent des cris lointains. Un craquement tonitruant explose juste à l'endroit où je me tenais et lorsque je me relève, je vois plusieurs corps de xcléranx coincés sous le bois. Je m'approche d'eux, mais un rugissement de douleur attire mon attention. Un rugissement Voraxian. Un rugissement familier.

– C'est Krisxox. Allez-y ! Les xcléranx vont secourir ceux qui sont tombés. Je reste derrière, mon Raku, s'écrie Xa'Raku en sautant par-dessus les branches tombées.

Elle donne des ordres laconiques. Une autre branche tombe. Je me baisse et saute par-dessus la suivante. Mon esprit est embrumé par le besoin. J'ai besoin de la voir. J'ai besoin de l'avoir dans mes bras. Le martèlement dans ma tête et le grondement fou du Xanaxana dans ma poitrine ne font qu'augmenter mon hystérie et ma frénésie. Le feu ionique au loin ne fait que s'amplifier jusqu'à ce qu'il s'éteigne d'un seul coup.

Nox. Nox, nox, nox. Krisxox n'a pas perdu. Les femelles sont en sécurité. Nos combattants xcléranx ont vaincu Rhorkanterannu. Quand j'arrive, après avoir dépassé le virage suivant, toutes ces pensées partent en fumée.

Xa'Raku inspire de surprise à côté de moi mais aucun de nous deux ne parle. Nous n'avons pas de mots pour décrire ce que nous voyons. Le centre robuste du werro chambre d'amis où ma Rakukanna a installé son laboratoire, est fracassé. Lui aussi s'est battu pour elle. Tout comme les corps de mes xcléranx. Ils gisent tous sans vie maintenant.

Xa'Raku et les autres xcléranx commencent immédiatement le processus de tri. De mon côté, je suis le chemin qui a été dégagé par eux et qui mène jusqu'au laboratoire.

Tout y est presque comme elle l'a laissé.

En dehors des empreintes de bottes. De grandes et lourdes bottes. Les empreintes sont nombreuses. Trop nombreuses. *Comment ont-ils pu arriver si nombreux sur cette planète ?* Le vaisseau de Rhorkanterannu a été inspecté à son arrivée. Il ne peut contenir que quatre passagers. Les traces de dizaines de bottes sur le sol me content une toute autre histoire. Ce n'est tout simplement pas possible. *Et ce qui l'est encore moins, c'est qu'il n'y a plus une trace de tous ces hommes : où sont-ils allés ?*

Je m'accroupis et je tâte les fissures du sol en mousse avec mes mains. Sèches et abîmées, elles trahissent la présence de petits pieds. Quatre pieds. Pourtant aucune des deux femelles n'est ici. Et où est…

– Krisxox ! Mon Raku, nous avons trouvé Krisxox ! crie un des xcléranx.

Je sors par le trou fracturé et carbonisé du werro pour voir la forme mutilée de Krisxox émerger de la ligne des arbres. Il n'est que blessures et chair sanguinolente, l'image même de la violence. J'ai sous les yeux la preuve qu'il n'a pas pu donner sa vie pour sauver les femelles, mais qu'il a essayé.

Le collier cerclé de métal qu'il porte au cou n'est pas de fabrication voraxiane et il tient un bras raide contre sa poitrine. Des brûlures couvrent tout son côté droit et lorsqu'il titube, je vois le sang étalé sur son visage, le long de son cou et sur ses omoplates. Je me précipite en avant et le rattrape alors qu'il tombe.

– Krisxox.

Il tente de s'incliner devant moi mais je le maintiens debout.

– Je sais où ils sont. Je sais comment ils sont arrivés là, mais je ne comprends pas la technologie qui leur a permis de le faire.

Il semble à peine capable de se tenir debout, mais il parvient à former des mots cohérents.

– Je peux les retrouver. Je l'ai équipée d'un traceur.

– La Rakukanna ?

– Nox. Svera. J'ai mis un traceur dans son moteur de vie.

Sa déclaration me laisse sans voix. Nous ne surveillons pas ainsi notre peuple. Krisxox doit voir le jaune monter dans mes crêtes, perturbant un peu le noir. Je n'essaie plus de cacher ces couleurs maintenant. Je ne suis plus maître de mes émotions. Je ne suis qu'un cœur à vif qui saigne.

Qu'est-ce qu'il lui fait ? Est-ce qu'il la soumet à la cérémonie du shekurr ? Est-ce qu'il permet à chacun de ses Niahhorrus de goûter à mon âme sœur Xiveri ? C'est mon âme soeur. La mienne. Mon orgueil démesuré s'est mis en travers du chemin. J'étais si déterminé à le débusquer que je n'étais pas là pour la protéger.

– C'est une prisonnière. J'ai pensé qu'il valait mieux installer un traceur au cas où elle essaierait de s'échapper.

– Que s'est-il passé ?

Mon intervention est hargneuse, cette histoire de traceur ne m'intéresse pas pour le moment.

– Ils pensaient m'avoir assommé quand ils ont pris les femelles humaines. Ce n'était pas le cas. Ils avaient l'intention de me tuer mais ta Rakukanna a épargné ma vie. Elle s'est offerte à eux pour me garder en vie.

La fureur fait monter mon pouls en flèche, mais lorsque Krisxox s'appuie davantage sur moi, je le soutiens.

– Je les ai suivis en les traquant à distance. Ils ont fait route jusqu'au sud d'Illyria vers les terres plates et quand ils sont arrivés, ils... je n'ai aucune idée de la technologie qu'ils ont utilisée, mais comme avec une sorte d'étrange moteur à gravité, ils ont été propulsés dans le ciel et ils ont disparu. La balise de Svera s'est désactivée à cet instant, mais est réapparue peu de temps après. Ici. Regardez.

Il passe son bras valide sur son bras gauche, mutilé, et son système de survie s'active. En naviguant rapidement sur ses commandes, il a dressé une carte des étoiles.

– Ici. Elle est ici. Juste à la frontière du quadrant.

– Comment diable ont-ils acquis une technologie aussi avancée ? Qui la leur a vendue? demande Xa'Raku en s'approchant de moi.

Je lève la main.

– C'est sans importance maintenant. Maintenant nous allons nous battre. Nous devons récupérer Svera et la Rakukanna.

Ma Rakukanna. Ma Miari.

– Hexa.

Krisxox saigne entre ses dents. Il me regarde et ses yeux sont féroces et sauvages, son besoin de détruire Rhorkanterannu rivalise avec le mien. Ses crêtes sont une explosion de gris violents et viscéraux, aussi assoiffés de sang que le noir qui a consumé mes crêtes, mon visage, mon cou, mes bras. Je baisse les yeux. Je suis un cauchemar qui renaît et je le serai jusqu'à ce que je la voie, jusqu'à ce que je la touche, et jusqu'à ce que je m'assure que tout Niahhorru qui lui a fait du tort tombe.

Xa'Raku se lève, regarde la carte devant nous et la petite tache de lumière parmi les étoiles qui a plus de valeur pour moi que tout le reste de l'univers. C'est ce qui me ramènera à elle.

– Nous ne pourrons pas décoller avec le croiseur de combat, dit-elle.

– Nous n'avons pas besoin d'utiliser le croiseur de combat pour prendre leur vaisseau.

Et leurs vies.

– Mais les docks - ils ont été détruits...

– Hexa, confirmai-je en inspirant, mais pas tous. Je suis Raku, je peux moi aussi leur réserver quelques surprises.

J'ai aussi assez d'armes pour déchirer Rhorkanterannu en mille morceaux et me faire un habit de toutes ses parties sanglantes.

21
Miari

Un cri déchire l'atmosphère et me ramène à la réalité en sursaut.

Je ressens d'abord une chaleur qui s'est emparée du côté droit de mon visage. Lente et sirupeuse, elle glisse de ma tempe à mon menton. Elle est épaisse et visqueuse. Une autre goutte coule, celle-ci éclabousse mon front et glisse le long de l'arche de mon nez. Ma bouche s'ouvre et la goutte y pénètre comme si elle était destinée à y entrer depuis le début. Un goût aigre et métallique assaille mes papilles, c'est aussi amer qu'ignoble. Du sang. Le mien et celui d'autres. Je tousse et la secousse de mon buste est ce qui réveille le reste de mon corps.

Je geins et ce faisant, j'aspire un souffle qui a le goût du feu et de la moisissure. Je tousse à nouveau. Je n'arrive pas à inspirer comme je le voudrais. Il y a une pression sur ma poitrine qui m'en empêche et quand mes yeux s'ouvrent, je vois un tas de métal qui s'entrecroise devant moi. Je suis prise au piège.

Un mouvement près de mon épaule gauche attire mon attention et ce que je vois me fait frissonner : un pirate Niahhorru est empalé sur le mur au-dessus de ma tête par un tuyau cassé. Son sang noir dégouline sur moi, oui, mais il y a aussi des eaux usées épaisses qui se répandent dans l'espace avec un abandon sauvage. Elles coulent dans mes yeux, dans mes cheveux, sur mon cuir chevelu et sur ma nuque. On dirait des doigts.

C'est dégoûtant et je veux m'en éloigner, mais la table qui, à un moment donné, a servi de plateau sur lequel j'étais exposée, et à un autre moment, de bouclier, est maintenant ma prison. Je suis coincée entre elle et le mur derrière moi.

Le bruit de ma respiration saccadée est interrompu par un cri de femme, la seule autre femme dans la pièce.

– Svera ?

Elle crie à nouveau et j'entends des bruits de grattage. Il y a une lutte et je ne peux pas l'atteindre.

– Femme, fais attention, tu portes un enfant, croasse une voix en dessous de moi.

À ma droite se trouve un Niahhorru coincé sous un autre tuyau cassé, de celui-ci se déverse la même bave noire que celle qui coule sur mon visage, trempe mes cheveux et freine ma détermination.

– Tu dois te calmer, ce n'est pas bon pour le petit.

– Mon amie, elle est là-bas...

– Avec Nondah, ontte.

Il acquiesce solennellement et penche sa grosse tête carrée vers le bas et c'est à ce moment que je remarque que ses pointes... sont toutes cassées. Je vois les éclats éparpillés autour de lui et je grimace. Il s'exprime normalement, mais je peux sentir la douleur émaner de lui comme une présence tangible.

– Il va la protéger.

Je secoue la tête.

– Alors pourquoi est-ce qu'elle crie ?

Svera hurle à nouveau et le son de sa voix couvre presque ma question. Un bruit de métal retentit et j'entends une voix de Niahhorru maudire.

Le Niahhorru allongé expire :

– S'il est vrai qu'elle n'a jamais couché avec un mâle auparavant, alors peut-être que cela la fait souffrir.

– Quoi ! Il la viole ?

– Il a la fièvre du rut. C'est un déshonneur pour elle de ne pas être prise dans un shekurr correct, mais il n'y a rien que l'on puisse faire quand un mâle est sous l'emprise de la fièvre.

– Vous devez l'arrêter !

Alors que je crie, mon regard balaie toute la longueur de son corps nu. L'une de ses jambes est coincée sous le coin de la table qui m'emprisonne également et le métal a percé ses plaques, sa chair et ses os jusqu'à l'autre côté de la cuisse. Il ne peut pas plus bouger que moi. Il est à peine vivant.

– Il doit y avoir quelqu'un d'autre, je soupire.

– Nondah les a tous tués.

– Par toutes les comètes... non...

Je suis prise d'hyperventilation. Je me bats de toutes mes forces avec la table devant moi, mais elle ne bouge pas. Pas même un peu. J'attrape l'un des tuyaux qui s'entrecroisent devant moi et je pousse. Le meuble bascule finalement vers l'avant et l'autre côté de la pièce est visible.

Il y a des corps partout. Trois ou quatre sont coincés sous un morceau de grille qui s'est détaché du sol et a percé leurs jambes, leurs bras, leur cou et leur dos. Ils sont coincés. Une autre demi-douzaine de Niahhorrus sur le mur de gauche ont été transpercés par des poutres comme celle qui se trouve au-dessus de moi. Mais le reste...

Cinq Niahhorrus gisent face contre terre, des morceaux de leurs plaques ont été arrachés - l'un d'entre eux est le mâle qui a essayé d'arrêter Nondah avant l'explosion. Ses tripes sont à l'air libre et leur seule vue me donne envie de vomir. La seule chose qui m'empêche d'être malade est la panique qui s'empare de moi quand je pose les yeux sur le seul Niahhorru vivant, *déchaîné* et libre de ses mouvements restant dans la pièce.

Il s'avance vers Svera, son imposante stature la dépasse d'au moins deux têtes. La seule chose qui les sépare est une table renversée et la seule arme à disposition de mon amie est l'expérience que j'ai menée sur un petit couteau Droherion. Il s'élance et elle hurle, en brandissant le couteau dans un geste hésitant. Contre toute attente, elle parvient tout de même à lui entailler la joue.

Il tamponne le sang frais sur son visage et rugit. Alors qu'il plonge vers elle, un de ses bras se prend dans ses cheveux. Il tire et arrache son foulard. Deux tresses brun doré tombent sur ses épaules et elle crie. Elle se bat avec ses mains, elle utilise sa lame pour le couper au moins une douzaine de fois, mais elle ne peut pas le retenir éternellement.

Il saisit le devant de sa tunique et le déchire si fort que tout son corps est projeté en avant en même temps lorsque sa tunique se déchire en deux.

Des larmes de colère impuissantes brouillent ma vision. Je ne peux pas regarder. Je ne peux pas détourner le regard. Le petit corps de Svera est ensuite tiré par-dessus la table et gît à la vue de tous sur le sol ensanglanté.

– Éloigne-toi d'elle !

Je m'époumone mais Nondah s'en moque.

Il écarte ses jambes d'un coup de pied et s'abaisse à genoux entre elles. Svera hurle et se jette sur son visage, réussissant à plonger son couteau dans son cou. Il se cabre avec un cri de rage et arrache la dague de sa gorge, *de l'une des plaques qu'elle a dû toucher.*

Jetant la lame sur le côté, il ne prend même pas la peine de stopper son propre saignement. Au lieu de cela, il l'attrape par les épaules et utilise deux de ses bras pour lui coincer les poignets de chaque côté, loin de son corps, de façon à ce que ses seins soient bien visibles. Il utilise ses deux autres bras pour arracher complètement les lambeaux de sa robe. Elle se débat avec acharnement, mais sa rage ne fait que croître, jusqu'au point de rupture. À ce moment-là, il s'en prend à elle.

Il l'attrape par les épaules et la secoue. Lorsque sa tête heurte le sol en caillebotis métallique, elle pousse un cri étranglé et son corps s'immobilise.

– Svera !

Un rugissement sourd suit le son de ma voix et j'entends le métal se tordre, puis une autre explosion. La porte est projetée vers l'intérieur et des larmes chaudes coulent librement sur mes joues.

Des larmes de soulagement.

Krisxox vient d'apparaître. Couvert de sang de cuivre. Son bras forme un angle anormal et est maintenu contre sa poitrine par une corde. Son autre main porte une de mes épées Droherion. Il a beau être blessé, il a l'air prêt. Il a l'air mortel.

– Krisxox ! Aide Svera !

Ses yeux s'écarquillent quand il me voit, piégée là où je suis, mais je vois alors ses lèvres former un mot qu'il ne prononce pas. *Svera*. Puis sa tête pivote, il scrute la scène du regard, et le guerrier Krisxox que j'avais connu n'est plus. À sa place, une ombre se tient face à Svera et Nondah.

Le noir balaie ses crêtes et descend le long de ses bras, avant de s'étendre pour couvrir sa poitrine et son ventre de taches sombres tout en consumant entièrement son visage. Comme ses yeux noirs sont sans iris, il ressemble à une ombre lorsqu'il se déplace plus vite que la lumière pour plonger vers le Niahhorru qui se trouve sur le sol.

Krisxox émet un rugissement qui secoue toute la pièce. Et les fondations du vaisseau. Il bondit en avant. D'un seul mouvement de sa lame rayonnante, il enlève toutes les pointes de Nondah.

Nondah hurle de douleur et se cabre, mais ses yeux ne savent où se fixer. Ses mains touchent toujours le corps mou, meurtri et immobile de Svera sur le sol. Il n'a aucune chance. Il est fini. Il n'est pas possible de vaincre Krisxox en combat singulier en temps normal et ce n'est *certainement* pas possible maintenant. Ce que j'ai sous les yeux est une version de lui dont j'ignorais totalement l'existence.

Le combat est fini en moins de temps qu'il ne faut pour le dire. Lorsque Krisxox fait un pas de plus et transperce l'air avec son épée, il emporte la tête de Nondah. La coupure est nette, juste au-dessus de l'endroit où Svera l'a poignardé. La tête de Nondah s'envole. Vers *moi*.

Je pousse un cri étranglé quand la tête sanglante heurte la coque extérieure de la table qui m'enferme et que du sang sulfureux me gicle au visage. Ma poitrine se serre au contact de la tête, mais j'ignore la douleur et tourne mon regard vers Krisxox. Il jette son épée sur le côté et il enlève la bande qui maintient son bras gauche contre sa poitrine.

Il fait une génuflexion. Ses genoux se dérobent alors qu'il se laisse tomber à côté de Svera. Je suis prise de panique lorsqu'il enlève le pagne qui le couvre, mais l'instant d'après, il enroule très soigneusement le tissu noir autour du corps de Svera. Il prend les restes en lambeaux de sa robe et les attache à la hâte autour de ses cheveux, puis il la prend dans ses bras, contre sa poitrine, et pendant un long moment, il la tient simplement.

Ses yeux sont fermés mais les couleurs de ses crêtes s'affolent... le noir a disparu, d'autres couleurs illuminent son front... beaucoup d'autres couleurs. Du rouge, du bleu, des verts... du violet... Il brille pour elle comme Xoran brille pour moi quand il est envoûté par la chaleur du Xanaxana. J'inspire bruyamment.

Le regard de Krisxox se lève vers moi et les couleurs meurent instantanément. Ou plutôt, il essaie de les faire disparaître. Il est clair qu'il n'a pas l'habileté de Xoran pour les contrôler car, de temps en temps, un léger murmure de couleur apparaît - une poussière d'or, une éclaboussure de blanc, une tache de lavande.

Mais dès qu'il entend des bruits de combat et d'explosions, le noir fait son retour. Krisxox se lève et saisit son épée au sol sans lâcher Svera.

Une douzaine de pirates Niahhorrus entrent en trombe dans la pièce. Ils sont tous armés maintenant. Krisxox ne peut pas gagner. Je ne peux pas l'aider. Et même si je pouvais me libérer, je ne pourrais pas l'aider de toute façon. Nous avons tous les deux besoin d'aide. Nous avons besoin de Raku. *J'ai besoin de Xoran.*

– Xoran !

Mon cri trouble me silence. Je me rappelle, trop tard, que je ne devrais jamais partager son nom sacré, encore moins avec l'ennemi. Emplie de colère et de frustration, je frappe mon poing sur la plateforme assez fort pour que la douleur se propage dans tout mon bras.

– J'ai besoin de toi.

Le premier des Niahhorrus s'avance vers Krisxox, qui émet un grognement bas et animal issu du plus profond de sa poitrine. Ses crêtes sont à nouveau entièrement noires, mais au moment où le Niahhorru lève ses quatre poings, il y a un *zing* soudain et un terrible cri tordu résonne au-delà de cette salle des horreurs.

Les Niahhorrus commencent à se tourner et, alors qu'ils le font, je sens une légèreté sur mes joues lorsque j'aperçois un visage familier dans l'embrasure de la porte brisée.

Des crêtes aussi noires que l'espace ajoutent un contraste troublant aux différentes couleurs, aux différents liquides qui couvrent son corps. Il s'agit de *sang* étalé sur ses joues, sa poitrine, ses bras, son pagne, ses jambes, ses bottes et ses épées. *Combien en a-t-il tués ? Est-ce que je veux le savoir ?*

– Raku !

Il m'a entendue mais il ne me regarde pas. Il se concentre plutôt sur la rangée de Niahhorrus en face de lui. Ils sont tous alignés pour attaquer.

Krisxox commence à avancer, mais il s'arrête. Son regard se détourne vers Svera dans ses bras. Elle est toujours inconsciente et Krisxox la regarde tandis que son corps se tend vers l'avant comme s'il luttait entre le désir de se battre et celui de la garder contre lui sans parvenir à prendre une décision.

Finalement, un grondement emplit toute la pièce, la secoue. Je réalise que ce n'est pas Xoran qui grogne - c'est son Xanaxana. Fort, profond et *mien*. Je sens ma poitrine chanter en réponse. Un bourdonnement subtil résonne dans mes oreilles. J'en suis étourdie et j'ai le vertige.

– Xoran...

Il vient de se faire couper la poitrine par un Niahhorru portant une épée longue. Ça n'a pas l'air de le ralentir du tout. Un autre sort un pistolet ionique, mais Xoran lève son avant-bras et un bouclier holo apparaît à temps pour bloquer la balle.

Alors qu'il se fraye un chemin dans la foule, je vois Xa'Raku derrière lui, portant une arme qui ressemble à une scie avec des dents électriques. Elle la manie à deux mains. Quand elle glisse et coupe de sa lame les corps qui lui bloquent le passage, elle ressemble à une danseuse tourbillonnante.

Derrière eux, des xcléranx portent une gamme d'armes allant de mes épées droherion à des pistolets ioniques en passant par d'autres armes que je n'ai jamais vues et que je ne peux pas nommer. Ce sont des objets qui ressemblent à des versions high-tech de fouets, de chaînes et de poignards. Les Niahhorrus se battent avec acharnement.

Je ferme les yeux à un moment donné, ou peut-être que je m'évanouis, parce que lorsque je les rouvre, Xoran marche vers moi sur un sol jonché de nombreux corps et d'autant d'yeux argentés aveugles qui fixent le vide.

J'ai à nouveau envie de vomir, mais je prends une respiration et je me recentre. Je sens alors le nectar riche et épicé qu'est Xoran, et je sais que tout ira bien. Je suis en sécurité. Nous sommes tous en sécurité.

– Xoran...

Je peux sentir sa chaleur me frôler à travers la table. Mes yeux se referment.

– Merci. Bénies soient les étoiles...

Il ne parle pas. Mes yeux s'ouvrent. L'une de ses énormes mains à six doigts se dirige vers mon visage, mais s'arrête en plein geste. Il la pose à la place autour du bord dur de la table qui me maintient clouée au sol. Au moment où Xoran s'appuie sur la table, un gémissement s'élève du Niahhorru à moitié mort près de moi.

Un xcléranx s'approche de lui, épée dégainée. Xoran l'arrête.

– Laissez-le en vie, nous l'interrogerons. Je veux savoir quel est ce moteur de gravité qui leur a permis de prendre ma Mi...

Sa voix s'arrête, puis elle se brise. Il déglutit de façon audible.

– ... Qui leur a permis de me prendre ma Rakukanna.

Sans rien ajouter d'autre, et avec ce qui semble n'être qu'un léger effort, il arrache la table et me rattrape alors que je m'effondre. Il m'a prise dans ses bras, dans sa chaleur, et a donné un coup de pied dans la table derrière lui.

L'envie de dormir m'envahit, mais juste avant, je me penche dans son cou et murmure contre sa mâchoire :

– Fais attention à moi, Xoran. Je porte un enfant...

22
Xoran

Je la regarde fixement dans notre lit, sachant que mes crêtes resteront noires jusqu'à ce qu'elle se réveille. Lemoria m'a assuré qu'elle allait bien. Qu'ils allaient bien.

Ma poitrine se serre et je peux voir dans la faible lumière que mes crêtes se sont colorées pendant un moment avant de redevenir sombres. *Ils vont bien. Ils. Il y a un « ils ». Un « nous », si elle veut toujours de moi.*

Je ne lui en voudrais pas si elle ne voulait plus de moi. J'ai échoué, elle a été blessée et à cause de la grossesse, je n'ai pas pu la mettre dans le bassin merillien, même si je le souhaitais. La commotion de son crâne et la légère fracture des os délicats de sa poitrine devront guérir d'elles-mêmes.

Quand je trouverai Rhorkanterannu, je le brûlerai vif, jusqu'à ce que la douleur soit débilitante, puis je recommencerai. Encore. Et encore…

– Mmmph…

Elle respire. Mon corps entier se serre et je me précipite en avant. Les fourrures sont empilées au-dessus, au-dessous et autour d'elle. Je me place délicatement sur un coussin près de son épaule droite et exposée.

Sous la délicate lueur orange de la lampe, sa peau rouge ressemble aux entrailles d'une flamme, ses cheveux à la soie de la rivière xamxin.

Je veux désespérément la toucher, mais je ne sais pas si elle accepterait d'être caressée par moi, alors ma main la survole un instant avant de tomber sur ses boucles.

Je les écarte doucement de son visage et mon xora s'agite. La simple pression du bout de mes doigts sur sa peau suffit à me donner envie de la prendre sans fin. Mais je ne peux pas. *Elle ne voudra sûrement pas de celui qui l'a abandonnée. Elle ne voudra pas de moi.* J'essaie de me souvenir que dans les entrailles du vaisseau, elle m'a appelé à l'aide. *Mais j'étais en retard. J'ai permis à un autre de la blesser.*

– Mmph...

Elle a l'air endormie et légèrement souffrante. *Et c'est ma faute.*

– Miari ? je murmure plein d'espoir.

– Xoran...

Elle respire et je sens que son corps commence à bouger, se sort prématurément du sommeil.

– Tu dois te reposer.

Je fais glisser ma main le long de son corps, sentant ses courbes à travers l'épaisseur de la fourrure qui la recouvre.

Mon xora ne s'accorde pas avec mes pensées et il se dresse contre le tissu xerbu qui le recouvre. Il veut celle qu'il croyait avoir perdue dans les entrailles du vaisseau pirate Niahhorru. Une machine si ancienne que la technologie radar n'avait pas encore été installée, ce qui lui permettait de stationner, invisible, dans mon propre quadrant sans que je le remarque. Pendant des semaines. Peut-être des mois. *Depuis combien de temps ce vil centag complotait-il ?*

– Xoran ?

Cette fois, elle tourne son visage vers moi et mes crêtes répandent de la lumière blanche sur elle lorsque j'enregistre l'expression de son visage.

C'est une expression de plaisir, ses lèvres sont retroussées aux coins. Elle cligne des yeux et ses longs cils effleurent doucement ses joues hautes avant de remonter vers ses sourcils sans crête.

– Xoran.

Elle rayonne.

Je vois qu'elle essaie de se déplacer et je la mets doucement sur le dos.

– Sois prudente, lui dis-je.

J'ai la gorge nouée par des émotions qui me sont toutes étrangères, à l'exception d'une seule. La plus forte. Celle qui illumine la pièce avec une pluie de couleurs.

Son doux regard brun se pose sur mes sourcils et elle émet un son de plaisir.

– Embrasse-moi, s'il te plaît.

– Tu...tu veux que je te donne le baiser ?

– Hexa.

– Mais... tu...

Je n'ai jamais été aussi hésitant.

– Je ne comprends pas. Je t'ai déçue.

Maintenant je peux lire la confusion sur son visage. Plus le temps passe et mieux je peux lire les expressions humaines.

– Comment ? As-tu...

Ses yeux s'élargissent. Elle se crispe et une vague de douleur parcourt ses joues. Sa main plonge sur la couverture et caresse son ventre.

– Oh non... nous avons perdu le bébé ?

Mon estomac s'affaisse et une explosion de satisfaction me parcourt.

– Nox, lui dis-je en plaçant ma main sur la sienne. Nous ne l'avons pas perdu.

Ça me fait très plaisir qu'elle dise « *nous* ».

– Oh ok, xhivey.

Elle s'installe à nouveau et l'expression de plaisir la consume.

– Alors pourquoi penses-tu que je suis déçue ?

– J'ai sous-estimé la ruse de Rhorkanterannu et je lui ai permis de t'enlever. *Dans notre propre werro*. Cela ne se reproduira pas. J'espère seulement… que tu pourras me pardonner.

J'attends, je retiens ma respiration.

Elle lève son autre main, celle qui n'est pas coincée sous la mienne, contre son ventre. Elle trace le contour de mes crêtes, qui sont maintenant certainement roses, puis laisse sa main tomber sur ma joue, sur mon nez, sur mes lèvres. Je ferme les yeux, savourant le plaisir que je ressens à son contact, à sa présence, à son Xanaxana et… à *son amour* ?

– Tu ne m'as pas déçue. Tu es venu pour moi. Je suis juste désolée que tant de gens soient *morts*.

Sa voix se brise sur ce mot et mon coeur se brise pour elle. Je prends sa paume et la presse contre ma bouche. *Elle me veut toujours. Elle est toujours à moi*. Il n'y a jamais eu de baume aussi frais contre une si grande chaleur.

– Tu es leur Rakukanna. C'était un honneur pour eux que donner leur vie pour toi.

J'ai l'intention de m'arrêter là, mais elle a toujours l'air si blessée que je lui donne plus d'explications.

– Rhorkanterannu utilisait de nombreuses armes non mortelles, en particulier contre les xcléranx femelles. Certains de ceux qui gardaient l'entrée de ton laboratoire ont seulement été assommés. Ceux qui ont été attaqués avec une force létale ont été, pour la plupart, soignés dans des cuves merilliennes, y compris Ixria. Seuls deux des nôtres sont morts : Veto'Roth et Ser'Roth, deux nobles xcléranx dont la mort sera honorée.

Ses yeux s'élargissent.

– *Vraiment ?*

– Vraiment.

– Enfin, c'est… c'est quand même horrible. Tant de Niahhorrus sont morts… et tout ça pour quoi ? Pour rien. Juste pour nous prendre, moi et Sv… Svera ! Peste d'étoiles !

Elle se lève, mais j'appuie le bout de mes doigts sur ses épaules et la maintient immobile.

– Est-elle... comment va-t-elle ?

– Elle vivra.

– Ont-ils...

– Nox. Elle n'a pas été... violée. Et les coupures sur son visage vont s'estomper. Tout comme ses bleus. Elle s'est réveillée avant toi et a refusé d'être placée dans la cuve merillienne. Elle affirmé que d'autres en auraient plus besoin qu'elle.

– Oh, par toutes les comètes, Svera ! maudit Miari.

Je sens l'expression du plaisir éclairer mon propre visage. C'est un sentiment étrange après tant de rotations à ne rien ressentir du tout. Cette hybride mi-humaine a fait ressortir en moi plus que je n'aurais jamais pu espérer et rêver ressentir.

– Krisxox a dit à peu près la même chose, avec beaucoup plus de mots. Beaucoup de menaces aussi. Mais Svera ne l'a pas écouté.

– Est-ce qu'il t'a dit qu'il...

Elle s'arrête et je note la surprenante timidité qui semble traverser son visage. Avec ma main sur son menton, j'attire son attention vers moi. Je veux qu'elle me regarde dans les yeux comme je regarde dans les siens - assez profondément pour être perdue.

– Qu'est-ce qu'il y a ?

– Non, rien.

– Miari...

Je me renfrogne et je prends sa main dans la mienne. Je la presse contre ma bouche, ma langue sort pour goûter le dos de sa paume. La douceur des fleurs de ranxcera m'enflamme et mon xora se tend avidement vers elle.

Je me demande si elle ne ressent pas également l'agitation du Xanaxana car elle croise mon regard, déglutit, et se lèche les lèvres.

– T'a-t-il dit qu'il lui avait sauvé la vie ?

– Il souhaite que je le fasse fouetter pour son incapacité à empêcher que vous soyez enlevées et blessées, Svera et toi.

– Non !

Je plante un baiser à l'intérieur de son poignet et me baisse sur la palette à côté d'elle. Mon autre main va de son ventre vers le haut puis vers le bas. Je la caresse doucement de la poitrine aux hanches, à travers la fourrure bestiale qui nous sépare. *Calme-toi. Elle est blessée et a beaucoup souffert.*

– Je ne le ferai pas.

– Ouf. Ce serait... barbare.

– Je le suis.

Ma voix est plus grave. Mon xora se raidit au point d'avoir mal. J'arrache les couvertures de sa poitrine et expose ses seins à la lumière. Alors que mon regard se pose sur ses pics noircis, je grogne :

– N'aie pas peur. Je sais que tu portes encore des blessures. Je veux juste regarder.

Elle est silencieuse, à l'exception de son souffle rauque, et je sens le désir parcourir mes os, alimentant le violet désespéré que sont maintenant mes crêtes.

Ma Miari se tend et touche mon cou.

– Es-tu blessé ?

– Nox.

– Alors je ne veux pas seulement que tu regardes.

– Miari, ne me tente pas.

– Tu ne veux pas de moi ?

Je sais qu'elle m'appâte avec ses mots. Ses jambes commencent à bouger et très lentement, elle pousse les couvertures jusqu'à ses hanches. Elle s'arrête, laissant la partie la plus délicate d'elle couverte.

Je me mords la langue, espérant que la douleur sera suffisante pour m'éclaircir les idées. Ce n'est pas le cas.

– Miari, comment pourrais-je ne pas vouloir de toi ? Tu es mon âme sœur Xiveri. La femelle que j'aime le plus dans ce monde. Tu es tout mon univers et maintenant tu vas porter mon enfant. Je n'arrive toujours pas à y croire.

Elle lève les yeux vers moi, son visage rayonne de lumière tandis que son rire flotte dans mon arbre werro.

– Tu n'arrives à pas à croire que tu pouvais me mettre enceinte sans ce maudit harnais ? Je te l'avais bien dit.

– Nox, répondis-je en libérant le son du plaisir aussi. Je n'arrive pas à croire que je mérite un tel bonheur. Je n'arrive pas à croire que je te mérite.

Elle se tait un moment et je me contente de la laisser me caresser le visage. Jusqu'à ce que ses doigts doux commencent à descendre sur mon cou et ma poitrine et que mon xora réagisse.

– Alors, tu n'es pas en colère contre moi ?

– Pourquoi serais-je en colère ?

– J'ai crié ton nom dans le vaisseau... Je t'ai appelé Xoran.

J'expire et je me penche sur elle. Je suis incapable d'arrêter la folie qu'elle a déclenchée en moi. Je me penche sur sa bouche, et même si j'attends fébrilement qu'elle s'ouvre, je suis surpris, déconcerté, exalté et par-dessus tout, heureux, quand elle le fait. Comme je le suis à chaque fois. Le goût de sa chaude humidité, de sa langue qui se frotte à la mienne, à la recherche de son essence de baies de jujubier ainsi que l'excitation qu'elle procure ne diminuent pas avec le temps. Elle augmente. Dix fois plus. Exponentiellement.

Entre ses baisers, je murmure :

– Miari, tu peux m'appeler comme tu veux, avec qui tu veux, aussi longtemps que tu vivras. Ne me quitte plus jamais. J'ai trop d'amour pour toi. Et maintenant, j'ai aussi cet amour pour notre futur petit enfant. Je te vénère, mon univers. Ma Miari...

Elle halète et une lumière soudaine éblouit mes yeux. Je sais que mes crêtes sont en pleine floraison. Chaque parcelle de l'amour qu'elle m'inspire s'écoule d'elles dans un abandon que je ne peux ni ne veux contrôler. Mais quand je m'éloigne d'elle, je remarque que les joues de Miari sont aussi colorées. Elle partage avec moi ses couleurs. Toutes les couleurs de l'univers. Je ne peux pas respirer. Je ne peux que regarder, le choc me rend muet.

– Peste d'étoiles, est-ce que je suis...

Elle touche son visage, ses doigts tracent le contour de la couleur comme si elle essayait de la capturer et de la voir par elle-même. Mais elle ne peut pas. Parce que sa couleur... pour l'instant... n'est que pour moi. Et elle ne sera que pour moi, parce que je suis à elle, qu'elle est à moi et qu'elle est le plus beau cadeau que j'aurais jamais pu espérer.

Je déplace mon corps entre ses cuisses, les écartant avec mes genoux. Elle inspire brusquement et tire sur mon cou, mais je résiste et me maintiens sur elle avec mes bras.

– Je vais te prendre, mais tu devras rester immobile et accepter le plaisir que je te donne.

Elle sourit.

– Hexa, mon Raku.

Je peux voir qu'elle me taquine alors que mon xora s'aligne sur ses plis, qui sont déjà couverts de l'humidité que je veux goûter, et que je goûterai. Elle me taquine mais je ne m'en soucie pas. J'ai une faim d'elle trop profonde. Et un amour encore plus grand.

23

Miari

– Xoran, qu'est-ce que c'est ? Où est-ce qu'on va ?

Je ris alors qu'il me conduit, les yeux bandés, sur le sol sablonneux de la forêt.

– Chut, plus de questions maintenant, dit-il, la voix sévère - ou aussi sévère qu'il peut l'être ces jours-ci.

La grossesse l'a rendu si sensible. Un vrai nounours... surprotecteur.

Depuis l'attaque des Niahhorrus il y a dix-sept solaires, je ne suis sortie de la maison que trois fois. Après avoir insisté sur le fait que je voulais voir Svera et après avoir usé de promesses et de menaces pour arriver à mes fins. Jusqu'à présent, je les ai toutes tenues.

Les croûtes et les bleus de Svera étaient difficiles à regarder, mais elle est de bonne humeur, comme toujours. Kiki guérit aussi rapidement et devrait être sur pied et sortir du bassin merilien d'un jour à l'autre. Va'Raku ne la quitte pas d'une semelle. Il se tient juste là, les crêtes incolores, avec un air presque désespéré ; mais selon Raku, il n'y a pas à s'inquiéter.

Je ne suis pas de son avis. Il n'y a pas à s'inquiéter jusqu'à ce que Kiki se réveille. À ce moment-là, il sera dans le pétrin. Je suis bien contente qu'elle ait la chance de se réveiller ici, sur Voraxia, à Illyria, où Svera et moi pouvons la voir rapidement et, espérons-le, atténuer sa colère. *Elle ne voudra pas être ici, et elle ne voudra certainement pas être liée à un extraterrestre. Sa haine est trop forte.* Quoique, je pensais que la mienne l'était aussi…

– Xoran… Le bébé est lourd. Je suis fatiguée et j'ai mal aux jambes.

– Chut. Le bébé n'est pas plus gros qu'une griffe et tu te plaignais tout à l'heure de ne pas être assez sortie de notre werro. Maintenant tu es dehors.

Je souris et presse les grandes mains de Xoran. Ses douze doigts s'enroulent autour de mes paumes.

– Mon grand crétin.

– Je serai un crétin si tu le veux, tant que je suis à toi.

Sa voix profonde est tout à coup très proche et je sursaute à cette proximité soudaine, puis je me calme. Il dépose un baiser sur le sommet de ma tête et un moment plus tard, nous nous arrêtons.

– Es-tu prête ?

Il murmure contre ma peau.

Je tourne mon visage vers le sien et j'attends qu'il m'embrasse. Ses lèvres sont plus douces qu'elles n'en ont l'air et au moment où elles se posent sur les miennes, tout mon corps s'embrase.

Je mettrais ça sur le compte de la grossesse, mais je sais que ce n'est pas ça. Ou que ce n'est pas seulement ça. C'est la tempête qui nage dans mon ventre dès qu'il est proche. J'appelle ça de l'amour. Il appelle ça du Xanaxana. C'est à la fois de l'amour et du Xanaxana.

Sa langue plonge entre mes lèvres pour rencontrer la mienne. Il me dévore, me pressant d'en haut avec puissance. Je me penche en avant, aveugle, et mes doigts trouvent sa poitrine nue. Il a toujours le torse dénudé et j'aime chaque entaille et chaque rainure qui y sont gravées.

Ma paume passe sur ses plaques sans téton et grimpe lentement vers son cou. Trouvant une chair plus douce, mes ongles la marquent. Xoran siffle et passe la main derrière mon corps pour attraper mon derrière si fort que mes pieds se soulèvent du sol. J'inspire profondément.

Il grogne.

– Assez.

Il m'abaisse jusqu'à ce que du sable doux passe entre mes orteils nus, remontant le long de ma cheville jusqu'au bandage que je porte toujours, même si la coupure est recouverte de croûtes.

– Tu ne me distrairas plus.

Il passe derrière moi et glisse une main sur mon ventre, où vit notre petit haricot. C'est incroyable que même avec la période de gestation plus lente des Voraxians par rapport aux humains, la technologie des Niahhorrus ait été capable de détecter des signes de vie à seulement sept solaires. Il a été conçu la nuit où nous avons célébré notre union Xiveri et que je suis devenue la *putain de xok* de Rakukanna d'un quadrant entier de la galaxie. Je suis passée d'orpheline à reine. Mais je suis toujours moi. Toujours bricoleuse. Toujours hybride. J'ai juste un peu - *beaucoup* - plus de responsabilités.

– Ma Rakukanna, es-tu prête ?

J'expire :

– Hexa.

Parce que c'est vrai. J'entre peut-être dans une galaxie de nouvelles responsabilités, mais une chose est absolument vraie : je n'y vais pas seule.

La soie qu'il avait utilisée pour me couvrir les yeux se libère et je cligne des yeux pour faire disparaître l'obscurité de mon regard. Dès que le monde devant moi se cristallise, mon estomac remonte dans ma gorge et je ne peux m'empêcher de rire.

– Oh, par tous les soleils, *Xoran* ! Tu as sauvé le werro chambre d'amis ?

– *Notre* werro chambre d'amis, précise-t-il. Ses racines ont survécu à l'assaut. Nous avons pu le réparer. Il pousse toujours.

– Incroyable. Mais qu'est-ce... qu'est-ce que c'est ? Qu'est-ce que tu as fait ?

Mon rire s'éteint un peu en pensant à Rhorkanterannu et sa bande de Niahhorrus. Ils ne l'ont toujours pas attrapé. Lui et une poignée d'autres Niahhorrus ont pu s'échapper – ils ont été téléportés hors du vaisseau avec une machine dont personne n'a jamais entendu parler - vers on ne sait où.

Même s'il n'a aucun moyen de contacter Peixal pour obtenir la localisation de la lune de la colonie humaine, il nous a déjà montrés qu'il est capable de nous surprendre. Nous ne pouvons pas le sous-estimer à nouveau...

– Tu n'es pas contente, fait-il remarquer platement.

– Si... si. Je suis juste un peu... surprise. Qu'est-ce que c'est ? Tu... tu as recouvert l'arbre entier.

Des papiers noirs et rouges, couleur écorce, sont tendus de manière farfelue autour du werro rouge, et bloquent complètement la porte.

– Tu as dit qu'il fallait le couvrir, répond-il.

Je lève les yeux vers son visage pour voir ses crêtes sans couleur pour la première fois depuis des jours. Sa mâchoire est serrée. Je l'effleure et la caresse, en me demandant ce qui a bien pu le mettre dans cet état.

– Je ne comprends pas. *Qu'est-ce qui* doit être couvert ?

– Le cadeau. Il faut le couvrir avant de le donner.

Je me retourne et vois soudain l'arbre sous un jour nouveau. Ma mâchoire tombe. Je mets mes deux mains sur ma bouche et me précipite vers le cadeau que Xoran a préparé pour moi.

– Xoran, je...

Je passe mes mains sur le papier, incapable de comprendre de quoi il est fait, ou ce qu'il pourrait bien cacher.

Comme s'il lisait dans mes pensées, il déclare :

– C'est du werro, il provient des werros tombés. Nous utilisons chaque partie des arbres pour créer du papier et des outils. J'ai demandé à Tri'Herion et aux autres xub'Herions de créer ceci, ainsi que ce qu'il y a à l'intérieur.

Je pousse un cri et les crêtes de Xoran deviennent blanches.

– Eh bien, ne reste pas là ! Aide-moi. Je veux entrer.

Mon cœur bat la chamade et mes mains sont moites. Un cadeau de Xoran ? Je suis si excitée. Je me sens à nouveau comme la petite fille qui a reçu un jour un cadeau des parents de Svera lors de la fête qu'ils appellent Noël. C'était une robe. Une robe fluide. Je l'ai portée une fois, puis j'ai utilisé le tissu pour créer un hamac à l'arrière de leur maison. C'était un objet solide et le meilleur - *le seul* - cadeau que j'aie jamais reçu, *jusqu'à maintenant...*

Xoran arrive derrière moi, ses crêtes brillent d'un turquoise subtil, heureux. Il se baisse, glisse son épaule sous mes fesses et me soulève du sol. Dès que je suis stable, je commence à déchirer le papier jusqu'à ce que j'en enlève suffisamment pour pouvoir arracher le reste facilement.

– Tu as réparé la porte ?

Je suis surprise lorsque la surface en bois blanc apparaît.

– C'était nécessaire, et ce n'est pas le cadeau, fait-il remarquer. Il y a plus. Beaucoup plus. Entre.

Et c'est là que je remarque le nouveau lecteur de paume sur le côté droit de l'entrée.

– C'est un lecteur d'ADN ?

– Hexa, répond-il.

– Tri'Herion m'en a déjà parlé, mais je n'en ai jamais vu. Tu penses que je...

– Nox. Tu ne peux *pas* le démonter. Si tu en veux un pour l'examiner, je peux t'en fournir un autre.

Je m'énerve :

– Tu me connais trop bien.

– Hexa, et même si ça ne fait même pas une rotation que nous sommes ensemble, je ne connais personne aussi bien que je te connais.

Je me tourne et le regarde. Je le regarde vraiment. Sa peau bleue tachetée. Ses plaques dures. Ses yeux et ses cheveux noirs. Son grand sourire. C'est incroyable. Tout est incroyable. Tout ça. Mon nouveau monde.

– C'est pareil pour moi.

Je glisse ma paume dans le scanner et je sens les petits tentacules, de *cremar, peut-être* ? nager et tourbillonner sur ma main. Une seconde plus tard, les portes renforcées de stralyx s'ouvrent et le cadeau - les cadeaux - à l'intérieur sont une multitude de choses que je peux nommer, et un millier d'autres que je ne peux pas.

Deux choses seulement sont absolument claires : ce n'est plus une chambre d'amis, et, par toutes les comètes, ces choses ne sont certainement pas des robes. Ni des hamacs…

– Miari ?

Mon nom prononcé avec son accent envoie de l'électricité dans chacune de mes terminaisons nerveuses. Je suis sûre que mes couleurs doivent se voir.

Je me retourne.

– Tu m'as fait un labo.

Il acquiesce, sourit et regarde le Xanaxana qui s'affiche sur mes joues.

– Je te donne une petite galaxie de pierres et tu me fais un labo ?

Je pousse sur son torse, contrariée et rayonnante en même temps.

– Ton cadeau était bien meilleur que ça. Tu as fabriqué toi-même les cadeaux que tu m'as donnés. De tes propres mains. Je n'ai pas fait ça. Bien que j'en aie fait les dessins, marmonne-t-il.

Je n'arrive pas à croire que quelqu'un d'aussi grand puisse être aussi penaud.

– Tu as bien fait, mon Raku.

– Tu es contente ?

– Viens ici, dis-je en m'enfonçant plus profondément dans la pièce remplie de gadgets, et laisse-moi te montrer à quel point je suis satisfaite.

Ses crêtes s'enflamment de pourpre et ses abdominaux se contractent visiblement. Il fait un pas en avant.

– A une seule condition, Miari.

Je recule, mais il s'élance en avant et me rattrape, glissant son énorme main autour de l'arrière de ma tête. Tout mon corps s'échauffe, mes yeux se ferment et un liquide coule entre mes cuisses.

– Qu'est-ce que c'est ? Dis-je en luttant pour reprendre mon souffle.

Il murmure contre la courbe de mon cou :

– Appelle-moi Xoran.

Merci beaucoup d'avoir rejoindre Miari et Xoran sur
Voraxia! Si vous avez apprécié l'histoire de Miari et Xoran,
n'hésitez pas à me le faire savoir avec un avis sur Amazon,
ou vous pouvez me contacter sur:

Instagram: @estephensauthor
TikTok: @elizabethstephensauthor

Vous pouvez également faire partie de ma mailing list à
www.booksbyelizabeth.com

Profitez de chaque instant, et à la prochaine !
Elizabeth

Lisez la suite des aventures des âmes sœurs xiveris :

Convoitée par le Seigneur de guerre de Nobu

Tome 2 de la Passion Xiveri (Kiki et Va'Raku)

Les extraterrestres qui envahissent la colonie humaine à chaque rotation ont tout pris à Kiki. Tout. Lorsqu'elle se réveille, blessée, sur une planète enneigée, et qu'elle apprend que le maître des lieux veut faire d'elle sa moitié, son objectif est de le tuer. Son but à lui ?

Faire d'elle sa compagne.

Disponible en livre de poche partout où l'on vend des livres en ligne ou sur Amazon en ebook ou livre relié.

1

Kiki

Je nage dans du sirop. Comme celui que nous récoltons sur les arbres du dôme de Droherion. Jaxel et moi avions l'habitude d'aller le chercher avec nos mères pendant la saison froide, quand nous étions petits. Jaxel m'admirait à l'époque, même si à seulement trois rotations, il était déjà plus grand que moi. *Il m'admire toujours.*

J'inspire profondément. Mmmmhmmmm. Tout est chaud. Le sirop est à la même température que le reste de mon corps, il est impossible de savoir où se termine ma peau et où commence le sirop. C'est tellement confortable. Qu'ai-je fait pour mériter d'être si bien traitée ? Je n'ai jamais connu un tel confort, ou si ça a été le cas, je ne m'en souviens pas.

Sur une planète plombée par des soleils jumeaux et une couche d'ozone quasi inexistante, Je n'ai connu que les extrêmes. Lorsqu'il ne faisait pas trop froid dans notre colonie humaine, il faisait trop chaud. Les fenêtres de la minuscule hutte en pisé et en tôle de ma mère ne fermaient pas, nous n'avions donc aucun moyen de réguler la température, et il y avait un courant d'air qui laissait entrer un flux incessant de sable. Maman a toujours aimé voir les fenêtres entrouvertes. Elle disait que ça permettait aux étoiles de garder un œil sur nous.

Je la croyais à l'époque. Et puis j'ai grandi et j'ai été chassée par des extraterrestres. J'ai été torturée par le pire d'entre eux et laissée pour morte. Maman a essayé de me rappeler que les étoiles étaient toujours là, qu'elles veillaient toujours sur moi... mais ce fut peine perdue. Je connais la vérité. Les étoiles ne se soucient pas de nous.

La Chasse. La course. Mes jambes épuisées. Jaxel n'avait pas encore commencé à m'entraîner alors la course était tout ce que j'avais. Je pensais pouvoir le distancer - le démon rouge au visage de sadique qu'ils appelaient Bo'Raku - mais je l'entendais derrière moi, il riait aux éclats.

Il m'a poursuivie. J'ai couru. Je n'avais aucune chance mais je refusais de laisser ce qui m'est arrivé ensuite arriver aussi à Miari ; ma meilleure amie, une hybride mi-humaine, mi-Drakesh, et le produit d'une des Chasses barbares passées.

Le jour de la Chasse, qui a lieu tous les trois cycles terrestres, des extraterrestres au visage rouge appelés Drakeshs débarquent dans notre colonie humaine et exigent de se reproduire avec nos femmes. Ce qu'ils font. Sans aucune pitié.

Lors de la dernière chasse, Miari a été ciblée par une grosse brute - *il était bleu cependant... Je n'en avais jamais vu de bleu avant.* Ce n'était pas un Drakesh mais un Voraxian et apparemment le roi de tous ces extraterrestres pervers. Il va revenir pour elle à la prochaine Chasse, ou... il est déjà venu ?

L'éclat d'un souvenir tranchant traverse ma félicité passive. *C'est le jour de la Chasse et Miari et moi rampons dans les égouts. Nous nous trouvons à l'extérieur du Dôme, nous sommes couvertes de merde. Nous découvrons une grotte où nous cacher pendant que Svera, notre meilleure amie, prend la place de Miari dans le groupe de femmes sélectionnées pour la Chasse. Elle distraira le roi assez longtemps pour que nous trouvions une cachette et quand elle révélera sa véritable identité, il partira - ou il nous cherchera, mais il ne nous trouvera pas. Il partira de toute façon parce que nous avons trouvé la grotte parfaite. Enfoncée dans des falaises noires déchiquetées, elle est humide et moite et quand nous nous barricadons à l'intérieur, je sais que nous allons réussir. Tout ce qu'il nous reste à faire, c'est attendre...*

Tssaaaaak. Tout mon corps est secoué par le son et le souvenir que ce son fait naître en couleurs vives et horribles. C'était sans compter les monstres.

Le sirop s'épaissit autour de moi, je me sens prise au piège *Un peu comme la grotte, qui s'est révélée remplie de monstres de l'ombre qui ont des lames à la place des doigts, sept bras et deux bouches. Miari ne connaît rien au combat, mais moi si. Je prends ma lance aiguisée et je combats la chose. La douleur illumine mon abdomen quand je suis poignardée par une de ses griffes. La lame dentelée déchire mon estomac, coupant mon nombril en deux. Je suis sur le point de mourir. Mais je vais d'abord sauver Miari. Je poignarde le monstre dans les yeux et quand je le poignarde à nouveau, je le tue, du moins je le pense. Mais lorsque nous sortons de la grotte, je vois qu'il y a au moins trois autres créatures qui se rapprochent. Je prends l'ampli que Miari a construit et j'appuie sur le bouton. Les monstres s'envolent dans une explosion brutale - qui m'emporte avec elle.*

Je sens des rochers tranchants s'abattre contre mon dos et la tension s'échapper de mes muscles. Je vais mourir ici. Oui. Enfin... *Je m'enfonce dans l'odeur du sang chaud et métallique. Et puis plus rien.*

Et maintenant je ne connais que la chaleur. Le sirop humide qui glisse sur mon corps. L'odeur d'une épice profonde et parfumée, celle des fleurs d'un cactus dans un désert lointain. Un désert dans lequel je ne suis jamais allée. Un désert sans pluie. Un désert sans tempête. C'est une paix où rien ne peut m'atteindre. Pas le monstre de la grotte, pas le monstre de La Chasse. Il n'y a pas d'extraterrestres ici. Juste un cactus et sa floraison, et une pression dans ma poitrine, juste en dessous du battement de mon cœur, qui me dit une chose : la mort devra attendre...

2
Kiki

Le son de mes propres dents qui claquent me réveille. J'ai froid. Je me souviens de la gelée duveteuse qui enserre mon corps nu, de mes cheveux qui flottent sur ma nuque, suspendus dans un épais sirop violet, mais quand j'ouvre les yeux, le souvenir a disparu comme s'il n'avait jamais existé. Comme un mauvais rêve. *Non. Comme un doux rêve.* Je n'en ai pas fait depuis si longtemps qu'il est difficile de distinguer les rêves des cauchemars.

Des chuchotements. Je les entends d'abord doucement, puis ils augmentent en volume.

– Elle est réveillée. L'élue...

– L'extraterrestre vous voulez dire. La faible...

– Elle n'aurait pas été choisie si elle l'était.

– Elle doit être notre Xhea !

– Chut ! Elle peut vous entendre.

– Qui se soucie de ce qu'elle peut entendre, elle ne peut pas comprendre. Elle est inutile. Elle ne parle que son stupide langage d'extraterrestre...

– Je...

Je me lèche les lèvres, ma voix est cassée par tant de rotations passées dans le mutisme. Je n'ai pas parlé depuis longtemps. Cela vaut-il la peine de parler maintenant juste pour proférer des insultes ? Oui.

– Je peux t'entendre, espèce de pétasse.

Je déglutis fortement, toussant sur le sol, qui est doux contre ma joue.

– Je peux aussi te comprendre.

Ma gorge me fait mal, c'est comme si mes cordes vocales avaient été coupées. Comme si j'avais été étouffée par des mains plus chaudes que le soleil.

Une voix féminine murmure tout près, juste une. Puis une autre voix dit doucement:

– Qu'a dit notre Xhea ?

Il y a un léger brouhaha avant qu'une voix plus grave ne déclare :

– Ce n'est pas important. Nous n'avons que quelques instants avant qu'ils ne lèvent la porte. Avant que nous ne franchissions la montagne. Nous devons nous préparer. Si nous ne sommes pas prêtes, nous ne serons pas choisies.

Il y a une pause, quelques mots chuchotés de plus. Je profite de ce laps de temps pour écarter mes doigts, remuer mes orteils et bouger mes jambes d'avant en arrière. Elles sont raides et coincées et pendant une seconde, je panique. *Qu'est-ce que la matière visqueuse m'a fait ? Suis-je paralysée ?*

Puis j'agite mes paupières. Une lumière blanche transperce mes yeux, mais ils s'humidifient, s'éclaircissent et s'humidifient à nouveau. Finalement, je suis capable de voir au-delà de la brume. Du noir sur du blanc. Des pieds qui traînent sur la pierre, des murs blancs derrière eux… non, pas des murs… quelque chose de blanc… quelque chose d'étranger… quelque chose de froid.

Ce qui est clair, c'est que je suis dans une grotte pleine d'extraterrestres. Il fait jour. La lumière est naturelle même si elle est extraordinairement agressive à cause de tout ce blanc. De la matière blanche tombe en petites rafales. Cela me rappelle le printemps sur la colonie, lorsque les champs de coton fleurissent et que de petits morceaux de blanc parsèment le monde. C'était toujours ma saison préférée. *Miari et moi avions l'habitude d'essayer de les attraper.*

Je frissonne et j'essaie d'effacer ce souvenir de ma mémoire comme je le fais avec les souvenirs positifs. *Il n'y a rien de bon en ce bas monde.* Tout comme il n'y a pas d'électricité ici, pas de fils, pas de chauffage. Il n'y a qu'un sol de pierre noire et du blanc autour, et des extraterrestres qui remplissent l'espace autour de moi.

Mes poings se referment. Je suis prête à me battre. Mais aucune des femelles ne me regarde - enfin, elles me regardent, mais elles me jettent des regards rapides et hésitants. C'est comme si elles avaient plus peur de moi que moi d'elles. *Elles ont bien raison. Je tuerai tous ceux qui essaieront de me toucher. Peut-être que je les tuerai juste pour le plaisir.* J'hésite une seconde lorsque mon esprit s'éclaircit complètement et je me demande si je peux vraiment en affronter autant.

Je compte rapidement onze femelles. La plupart est accroupie en cercle près de la porte qui nous bloque l'entrée et une partie, mais pas la totalité, de la substance blanche et froide à l'extérieur. Dans cette grotte, toutes les femelles sauf deux sont accroupies, serrées les unes contre les autres. Elles ont l'air concentrées. Je suis la seule à ne pas être accroupie, avec celle qui fait les cent pas.

Elle me jette un coup d'œil et je soutiens son regard, sachant que c'est elle qui m'a insultée. Je le vois rien qu'en jetant un coup d'œil de son côté. En parcourant rapidement son corps des yeux, je vois qu'elle n'est pas armée. Elle porte une étrange combinaison de cuir et de fourrure. Les autres femmes portent la même chose. Je baisse les yeux pour voir mes propres vêtements. Je suis surprise de constater que je suis habillée de la même façon qu'elles. *Qui m'a habillée, bordel ?*

J'expire en tremblant. Je laisse là cette pensée et je me mets à genoux. Il y a une couverture blanche en fourrure sous moi et je m'y accroche. J'attends que la grotte autour de moi s'arrête de tourner. Quand elle s'arrête enfin, je mets mes pieds sous mes genoux et je me relève, même si cela me prend quelques essais. Ça me rend furieuse. *Maintenant elles ont vu que je suis faible et elles vont utiliser cette faiblesse contre moi. Ce sont des extraterrestres. Elles n'hésiteront pas.*

Je lève le bras, le plafond est si bas que je peux le toucher du bout de mes doigts gantés. Comme toutes les autres femmes sont assises ou agenouillées à l'entrée de la grotte - sauf la garce - je me sens vraiment grande. Et puissante. Prête à les affronter toutes.

Je fais un pas vers elles au moment où la garce aboie :

– Et qu'est-ce que l'*Humaine* sait de la Course de la Montagne ? Elle ne sait rien. Regardez-la. Elle est toute petite. Elle est *chétive*. Elle ne nous sera d'aucune utilité. Elle ne sera probablement même pas choisie.

– Chut, dit l'une des femmes.

Non, ce ne sont pas des femmes. Ce sont des femelles. Les autres. Des créatures. L'une d'elle me regarde par-dessus son épaule et elle sourit. Pourquoi diable me sourit-elle ? Ne sait-elle pas que je vais lui trancher la gorge ?

– Nous accueillons la Xhea et toute contribution qu'elle souhaite partager avec nous.

Je jette un coup d'œil aux deux femelles qui ont parlé, puis à toutes les autres. J'essaie de comprendre pour quelle raison ces femelles ont été réunies. Il est clair que ce ne sont pas des guerrières. Depuis leurs membres fins jusqu'à la façon dont quelques-unes se recroquevillent, luttant désespérément pour soutenir mon regard, tout indique que j'ai affaire en majorité à des lâches.

Et ce n'est pas comme s'il s'agissait de grandes beautés non plus. Certaines sont grandes, bien sûr, mais d'autres sont charnues au niveau des bajoues, tandis que quelques-unes ont l'air si minces qu'elles ne sont guère plus que des couleurs drapées sur des os. Elles ont des couleurs diverses, leurs carnations allant de la lavande la plus claire au cobalt le plus foncé.

Alors que la plupart ont des cheveux aussi noirs que le goudron, une extraterrestre vert vif avec des cheveux plus blancs que le froid entre par la porte. Je croise son regard un instant et elle tente un sourire, mais je montre les dents et grogne tout bas jusqu'à ce qu'elle baisse la tête et détourne le regard.

Je me concentre à nouveau sur la femelle qui a parlé avec autorité et je me prépare. Je sais que je vais devoir leur parler si je veux obtenir des réponses. Cela signifie faire deux choses que j'ai juré de ne plus jamais faire : parler et interagir avec des extraterrestres.

– Combien...

Je tousse pour m'éclaircir la gorge et quand je m'avance timidement, je peux voir un contour grossier de bâtons et de pierres sur le sol entre les femelles. Mon instinct me dit que c'est une carte, mais je ne peux identifier aucun des marqueurs qu'elles ont placés.

– Combien de temps ai-je dormi ? je m'écrie en insufflant à mon ton une autorité que je ne ressens qu'à moitié.

La meneuse ouvre la bouche, mais la garce l'interrompt.

– Ce n'est pas important. Nous devons nous préparer pour la course.

Elle me montre son dos et ses cheveux volent dans les airs.

Je fais lentement le tour du cercle. Je veille à garder la porte dans mon champ de vision alors que je me déplace autour du groupe - qui sait ce qu'il y a d'autre là-dehors – tout en restant assez loin pour pouvoir observer le visage de la salope. Elle me regarde avec froideur, mais je ne recule pas. Son visage est taillé comme un diamant. Ses yeux sont hauts et larges. Son nez est étroit et bas. Elle a un petit menton et des pommettes hautes, ainsi que des oreilles aiguisées en pointe. Une salope d'extraterrestre, voilà ce qu'elle est.

L'extraterrestre assise sur le sol, qui semble diriger toutes les autres, intervient :

– Elle est la raison de notre présence ici. Ne vous déshonorez pas. Si vous ne souhaitez pas aider, alors écartez-vous. Le temps presse.

Elle retourne à la carte.

En suivant son regard, j'essaie de donner un sens à ce que je vois. Mon pouls s'accélère et mon esprit commence à mettre en place les éléments et propos glanés çà et là. J'arrive alors à une conclusion si surprenante et si horrible que mes os me font mal. Cela me donne curieusement envie de rire et je le fais, attirant encore plus l'attention sur moi.

– Nous nous préparons pour une Chasse, n'est-ce pas ?

– Une Chasse ? Nox, ma Xhea, pas tout à fait. Nous avons des ancêtres drakeshs, mais la course de Nobu sur la montagne effraierait n'importe quel drakesh. C'est beaucoup plus dur que la Chasse. C'est une épreuve pour les vraies guerrières.

Elle s'arrête alors et prend un moment pour me regarder, ses traits sont masqués, bien que son front brille comme si des lumières avaient été allumées sous ses os transparents.

– Nous avons entendu dire que toi aussi tu es une guerrière.

Trop d'informations nouvelles me parviennent. Je n'arrive pas à tout saisir.

Même si le matériel de traduction que l'on m'a implanté me permet de comprendre ses mots, je ne vois pas à quoi elle fait référence. Qu'est-ce que drah-kesh ? Et noh-boo ? Qu'est-ce que c'est qu'une zshay-ah ? Et comment ai-je atterri ici ? Où suis-je ? *Est-ce que ça a de l'importance ?* Tout ce que je sais, c'est que je ne suis pas censée être ici et que je vais partir, peu importe le nombre de personnes que je dois combattre, blesser ou tuer pour y arriver.

– Où sommes-nous ?

Ma question retentit dans l'air avec toute la rudesse et la violence qui s'emparent de moi. L'idée de participer à une autre Chasse, encore plus brutale, me fait sombrer. *Je dois tuer quiconque osera me toucher. Je dois tuer tous ceux qui essaieront.*

La meneuse émet un léger soupir d'impatience avant de tourner ses yeux apparemment aveugles vers moi.

– Nous sommes sur Nobu, ma Xhea.

– Elle n'est pas Xhea, fait remarquer la salope.

– Pas encore.

– Peut-être qu'elle ne le sera *jamais*. Peut-être que l'Okkari saura, grâce à la course sur la montagne, qu'une autre femelle, *digne* de ce nom, l'attend.

Le visage de la cheffe se couvre de jaune cette fois. Je ne sais pas ce que cela signifie et il y a quelque chose dans ses mots que je ne peux pas interpréter.

– Tout sera révélé, se contente-t-elle d'ajouter.

Elle hoche légèrement la tête, puis se tourne vers moi.

– Tu es Va'Rakukanna selon la loi voraxiane, mais ici sur Nobu, nous observons la loi tribale. C'est une loi ancienne. Les lois de la première force et du premier droit. Les femelles éligibles participent à la Course de la Montagne pour obtenir des partenaires de reproduction. Quand les portes sont abaissées, nous devons courir. Nous avons un quart de solaire d'avance avant que les guerriers et l'Okkari ne se mettent à nous poursuivre. Une fois qu'ils commencent, ils vont courir sur la montagne à la recherche de femelles. Ils se battront pour les femelles convoitées. Ils se battront certainement pour vous.

– Et s'ils nous attrapent ?

Le front de la femme clignote d'un blanc inquiétant. Je m'écarte d'elle, en position de combat, mais la couleur s'estompe aussi vite.

– Alors il y aura un accouplement. On dit que lorsque les deux parties sont stimulées de la même manière par la Chasse, l'accouplement a plus de chances de réussir. Il y a un pic de naissances peu après la course de la montagne, plus qu'en n'importe quelle autre saison.

Plusieurs autres extraterrestres murmurent leur assentiment, hochant vigoureusement la tête avec *excitation*. Je comprends soudain qu'*elles veulent* être ici. Elles veulent être chassées. Mon sang s'échauffe mais je serre l'étau de mon esprit sur ma panique croissante et je me concentre. *Je me suis entraînée pour ça. Pendant trois rotations, j'ai attendu le moment d'accomplir ma vengeance contre lui. Je ne vais pas fuir sans bruit dans la nuit.*

– Pourquoi courir ? Pourquoi ne pas rester assises ici et attendre qu'ils viennent ?

De nouveau, le visage de la femme s'illumine de blanc et je me demande si ce n'est pas une sorte d'expression de surprise. Cela aiderait si c'était le cas, parce que sinon, il n'y a aucune expression sur leurs visages. Juste des joues sculptées et des clignements d'yeux latéraux qui me fichent la trouille.

– Ah... ce serait... une ruse ?

Ce serait un moyen d'économiser nos forces et de planifier une offensive concertée.

– Oui, une ruse.

Elle penche la tête d'une façon que je trouve bizarre parce qu'elle réagit vraiment comme une Humaine et elle finit par dire :

– Ça pourrait être intéressant. On les tromperait peut-être ? Par contre, nous ne pourrions pas toutes...

Son arcade sourcilière devient grise, puis bleue, puis crème. Plusieurs femmes commencent à chuchoter. Certaines secouent la tête. Je ne comprends pas leur réaction et laisse libre cours à ma frustration.

– Pensez-y : pourquoi fuir ? Pourquoi se séparer et s'enfuir comme des idiotes alors qu'on pourrait se préparer maintenant à se battre ?

– Je...

C'est comme si la pensée ne lui avait jamais traversé l'esprit. Peut-être que c'est le cas. Elle secoue la tête.

– Nous ne pouvons pas combattre l'Okkari et ses guerriers. Ça ne s'est jamais vu. Nous devons donner une bonne chasse. Si nous sommes trop faciles à attraper, alors on supposera que nous sommes trop faibles pour porter, élever et protéger nos petits. Nous ne serons pas choisies, même s'il reste des mâles non accouplés.

– Si nous ne faisons rien, nous ne serons pas choisies ? C'est sûr ?

Les crêtes de la femelle s'enflamment d'une autre couleur, du fuchsia vif cette fois.

– Nox. Rien n'est sûr dans la Course de la Montagne...

– Alors on ne peut pas prendre ce risque.

Mes mots restent coincés dans ma gorge quand je réalise ce que j'ai dit. J'ai dit « *on* ».

– Je ne peux pas prendre ce risque. Reprenons, si vous ne pouvez pas vous battre et que vous ne pouvez pas rester ici, alors que se passera-t-il si on court et qu'on surpasse les mâles ?

Elle s'agenouille sur le sol en pierre dure, les mains posées sur les cuisses. Personne d'autre que moi ne semble avoir de couverture.

– Il serait trop dangereux de ne pas être trouvée du tout. La Course de la Montagne peut prendre jusqu'à la fin du solaire, et par le lunaire, les températures sont trop rudes. Même si quelqu'un parvenait à survivre aux températures lunaires, il ne faut pas oublier que l'endroit grouille de bêtes sauvages redoutables.

Elle lève une main. Elle a six longs doigts hideux.

– Il est impossible de les tuer à mains nues.

J'ai un poids sur la poitrine. Je me contracte violemment pour oublier cette pression.

– Où est le prochain village ? A quelle distance se trouve-t-il ?

– C'est trop loin, répond-elle avec hésitation, et on ne peut pas y aller sans provisions.

Sans attendre la fin de ses explications, je reprends:

– Il n'y a donc aucun moyen d'éviter cette Chasse sans se faire prendre ? Pas si nous voulons vivre...

Putain, j'ai encore dit « nous », pourtant, je les emmerde.

– Si une femelle parvenait à revenir au village après le dernier coup de corne sans avoir été attrapée, alors... je suppose qu'elle pourrait choisir de ne pas prendre un compagnon, puisqu'aucun ne lui convient. Elle pourrait avoir l'opportunité de participer à une course en montagne dans une autre tribu afin de trouver un mâle plus fort et plus digne, mais... sois sans crainte, Va'Rakukanna. Cela n'est jamais arrivé.

Je sens mes entrailles s'agiter et mes lèvres se tordre, comme si je mordais dans un fruit aigre.

– Donc je dois, soit survivre aux mâles, soit les tuer.

– Les tuer ?

Des crêtes blanches clignotent dans la grotte. Des mains à six doigts couvrent des lèvres dures et abrasives, des mots sont échangés à voix basse entre les femelles. Le blanc dans la grotte s'intensifie et cela n'a rien à voir avec le froid extérieur.

– Je ne suis pas sûre de comprendre. Cette course en montagne a été organisée en votre honneur. Nous n'avons jamais pensé que nous serions assez chanceux pour que notre propre Okkari - le Va'Raku - découvre sa compagne Xiveri sur une lune Drakesh ; mais ça a été le cas. Dès que vous vous êtes rétablie, le Va'Raku a voulu organiser la Course en Montagne. Même si vous n'êtes pas en assez bonne forme pour faire une chasse adéquate, et même si un autre mâle se bat pour vous - ce qui est susceptible d'arriver étant donné l'intérêt de nos mâles pour les femelles *humaines* , dit-elle, en essayant de prononcer le mot dans ma propre langue humaine.

Entendre ma langue dans sa bouche me fait frissonner.

– ...l'Okkari ne se permettrait pas d'être battu dans ce domaine. C'est un vrai test pour lui. Et il vous prendra peu importe la façon dont vous vous présentez. Nous savons que vous avez été gravement blessée, ma Xhea...

– Ne m'appelle pas comme ça, dis-je en tombant à genoux à côté d'elle dans le cercle et en frappant du poing sur le sol. Le coup produit un bruit sourd.

– Ne me donne pas l'un de ces noms extraterrestres stupides. Ne m'appelle pas du tout. Parle-moi simplement du terrain.

Elle semble fouiller mon visage du regard, mais je me ferme. Elle ne peut pas lire mon visage, je ne peux pas lire le sien. Tout ce que j'espère communiquer, c'est que je la déteste. Je ne veux pas être ici. Je veux savoir où sont mes amies et je veux savoir si elles vont bien. Je veux retourner auprès de ma mère, de Jaxal et de la colonie merdique où nous vivons. Par toutes les comètes, j'accepterais même de voir mon père et sa nouvelle famille à ce stade - mais d'abord, je dois survivre à la nuit.

– D'accord.

Elle acquiesce et me montre le contour grossier de la montagne qu'elles ont dessiné avec des brindilles, des pierres et de la neige. Il y a quelques cachettes, mais elles sont évidentes, donc je vais les éviter. Un petit bosquet d'arbres paraît prometteur. Je vois également un bourbier qui pourrait être utile et ce qu'elle décrit comme un labyrinthe de pierres de nids de *chenag* qui ferait aussi une bonne cachette.

Quand je lui demande ce qu'il y a au-delà du bourbier, elle répond :

– Il n'y a rien, rien à part un océan interminable qui part du sommet de la montagne. À l'est. Aussi loin que l'on puisse voir.

Comme si c'était le moment, un autre coup de vent traverse la porte métallique, apportant plus de froid blanc et avec lui, les promesses d'une lente agonie.

– Et comment les mâles chassent-ils ?

– Ils nous repèrent à l'odeur. Ils sont passés dans notre grotte pour suivre les marques olfactives des femelles qu'ils désirent le plus. Plusieurs se sont arrêtés pour respirer votre odeur pendant que vous dormiez, y compris l'Okkari.

Putain. De. Merde. J'arrête de respirer jusqu'à ce que la douleur perfore mes poumons et que je me sente malade. Je jette un coup d'œil à la caverne stérile. J'imagine l'énorme géant rouge qui m'a chassée il y a trois rotations me lorgner pendant que je dormais. Un être immonde et bleu, comme celui qui est en train de torturer Miari au moment où je parle, devait probablement se trouver juste à côté de lui. *Pourquoi ne se contentent-ils pas de nous violer ici ? Pourquoi nous faire subir cette course ?*

Je ferme les yeux, je ne veux pas penser à ça. Je refuse de penser à Miari parce que je ne peux pas l'aider maintenant. Svera non plus. Quels que soient les Dieux que Svera prie, ils la protégeront. Ils doivent le faire. Parce que je ne peux rien faire pour elle ici, sur cette planète pleine de blanc, de froid et d'extraterrestres. Je *dois* me libérer pour pouvoir les voir et m'assurer qu'elles sont en sécurité. M'assurer qu'elles ne sont pas ravagées, comme je l'ai été moi-même. *Mais d'abord, je dois tuer le rouge.*

La pensée que je pourrais le revoir très bientôt fait trembler tout mon torse et me donne la chair de poule dans la nuque. La sueur perle sur mes paumes et je cligne des yeux frénétiquement. J'essaye de me débarrasser de la soudaine sensation de creux dans mon estomac ou du tremblement de mes genoux. Les femmes sont occupées à essayer de décider de la meilleure façon de traverser le système labyrinthique de la grotte. De mon côté, j'ai déjà la moitié d'un plan en tête et encore plus de questions. *Mais j'ai surtout une promesse, celle que je me suis faite à moi-même : je vais tuer le rouge.* Je n'ai rien à craindre. Je ne le laisserai pas me faire du mal.

— S'ils n'arrivent pas à trouver la femelle ou les femelles qu'ils ont choisies, que se passe-t-il ?

Certaines femmes me regardent, des couleurs visibles sur leurs visages, mais je ne sais pas ce qu'elles veulent dire, pas plus que je ne comprends pourquoi on nous chasse comme ça.

La cheffe répond patiemment :

— Ils peuvent choisir d'accepter une autre femelle, qu'ils ont pu trouver, mais la plupart du temps, ils continuent à chasser. La plupart des mâles - si ce n'est tous - ne participent pas à la Course de la Montagne dans l'espoir de trouver leur âme sœur Xiveri, mais leur Xanaxana peut quand même s'enticher d'une ou plusieurs des femelles. Dans ce cas, sélectionner l'une de ces femelles leur semblera acceptable...

— Et d'après toi, l'un de ces mâles en particulier participe à cette chasse pour moi.

Comme la dernière fois. Comme à chaque fois. Des tremblements de tout mon corps menacent de me submerger. Je sens de la bile remonter de mon estomac jusqu'à ma bouche. Tout mon corps se soulève un instant, mais j'avale, la gorge brûlante à cause de son goût.

— Hexa, tu es sa compagne. Son âme sœur Xiveri.

Je préférerais brûler vive. Je me tourne avec fureur vers la carte. Je déteste cette femelle et ce qu'elle vient de dire. Je m'apprête à lui dire ce que je pense de son précieux extraterrestre rouge et de ce qu'il m'a fait lors de la dernière Chasse, mais la garce me coupe la parole avec hargne.

— Elle n'est *rien.* Elle n'est pas son âme sœur Xiveri. Ça n'a pas encore été prouvé. Elle n'a pas fait la course en montagne. Elle peut *penser* qu'elle est spéciale parce qu'elle est... cette aberration humaine, mais une femelle humaine ne sera jamais notre Xhea. Encore moins celle-là.

Sa remarque ressemble à un défi et j'ai presque envie de le relever jusqu'à ce que je réalise qu'elle et moi sommes d'accord sur tout. En fait, c'est *la seule* avec qui je suis entièrement d'accord.

Je jette un coup d'oeil à la femme dont le front est aussi rouge et menaçant que ses mots et je lui lance :

– Tu as raison, mais tu peux quand même aller te faire foutre.

– Espèce d'ignoble...

– La ferme !

J'ai crié assez fort pour faire sursauter deux des autres femelles, dont la petite verte qui est assise sur le côté. Elle se terre dans son coin, terrifiée. Je la déteste, mais elle éveille quand même mes instincts protecteurs. *Elle est trop jeune pour être ici. Tout comme je l'étais moi-même, la première fois.*

– Pas le temps de discuter inutilement. Nous devons travailler ensemble si nous voulons nous échapper, euh... si nous voulons faire une *Chasse de qualité*, dis-je en serrant les dents. Puisqu'ils vont chercher à repérer notre odeur, nous devons changer d'odeur. Enlevez toutes vos vêtements.

Personne ne bouge. Toutes les crêtes brillent. Je me lève avant de hurler :

– Enlevez-les !

Ma voix est cinglante, torturée.

Mes vêtements ont été noués si près du corps et avec tant de liens que je ne parviens pas, d'abord, à les ôter. Toutefois, je persévère et lentement, je dénoue les liens. Je ne laisse aucun de ces monstres extraterrestres m'aider. Il faudrait pour cela qu'elles me touchent et mon estomac se rebelle à l'idée.

Une fois que les deux premières femmes sont nues au point de frissonner et de devenir bleues - enfin, d'un bleu encore plus bleu - j'aboie :

– Échangez. Prenez les habits l'une de l'autre. Déchirez des morceaux de vos vêtements et donnez-les à quelqu'un d'autre. Il faut échanger votre odeur avec le plus de personnes possible.

J'arrache des bandes de mes propres vêtements et je les distribue aux femelles. Quand j'arrive à la cheffe, je lui mets une bande de tissu dans la main et lui demande :

– Tu comprends ce que je suis en train de faire, n'est-ce pas ?

Elle sourit et hoche la tête. Ses crêtes brillent d'un orange bizarre, taché de stries argentées. Si je devais deviner, je dirais qu'elle est plus excitée qu'autre chose.

– Vous êtes intelligente, répond-elle, je comprends maintenant pourquoi l'Okkari a organisé la Course de la Montagne pour vous. Il souhaite repartir avec vous. Il veut que vous sachiez que votre âme sœur Xiveri prendra soin de vous.

Elle baisse le ton et se penche en avant, mais je recule. Je ne veux pas m'approcher trop près. Son souffle forme des nuages pendant qu'elle parle, des nuages blancs qui planent entre nous un instant avant que le vent ne les chasse.

– Il nous a raconté des histoires à votre sujet, poursuit-elle. Il a dit que vous êtes une guerrière, que vous avez combattu un khrui. Je vois qu'il disait la vérité. Votre odeur nous rendra désirables pour plus de mâles. On dit que les femmes humaines sont très fertiles. Peut-être que les mâles vont sentir la fertilité en nous, et peut-être que, par la volonté de Xana et de Xaneru, nous le serons en effet.

Je retiens les insultes sur ma langue et l'envie que j'ai de défoncer son visage. Celui qui m'a fait grimper dans un putain d'arbre comme un épouvantail raconte des histoires sur moi maintenant ? Il chante mes louanges ? Il a l'audace de parler de moi et de me qualifier d'héroïque alors qu'il n'a fait que détruire celle que j'étais ? J'aimais celle que j'étais. Je l'aimais tellement plus que celle que je suis devenue : cette... cette personne froide et distante.

– Prends-le.

Je laisse tomber le morceau de tissu entre nous et je m'éloigne d'elle, me tournant vers la dernière femme restante. La salope.

– Donne-moi tes vêtements.

Ses crêtes sont noires, mais je vois l'hésitation dans son regard.

– Donne-moi tes vêtements ! Ta cheffe vient de dire qu'on n'a pas beaucoup de temps. Tu veux être chassée par l'Okkari, c'est ça ?

– Comment tu sais ça ? demande-t-elle.

Je ris et elle grimace. Je ne peux pas lui en vouloir. Le son de mon propre rire me dégoûte aussi. Il n'était pas comme ça avant. Il était haut et léger, il attirait les regards des garçons de la colonie et les sourires des anciens. Il était communicatif. Maintenant, le rire sort de moi aussi infecté qu'une maladie, accompagné de grognements.

– Je suis aussi une putain de voyante. Maintenant, donne-moi tes habits.

Elle hésite quelques instants.

– Les Humains peuvent vraiment faire ça ?

Je me jette sur elle pour lui arracher ses vêtements de force. Elle pousse un faible cri et me laisse faire, sans opposer de résistance. J'enfile sa tenue aussi vite que possible et la regarde essayer de faire entrer ses membres beaucoup plus longs dans mes habits. Le sien se resserre autour de mes coudes et de mes chevilles, ce qui me ralentirait si je prévoyais de courir beaucoup, ce qui n'est pas le cas. *Pas de course cette fois.* Cette fois, quand je le verrai, il saura qu'un seul d'entre nous quittera cette planète en vie. Ou aucun de nous. *Les deux options me conviennent parfaitement.*

– Je vais me diriger vers les marais. Je dois couvrir mon odeur autant que possible. Deux d'entre vous vont rester avec moi, quatre femmes doivent rester dans les grottes, et quatre autres doivent se diriger vers les arbres. Elles seront moins cachées par contre... y a-t-il des grimpeuses dans ce groupe ?

Cinq des femmes lèvent timidement la main.

– Bien. Vous quatre, vous irez là-bas, dis-je en désignant celles que j'ai choisies. Toi, tu iras dans les grottes. J'ai besoin de trois autres personnes pour l'accompagner. Prenez garde à ne pas aller dans un groupe avec quelqu'un dont vous portez l'odeur. Nous devons disperser et brouiller nos odeurs autant que possible. Il faut leur compliquer la tâche.

Quelques mains de plus se lèvent.

– Super. Maintenant, il ne reste plus que vous et moi.

Je désigne la cheffe et la seule extraterrestre qui n'a pas encore parlé. La verte. *Pourquoi ai-je choisi de l'emmener avec moi ? Pour la prendre sous mon aile ?* Je sens mes entrailles s'effondrer à cette idée, ainsi que la tour d'épées que j'ai construite autour de mon cœur ratatiné et chancelant.

Je détourne le regard de la fille. Je suis légèrement reconnaissante à la cheffe pour la distraction qu'elle présente.

– Vous avez prévu de vous cacher dans la fange ? demande-t-elle.

– Seulement jusqu'à la tombée de la nuit. Après je vais me frayer un chemin à travers la forêt jusqu'au village. Vous avez dit qu'il y avait un village à la base de la montagne, non ?

Elle acquiesce. Sans lui laisser le temps d'apporter des précisions malvenues, je poursuis :

– Alors il doit y avoir un skyport. Une sorte de centre de transport vers d'autres planètes. J'ai besoin de partir.

– Le peuple de l'Okkari n'a pas foi en ces choses-là, fait remarquer la garce en s'approchant de moi et de mon petit groupe.

Cependant, son ton s'adoucit lorsqu'elle poursuit :

– Mais vous avez été amenée ici sur le vaisseau privé de l'Okkari, et il le garde ici, ajoute-t-elle en désignant un endroit sur la carte au bout de ce qui semble être une vallée. Ce n'est pas loin, toutefois, vous n'aurez pas la possibilité d'aller le chercher tout de suite. C'est de là que viendront les mâles. Vous devrez attendre que la nuit soit tombée.

– Ok.

Pendant notre conversation, le visage de la chef brille d'une couleur troublante - quelque chose comme du rose pâle et du jaune, puis un rouge beaucoup plus sombre. Elle ouvre la bouche pour parler à son tour, mais le son de sa voix est immédiatement couvert par le grincement des portes qui s'ouvrent. Elles glissent sur le côté, pierre contre pierre, avec un bruit de tonnerre. Un monde d'une blancheur choquante assaille mes sens. Je traverse la foule des femelles, je vais à sa rencontre. J'aboie quelques ordres avant de rassembler la meneuse et la verte et de m'élancer dans cette blancheur immaculée.

Nous courons, et alors que nous nous dépêchons de prendre de l'avance, je ressens une nouvelle douleur. Le vent fouette mon visage, le coupe d'une manière que je n'ai *jamais* sentie auparavant. Ça fait *mal*. Je ne sais pas ce qu'est ce blanc froid, mais il me transperce comme les lames pointues de guerriers miniatures. J'ai l'impression que tout mon visage saigne. Mes lèvres sont gonflées, mon nez n'arrête pas de couler. Je peux goûter la saveur dégoûtante de ma propre morve quand je me lèche les lèvres. Mes pieds sont des pierres lourdes. Mes poumons brûlent. J'ai l'impression de ne pas avoir assez d'air. Cette atmosphère est trop fine pour les poumons humains et la gravité semble plus forte. Je ne me suis jamais sentie aussi lourde.

La cheffe me regarde plusieurs fois avec inquiétude, mais je refuse de ralentir notre rythme. Je pensais être une guerrière, mais je me rends compte que même si je pouvais battre les deux femelles qui se trouvent avec moi, elles ont un avantage indéniable. Elles, elles sont nées ici. Ou du moins, elles connaissent le coin comme leur poche, et elles sont comme des poissons dans l'eau ici. Même lorsque la poudre blanche tombe sur notre chemin et que nous nous enfonçons dedans jusqu'aux genoux, elles pataugent calmement à travers, comme si le blanc froid n'était rien de plus que des feuilles sèches dansant dans une brise d'été. Elles ne semblent pas se soucier du fait que nous ne progressons pas sur du plat et *que nous montons indéfiniment une putain de pente raide.*

Ils appellent ça la course de la montagne pour une bonne raison.

La montagne est un terrain audacieux, traître, inégal et austère. C'est principalement du froid superposé à de la pierre. Il n'y a pas d'arbres visibles dans la brume de la tempête qui s'épaissit. Elle devient de plus en plus épaisse, jusqu'à ce que je distingue de moins en moins le monde qui m'entoure. Jusqu'à ce que seule la vision floue d'un horizon lointain subsiste.

Mais je peux sentir le calme des femelles à mes côtés, entaché seulement par leur excitation quand le ciel commence à s'assombrir et qu'elles sont sûres que les mâles sont en chemin. Mon cœur est un pic dans mon sternum, il frappe, griffe, mord et déchire parce que je m'imagine être attrapée par *lui*... Je me promets de me battre - de mourir - avant de le laisser se moquer de moi comme ça encore une fois. Ce souvenir ne fait que renforcer ma frustration et ma détermination. Je donne le rythme. Je les mène dans la direction indiquée par la cheffe sur la carte et malgré toute ma faiblesse humaine, je suis la première d'entre nous à atteindre le bourbier.

Il ressemble à une chose vivante. C'est la seule chose que nous avons rencontrée qui n'est pas blanche. Au lieu de cela, c'est rose, une couleur qui, sur la colonie humaine, serait considérée comme non naturelle. La matière bouge légèrement, il y a des bulles à certains endroits. Je les évite en y pataugeant jusqu'à la taille et je suis agréablement surprise qu'elle soit chaude.

– Qu'est-ce que c'est ? je demande en ramassant une poignée de la substance et en la laissant tomber de mes gants pour rejoindre les autres.

De la vapeur s'échappe de la boue épaisse autour de moi à certains endroits, tandis qu'autour de tout le bourbier, elle s'élève pour rencontrer le blanc froid et créer un monde blanc sans fin. Il n'y a pas de ciel. Rien au-delà de ce bourbier, de ce moment.

J'essaie de garder mes bras hors de la gelée rose. L'effort est inutile et me plonge dans un souvenir : *j'aide mon grand-père à pétrir la pâte pendant qu'il me raconte une histoire. Il fait chaud près des fours, même à l'ombre, mais je suis captivée par l'histoire d'un homme qui a essayé de pousser un rocher en haut d'une montagne. Le rocher ne cessait de glisser car il était trop lourd pour lui. Ses efforts restèrent vains.*

J'étais trop jeune à l'époque pour comprendre le sens de l'histoire, mais j'ai été horrifiée lorsque mon grand-père m'a raconté que l'homme avait fini par se faire picorer les entrailles par des corbeaux, ou qu'il avait été brûlé par le soleil... c'était peut-être un autre personnage, je ne m'en rappelle plus très bien. Tout ce dont je me souviens, c'est que j'étais terrifiée à l'idée d'être comme lui.

Je me relâche et m'enfonce dans la boue très lentement. Quand je remonte à la surface, je suis accueillie par le son des rires - ceux de la cheffe et de la verte. Seule la cheffe me regarde. La verte essaie de se couvrir la bouche avec sa main. J'enlève la crasse rose de mon visage. Elle m'alourdit considérablement : elle se colle à mes cheveux et recouvre les couches de fourrure que je porte sans les pénétrer. Le bord de ma bouche s'incline de façon menaçante, mais je me rappelle rapidement où je suis et je change d'expression.

J'enroule mes cheveux couverts de boue dans mon poing et les noue à la base de mon cou. Je m'agite ainsi un moment, puis je sens que je commence à ralentir. Mes oreilles se dressent. On dirait le bruit du tonnerre. Je me retourne, mais tout est pareil. Juste du blanc, même si une odeur étrange m'interpelle. Une faune surprenante nous environne et il y a aussi une oasis. Des minéraux et une terre riche et parfumée. Ça sent comme quelque chose d'ancien. *Comme quelque chose de familier.*

– Xhea...

La cheffe m'appelle.

Quelque chose qui m'est familier. Que je connais intimement. Une chose connue de moi seule.

– Je pense que nous sommes allées assez loin. Bientôt nous serons hors de la fange et dans la toundra. Nous sommes peut-être trop loin pour que même les plus redoutables guerriers nous suivent...

– Vous aviez dit que nous devions chercher à nous éloigner.

Elle réfléchit à sa réponse.

– Oui... mais pas au point de nous mettre excessivement en danger. Les mâles s'attendent à ce que nous voulions vivre, et puisque c'est le cas, nous devons agir en conséquence. Nous ne devrions pas aller dans la toundra. Il y a des créatures là-bas bien plus effrayantes que quelques mâles.

Elle ne sait pas ce qu'elle raconte. *Il n'y a rien de plus effrayant que ce mâle.* Je continue à avancer.

Elle essaie à nouveau de me retenir.

– Il y a un endroit où nous pouvons nous reposer...

Elle s'interrompt. Elle vient de l'entendre. Je l'ai entendu quelques secondes avant. Le bruit d'un martèlement... et un hurlement - non, pas un hurlement, un cri de rage. Un cri profond et retentissant. Un appel retentissant qui fait se courber mes orteils et se replier mon coccyx. C'est un rugissement qui n'entend que la mort et les exigences. *Il est là. Il vient pour moi. Je suis complètement foutue.*

Je ne sais plus qui je suis, tout ce que je sens c'est que mes os commencent à s'effilocher. Jaxel voulait que je sois forte mais il ne m'a pas préparée à ça. Il ne m'a pas préparée à le revoir et à l'horreur qu'il représente. En ce moment, ça me submerge comme un assaut frontal. Je ne peux pas rester debout. Je ne peux pas tomber non plus. La boue me tient en place et je me sens taillée dedans maintenant. Je n'ose pas bouger alors que la brume à ma droite se déplace et se sépare.

Je me baisse plus bas. J'essaye rapidement de me redresser en position horizontale pour que le haut de ma tête ne sorte pas de la boue. Je donne des coups de pied et je caresse la boue, mais je dois faire trop de bruit parce que je peux entendre le mâle rugir. Son cri est différent et plus glaçant que le précédent parce qu'il est juste là, juste sur nous.

La femelle verte couine, dévoilant notre position et j'entends des coups de pattes qui se rapprochent maintenant. J'ai l'impression que des éternités passent en moins d'un battement de coeur. Je suis allongée là, immobile, espérant ne pas être trouvée. Espérant qu'il ne trouve pas les autres non plus. *Mais pourquoi tu penses à elles ? Laisse-les. Ce sont des extraterrestres. Je suis sûre qu'elles aiment ça.* Toutefois, lorsque la cheffe pousse un cri et que j'entends les bruits de la lutte reprendre de plus belle, tout mon corps se met en mouvement.

Je me redresse pour voir la cheffe à quelques pas de moi, même si la boue me donne l'impression qu'elle est beaucoup plus loin. Il y a un extraterrestre - un mâle – tout près d'elle. Il tient une bande de mes vêtements et son regard va du tissu à la femelle sans comprendre. Je sens un éclair dans ma colonne vertébrale à l'idée que je suis celle qu'il cherche, mais je ressens aussi une certaine légèreté. Sa peau est bleue.

Pas rouge. Un petit ballon éclate juste sous mes poumons et soudain je peux à nouveau respirer. La bonne nouvelle, c'est que si *je peux respirer, je peux me battre.*

L'homme n'est pas armé, ce qui est dommage car j'espérais pouvoir lui prendre ses armes. Cela n'a pas d'importance. Je m'approche de lui et je vois qu'il a envie de faire la même chose, sauf qu'il n'a pas lâché la femelle, même s'il me regarde. Peut-être pense-t-il être capable de nous prendre toutes les deux. *Pas de chance.*

Il tend son autre main vers moi, avec l'intention de m'attraper par le cou. Je le bloque avec mon avant-bras gauche et je le frappe avec le droit. Il est grand donc ça demande un effort, mais j'atteins son menton avec mon poing.

Quand sa tête se retourne, une vague de plaisir m'envahit. Je suis bien contente de porter des gants doublés de fourrure, j'aurais pu me casser un poing. Jaxal m'a heureusement obligée à m'entraîner sur des planches de bois jusqu'à ce que mes mains saignent. Il a dit que la peau des extraterrestres serait plus forte, plus résistante. Qu'ils seraient difficiles à tuer. Aujourd'hui, je suis prête.

Je saisis le bras de la cheffe et éloigne la femelle avant de crier :

— Nous devons le combattre ensemble !

Je n'attends pas sa réponse. Je me retourne vers le mâle et je regarde la boue rose gicler sur son visage stupidement illuminé lorsque je le frappe à nouveau, puis une troisième fois, et encore une autre. Frustré, il sort ses griffes et atteint mes avant-bras.

Il déchire le cuir qui les recouvre et m'entaille un peu mais il ne me blesse pas et ne me ralentit pas. Il y a trop de boue entre nous, et nous portons tous deux trop de vêtements. Les tissus qui le couvrent ont l'air plus fins, plus agiles, mais ils n'en sont pas moins résistants. Je n'arrive pas à les entailler avec mes ongles. D'un seul coup, j'ai envie de griffes. Le fait qu'ils en aient me désavantage fortement.

Le combat dure une éternité. Je suis seule. Les autres femelles ne m'aident pas. J'espère qu'elles s'enfuient, mais quelque part dans la mêlée, je les aperçois. Elles se tiennent debout sans bouger comme deux piliers, de la boue sur les joues et du blanc sur le front.

– Bordel de merde !

Je crie ma rage et ma frustration.

– Faites quelque chose ! N'importe quoi ! Bougez !

Je n'ai pas le temps de regarder et de vérifier qu'elles se dispersent. Je me retourne et frappe à nouveau le mâle. Cette fois-ci, quand sa tête est projetée en arrière et qu'il parvient à se redresser, il a du sang cuivré sur la bouche et le nez. Son front est rouge et en colère. Il frappe d'une main, je bloque le coup ; mais son autre main entre en contact avec mon corps.

Je savais que ça allait faire mal. Jaxal m'a frappée un millier de fois pour me préparer à ça. Ce n'était pas suffisant. Ça fait un mal de chien. Ses poings sont en marbre et je sens tout mon corps encaisser le coup.

Les femelles se mettent soudain à crier. Je sens les mains de quelqu'un sur le devant de ma combinaison, me tirant hors de la boue, mais je lève mes pieds vers ma poitrine et donne un coup de pied de tout mon être. Le mâle émet un son étouffé et je commence à nager à reculons aussi vite que possible dans la boue. Il m'attrape la cheville. Je frappe avec mon pied. Mon talon heurte sa gorge. Il jure. Je jure plus fort. Il semble me maudire et de mon côté, je continue à jurer.

Tout à coup, nos jurons et notre combat sont ponctués par un rugissement. Nous nous immobilisons tous. Le son illumine le ciel blanc. Il est traumatisant, assourdissant. C'est plus fort cette fois, plus proche. Je lève les yeux vers le périmètre du bourbier et dès que ma vision se fixe, je vois quelque chose qui engourdit mon cœur flétri.

Comme une ligne d'arbres poussée en un souffle, il y a au moins huit mâles debout là, enveloppés dans l'ombre. Celui que j'avais combattu se déplace rapidement devant moi, brandissant un morceau de tissu de ma capuche comme une épée. Il se tient devant moi, bloquant mon corps avec le sien, et crie quelque chose aux autres que mon traducteur ne saisit pas.

– Oki phondaeron !

Des sifflements s'échappent des mâles, et même les femelles derrière moi manifestent leur surprise et chuchotent. Mais ensuite, il y a un silence. Le brouillard s'agite. Les hommes se regardent les uns les autres et je peux voir des fronts qui clignotent dans des couleurs défiant la nature. Je peux entendre des poings charnus frapper des poitrines plaquées, et je peux sentir l'énergie masculine fouetter l'air comme une tornade, un courant électrique.

Mon cœur s'arrête. Le brouillard se dissipe juste assez pour que je puisse voir un mâle encore plus grand que les autres, plus terrifiant, plus imposant, plus sévère. Il s'avance en traçant une ligne à travers la foule amassée qui ne fait que s'écarter pour lui laisser la place. Quelques-uns des mâles se dispersent jusqu'à ce qu'il n'en reste que trois.

– Taka'ana, dit l'extraterrestre avec une voix basse et terrible.

Alors que je le considère de haut en bas, le son de sa voix semble libérer quelque chose en moi. C'est un extraterrestre énorme, imposant et résolument masculin. Je sais que je ne devrais ressentir que de la haine pour lui, et pourtant, je ne pense qu'à une chose.

Il est violet.

Il n'est pas rouge, ce qui signifie que je n'ai pas bien compris – pas du tout compris - ce que les femelles ont dit. Le mâle dont elles ont parlé auparavant - celui qui prétend que je suis son âme soeur, celui qui leur a raconté des histoires sur moi - n'est pas celui qui a brisé mon corps et mon esprit.

Au lieu de cela, le mâle dont elles ont parlé se présente devant moi dans toute sa gloire. Il me regarde avec des yeux noirs mats qui s'inclinent vers la naissance de ses cheveux et le monde devient silencieux. *Ce n'est pas le rouge. Il n'est pas rouge.* Il a des cheveux noirs et non blancs. Une seule mèche blanche les traverse, juste à l'avant, au milieu. Ça lui donne l'air d'une lame, un couteau qui me transpercerait jusqu'à l'os s'il pouvait m'atteindre. Mais il ne le fera pas. Je ne le laisserai pas faire.

Je détourne les yeux et me retourne vers la boue. Je la traverse férocement à présent. Je peux voir l'autre côté. De là, j'arriverai jusqu'à la toundra. De là, je pourrai tenir bon. Ce sera mon dernier combat. Il n'est peut-être pas rouge mais c'est quand même un extraterrestre et ce que j'ai dit tient toujours. Aucun extraterrestre ne m'aura vivante, peu importe qu'il soit rose, vert, rouge ou bleu. Ou violet.

– Oki phondaeron Xiveri. Taka'ana !

Son rugissement me poursuit et fait trembler le sol. Ou peut-être que c'est juste moi. Une étrange vibration grésille dans l'air, l'électrifiant, et une pulsation, qui, je le jure, n'était pas là avant, bat dans ma poitrine.

J'atteins l'autre côté du bourbier et, en me dégageant du rose, je pense aux mots qu'il a prononcés et à ce qu'ils pourraient signifier, tandis que la traduction tourne dans mon esprit.

– Avec ce défi, je revendique ma Xiveri.

Et merde. Maintenant il est temps de courir. Je m'élance dans la toundra, dans le blanc froid.

Découvrez les autres livres d'Elizabeth Stephens

Titres déjà disponibles en Français :

Passion Xiveri : Unis Pour La Vie – Des extraterrestres. De la sensualité. De nouveaux mondes.
Capturée par le Roi de Voraxia, tome 1 (Miari et Raku)
Convoitée par le Seigneur de guerre de Nobu, tome 2 (Kiki et Va'Raku)
Kidnappée par le Métamorphe de Sasor, tome 3 (Mian et Neheyuu) *l'intrigue se situe hors du Quadrant 4
D'autres livres seront bientôt publiés !

Disponible en Anglais :

Berserker Kings - Enemies to lovers. With magic.
Dark City Omega, Book 1 (Echo and Adam)
more to come!

Population - Battles and Heroes that Bite.
Lord of Population, Book 1 (Abel and Kane)
Monster in the Oasis, Book 2 (Diego and Pia)
Immortal with Scars, Book 3 (Lahve and Candy)
more to come!

Twisted Fates - Mafia. Brotherhood. Murder.
The Hunting Town, Book 1 (Knox and Mer, Dixon and Sara)
The Hunted Rise, Book 2 (Aiden and Alina, Gavriil and Ify)
The Hunt, Book 3 (Anatoly and Candy, Charlie and Molly)

Xiveri Mates - Aliens. Heat. New Worlds.
Taken to Voraxia, Book 1 (Miari and Raku)
Taken to Nobu, Book 2 (Kiki and Va'Raku)

Exiled from Nobu, Book 2.5, a Novella (Lisbel and Jaxal)
Taken to Sasor, Book 3 (Mian and Neheyuu) *standalone
Taken to Heimo, Book 4 (Svera and Krisxox)
Taken to Kor, Book 5 (Deena and Rhork)
Taken to Lemora, Book 6 (Essmira and Raingar)
Taken by the Pikosa Warlord, Book 7 (Halima and Ero)
*standalone
Taken to Evernor, Book 8 (Nalia and Herannathon)
Taken to Sky, Book 9 (Ashmara and Jerrock)
Taken to Revatu, Book 10, A Novella (Latanya and Grizz)
*standalone

Livres audio

Xiveri Mates - Aliens. Heat. New Worlds.
Taken to Voraxia, Book 1 (Miari and Raku)
Taken to Nobu, Book 2 (Kiki and Va'Raku)
Taken to Sasor, Book 3 (Mian and Neheyuu) *standalone
More to come!

Collections

Xiveri Mates - Aliens. Heat. New Worlds.
Collection 1: Books 1-3 + Exiled from Nobu
More to come!

www.ingramcontent.com/pod-product-compliance
Lightning Source LLC
Chambersburg PA
CBHW030604310726
48979CB00003B/564